DIE GEHEIME LIEBE DES COWGIRLS

DIE COLEMANS AUS HEART FALLS
BUCH 2

VIVIAN AREND

1

April, vor fünf Jahren. Rocky Mountain House, Alberta

Nach einem ganzen Tag, an dem sie sich an einer Aufgabe versucht hatte, die noch weit jenseits ihrer Möglichkeiten lag, tat Karen Coleman jeder Körperteil weh. Sie warf einen bösen Blick auf die hölzerne Außenwand des Traders Pub und spielte mit dem Gedanken, nach Hause zu gehen.

Nur dass es daheim auf der Ranch nichts gab, was ihre Laune verbessert hätte. Sie wischte sich die Hände an der Jeans ab und verzog das Gesicht, als die Handfläche ihrer Linken zu heftig an den starren Gips stieß, der ihr Bein vom Oberschenkel bis zum Knöchel umhüllte.

Das war keine Erinnerung, die sie gerade jetzt brauchte.

Genauso wenig wie der durchdringende Pfiff, der über den Parkplatz tönte. Die neckende Stimme ihres Cousins hallte durch die Stille vor dem Pub.

„Verdammt, das ist ein Elend. Du siehst aus, als hätte dich die Katze reingeschleppt."

I

Jesse, einer ihrer nervigen Cousins aus der Horde, mit der Karen es beinahe täglich zu tun hatte, setzte ein viel zu fröhliches Gesicht auf, als er auf sie zu schlenderte.

Sie war bereit, ihn zurechtzustutzen, als jemand Muskulöses aus den Schatten trat und Jesse abfing.

„Pass auf, was du sagst." Der dunkelhaarige Fremde verschränkte die Arme vor der Brust, sein Bizeps zeichnete sich unter seinem Baumwollhemd ab. Er beäugte Jesse abfällig.

Jesse blieb abrupt stehen, war ganz neben der Spur, weil er heruntergeputzt worden war.

„Mach dir die Mühe nicht", sagte der Fremde, als Jesse sich von seinem Schock weit genug erholt hatte, um den Mund zu öffnen, vermutlich, um noch was Neunmalkluges von sich zu geben. „Geh weiter."

Karen hatte viele Gründe, mies gelaunt zu sein, nicht zuletzt, weil ihre tief sitzende Verärgerung darüber, dass sie nicht bei ganzer körperlicher Kraft war, in nächster Zeit nicht verschwinden würde.

Aber als dieses eine Mal in seinem Leben Jesse tatsächlich clever war und sich mit nicht mehr als einem übertriebenen Augenrollen trollte, musste sie zugeben, dass sie zumindest leicht bezaubert von ihrem wohlmeinenden Beschützer war.

Bezaubert wurde zu etwas Hitzigerem, als der namenlose Verteidiger sich ihr zuwandte.

Sie erhaschte einen Blick auf ein kantiges Kinn im Profil, aber sein starkes Gesicht verband sich sehr hübsch mit dunkelbraunen Augen, in denen sich die Möglichkeit eines gefährlich verführerischen Blickes andeutete. Er musterte sie rasch, sein Blick blieb an ihrem Gips hängen, und den Krücken, zu deren Benutzung sie sich letztlich doch noch herabgelassen hatte.

Es schien nur richtig, dass sie den Gefallen erwiderte, während er so beschäftigt war.

Ja, sein Gesicht war ganz ansehnlich, ohne irgendetwas an die große Glocke zu hängen. Er wirkte wie ein Typ, der still blieb, außer er hatte etwas Wichtiges zu sagen.

Sie musterte seinen Mund, erheitert von der ernsten Wölbung seiner Lippen. Er hatte offensichtlich Jesse für eine sehr viel größere Bedrohung gehalten, als es dieser Esel wirklich verdiente.

Ein kurzer Blick über den Rest ihres Helden gestattete ihr, den ganzen Cowboy zu bewundern. Er trug keinen Hut, aber seine Stiefel waren echt, frisch poliert und im richtigen Muster abgewetzt, um mehr als nur Show zu sein.

„Alles in Ordnung?" Die Stimme war ein weiches Grollen, das ihre Sinne neckte.

Karens Blick ging nach oben, um seinem zu begegnen. Seine Augen waren ernst, und doch zeigte sich kurz der Hauch eines Glitzerns. Es könnte Spaß machen, zu versuchen, diesem Mann weitere Reaktionen zu entlocken.

Er war ihr zur Seite gesprungen, auch wenn es unnötig gewesen war.

„Alles gut. Ich bin Karen." Sie streckte eine Hand vor und wankte, weil sie Mühe hatte, das Gleichgewicht zu halten und zu verhindern, dass ihr die Krücke abhandenkam.

Sofort bewegte sich ihr Held, sein fester Griff glitt um ihre Taille und brachte sie wieder ins Gleichgewicht, bevor sie zu einem ruhmlosen Häufchen auf dem Boden zusammenfallen konnte. „Vorsicht. Sieht aus, als wärst du noch ein bisschen wacklig auf diesen Fohlenbeinen."

Ein Lachen löste sich. „Ach, Süßer, ein Fohlen ist das letzte, mit dem man mich derzeit vergleichen sollte." Sie tätschelte ihren Oberschenkel vorsichtig, nicht fest genug, dass es wehtat. „Ich habe schon Neugeborene gesehen, die sehr viel anmutiger auf die Beine kommen, als ich es mit diesem Apparat hier fertig bringe."

Er war so dicht bei ihr, dass sein Geruch sich um sie legte und interessante Reaktionen durch ihren Körper strömen ließ. Welche, die sie heute Abend überhaupt nicht erwartet hätte, und erst recht nicht, während sie hier einen auf Elefantenfuß machte.

Verdammt, die Wärme seines Körpers neckte sie auf eine Million verführerische Arten, und Karen zog in Betracht, sich ein wenig fester anzulehnen, anstatt sich wegzubewegen.

Irgendwie tat sie das Richtige, fand ihr Gleichgewicht wieder und schaute ihm dann erneut in die Augen. „Danke, dass du dich für mich eingesetzt hast, aber Jesse hat es nicht böse gemeint."

Der Fremde musterte ihr Gesicht, bevor er langsam das Kinn neigte. „Ich bin sicher, du wärst mit ihm fertig geworden, aber mir macht es nichts aus, mich einzumischen. Es ist einfach das Richtige."

„Er gehört zur Familie. Ich schätze, die dürfen sich etwas arschiger benehmen als irgendein dahergelaufener Fremder."

„*Chérie.*" Er sprach leise. „Familie sollte unterstützen, nicht schubsen."

Das war ja mal eine Aussage. Angesichts all der anderen nervigen Dinge in ihrer Welt, ganz zu schweigen vom gebrochenen Bein, wollte Karen nicht sonderlich viel Zeit damit verbringen, über Familie und deren mangelnde Unterstützung nachzudenken.

Was sie wollte, war ein genussvoller Flirt mit diesem faszinierenden Mann.

Sie lächelte ihn an und hob leicht eine Augenbraue. „Ich habe deinen Namen gar nicht gehört."

Seine Lippen wölbten sich. Nur weit genug, um seine raue Miene gefährlich sexy werden zu lassen. „Finn. Kann ich dir was zu trinken ausgeben?"

Angesichts der Tatsache, dass sie sich überlegt hatte, nach

Hause zu fahren, war der Gedanke, zu bleiben, attraktiver, als sie erwartet hatte. „Wenn es dir nichts ausmacht, dass ich meine Tanzschuhe zu Hause gelassen habe."

„Das sehen wir schon noch. Erst was zu trinken."

Die nächstbeste Tür führte auf die Tanzfläche, was insgesamt gesehen eine schlechte Idee war. Der beste Parkplatz, den Karen hatte auftreiben können, hatte sie zu dem Plan geführt, an der lauten Seite der Theke vorbeizugehen und in den leiseren Bereich zu gelangen, um sich mit ihren Schwestern zu treffen. Obwohl sich der Coleman-Clan oft an Freitagen im Traders Pub traf, gab es genug von ihnen, dass sogar an einem Dienstag mehr als nur Lisa und Tamara in der Gegend sein sollten.

Nur das Finn auf seiner Seite des Pubs etwas vorhatte. Er lotste sie zum Rand des Raumes, wo hohe Stühle um schmale, hohe Tische aufgestellt waren. „Sehen wir doch mal, ob wir es dir gemütlich machen können."

Sein andeutungsreicher Tonfall brachte ihre Haut zum Beben. Teufel auch. Der einzige Termin, den sie am Vormittag hatte, war ein Treffen, auf das sie sich nicht freute. Keine Pflichten bis auf das Wesentliche, also klang ein wenig Spaß mit einem Fremden, der morgen wieder weg sein würde, nach der perfekten Ablenkung.

Finn hatte den Arm um sie gelegt, ihre Körper waren einander so nahe, dass sie sich über die Musik und den Lärm der Stimmen hinweg noch verständigen konnten. Karen wandte sich zu ihm, ihre Wange streifte seine. „Gemütlich ist nicht gerade ein Wort, mit dem ich im Augenblick vertraut bin."

Er wiegte sich schwach, die Hitze nahm zu. Hinter ihr drehte er sich leicht, seine Lippen streiften fast ihr Ohrläppchen, während er antwortete: „Sehen wir doch mal, ob wir da was unternehmen können."

Irgendetwas daran, das hier zu machen, war köstlich. In ihrem Revier, wo sie jeden bis auf den Mann kannte, der sich hinter ihr auf dem Stuhl niederließ. Er öffnete die Beine weit, dann lehnte er sie an seinen starken Oberschenkel.

„Lehn dich mit dem Rücken an mich, *Chérie*. So ist es recht. Das muss doch gemütlicher sein als noch gerade eben."

Er strich ihr die Haare über den Hals nach hinten. Sie fragte sich, was für eine seltsame Magie er besaß, dass er ihr das Gefühl gab, das tun zu dürfen. Ganz zu schweigen davon, dass keiner aus ihrer Familie herbeigerannt kam, um ihr die Hölle heißzumachen oder den Augenblick zu ruinieren.

Denn es war ein Augenblick. Sie war umrahmt von Hitze. An ihrem Rücken, ihrer Seite hinab. Sein Arm stützte sie, auch sein Oberschenkel, und der Hauch eines Lächelns spielte um seine Lippen und sagte ihr, dass er nur zu gut wusste, wie entspannt sie wirklich war.

Bis auf die Entscheidung, wie weit sie das Ganze gehen lassen wollte, war alles völlig perfekt.

„Was kann ich dir zu trinken besorgen?", fragte Finn. Ein tiefes Grollen, das in ihren Ohren kitzelte.

„Pepsi", erwiderte Karen trocken. „Mit Eis."

Er zögerte einen Augenblick, bevor Verständnis auf sein Gesicht trat. „Du nimmst Schmerzmittel."

„Bingo." Sie richtete ihren Arm, um es bequemer zu haben, was *zufällig* bedeutete, dass sie ihn um seinen Oberkörper legte. „Ist das okay?"

„Völlig in Ordnung." Finn winkte eine der Kellnerinnen heran, bestellte Karens Getränk und ein Bier für sich.

Tiffany beäugte Karen, dann Finn, dann wieder Karen.

Einer der Nachteile am Leben in einer Kleinstadt. Alle kannten alle.

Als das Mädchen ging, ohne etwas anzumerken, fragte Karen sich, ob sie in eine Art alternative Realität gefallen war.

Erst Jesse, jetzt Tiffany, die gingen, ohne sie aufzuziehen oder nach Schmutz zu graben?

Wenn das ein alternatives Universum war, wie lange durfte sie bleiben?

„Wie schlimm geht es deinem Bein?", fragte Finn.

Seine Hand um ihre Taille war warm und stark und sehr ablenkend. Sein Daumen glitt entlang ihres Taillenbundes vor und zurück.

Karen verzog das Gesicht und sagte dieses eine Mal die Wahrheit. „Ziemlich schlimm. Ich hatte eine kleine Kollision in einem Pferdeanhänger, was die Verletzung ziemlich nervig macht, nicht nur der körperliche Scheiß. Ich habe keine Probleme mit Pferden", setzte sie ihn sofort in Kenntnis. Dann verzog sie das Gesicht. „Bis auf dieses Mal. Ich mache ihm keinen Vorwurf, es war einfach technisches Versagen, aber es hat mich ziemlich durch die Mangel genommen. Ich will wieder an die Arbeit, aber der Schmerz ist so schlimm, dass ich Medikamente nehmen muss."

„Und dann richten die Medikamente noch mehr Schaden an?"

„Verflixt nervig", wiederholte sie.

„Das verstehe ich. Es ist schwer, die Dinge nicht tun zu können, die man gewöhnt ist zu tun." Ihr T-Shirt hatte sich an einer Seite gelöst, und sein Daumen strich nun über ihre nackte Haut, eine schrecklich ablenkende Berührung, die sie an andere Dinge denken ließ, die sie derzeit nicht tun konnte.

Andererseits

Ihre Getränke erschienen auf dem Tisch.

Finn hob seine Bierflasche zum Anstoßen, ein Hauch von Schalk stand in seinen Augenwinkeln. „Darauf, neue Möglichkeiten zu lernen, wie man Spaß haben kann."

Las der Mann etwa ihre Gedanken?

Scheiß drauf. Es war Zeit, zu flirten und so viel Spaß zu

haben, wie sie wollte. Oder so viel, wie ihr Bein ihr zugestehen würde, bevor sie alles abblasen musste, weil es wehtat oder peinlich wurde.

Karen zwinkerte ihm zu, während ihr Glas und seine Flasche aneinanderstießen. Er lächelte, bevor er den Kopf zurücklegte, seine Kehle bewegte sich rhythmisch, während er trank. Seine eine Hand blieb fest an ihrem Platz an ihrer Taille. Wenn überhaupt, zog er sie noch dichter an sich.

O ja, der Schmerz aus ihrem Bein war das letzte, was sie im Kopf hatte. Das Prickeln, das zwischen ihren Beinen aufstieg, stand im Moment an erster Stelle.

Die Musik, die um sie herum lärmte, hatte sich in eine sanfte Ballade verwandelt, und Finn stellte seine Flasche ab. „Schenk mir den Tanz."

„O nein, das funktioniert nicht", widersprach Karen.

„Vertrau mir", sagte Finn, während er ihren Körper an seinen zog.

Okay. Überhaupt nicht, was sie heute Abend erwartet hatte, aber bei allen süßen Fohlen auf den Koppeln, danach hatte sie sich gesehnt.

Er hielt sie fest, bewegte sich kaum. Nur so weit, dass ihre Körper in Kontakt kamen, während sie auf ihrem heilen Bein das Gleichgewicht hielt. Sie waren ähnlich groß, und ihre Wange lag an seiner, sein leicht rauer Bartschatten stellte gefährliche Dinge mit ihrer Libido an.

„Du bekommst nicht gerade eine tolle Tanzpartnerin", sagte Karen etwas atemlos zu ihm.

Er richtete sich neu aus, und ihre Brüste drückten sich fester an seine steinharte Brust. „Hörst du, wie ich mich beschwere?"

Nein. Sie waren so dicht beieinander, dass andere Veränderungen in seinem Körper auch offensichtlich wurden. Es war nicht nur sein Oberkörper, der hart war, und insgesamt war die Tatsache, dass Finn reagiert hatte und sich nicht fürchtete, es sie wissen zu lassen ...

Es mochte vielleicht das Unreifste sein, was sie je getan hatte, aber zu wissen, dass sie trotz ihres klobigen Gipsbeins jemand attraktiv fand? Das hatte Power.

„Bist du lange in der Stadt, Finn?"

„Ich rede nicht gern, wenn ich tanze", sagte er leise, kurz bevor seine Lippen ihren Hals streiften. Genau dort, wo es eine Art magischen Kontrollknopf gab, denn eine Gänsehaut stellte sich ein, eine Hitzewelle traf sie zwischen den Beinen, und ihre Nippel reagierten – alles gleichzeitig.

Okay. Stille funktionierte für sie.

Sie schlang die Arme fester um ihn und wiegte sich, um ihm klarzumachen, dass jedes bisschen seiner Aufmerksamkeit äußerst geschätzt wurde.

Die Musik ging lang genug weiter, dass Karens Wangen warm waren, und ihr Körper heiß, und der Großteil ihres Ärgers hatte sich in ihrer wahrhaft köstlichen, irgendwie geheimen Ecke der Tanzfläche verflüchtigt.

Die Melodie veränderte sich zu etwas sehr viel Schnellerem, und sie löste sich zögerlich, bot ihm ein vermutlich leicht verblüfftes Lächeln. „Du bist ein guter Tänzer, Finn. Selbst wenn du nicht gerne redest."

„Ich kann mir was Besseres vorstellen, was ich mit meinem Mund tun könnte." Diese Anmerkung fachte die Flammen noch weit stärker an, während er sie zurück zum Tisch führte. „Für dich passt alles?"

Ein Krachen erklang auf der anderen Seite des Raums, gefolgt von lauten Stimmen und Gelächter. Eine ganze Gruppe rannte von der gegenüberliegenden Seite der Theke herüber, darunter die vertrauten Gesichter des Coleman-Clans. Karens kurzlebige magische Liebelei würde bald auffliegen.

Doch als sie sich umdrehte, um ihn auf den Andrang ihrer Familie vorzubereiten, war Finn weg.

Einen Augenblick später waren ihre jüngeren Schwestern Lisa und Tamara an ihrem Tisch, schauten sie von oben bis unten an, als wäre sie eine Art Ausstellungsstück im Krankenhaus.

„Was machst du denn ganz allein hier?", wollte Tamara wissen. „Wir haben auf dich gewartet. Du hast unsere Nachrichten total ignoriert."

Karen hatte eine Art wunderbares Delirium hinter sich und war zu beschäftigt gewesen, um Nachrichten zu beantworten, doch das hätte sie nicht ausgeplaudert.

Stattdessen zuckte sie mit den Schultern. „Ich bin durch die westliche Tür reingekommen und wollte mich nicht damit befassen, den ganzen Weg zur anderen Seite rüber zu manövrieren. Ich dachte mir, früher oder später würdet ihr auftauchen."

„Ich freue mich, dass du heute Abend rausgekommen bist", sagte Tamara. „Du musst dich von der Tatsache ablenken, dass du eine Weile außer Gefecht bist."

Ihre Schwester Lisa schlug Tamara auf den Arm. „Ein genialer Weg, um sie davon abzulenken. Du weißt schon, dass du es überhaupt erwähnst und so."

„Ich stelle doch nur das Offensichtliche fest. Sie *muss* sich von der Belastung fernhalten und ihr Bein heilen lassen." Tamara setzte ihr Krankenschwestern-Gesicht auf, wedelte mit dem Finger vor Karen. „Du hast einen ernsten Knochenbruch, Schwester. Wenn du es übertreibst, könntest du dich letztlich dauerhaft schädigen."

„Erspar mir die Lektionen", sagte Karen scharf zu ihr. „Ich bin die Älteste, und du erzählst mir da nicht nur eine alte Leier, sondern ich lasse mich auch nicht herumkommandieren."

„Guter Versuch", wandte Lisa kichernd ein. „Die

Geburtsreihenfolge hat nichts damit zu tun, dass Schwestern unerwünschte Ratschläge erteilen. Wir machen es alle, ich weniger als ihr beiden, denn ich bin ja auch klug."

Diese Anmerkung brachte ihr Hiebe von beiden Seiten ein, sowohl von Karen als auch Tamara, sodass sie zu kichern anfingen, bis ihre ganze Seite der Tanzfläche in ihre Richtung schaute.

Ganz gleich, wohin sie sich wandte, Karen sah keine Spur von ihrem mysteriösen Ritter in glänzender Rüstung. Was vermutlich auch gut war, denn sie hatte nicht vorgehabt, noch viel weiter zu gehen.

Die Ablenkung war allerdings angenehm gewesen.

Eine Stunde später schaute Tamara auf ihre Uhr. „Ich muss los. Willst du, dass ich dich nach Hause fahre?", fragte sie Karen. „Ich habe Zeit, um dich raus zur Ranch zu bringen. Lisa kann dein Auto später nach Hause fahren."

Karen verabscheute es, Hilfe anzunehmen, aber sie nickte. „Bleib nicht zu lange wach, oder du wirst es morgen bedauern", warnte sie Lisa, die kurz in ihre Ecke der Tanzfläche zurückgekehrt war, nachdem sie mit einem ihrer Kumpel die Fetzen hatte fliegen lassen.

„Ich habe Energie im Übermaß", sagte Lisa. „Keine Sorge. Ich verpasse die Pflichten schon nicht. Außerdem bin ich zur Unterstützung da, was immer Dad dir vor den Latz knallt."

Und das würde sie auch halten. Genauso wie Karen wusste, dass Tamara tun würde, was sie konnte. Sie waren zuverlässig – drei Schwestern, die miteinander durch Dick und Dünn gegangen waren, was der einzige Grund war, warum Karen es bisher geschafft hatte, mit ihrem Vater fertig zu werden.

„Es kommt schon in Ordnung", sagte Tamara ihr zwanzig Minuten später, während sie den letzten langen, ruhigen Feldweg entlangfuhren, der nach Whiskey Creek führte. „Du musst dich aber etwas mehr um dich kümmern. Und ich weiß, dass das schwer ist. Überleg mal, dir ein wenig freizunehmen."

Karen lachte, betrachtete die frühlingshaften Felder. Das erste Grün schoss durch die üppige Erde hoch und war im blassen Mondlicht kaum zu sehen. „Ich nehme ungefähr genauso lang frei wie du, Miss Ich-reiße-mir-den-Hintern-auf."

„Ich weiß, wie man sich entspannt", beharrte Tamara.

„Genau wie ich." Ein Anflug von Wärme stahl sich über sie, während sie an Finn und das Gefühl seiner starken Arme um sie dachte. Und einer ganzen Menge anderer Körperteile, die sie gerne besser kennengelernt hätte.

Auf die Art Entspannung konnte sie sich auf jeden Fall einlassen. Wenn es möglich gewesen wäre. Wenn er nicht verschwunden wäre.

Wenn sie nicht eine dicken Gips vom Oberschenkel bis zum Knöchel getragen hätte, der all die köstlich schmutzigen Gedanken verbot, die ihr durch den Verstand wirbelten und sie damit neckten, was hätte sein können.

Trotzdem bedauerte sie nicht, dass sie die Gunst des Augenblicks genutzt hatte.

Sie verabschiedete sich von Tamara und ging ins Haus, in dem sie aufgewachsen war. Das gleiche Zimmer, in dem sie siebenundzwanzig Jahre lang geschlafen hatte.

Im ganzen Haus herrschte eine unheimliche Stille, eine, die ungezählte Abende lang da gewesen war, seit ihre Mutter gestorben war.

Karen schob ihre traurigen Erinnerungen und ihren Frust zur Seite. Sie ignorierte den dünnen Streifen Licht, der unter der Tür ihres Vaters hervor kam, und konzentrierte sich stattdessen auf die warmen Gefühle, die immer noch in ihrem Körper summten, während sie sich an das süße Intermezzo an der Theke erinnerte.

Ihre Träume in dieser Nacht waren ziemlich spektakulär.

Vielleicht waren es die Schmerzmittel, genauso wie ihre fieberhafte Vorstellungskraft, aber am nächsten Morgen war es nicht leicht, sich zusammen zu reißen und in die Küche zu gehen.

Die Kaffeekanne war kalt. Karen bekam einen Augenblick lang Panik, als sie einen Blick auf die alte Kuckucksuhr an der Wand warf. Das Pendel schwang langsamer als sonst hin und her, und zum Glück war die Zeit auf dem alten Ziffernblatt nicht annähernd dieselbe wie die auf ihrer Uhr.

Leider sagte sogar ihre Armbanduhr, dass sie normalerweise schon vor einer halben Stunde draußen gewesen wäre.

Rasch zog sie sich eine Jacke und einen einzelnen Stiefel an. Der untere Teil ihres Gipses wurde in eine Schutzschicht aus Polstermaterial gepackt, gefolgt von einer Mülltüte, damit kein Schmutz daran kam.

Sie schwang sich auf den Krücken mit halsbrecherischer Geschwindigkeit über den Hof, dorthin, wo ihr Dad immer seine morgendlichen Aufträge vergab, und nahm die letzte Ecke etwas zu schnell, sodass sie fast das Gleichgewicht verlor. „Verdammt."

George Coleman drehte sich zu ihr um, seine Missbilligung war deutlich. „Keine Schimpfwörter."

Karen hielt den Mund. Es war ja nicht, als würden ihre männlichen Cousins die ganze Zeit auf der Ranch fluchen. Aber sie war eine Dame. Sie sollte solche Wörter gar nicht kennen.

Sie blieb dabei, sich für ihre wahre Sünde zu entschuldigen. „Tut mir leid, dass ich spät dran bin."

Ihr Vater grollte irgendetwas, bevor er den Kopf schüttelte. „Schon gut. Du bist eigentlich ein paar Minuten zu früh."

Was gut war, denn nach dem wilden Lauf musste sie eine bequeme Position finden und das Gewicht von ihrem Bein nehmen. Nur dass sie es unauffällig tun musste, damit ihr Vater keine Ahnung bekam, welche Schmerzen sie tatsächlich litt. Wenn er es erfuhr, würde sie ihn um nichts in der Welt von dem Satz überzeugen können, den sie ihm gleich vorsetzen würde.

Sie lehnte sich an die Wand. Uneingeladen stieg ein Bild auf, wie sie am Abend zuvor in einer ähnlichen Position gewesen war, sich aber an einen festen, männlichen Körper gelehnt hatte.

Verdammt, Finn, weshalb bist du verschwunden?

Sie schob die Ablenkung zur Seite und räusperte sich. „Ich habe nachgedacht. Ich weiß, dass wir zusätzliche Hilfe brauchen. Du hast erwähnt, die Cousins zu überreden, uns zur Hand zu gehen. Ich glaube, das ist eine tolle Idee, aber in der Zwischenzeit könnte ich aufs Six-Pack- und Moonshine-Land und ihnen dort mit den Pferden zur Hand gehen."

George Coleman wollte nichts davon hören. „Schlimm genug, dass du verletzt wurdest, als du auf von diesem Pferd für Mike gefallen bist. Du musst nicht auch noch an unbekannten Tieren herumbasteln, während du in diesem Zustand bist."

Karen zuckte unverbindlich mit den Schultern. „Der Unfall bei Onkel Mike war eine einmalige Sache. Zu so einer Situation kommt es nur alle heiligen Zeiten, und es war weniger die Schuld des Pferdes, als die des Anhängers."

Mist. Vermutlich war es nicht gut, das zu erwähnen, denn sie war zwar für die Pferde verantwortlich, aber ihr Vater für die Technik.

Und natürlich wurde seine Miene noch finsterer, bevor er den Kopf heftig schüttelte. „Nein, ich habe darüber sehr viel nachgedacht. Wir brauchen Hilfe, aber keiner vom Rest des Coleman-Clans hat auch nur ein Paar Hände übrig. Also habe ich einen Kumpel kontaktiert."

Alle Luft wich aus ihrer Lunge. Erst mal, weil ihr Vater um Unterstützung gebeten hatte. Aber die Tatsache, dass er tatsächlich jemanden außerhalb der Familie gefragt hatte? „Du hast jemanden gefragt, ob er herkommt und uns hilft?"

„Ja. Richard Marlette. Ich habe ihn vor Jahren kennengelernt, und wir sind in Kontakt geblieben. Sein Land ist draußen in Manitoba."

Okay. Der Schock ließ allmählich nach, aber Karen war immer noch verwirrt. Einen zusätzlichen Mann im Alter ihres Vaters dazu zu holen, um *sie* zu ersetzen, wirkte wie eine echte Beleidigung. Das größere Problem war, dass die Whiskey-Creek-Ranch schon lange Zeit an mangelndem Personal litt, schon seit Tamara gegangen war, um Krankenschwester zu werden. Erst recht kam der Mangel daher, dass ihr Vater nur widerstrebend seine Töchter all die Aufgaben erledigen ließ, die zum vollen Betrieb nötig waren.

In der Ferne stieg eine Staubwolke auf, die auf der Zufahrtsstraße zu ihnen führte. Ein verlässliches Anzeichen, dass jemand auf die Ranch kommen würde. „Ist er das?"

Ihr Dad drehte sich um, als nicht einer, sondern zwei extra große Trucks mit Doppelkabine auf den Hof fuhren. „Noch etwas besser. Richard sagt, er ist gerade in einer Übergangsphase. Da er einige Änderungen vornimmt, heißt das, Teile seines Landes liegen brach, also sind seine Söhne über den Sommer unbeschäftigt." George Coleman warf einen Blick über die Schulter, in seiner Miene lag Stolz, als er fest das Kinn neigte. „Die Marlette-Jungs werden uns helfen, uns um alles zu kümmern."

Karen mochte sie bereits jetzt nicht, diese Eindringlinge aus Manitoba auf ihrem Land. Irgendwelche Jungs, noch feucht hinter den Ohren, und weil sie Männer waren, sah man in ihnen bereits größere Leistungsträger als in ihr und ihren Schwestern.

Irgendwie hielt sie sich vom Knurren ab. „Ich kann nicht glauben, dass du nicht mit mir darüber geredet hast, Dad."

„Da gibt es nichts zu reden."

Ärger explodierte in ihren Eingeweiden, während die Trucktüren aufschwangen und abgetragene Stiefel, Jeans und Cowboyhüte erschienen. Einen Augenblick später gingen drei Männer – keine Jungs – in einem trägen Cowboyschritt auf sie zu.

Karen sah nur ein Gesicht ...

Finn.

Ihr Fantasiemann aus der Liebelei vom vorherigen Abend ging voraus. Er blieb vor ihrem Vater stehen und hielt ihm eine Hand hin.

„Finn Marlette. Schön, Sie kennenzulernen, Sir."

„George Coleman. Ich freue mich, dass es funktioniert hat, dass ihr Jungs rauskommt."

Noch während er George begrüßte, wanderte Finns Blick zu Karen. „Wir werden tun, was wir können, um das zu einem denkwürdigen Sommer zu gestalten."

Lieber Gott, sie würde es nicht überleben.

2

———

Juni. Heute, Heart Falls, Alberta

Vorfreude stieg auf, als Finn Marlette in seine Stiefel schlüpfte.

„Sicher, dass du keine Unterstützung möchtest?" Sein bester Freund Zach Sorenson saß auf einem der einzigen beiden funktionstüchtigen Stühle, die sie in der heruntergekommenen Ranch-Haus-Küche besaßen. Der braunhaarige Mann lehnte sich zurück, wippte auf zwei Stuhlbeinen wie ein Teenager und nicht der Dreiunddreißigjährige, der er war. Ein breites Grinsen stand in seinem Gesicht, und in seinen blauen Augen funkelte Erheiterung. „Ich könnte mitkommen, um sicherzustellen, dass Karen dich nicht umbringt und deine Leiche dann irgendwo im Hinterland verscharrt."

„Sind wir dramatisch, oder was?", fragte Finn gedehnt, während er seinen Hut aufsetzte.

Zach schwang zurück, die Stuhlbeine trafen mit einem lauten Knall auf den unbearbeiteten Holzboden. „Okay, ich gebe es zu. Ich bin teuflisch neugierig, wie du das einfliegen willst. Es ist Jahre her, und doch scheinst du irgendwie zu glauben, sie lässt dich da einfach rein spazieren und sich von dir umwerben."

„Beim ersten Mal hat es funktioniert", erwiderte Finn trocken. Er deutete auf seinen Freund. „Bleib hier."

„Versprich mir, dass du mir alles erzählst", scherzte Zach, bevor er im zuzwinkerte, während er aufstand. „Okay, ich benehme mich ja schon. Ich *bin* interessiert, wie sich das Ganze abspielt, aber du weißt, dass ich nur dein Bestes will. Und für sie natürlich auch, denn mit all den Plänen, die ich hier in Heart Falls habe, wirst du mir alles gehörig vermasseln, wenn du dir die Familie Stone oder irgendwelche anderen Verwandten von Karen zum Feind machst."

Finn wusste, dass der Großteil des letzten Teils Schwachsinn war. Trotzdem wusste er zu schätzen, dass Zach die Stimmung aufheiterte, und zwar mehr, als er zugeben wollte. „Ich werde tunlichst vermeiden, dass uns jemand mit Fackeln und Mistgabeln verfolgt."

Zach rieb sich die Hände. „Mehr kann ich mir nicht erbitten. Los jetzt. Viel Glück."

Du lieber Gott.

Finn ignorierte das amüsierte Schnauben, das von seinem Freund kam, und ging durch die Tür.

Es war ein herrlicher Tag im Vorgebirge von Alberta. Das Land, das er nördlich der kleinen Stadt Heart Falls gekauft hatte, war ein ziemlicher Saustall, was die Gebäude anging, doch die Landschaft war erstaunlich.

Die wogenden Hügel breiteten sich um ihn herum aus gen Westen, stiegen immer höher an, bis sie mit den Ausläufern der Rocky Mountains verschmolzen. Die fernen Gipfel waren immer noch schneebedeckt, aber auf dem Rest des Geländes leuchtete das Grün des Frühlings in üppigen Tönen. Diese frühen Junitage waren wunderschön, wenn das Braun des Winters sich in herrlichen, überschießenden Sommer verwandelte.

Er nahm einen etwas längeren Weg als nötig vom heruntergekommenen Ranchhaus, in dem er und Zach derzeit hausten. Er marschierte den Pfad über den Kamm des Hügels entlang, hielt inne, um einige Frühlingsblumen zu pflücken, die bereits den Kopf durch das hohe Gras steckten.

Es gehörte zum Plan, nach Heart Falls zu kommen, und das kleine Gebäude vor ihm war der Ort, wo der nächste Teil des Plans stattfinden würde.

Er und Karen Coleman hatten noch eine Rechnung offen.

Finn spürte ein leichtes Bedauern, aber auch Vorfreude, während er sich zu dem kleinen Häuschen begab, das sich in eine windgeschützte Senke in der Landschaft schmiegte.

Karen hatte eine Unterkunft gebraucht, und es hatte völlig logisch geklungen, ihr das möblierte Gebäude anzubieten. Sie in der Nähe zu haben, würde ihnen die Gelegenheit geben, sich erneut kennenzulernen, selbst wenn sie ihre Zeit damit verbrachte, ihre Schwestern in Heart Falls zu besuchen.

Es war fünf Jahre her, dass er sie zum ersten Mal gesehen hatte, und er stellte fest, dass seine Schritte schneller wurden, sobald die vordere Veranda in Sicht kam.

Viereinhalb Jahre, die sie nicht zusammen verbracht hatten, teilweise, weil er nicht klug genug gewesen war, um zu sehen, dass es für ihr Problem mehr als nur eine Lösung gab.

Er war besser geworden im Lösen von Problemen. Mit fünfunddreißig Jahren bekam er in diesem Bereich allmählich etwas gebacken.

Es war Zeit, Karen wissen zu lassen, dass sie Möglichkeiten hatten, und er tun würde, was immer nötig war, um dafür zu sorgen, dass dieser Sommer nicht wie der letzte endete, den sie gemeinsam verbracht hatten.

Gedemütigt davon, wie fest sein Herz klopfte, während er auf die Veranda trat, klopfte Finn fest an und tat so, als wäre er nicht nervös.

Irgendwo hinter ihm raschelte es im Gras, und er drehte sich um, um sicherzustellen, dass ihn nicht gleich eine der verwilderten Katzen anspringen würde, die er auf dem ganzen Gelände hatte frei herum laufen sehen.

Zwei blitzende grüne Augen leuchteten ihm aus dem hohen, trockenen Gras entgegen. Eine Katzenmutter, die ihn genau beobachtete, noch nicht ganz sicher, ob er Schwierigkeiten machen würde oder nicht.

Dann schwang die Tür auf, und eine vertraute Stimme legte sich um ihn wie eine Liebkosung. „Hi, wie geht's?"

Verdammt. Er hatte Karen im Lauf der letzten Monate ein paarmal aus der Ferne gesehen. Hatte Bilder von ihr zu Hause bei den Stones auf dem Handy eines Freundes gesehen. In seinen Träumen hatte er sie jede Nacht gesehen.

Nichts kam ans echte Leben heran.

Sein Blick wanderte kurz nach unten, Erheiterung machte sich breit, als ihm klar wurde, dass sie Daisy-Duke-Shorts trug, die ihre Beine zur Geltung brachten. Weit entfernt vom ersten Mal, als sie sich begegnet waren, und sie diesen riesigen Gips getragen hatte, der eines ihrer umwerfenden Beine eingehüllt hatte.

Das alles dauerte nur einen Augenblick, bevor er sich auf ihr Gesicht konzentrierte. Ihre Augen, diese tiefbraunen Seen, in die er schon stundenlang gestarrt hatte. Ihre Lippen standen leicht offen vor Schock, waren aber so rot und köstlich, dass er sie beinahe schmecken konnte.

Anstatt zu tun, was er tun wollte, nämlich sie bis zur Besinnungslosigkeit zu küssen, hielt er ihr die Blumen hin. „Willkommen in Heart Falls."

Eine Sekunde verging – vielleicht auch zwei, während der

Schock noch anhielt – bevor ihre Augen blitzten und sie zurücktrat.

Die Tür wurde ihm vor der Nase zugeschlagen.

Ein Lachen wollte aus ihm hervorbrechen, doch er zögerte schweigend, um sicherzustellen, dass er nichts falsch verstanden hatte.

Das hörbare Geräusch eines aufgehenden Fensters hallte durch die stille Morgenluft, und da ließ Finn zu, dass das Grinsen groß wurde.

Kluge Frau. Schöne, wunderbare, kluge Frau.

Er trottete auf die andere Seite zur hinteren Veranda, die nach Westen ausgerichtet war. Das Fenster im Essbereich war geöffnet, aber genauso auch die Schiebetür der Veranda. Diesmal nahm er den leichten Weg, ging zum Eingang hinauf und schob das Fliegengitter zur Seite.

Karen stand in einem winzigen Kochbereich, die Arme vor der Brust verschränkt. Dunkelbraune Haare hingen über ihren Schultern, offen und sexy. Ihr Kinn war hoch erhoben, und ihre Miene alles andere als einladend.

Aber sie hatte ihn hereingelassen. Sie hatte ein Fenster geöffnet und die Tür aufgeschlossen, genauso wie sie es vor all den Sommern getan hatte. Finn nahm das als gutes Zeichen.

Er hielt inne. „Darf ich eintreten?"

Karen stieß ein gedämpftes Knurren aus. „Ich hätte dich durchs Fenster steigen lassen sollen, aber ja. Jetzt, wo du vor meiner Tür stehst, schätze ich, hat es keinen Sinn mehr, so zu tun, als wärst du nicht in der Gegend."

„Das hast du getan?" Finn trat durch den Eingang, blieb stehen, seine Stiefel auf dem Fußabtreter gleich hinter der Tür.

Er war nicht so dumm, dass er mit seinen Stiefeln von draußen den Boden einer Ranch-Frau betrat. Aber er war nicht sicher, ob er lang genug bleiben würde, um sie auszuziehen.

Karen verdrehte die Augen und deutete auf den

Wohnbereich. „Komm ganz rein. Ist ja nicht so, als wärst du ein Vampir und brauchst meine Erlaubnis, um über meine Schwelle zu kommen."

Er nahm den Stiefelhaken an einer Seitenwand, um die Schuhe behutsam zur Seite zu stellen, bevor er zu ihr trat, der Wiesenblumenstrauß wieder ausgestreckt. „Nein. Kein Vampir, sondern lebensecht, aus Fleisch und Blut, ein Cowboy, der hofft, bei einem gewissen Cowgirl einen guten Eindruck zu machen. Das bedeutet, dass ich meine Manieren im Auge behalte."

Karen wühlte durch die Schränke. Sie fand eine Plastik Karaffe, die sie mit Wasser füllte, bevor sie ihm die Blumen abnahm. Sie trug den Strauß in den kleinen Wohnbereich und stellte ihn auf einen Beistelltisch.

Dann setzte sie sich betont auf einen der einzeln stehenden Sessel auf der gegenüberliegenden Seite von seinem Standort. All das, ohne ein einziges Wort zu sagen. Sie wandte ihm erst ihre Aufmerksamkeit zu, als sie fertig war, ihr Blick starr und unverbindlich.

Finn schloss sich ihr an, ließ sich mitten auf dem Sofa ihr gegenüber nieder. Er hatte erwartet, dass es nicht leicht sein würde – zumindest nicht gleich –, aber es würde sich lohnen.

Er musste zunächst nur länger schweigen können als sie.

Was ihm die Zeit verschaffte, sie zu mustern, und das war eine gut investierte Zeit. Dieser erste Blick hatte ihm den Hauch süßer Erinnerungen gebracht. Die gründlichere Untersuchung trug nun dazu bei, die Veränderungen wertzuschätzen.

Sie war natürlich älter, mit zweiunddreißig noch drei Jahre jünger als er. Ihre langen Haare waren dieses eine Mal offen, lagen über ihren Schultern, bis mitten hinab auf ihre Brust. Ihre Kurven waren gut zu sehen, die Knöpfe ihres

Flanellhemdes so weit offen, dass er den Rand eines der sexy Unterhemden sehen konnte, die sie gerne trug.

Kontrast. Bei Karen ging es schon immer um die Kontraste. Abgewetzte Jeans und Arbeitsstiefel mit seidenen Unterhemden und leuchtend bunt bemalten Nägeln.

Zäh wie Stahl, wenn er sie bei der Arbeit auf den Feldern getroffen hatte, sogar mit dem gebrochenen Bein. Im Inneren weich, zu sehr damit befasst, was andere Leute denken mochten.

In ihren Augen stand eine leichte Anspannung, ein Gefühl der Wachsamkeit war um sie herum, was verständlich war, wenn man alles bedachte.

Er beugte sich vor, die Ellbogen auf den Knien, die Hände aneinander. „Wie gefällt es dir hier? Hast du alles, was du brauchst?"

Sie öffnete den Mund, um etwas zu antworten, aber dann klappte er ganz auf.

Darauf folgte einer dieser verärgerten Blicke. Diejenigen, die alle Frauen von Whiskey Creek ziemlich gut drauf hatten. „Lass mich raten. Dir gehört dieses Haus."

Es lohnte sich nicht, das zu leugnen. „Mir gehört das Häuschen, das Haupthaus, die Arbeitsgebäude und etwa fünftausend Morgen Land zwischen Heart Falls und dem Rand des Wildreservats im Westen."

„Entschuldige mich bitte, während ich mir kurz eine Notiz mache, dass ich meine Schwester umbringen muss, wenn ich sie nächstes Mal sehe. Sie und ihren verschlagenen Freund Josiah."

Finn zuckte mit den Schultern. „Na ja, mein Kumpel Zach hat mich gerade daran erinnert, dass wir genug Land haben, um Leichen zu verstecken, wenn du das wirklich für die beste Möglichkeit hältst, damit umzugehen. Ich habe auch einem Bagger, falls das hilft."

Für diese Anmerkung bekam er ein Kichern, und ein Teil der Anspannung fiel von ihr ab, während sie sich im Sessel zurücklehnte und die Fußstütze hob. Sie beäugte ihn genauso intensiv, wie er vorhin sie gemustert hatte.

Karen schüttelte den Kopf. „Man hat mir übel mitgespielt, aber ich kann nicht sagen, dass ich allzu wütend bin. Ich wollte einen Ort, an dem ich vier Monate wohnen kann, und die Tatsache, dass er dir gehört, ist nicht das Schlimmste auf der Welt. Aber ich hatte echt gehofft, dass du das hinter dir gelassen hast. Diese ganze Art, dass du mit deinen Plänen nicht rausrückst, oder *wer* du bist. Das war schon beim ersten Mal nervig, als wir uns begegnet sind."

Er neigte den Kopf ein wenig, sagte aber nichts.

Sie starrten einander kurz an, ihre Blicke trafen sich, während Erinnerungen durch Finns Gehirn stoben.

Sie hatten gute Zeiten erlebt, aber sie hatten auch Missverständnisse gehabt, und obwohl er einige Dinge manipuliert hatte, um sie dorthin zu bringen, wo sie jetzt waren, war es vielleicht die beste Idee, seine Karten offen auf den Tisch zu legen.

Zumindest konnte sie dann nicht behaupten, er hätte sie auf dem falschen Fuß erwischt.

„Du hast recht. Du musst meine Pläne kennen. Ich habe mehr als einen ..."

„Man stelle sich das vor", sagte Karen bissig.

Diesmal lachte er leise, redete aber weiter. „Als erstes stand auf meiner Liste ein Ort, an dem du wohnen kannst. Eine Heimat, damit du die Zeit mit deinen Schwestern und deinem neuen Neffen genießen kannst."

Karen neigte langsam das Kinn. „Ich weiß zwar nicht, warum das auf *deiner* Liste steht, aber vielen Dank. Dieses Häuschen hier ist genau das, was ich brauche. Ganz gleich, wie schräg es ist, dass du derjenige bist, der es mir zur Verfügung stellt, werde ich dieses Angebot nicht ausschlagen."

„Das zweite auf meiner derzeitigen To-do-Liste ist es, diesen Laden so bald wie möglich zum Laufen zu bringen."

Diesmal war sie verloren. Der beherrschte Ausdruck verschwand und wurde zu Misstrauen und Verwirrung. „Diesen Laden? Was soll denn das sein, und weshalb bist du nicht im Osten in Manitoba, wo du auf dem Land deiner Familie arbeitest?"

Es war noch nicht die Zeit, über dieses Problem zu reden, darum schob Finn die Wut weg, die auch nur der Gedanke an die Heimat seiner Familie auslöste, und konzentrierte sich auf den wichtigsten Teil. „Das ist eine lange Geschichte. Levi leitet die Marlette-Farm, und ich erklär dir später mehr dazu, aber hier und jetzt habe ich dieses Land gekauft, um es in eine Touristenranch zu verwandeln."

Dieses Mal stand ihr der Mund gute zehn Sekunden lang offen. „Hör doch auf."

Er hob eine Hand. „Ehrlich."

Ihre Miene war wieder leicht erheitert. „Echt. Ich hoffe, du hast gute Leute, die mit dir arbeiten, denn, Herzchen? Nur um ehrlich zu sein, du hast nicht das Charisma, um diese ‚Howdy, Stadtmenschen, ich helfe euch gerne, diese Wildpferdchen zu reiten, Yeehaw und Yippi-ja-yay'-Nummer durchzuziehen, ohne dass jemand auf dich wütend wird."

Finn hob eine Augenbraue. Er war allerdings fasziniert, dass ihr sein alter Kosename herausgerutscht war, mit dem sie ihn geneckt hatte.

Sie rückte auf dem Stuhl herum, die Arme an den Ellbogen verschränkt und auf die Oberschenkel gestützt, während sie Finn intensiv musterte. „In Ordnung, um der Kürze willen, tun wir mal so, als würde ich dir glauben, dass du diesen Unsinn mit dem Aufbau einer Touristenranch ernst meinst. Was ist der nächste Teil deines endlosen Plans?"

„Abschließen, was wir angefangen haben, nur auf die richtige Art."

Er verpasste ihr ein emotionales Schleudertrauma, und das wusste er auch. Doch es war der einzige Weg, um geradeheraus und ehrlich zu sein.

Karen holte tief Luft und konzentrierte sich auf den Boden, bevor sie den Blick hob und sehr betont sprach. „Wir *haben* abgeschlossen, was wir angefangen haben, Finn. Als du auf die Whiskey Creek Ranch gekommen bist und wir festgestellt haben, dass zwischen uns was läuft, haben wir gesagt, es wäre eine Affäre. Nicht mehr. Eine einmalige Sache über den Sommer, und das haben wir auch gemacht. Es wurde September, du bist zurück nach Manitoba, ich blieb in Rocky Mountain House, und das war es."

„Es hätte nicht das Ende sein sollen", pflichtete Finn ihr bei.

„Du hast zwei Provinzen weiter gewohnt. Du hattest Arbeit. Ich hatte auch Arbeit, und so war es eben."

Einen Augenblick lang kam Ärger auf, bevor er beschloss, einen anderen Weg einzuschlagen. „Okay, gut. Es war das Ende – dieses Sommers. Aber, *ma chérie*, jetzt ist ein anderer Sommer. Wir sind hier an einem neuen Ort, mit neuen Plänen. Also habe ich ein paar Vorschläge für dich."

KAREN COLEMAN SCHLUG SICH, so gut sie konnte als menschliches Jo-Jo. In einem Augenblick konnte sie ihre Erheiterung nicht verbergen, weil Finn genau wusste, wie er ihre witzige Seite ansprach. Dann hatte er eine Kehrtwendung hingelegt und ihr eine Granate vor die Füße geschmissen, und verdammt, wenn sie ihn nicht gleich ...

Das war das Problem. Sie wusste an diesem Punkt nicht, *was* sie wollte oder nicht wollte. Ihre Gedanken wirbelten verwirrt herum.

Nein, Moment.

Es gab eines, was sie sicher wusste. Sie musste verhindern, dass Finn Marlette herausfand, wie sehr es sie geschmerzt hatte, dass ihre Sommer-Affäre geendet hatte.

Denn so viel Spaß es auch gemacht hatte, sie hatte einen Fehler gemacht, und ihr Herz war mit hineingezogen worden.

Sie konzentrierte sich auf den Mann ihr gegenüber, der die Fähigkeit hatte, ihren Körper vor Leidenschaft singen zu lassen – oder zumindest war das vor ein paar Jahren so gewesen. Sie bezweifelte, dass das ein Talent war, das er einrosten lassen würde, verdammt sollte er sein.

Anstatt aber wegzulaufen und sich zu verstecken, stählte Karen sich und drängte vorwärts. „Was sind denn das für Vorschläge, Finn? Red nicht um den heißen Brei.“

„Ich will, dass du mir hilfst, alles für die Touristenranch vorzubereiten. Es gibt Bereiche, in denen du Expertin bist, etwa beim Kauf von Pferden und Unterstützung beim Anheuern der Mannschaft für den Viehbestand. Ich weiß, dass du vier Monate hier bist, bevor du zur Schule gehst. Ich bezweifle, dass wir im Herbst schon voll einsatzfähig sind, darum erwarte ich nicht, dass du alles schon hinbekommst. Aber ich würde dich gern anstellen, um zu tun, was du tun kannst.“

Das hat sie nicht kommen sehen. „Okay. Ich werde darüber ein wenig nachdenken müssen, denn ich bin bereits ein paar Verpflichtungen für meine Zeit hier eingegangen.“

„Arbeit im Supermarkt ist nicht gerade deine Stärke“, sagte Finn gedehnt.

„Spionierst du mir nach?", fragte Karen, noch während sie den Kopf schüttelte. „Vergiss, dass ich das gesagt habe. Ich verstehe schon. Kleinstadt. Du hast vermutlich zwei Fragen gestellt und alle Informationen bekommen, die du gebraucht hast."

„Ich wohne seit März bei Josiah Rider", gab Finn zu. „Ich weiß so ziemlich alles, was im Bereich von Heart Falls los war."

Sie würde ihre Schwester dermaßen umbringen. Schwestern, denn Lisa wohnte inzwischen bei Josiah, aber auf gar keinen Fall hatte Tamara die Neuigkeiten nicht auch mitbekommen.

Die Einzige, die vielleicht davonkommen würde, ohne verbal niedergemacht zu werden, war ihre neu entdeckte jüngste Schwester Julia.

„Du bist ein verschlagener Teufel, oder?", fragte Karen.

„Nur, weil ich einen Grund hatte. Ich wollte diesen Laden kaufen, und ich habe Zeit gebraucht."

Richtig. Das klang ganz in Ordnung. „Gib mir deine Nummer, und ich rufe morgen wegen des Jobs für dich an, Juni bis September."

„Die Nummer ist dieselbe wie immer. Das weißt du doch."

Ja, sie schätzte schon. Sie hatte sie im Lauf der Jahre oft genug angestarrt, wirklich.

Er erhob sich und schloss den kurzen Abstand zwischen ihnen, nahm ihre Hand und zog sie nach oben. „Was ich sonst noch will? Während du hier bist, machen wir dort weiter, wo wir aufgehört haben."

Ihr Herz hämmerte. Ihre Kehle wurde eng. *„Finn."*

Er starrte sie mit diesem intensiven Blick an, der sie erbeben ließ. „Wir hatten etwas Besonderes, und es hat nicht so geendet, wie es hätte enden sollen. Ich glaube, wir sollten es noch einmal versuchen, und diesmal ändern wir es einfach so weit, dass wir eine echte Chance bekommen."

Lieber Gott, die Versuchung wurde ihr auf einem Silbertablett präsentiert.

Aber sie kam endlich einmal dazu, die Flügel auszubreiten. Ganz zu schweigen davon, wie würde sie es wegstecken, wenn dieser Mann sich nach vier Monaten, in denen sie Zeit mit ihm verbrachte, wieder von ihr abwandte und ging, und genauso sie?

Wenn er sie ein zweites Mal verließ, konnte sie das genauso gut ins Grab bringen.

„Alle Gründe, die wir damals hatten, sodass wir nicht auf Dauer zusammen sein konnten – nichts davon hat sich geändert, Finn. Wenn überhaupt, ist es noch komplizierter geworden." Karen musste es erklären, vielleicht auch ein wenig für sich. „Ich bin nur für kurze Zeit hier, um meine Familie zu besuchen, bevor ich zur Schule gehe. Ich mache etwas, das für mich wichtig ist, außerdem kann ich zum ersten Mal in meinem Leben die Welt außerhalb von Whiskey Creek und den Coleman-Ländereien erleben."

„Wir verbringen den Sommer zusammen hier, und wenn du am Ende zur Schule gehen magst, dann gehst du. Das heißt nicht, dass wir nicht zusammen sein können." Sein Griff um ihre Finger war sanft genug, dass sie sich entziehen konnte, wenn sie das wollte, aber fest genug, um klarzumachen, dass er das nicht wollte. „Ich bin nicht der, der ich vor fünf Jahren gewesen bin, *Chérie*. Wir haben mehr Optionen, aber erst müssen wir einmal einen festen Stand erreichen."

„Und wie sieht das aus? Fangen wir eine weitere Affäre an? Knutschen wir wieder in den Ecken der Scheune und steigst du wieder durch mein Schlafzimmerfenster?"

Seine Lippen wölben sich. „Obwohl ich äußerst bereit dazu bin, in dein Schlafzimmerfenster einzusteigen, muss sich das mit dem Verstecken ändern. Wir machen das schon richtig. Wir verbringen den Sommer zusammen, aber es wird kein

Geheimnis. Du und ich werden da draußen sein, auf die Welt pfeifen und alles machen, was wir wollen. Alles, was dich glücklich macht – denn du hast recht. Du hattest eine schwere Zeit hinter dir, und du hast es verdient, die Flügel auszubreiten. Ich bin ganz dafür, dir zu helfen. Aber nicht im Verborgenen." Er senkte seinen Tonfall ein wenig, die Worte erklangen als tiefes Grollen, das über ihre Haut strich. „Außer, du willst es verborgen."

Du lieber Gott. Das war nicht nur Versuchung, das war Versuchung in einem hübschen Geschenkpapier mit einer Schokopraline obendrauf, die wartete, dass sie mal abbiss.

Also tat sie das Einzige, was sie tun konnte. Karen zog ihre Hand weg, legte die Hände auf seine Schultern und drehte ihn auf der Stelle um. „Geh nach Hause, Finn. Ich ruf dich morgen an."

Er ging zu seinen Stiefeln, ohne sich so sehr zu beschweren, wie sie erwartet hätte. Erst nachdem er sich angezogen und seinen Hut gerichtet hatte, schaute er sie von oben bis unten an. „Ruf mich früher an. Ich will so bald wie möglich loslegen."

„Du dreister Bastard", rief Karen ihm nach, während er durch die Verandatür schlüpfte und ohne einen Blick zurück ging.

Sie folgte ihm hinaus auf die Holzveranda, beobachtete, wie sein starker Körper rasch in der Ferne verschwand.

Was für eine wilde, verwirrende Situation.

Es dauerte nur ein paar Minuten, um ein Glas Saft zu holen und einen Stuhl zu den wogenden Hügeln zu drehen, in der Hoffnung, dass von irgendwo da draußen Weisheit auf sie zu geflattert kommen würde.

Ein paar Schmetterlinge taten das vielleicht, aber die Weisheit schien sich zu verstecken, denn Karen war viel zu versucht, Finns Vorschlag anzunehmen.

Es wäre ein schrecklicher Fehler. Gebrochenes Herz? Das

hatte sie einmal überlebt, aber mit genug gezackten Rändern, um sich immer noch in den ungünstigsten Augenblicken tief zu verletzen.

War es das wert, sich mit dem Mann einzulassen, der ihr persönliches Suchtmittel war, wenn sie nur eine begrenzte Zeit hatte, um hierzubleiben? Und darüber hinaus bezweifelte sie, zumindest an diesem Punkt, außer etwas Größeres hatte sich in Finn Marlettes Leben kürzlich verändert, dass er vorhatte, auch nur länger in Heart Falls zu bleiben, als es dauerte, sein neuestes Unternehmen zum Erfolg zu führen.

Sie wollte ihre Ausbildung, das stimmte, aber vielmehr noch? Sie wollte Wurzeln schlagen. Tief und fest, verankert von Familie und Freunden. Das konnte sie nicht mit einem Mann tun, dem *nur vorübergehend* auf die Stiefelsohlen geschrieben stand.

Die Sonne bewegte sich langsam. Nur ein paar dünne Wolken trieben durch einen blauen Himmel auf die fernen Berge zu. Es war wunderschön und friedlich und genau das, was sie brauchte, um zu einer Entscheidung zu kommen.

Sie hob das nahezu leere Glas zu den Feldern. „Ich bin für meine Familie hier. Ich bin hier, um mich zu finden, und das bedeutet, dass ich keine Zeit für eine Affäre habe. Das ist ein Sommer, den ich im Zölibat verbringe. Noch wichtiger, es bedeutet, dass ich mich auf die Aufgabe vor mir konzentrieren kann."

Was zunächst mal erforderte, dass sie sich mit ihren Schwestern traf, und zwar nicht, wenn eine ganze Horde anderer Menschen um sie herum war. Denn es war nicht die Zeit für eine Gruppendiskussion; es war Zeit, dass sich die Coleman-Frauen aus Whiskey Creek versammelten, während die älteste von ihnen – also sie – ihnen erklärte, wie genau der Hase lief.

Das hieß, Karen würde Regeln aufstellen und dafür sorgen,

dass alle wussten, was genau ihre Prioritäten waren. Es würde null Toleranz geben, wenn sich noch einmal jemand in ihr Privatleben einmischte.

Sie zog ihr Handy heraus und schickte ein paar Nachrichten, um am Nachmittag ein Treffen mit Gleichgesinnten einzuberufen.

3

Ich habe nicht versucht, mich mysteriös zu benehmen, als wir uns bei Traders begegnet sind, aber ganz ehrlich, ich war abgelenkter, als ich eingestehen wollte. Du hast da eine teuflisch sexy Haltung an den Tag gelegt.

Bitte nimm diese Blume als Friedensangebot. Ich freu mich darauf, dich in diesem Sommer besser kennenzulernen.

~Nachricht von Finn an Karen, gefunden auf ihrem Fensterbrett im ersten Stock am Morgen, nachdem er auf der Whiskey Creek Ranch zu arbeiten begann~

Sein Besuch bei Karen war nicht lange genug gewesen. Obwohl Finn enttäuscht war, dass sie sich nicht direkt auf die Zustimmung zu seinem Plan gestürzt hatte, war es durchaus vernünftig, um ein wenig Bedenkzeit zu bitten.

Er hatte sich schon gedacht, dass sie nein dazu sagen würde, wieder zusammenzukommen, vermutlich zumindest ein paar Wochen lang.

Das war so ziemlich das, was auch vor fünf Jahren passiert war. Damals war er entschlossen gewesen, so langsam wie möglich zu machen, bis das Feuer zwischen ihnen entfacht war und sich unmöglich weiter ignorieren ließ.

Trotzdem hatte er es für jeden, der zugeschaut haben mochte, so ziemlich vermasselt. Finn war versucht, den langen Weg zurück zum Ranchhaus zu nehmen. Wenn er vielleicht langsam genug schlenderte, hätte Zach jemand anderen gefunden, um sich zu unterhalten, und das Haus verlassen.

Dieses Glück hatte er nicht. Der Bastard hing nicht nur weiterhin dort herum, sondern ein zusätzlicher Besucher hatte sich ihm in der Küche angeschlossen.

Josiah Ryder, der örtliche Tierarzt und bis vor kurzem Finns Vermieter und Mitbewohner, schaute auf. Ein Berg aus Papieren lag auf der Fläche des grob bearbeiteten Tisches ausgebreitet, und er und Zach hatten sich da durchgewühlt.

„Ich sehe keine fehlenden Gliedmaßen oder aufgeschlitzten Adern", meldete Josiah sich fröhlich zu Wort.

„Hast du tatsächlich auf eine positive weibliche Reaktion geschlossen, weil keine Verstümmelungen vorliegen?", fragte Zach trocken. „Wenn ich nicht wüsste, dass du es geschafft hast, bei einer Frau zu landen, würde ich mir Sorgen um deine Flirt-Technik machen."

„Hey, ich hege nur Hoffnungen hier für unseren Freund Finn."

Finn ging locker zum Tisch und warf einen Blick auf die Papiere, um Blaupausen, zeitliche Abläufe und Einkaufslisten in einem bunten Durcheinander zu finden. „Wir müssen uns eher früher als später mit den Unterkünften befassen. Außerdem muss jemand den Grundriss dieses Haupthauses überarbeiten, denn die Küche und der Essbereich sollten sich gemütlich anfühlen, aber trotzdem noch den Gesundheits- und Sicherheitsstandards entsprechen. Im Augenblick ist es ein Drecksloch."

Zach verschränkte die Arme vor der Brust und nickte langsam, als würde er jedes einzelne Wort verarbeiten. Dann zerschlug er Finns Hoffnungen, dass sie zum nächsten Punkt weitergehen konnten. „Du wurdest rausgeworfen, oder?"

Josiah schaute auf seine Uhr. „Wie lange warst du dort?"

„Höchstens zwanzig Minuten."

Von Josiah kam ein leiser Pfiff. „Rausgeworfen, und zwar so richtig."

„Ihr Esel", murmelte Finn. „Sie denkt darüber nach."

Zwei identische Gesichtsausdrücke wandten sich ihm zu. Eine Augenbraue nachdenklich hochgezogen, die Lippen zu einem selbstgefälligen Grinsen gewölbt. Dann drehten sich Josiah und Zach zueinander und ignorierten Finn völlig, während sie ihre Unterhaltung weiterführten.

„Darüber nachdenken ist kein Nein", erläuterte Josiah.

„Wie lang darf sie darüber nachdenken, bevor es ein Nein wird? Ist das so was mit offenem Ende, wo sie jederzeit, wenn sie möchte, den Startknopf drücken darf?", fragte Zach.

Josiah dachte einen Augenblick lang nach. „So funktionieren Frauen doch irgendwie, Zach. Als ich letztes Mal nachgesehen habe, hatte ich nicht das Sagen in meiner Beziehung mit Lisa. Nicht, wenn es darum geht, wohin wir gehen, *wann* wir gehen, oder was wir machen."

„Wenn ihr beiden fertig seid, ich habe ein Update." Finn wartete, bis seine Freunde sich wieder zu ihm wandten, mit großem Grinsen und so weiter. „Etwas, bei dem ich mir sicher bin, dass Karen dazu morgen Vormittag Ja sagen wird, ist es, mir zu helfen, diesen Laden hier vorzubereiten. Pferde kaufen und Mitarbeiter für den Viehbetrieb anheuern."

Zach fluchte leise. „Du hast ihr einen *Job* angeboten? Ich meine, nicht, dass sie darin nicht genial sein wird, aber wenn sie Nein dazu sagt, mit dir zusammen zu sein, macht das die Dinge nicht etwas kompliziert?"

„Wenn sie Ja dazu sagt, mit dir zusammen zu sein, macht es die Dinge sogar noch komplizierter", legte Josiah nach.

„Nicht wirklich. Zach, du bist der Vorarbeiter des Projekts, also bist du ihr Boss. Es wird eine Auftragsarbeit. Das bedeutet, sie wird ziemlich viel selbstständig erledigen. Hast du vor, bei irgendwelchen Käufen, die sie für die Ranch tätigen will, Zweifel anzumelden?"

„Natürlich nicht." Sein Freund zuckte mit den Schultern. „Es wäre schön gewesen, darüber schon früher zu reden, aber es ist ein guter Schritt. Ich bin dafür."

„Dankeschön." Das Wort triefte vor Sarkasmus.

Dann wurde Zach fröhlicher. Er schlug Finn eine Hand auf die Schulter. „Übrigens habe ich Kontaktpersonen wegen dieser Bauruinen aufgetrieben, die du erwähnt hast. Ich habe gute Hinweise auf mindestens ein Dutzend alte Scheunen in dem Bereich, den du dir vorgestellt hast. Du wirst schon Magie wirken müssen, um sie für einen anständigen Preis zu kaufen, aber wenn du das tust, weiß ich genau, wen man dazu holen muss, um sie in die besten Unterkünfte umzubauen, die es je auf einer Touristenranch gab."

Und das war der Grund, warum Finn letztlich, wenn man von dem ganzen Unsinn absah, Zach so sehr zu schätzen wusste.

Sie brachten beide ihre Fertigkeiten ins Geschäft ein, die sie aufgebaut hatten, seit Finn offiziell das Land verlassen hatte, auf dem er aufgewachsen war. Zach hatte ein magisches Händchen, wenn es darum ging, einmalige Gegenstände aufzuspüren, und den perfekten Blick dafür, einen Standort für ein neues Unternehmen auszusuchen. Sein Timing war ebenfalls unfassbar gut.

Finn wusste, wie man mit den Zahlen umsprang.

Obwohl sie beide in Schlüsselmomenten ziemlich viel Glück gehabt hatten, wie etwa, sich ihren Mentor Bruce Travers zu suchen, hatten sie auch verdammt hart gearbeitet, und das war der Grund, weshalb sie letztlich Erfolg gehabt hatten.

Finn nickte Zach anerkennend zu. „Ich wusste, dass ich auf dich zählen kann."

„Natürlich kannst du das, denn ich bin so furchtbar aufzählbar." Zach wandte sich an den anderen Mann im Raum. „Also, die Stellen, die ich für die Pferde markiert habe. Gehen die beim Tierarzt durch, oder müssen wir was ändern?"

„Auf dem Papier sieht es gut aus. Ich will ein paar weitere Maße von eurer großen Scheune. Außerdem, wenn ihr jetzt die Größe des Reitplatzes verdoppeln könnt, werdet ihr das später mal zu schätzen wissen." Josiah zog einige Papiere nach vorn, und er und Zach begannen eine Diskussion, der Finn nur teilweise zuhörte.

Er war mit nur einem echten Ziel nach Heart Falls gegangen – um wieder mit Karen zusammenzukommen.

Die Touristenranch zu einem Erfolg zu führen, war auf völlig andere Art wichtig. Geschäftserfolge waren eine Möglichkeit, um den Erfolg im eigenen Leben im Auge zu behalten. Es war zu leicht, auf der Stelle zu treten. Zu sehen, wie das Leben verstrich, während man immer dasselbe machte, immer wieder.

Finns Mentor Bruce Travers war es immer darum gegangen, etwas Neues auszuprobieren und über das hinaus zu greifen, was vorher möglich gewesen war. Das war zum Teil der Grund, weshalb er Finn und Zach als Lehrlinge aufgenommen hatte.

Er hatte ihr Leben auf eine Art verändert, die sie sich niemals hätten vorstellen können.

In Heart Falls zu sein, mit genug Geld in der Tasche, um Träume wahr werden zu lassen, war so ziemlich das Erbe, das Finn von dem Mann erhalten hatte. Aber das wahre Geschenk war nicht das Geld. Es war das Gefühl des Abenteuers und des Strebens nach etwas Neuem. Das waren neu gewonnene Haltungen, die Finn niemals wieder verlieren wollte.

Er zog sein Handy heraus und wollte in seine E-Mails schauen, doch sein Bildschirmschoner lenkte ihn ab, zog ihn zu dem Schatz von Fotos, die er von Karen zusammengetragen hatte.

Diejenigen, für die Karen vor fünf Jahren posiert hatte, nachdem sie mal übereingekommen waren, die Leidenschaft zwischen ihnen aufflammen zu lassen.

Er stellte fest, dass er ihr wieder einmal ins Gesicht sah, einer selbstsicheren Frau im Sattel. Ihre Hände lagen locker auf dem Sattelknauf, während sie ihn mit einem fröhlichen Lächeln auf dem Gesicht anschaute, ihre kühle Selbstsicherheit war an der Art zu erkennen, wie sie sich hielt.

Wenn er sich richtig erinnerte, war dieses Pferd ein Teufelsbraten gewesen, doch für sie hatte die Bestie mehr oder weniger geschnurrt. Das war eines der Dinge, die er an ihr bewunderte.

„Finn."

Er schaute auf und steckte sich sein Handy in die hintere Hosentasche. „Was?"

Einmal mehr wechselten die beiden Männer vor ihm einen erheiterten Blick, bevor Zach mit den Schultern zuckte. „Es macht so viel Spaß, dich so liebestrunken zu sehen. Ich wollte dich daran erinnern, dass wir in einer Stunde ein Treffen in der Bank haben. Wenn du jetzt loswillst, können wir uns vorher noch was zu essen holen."

Finn hatte keine Ahnung, wovon sein Freund da redete. „Wer zum Geier benutzt heutzutage noch Wörter wie liebestrunken? Und warum treffen wir uns in der Bank?"

Ein leidendes Seufzen kam von Zach. „Weil ich das alte Brewster-Gebäude an der Hauptstraße kaufe."

Finn dachte darüber nach. Es ergab immer noch keinen Sinn. „Warum müssen wir dafür zur Bank?"

„Weil *ich* es kaufe. Du bist meine zusätzliche Kreditsicherheit, um den Kredit auf die Beine zu stellen."

„Na, das ist doch Zeitverschwendung. In der Firma haben wir mehr als genug Geld. Kauf es doch davon", sagte Finn abgelenkt.

„Nein. Das kaufe ich mit meinem eigenen Geld."

„Ich bin in dieser Sache ganz bei Zach", meldete sich Josiah zu Wort.

Okay, das war seltsam. „Seit wann hast du dir denn eine Meinung darüber gebildet, wie wir unser Geld ausgeben?", wollte Finn von dem Tierarzt wissen.

Josiah zuckte mit den Schultern. „Seit wir uns kürzlich mal betrunken und eine tiefsinnige, offenherzige Diskussion darüber geführt haben, dass das ganze Geld der Welt auch nicht das Wahre ist ohne die Frauen, die wir lieben. Und da Zach immer noch nach der einen Wahren Ausschau hält, sollten wir ihn zumindest die alltäglichen Entbehrungen durchmachen lassen, um einen Kredit zurückzuzahlen, ohne ein prall gefülltes Konto im Rücken zu haben."

Diese Unterhaltung wurde immer seltsamer. Finn warf Josiah einen düsteren Blick zu. „Erst mal haben wir uns nicht erst kürzlich betrunken, und wir hatten keine tiefsinnige, offenherzige Diskussion. Ich bin mir ziemlich sicher, dass ich niemals die Worte ‚Frau, die ich liebe' in letzter Zeit in einer Diskussion erwähnt habe. Aber wenn Zach seinen Autoklassiker als Sicherheit für diesen zerfallenden

Schandfleck mitten in der Stadt geben will, ist das für mich in Ordnung.“

„Hey. Ich habe niemals ein Wort davon gesagt, dass Delilah Teil dieses Geschäfts wird“, widersprach Zach.

„Das ist das hellblaue Corvette-Cabrio von 1955, das er restauriert hat“, erklärte Finn dem neugierigen Josiah. „Von null auf hundert in 1,2 Sekunden, und ich durfte sie nur ein einziges Mal fahren.“

„Und dieses eine Mal hast du mich reingelegt“, setzte ihn Zach hochnäsig in Kenntnis. „Sie wird nicht meine Sicherheit.“

Das könnte tatsächlich witzig werden. Zach hatte Finn die perfekte Ablenkung geliefert, wie es nur beste Freunde konnten, die sich schon ewig kannten. „Viel Glück ohne mich bei der Bank.“

Eine Falte zeigte sich zwischen Zachs Augenbrauen. „Du bist ein Bastard, und du darfst sie nicht wirklich fahren, außer ich kann meinen Kredit nicht zurückzahlen.“

„Ich bleibe immer einer Frau treu“, sagte Finn ganz ernst. „Delilah ist in Sicherheit, außer du vermasselst es. Falls du es allerdings vermasselst, werde ich sie von Josiah retten lassen.“

Entsetzen breitete sich auf Josiahs Gesicht aus. „Was? Zieht mich nicht in eure Angelegenheiten rein.“

„Ich könnte ihm doch nicht sein Auto wegnehmen und es dann fahren. Damit würde ich mich zu weit aus dem Fenster lehnen. Aber so werde ich mich wie ein echter bester Freund mit ihm zusammensetzen und ihm Whiskey einflößen, während er deinen Namen verflucht.“

Von Zach kam ein aufbrausendes Lachen, auf das rasch eines von Josiah folgte.

Der Tierarzt schüttelte den Kopf. „Ihr beiden seid unmöglich. Ihr seid auch alle zwei am Samstagabend zum Abendessen eingeladen. Lisa will irgendwas mit ein paar von ihren Freundinnen unternehmen, und sie braucht Kerle, damit es ausgeglichen wird. Taucht dort auf. Um sechs Uhr. Und Herr im Himmel – ich kann nicht glauben, dass ich das sage – wir haben die Anweisung, Sandalen zu tragen."

Nach einem Tag voller interessanter Wendungen war Finn nicht sicher, woher das kam. „Zum Glück ist Juni. Ich hätte geschätzt, dass sie eine Poolparty veranstaltet, aber du hast keinen Pool."

„Machen wir einen Wellnesstag?", riet Zach. „Ich glaube nicht, dass das fliegt."

„Ich habe keine Ahnung, und das ist die Wahrheit." Josiah machte ein entsetztes Gesicht. „Ich hätte ihr nie meine Vergangenheit als Schauspieler anvertrauen sollen, denn Lisa setzt sich Ideen in den Kopf, die ziemlich durchgeknallt sind."

Es war unterhaltsam, aber Finn konnte seinen Freund darin beruhigen. „Vertrau mir, es warst nicht du, der sie auf Abwege geführt hat. Sie war schon immer kreativ. In diesem Sommer, den wir auf Whiskey Creek verbracht haben, haben sie und mein jüngerer Bruder allen möglichen wilden Scheiß angestellt."

Ein dumpfes, solides Geräusch erklang – Zachs Faust, die auf Finns Brust traf. „Bruder. Rede nicht über die Vergangenheit einer jungen Dame mit ihrem derzeitigen Macker."

Scheiße. „Überhaupt nichts in der Art. Die beiden waren wie Zwölfjährige, die zu viel Eis und Gummibärchen hatten. Wir haben sie dabei erwischt, wie sie ein Wandgemälde an der Seite der Scheune anbrachten, mit Paintball-Waffen. Dieses Mädchen hat eine größere Vorstellungskraft, als ihr guttut."

„Sie hat genau die richtige Menge Vorstellungskraft, und sie gehört ganz mir." Josiah wirkte eindeutig zufrieden, nachdem er dieses Statement abgegeben hatte. „Ich sehe euch beide dann am Samstag. Lasst mich wissen, wenn ihr schon vorher irgendwas braucht."

Zach schaffte es, sich zurückzuhalten, bis sich die Tür schloss, bevor er sich zu Finn drehte, Sorge stand ihm im Gesicht. „Alles in Ordnung? Bist du sicher, dass du weißt, was du da mit Karen treibst? Müssen wir wirklich Sandalen auf einer Party tragen, und ist das überhaupt auf einer Ranch in Alberta erlaubt?"

„Mir geht's gut. Karen geht's gut. Und ich habe keine Ahnung, was zum Teufel Lisa vorhat, aber es wird unterhaltsam, das herauszufinden."

DA DAS HERRLICHE Juniwetter durch das offene Fenster ihres Trucks hereinströmte, war Karen in sehr viel bessere Laune, als sie erwartet hatte, als sie am Haus ihrer Schwester Tamara ankam.

Auf dem Hof vor dem Silver-Stone-Ranchhaus stand eine ganze Ansammlung von Fahrzeugen, wie üblich. Einige vom Kommen und Gehen durch den Ranchbetrieb, aber es waren drei, an denen sie besonders interessiert war, die Seite an Seite standen und sehr unterschiedlich aussahen.

Tamara fuhr inzwischen das Mom-Mobil. Mit zwei adoptierten Töchtern, eine neun und eine elf, und ihrem neugeborenen Sohn, der gerade mal zwei Monate alt war, hatte die Schwester, die Karen altersmäßig am nächsten war, ihren Truck aufgegeben und die Annehmlichkeit gewählt, ihre Familie herumkutschieren zu können.

Ihre jüngere Schwester Lisa fuhr immer noch ihren angeschlagenen alten Truck, ein Erbstück, das durch eine Reihe von Cousins gegangen war, bevor es bei ihr gelandet war. Karen war überrascht, dass Lisas Freund nicht darauf bestanden hatte, ihr ein Upgrade zu verpassen. Andererseits war Lisa mit ihren inzwischen siebenundzwanzig Jahren fast genauso stur wie Karen, also war es ziemlich unwahrscheinlich, dass jemand sie von etwas überzeugen würde, das sie nicht tun wollte.

Das dritte Fahrzeug war eines, das Karen immer noch einen Augenblick lang starr werden ließ, bis sie ihre neue Realität erfasst hatte. Sie hatte keine zwei jüngeren Schwestern, sondern drei.

Julia Blushing war ja vielleicht erst vor ein paar Monaten aus dem nirgendwo in ihr Leben getreten, aber sie war im Herzen auf jeden Fall eine Coleman aus Whiskey Creek. Zumindest, wenn es um die Sturheit ging – die fünfundzwanzigjährige Rettungssanitäterin fuhr jetzt ein winziges Hybridfahrzeug, das nicht aussah, als könne es mit den Highways rund um Heart Falls fertig werden, ganz zu schweigen von den kleinen Straßen.

Karen parkte ihren eigenen gut eingefahrenen Chevy auf dem freien Platz, dann ging sie zur hinteren Veranda.

Musik und Lachen begrüßten sie, als sie die Tür öffnete. Einen Augenblick später fuhren drei Köpfe herum, identische dunkelbraune Augen, die aus ähnlichen Gesichtern blickten. Nur anhand von Tamaras Brille – heute pink – und ihren Frisuren unterschieden sich die drei. Tamara hatte sich die Haare zu einem Pferdeschwanz zurückgebunden. Lisa trug ihre in zwei Zöpfen, als wäre sie sechzehn.

Julias Haare mit einem tieferen Rotton lagen um ihre Schultern, wilde Locken, die vor ein paar Tagen noch nicht da gewesen waren.

Karen zog die Stiefel im Windfang aus und hängte die Jacke auf, während sie schon in die Unterhaltung einstieg. „Hi, ihr, Julia, deine Haare sind toll.“

„Danke.“ Julia türmte die Haarmasse auf ihrem Kopf auf und gab einen verführerischen Blick mit übertrieben geschürzten Lippen zum Besten. Eine Sekunde später brach sie in Gelächter aus und gab es auf. „Ich fürchte, dramatischer als das werde ich nicht."

„Es sieht gut aus", sagte Tamara. „Es bedeutet auch, dass wir keine identischen Vierlinge mehr sind. Das sollte es den armen Leuten dieser Stadt etwas leichter machen, die darauf bestehen, dass sie mich draußen ohne Tyler gesehen haben und fragen, seit wann ich wieder medizinisch arbeite."

Lisa wirkte nachdenklich. „Das ist witzig. In Rocky Mountain House haben die Cousins sich früher immer darüber beschwert, dass alle dachten, sie seien austauschbar. Wenn man einen Coleman sah, war es ganz egal, wie man ihn nannte, er würde schon antworten. Und dann wurde von ihm erwartet, dass er die Nachricht an denjenigen weiterleitete, mit dem man wirklich reden wollte."

„Einer der Flüche einer großen Familie", sagte Tamara. „Uns ist das nicht passiert, obwohl wir uns ähnlich sehen, denn Karen hätte schon tot sein müssen, um in einem Krankenhaus aufzutauchen."

Es war zu leicht, die Augen zu verdrehen. Karen ließ sich auf einem hohen Hocker neben Julia nieder. „Du erinnerst dich, was ich gesagt habe? Dass du nur die Hälfte des Unsinns glauben sollst, den sie dir erzählen?"

„Hey", beschwerte sich Lisa.

„Keine Sorge. Ich habe mich eher so auf maximal zwanzig Prozent festgelegt." Julia zwinkerte, dann nahm sie ihren Kaffeebecher. „Ich gebe zu, es war zum größten Teil ein Spaß, dieses Familiending rauszukriegen. Ein bisschen gruselig, aber ihr alle macht es mir ziemlich einfach." Sie zögerte. „Danke dafür."

Ein Chor aus zustimmenden Geräuschen stieg von den übrigen auf. Karen legte einen Arm um Julia und drückte sie. „Es freut mich, dass es dir so geht. Allerdings musst du dir für den nächsten Punkt vielleicht die Ohren zuhalten, denn ein weiterer Teil bei diesem Familiending ist, einander die Hölle heißzumachen, wenn man es verdient hat."

Julias Augen wurden groß, ihre Lippen fest aneinandergepresst.

Sie war allerdings nicht diejenige, auf die Karen sich fokussierte. Sie wandte ihren Blick auf die anderen beiden Unruhestifterinnen.

Tamara wirkte neugierig. Lisa gelangweilt.

Mehr Hinweise brauchte Karen nicht. Sie fixierte Lisa. „Bingo. Ich weiß genau, wen ich anbrüllen muss."

Ein betontes Wuffen erklang am Boden, und alle Aufmerksamkeit senkte sich auf den kleinen Terrier, der sich um Lisas Füße herumdrückte. Der beige Hund wirkte auf Karen eher wie eine Ratte als ein tatsächlicher Hund, aber Ollie war Lisa hundertprozentig ergeben.

In diesem Augenblick schien das Tier es darauf abgesehen zu haben, Karen davor zu warnen, ihren Leuten etwas anzutun.

Ach, Teufel nein. Karen sprach entschlossen zu dem Hund. „Du. *Still.* Sitz."

Ollie ließ sich sofort auf dem Hintern nieder, hielt den Blick aber auf Karen gerichtet, den Kopf immer weiter schiefgelegt, als würde sie versuchen, den bösen, schlimmen Menschen von seiner Mission abzulenken.

Gute Güte. „Ich habe keine Ahnung, wie du dieses Tier ausgebildet hast, aber Hundeblick oder nicht, du hast trotzdem Ärger." Karen deutete auf Lisa. „Finn Marlette. Spuck es aus."

Tamara kicherte, dann wischte sie sich mit der Hand über den Mund, während sie mit der anderen Tyler auf den Hintern klopfte. Er zappelte in ihrem Tragetuch.

Karen zeigte mit einem Finger in Tamaras Richtung. „Du stehst als nächste auf der Liste. Ihr beiden wusstet, dass er in der Stadt ist. Warum habt ihr nichts gesagt?"

„Weil es anfangs keinen Grund gab, es dir mitzuteilen",

sagte Lisa. Sie hob eine Augenbraue. „Willst du mir ernsthaft erzählen, dass du nie ein Wort darüber gehört hast, dass er in der Gegend ist?"

Tamara beugte sich vor zu Julia, die offensichtlich nichts verstand. „Finn und seine beiden Brüder kamen vor ein paar Jahren auf die Whiskey Creek Ranch, um auszuhelfen. Irgendwas Faszinierendes ging zwischen Finn und Karen während dieser Zeit vor, was sie uns allen verschweigen konnten, sodass wir es erst kürzlich herausfanden." Sie warf einen Blick zu Lisa.

„Da hätte man mich mit einer Feder umwerfen können." Lisa legte sich mit dramatischer Pose eine Hand an die Brust. Dann beugte sie sich ebenfalls vor und sprach leise, als wäre Karen nicht gleich daneben und würde das Ganze mithören. „Offensichtlich haben sie insgeheim Schabernack getrieben. Und als dann ein Teil dieses Schabernacks beschloss, dass er in unser hübsches Städtchen ziehen wollte, und Fragen über den anderen Teil dieser Schabernackisten zu stellen begann, hat das unser Interesse geweckt."

Julia runzelte die Stirn. Sie wandte sich an Karen. „Lassen wir mal kurz die Tatsache links liegen, dass Lisa sich viel zu schnell Worte ausdenkt. Stellt dir dieser Finn nach? Denn wenn ja, werde ich das beenden, und zwar schon vorgestern."

Ein Ansturm der Gefühle schoss hoch, und Karen warf alle Vorsicht über Bord. Sie legte die Arme um ihre neu entdeckte Schwester und drückte sie fest. „Ich mag dich. Du bist ein guter Mensch."

Julia klopfte ihr auf den Rücken. „Danke. Aber ich meine es ernst."

Karen ließ sie los und starrte Lisa und Tamara an, die genau zuschauten. „Ihr beiden seid Esel. Und es war von euch beiden wirklich arschig, dass ihr mich nicht vorgewarnt habt, aber nein" – Karen wandte sich an Julia – „er ist kein Stalker.

Es ist nur kompliziert, und so sehr ich meine Schwestern liebe, sie mischen sich zu gern ein."

„Das haben wir von der Besten gelernt." Lisa lehnte sich an den Küchentresen und verschränkte die Arme vor der Brust. „Es tut mir leid, wenn es für dich schwierig wird, dass Finn in der Gegend ist. Das war nicht unsere Absicht."

„Was war denn eure Absicht?", fragte Karen. „Denn im Augenblick wohne ich in seinem Haus, und er hat mir einen Job angeboten, und er sagt, er will wieder mit mir zusammenkommen. Eine ganze Reihe von Entscheidungen und Situationen, mit denen ich nicht gerechnet habe, als ich hergezogen bin. Das hätten vier Monate sein sollen, die ich mit euch allen und mit Tyler und meinen Nichten verbringe. Und vielleicht ein wenig ausreite und Tagträume von meiner Zukunft habe."

„Du wohnst in seinem Haus?" Julia blinzelte. „Hui."

„Er hat dir einen Job angeboten? Das ist unerwartet." Lisa warf einen Blick auf Ollie, die ein mitfühlendes Wuffen zum Besten gab.

Aber es war Tamara, die Karens Blick auf sich zog, ihre Schwester, die festgestellt hatte, wie tief der Frust bei Karen zum Teil saß, und die immer die Zeit gefunden hatte, ihr zuzuhören. „Er will wieder mit dir zusammenkommen?"

Es war der Teil, über den Karen nicht sprechen wollte, selbst wenn sie sich danach sehnte.

Stille breitete sich kurz aus, bevor Lisa etwas sagte. „Was willst du denn?"

Ein Schnauben entwischte ihr. „Mit welchem Teil denn?"

„Ich glaube nicht, dass es so ein großes Ding ist, in einem Haus zu wohnen. Du hast deine eigene Bleibe, und es ist privat. Deshalb habe ich nichts gesagt, als Lisa und Josiah es erwähnt haben. Aber wenn es dich nervt, haben wir hier Platz, oder du kannst in eines der Mitarbeiterquartiere ziehen", bot ihr Tamara an. „Ich will, dass du es gemütlich hast. Mehr als das will ich, dass du eine gute Zeit erlebst, während du zu Besuch bist.“

„Es ist kein großes Ding“, gab Karen zu. Sie funkelte Lisa an. „Ich bin trotzdem nicht begeistert, dass du mich da hinters Licht geführt hast. ‚Wir kennen da jemanden, der jemanden für sein Häuschen braucht. Das wäre echt praktisch für alle ...‘ Was für ein Blödsinn.“

Lisa hielt die Hand hoch. „Ich schwöre feierlich, dass ich in Zukunft etwas mehr nachdenke, bevor ich dir noch etwas Gewieftes antue.“

„Oder mir“, mischte Julia sich ein, die Karen kurz eine Hand auf den Arm legte. „Tut mir leid, dass ich etwas dazu sage, aber ich dachte, es ist gleich eine gute Gelegenheit, zuzuschlagen, während das Eisen noch heiß ist. Auch keine Einmischung in mein Leben, bitte. Diese Sache mit den Schwestern ist neu, und Teile davon sind cool, aber ...“ Sie deutete mit dem Finger zwischen Karen und Lisa hin und her. „Für Einmischung habe ich mich nicht freiwillig gemeldet, okay?“

Der kleine Tyler wachte auf, sein Schrei stieg durch die Küche auf. Tamara bewegte sich mühelos, um ihn aus dem Tuch zu nehmen und zu stillen. „Da hast du’s, Lisa. Julia hat bereits deine Telefonnummer.“

„Ihr alle verderbt mir doch den Spaß“, sagte Lisa mit einer gespielt eingeschnappten Schnute. Sie nickte zustimmend. „Ich verspreche, ich bin nett, selbst wenn das das erste Mal in meinem Leben ist, dass ich eine kleine Schwester habe, die ich ärgern kann.“

„Was ist mit dem Job?“ Julia wandte sich an Karen. „Willst du arbeiten, während du hier bist?“

„Was will er denn von dir?“, fragte Tamara.

„Dass ich ihm helfe, seine Touristenranch vorzubereiten. Die Seite mit den Tieren natürlich", gab Karen zu.

Julias Augen leuchteten.

„Sag ja." Sie schlug sich die Hand vor den Mund, bevor sie sich entschuldigte. „Ups. Es ist nur so, dass ich auf einer Touristenranch aufgewachsen bin, und die sind wirklich toll, wenn man es richtig anstellt. Da würde ich echt gern eines Tages arbeiten."

„Ich habe vergessen, dass du erzählt hast, du und deine Mom hätten auf einer gelebt." Karen zögerte, bevor sie den Rest eingestand. „Ist kein schlechter Job, um ehrlich zu sein. Ich dürfte Pferde kaufen und gute Leute einstellen. Ich weiß allerdings nicht, ob es eine gute Idee ist, so viel Zeit bei Finn zu verbringen. Nicht, wenn ich mich nicht mit ihm einlassen will."

„Also ist das die echte Frage." Lisa hob eine Augenbraue. „Du musst uns nicht sagen, warum, aber wenn du dich mit ihm nicht einlassen willst, dann werden wir dich unterstützen. Das liegt ganz bei dir."

„Und wenn du vor mir nicht darüber reden willst, ist mir das auch recht", sagte Julia. „Du musst dein Leben doch nicht von anderen bestimmen lassen. Nicht einmal, wenn man Schwestern hat."

„Na, Dankeschön. Obwohl du feststellen wirst, dass die Anwesenheit von Schwestern bedeutet, dass ein Teil des Lebens von anderen bestimmt wird, ob du es nun willst oder nicht", sagte Karen gedehnt.

Sie holte tief Luft und schloss die Augen, die Handflächen fest auf die Oberfläche der Kücheninsel gepresst, während sie versuchte, auszudrücken, was ihr durch den Kopf ging.

„Ich würde diesen Job gerne annehmen. Nachdem ich so viele Jahre damit verbracht habe, nicht die Verantwortung zu haben, obwohl ich das Talent hatte, ist es, als würden mir die Schlüssel zum Süßwarenladen angeboten."

Sie öffnete die Augen. Sie blieben alle still, was ein kleines Wunder war, wenn es um ihre Schwestern ging. Neugier und Sorge standen ihnen tief in den Augen. Selbst Lisas normalerweise lockere Miene wirkte zurückhaltend.

Karen versuchte es noch einmal. „Mir gefällt dieses kleine Häuschen. Es fühlt sich bereits sehr nach zu Hause an, also werde ich bleiben. Aber danke für das Angebot, Tamara."

Tamara richtete ihre Brille. Als sie etwas sagte, war ihre Stimme klar und sanft, aber zurückhaltend. Als wüsste sie, dass sie gefährliches Terrain betrat. „Nach allem, was ich gehört habe, ist Finn ein guter Mann."

Das war nicht das Problem. Das echte Problem war, wie heftig würde Karen auf die Schnauze fallen, wenn sie den Sehnsüchten in ihrem Inneren nachgab? Würde es zu einer Ewigkeit führen, oder war es nur ein Zwischenspiel auf dem Weg zu weiterem Herzschmerz?

Die Tür flog auf, und ein weiteres vertrautes Gesicht erschien. Kelli Stone, die Schwägerin auf Tamaras Seite, stand schwer atmend in der Öffnung. Die kleine Frau schaute sich im Raum um, bevor ihr Blick auf Lisa und Karen fiel. „Ich brauche eure Hilfe. Dieser verdammt wilde Hengst ist durch den Zaun gebrochen, und er hat sich mit einigen von unserer Stuten vom Acker gemacht. Alle Mädels an Deck."

Karen schoss hoch, Liebesangelegenheiten und Fragen wurden zur Seite geschoben. Sie und Lisa eilten zur Tür hinaus, Julia direkt hinter ihnen.

4

———

*B*ei der Bank ging es schneller, als Finn erwartet hatte.

Er beäugte seinen Freund, ehrliche Bewunderung bahnte sich den Weg. „Ich weiß nicht, warum du mich mitgenommen hast. Du hast das Ganze doch in fünf Minuten geregelt, nachdem du das Büro betreten hattest."

Zach grinste, während er herunterschaltete und die Kurve so zügig nahm, dass Kies wegspritzte. „Es ist dir aufgefallen."

„Du wolltest nur ein Publikum. Immer diese verdammten Extrovertierten."

„Überhaupt nicht", widersprach Zach. „Ich wollte nur, dass du siehst, wie viel ich vom Meister gelernt habe."

Finn würgte, wie es offensichtlich auch von ihm erwartet wurde.

Als Zach ihm zur Antwort einen derben Fluch vorsetzte, stutzte Finn. „Was?"

Zach verlangsamte seinen Truck zu etwas, das der gesetzlich erlaubten Geschwindigkeitsbegrenzung nahekam, dann deutete er auf die Fahrzeuge, die draußen vor ihrem derzeitigen Hauptquartier warteten, dem heruntergekommenen Ranchhaus.

Ein Fahrzeug war ihm bekannt. Jedes Mal, wenn es vorbeikam, passierte etwas Interessantes, also sorgte die Ankunft des Vertreters von *Burly, Evans and Ives* dafür, dass Finns Neugier hochschoss.

Das andere jedoch. Es war nicht das Auto, das seine Aufmerksamkeit auf sich zog und dafür sorgte, dass sein Blut brodelte, sondern der Mann, der daran lehnte, die Arme vor der Brust verschränkt, einen finsteren Blick im Gesicht, während sie sich näherten.

„Gottverdammter Bastard."

„Das fasst es so ziemlich zusammen", sagte Zach nickend. Er schaltete in einen niedrigeren Gang, als würde er versuchen, den Moment hinauszuzögern, als ob es dadurch sicherer wurde, wenn Finn die Tür öffnete. „Denk dran, wenn du ihn anfasst, ist er mehr als nur bereit, dich bis über beide Ohren zu verklagen. Werd nicht aufbrausend."

„Ich erinnere mich nicht, ihn hierher eingeladen zu haben. Vielleicht kann ich ihn bis über beide Ohren verklagen, weil er unser Grundstück widerrechtlich betritt", knurrte Finn, während er Brandon Travers angeekelt betrachtete.

Er griff nach der Tür, bereit, auszusteigen und einem gewissen Arschloch die Arme auszureißen, wenn es nötig war.

Die Tür schloss sich mit einem Klicken, sodass er festsaß.

„Sei. Nicht. Aufbrausend." Die Worte wurden leise ausgesprochen, aber sie lenkten ihn nicht sonderlich ab, denn Finn konnte Brandon einfach überhaupt nicht leiden und würde es so richtig genießen, dem Mann Schmerzen zuzufügen.

Trotzdem, Zach bekam Punkte, weil er es versuchte.

Dann sprach der Bastard die einzigen Worte, die Finn überzeugen konnten, wieder richtig zu denken.

„Denk an dein Endspiel", sagte Zach leise.

Nicht ins Gefängnis geworfen zu werden, war ein guter Anfang. Finn holte tief Luft und stieß sie langsam aus, bevor er das Kinn in Zachs Richtung neigte. „Das weiß ich zu schätzen. Gehen wir und ermutigen unsere Besucher, sich zu verziehen."

„Ein Besucher geht. Der andere sieht so aus, als würde er sich wohl eine Weile hier herumdrücken." Zach schaute neugierig zu dem älteren Mann, der geduldig in einem Fahrzeug saß und offensichtlich alles ignorierte, was draußen vor sich ging.

Hinter ihnen schlossen sich die Türen des Trucks mit einem satten Knall. Brandon richtete sich an seinem Platz am Auto auf und schüttelte die Hände aus, als würde er sich auf einen Kampf vorbereiten.

„Wir haben noch nicht geöffnet", sagte Zach fröhlich, als würde er einen Cowboy begrüßen, der sich verirrt hatte. „Ich kann dich gern auf unsere Mailingliste setzen."

Sein Sarkasmus traf ins Schwarze. Brandon funkelte noch finsterer. „Ihr gebt immer noch mein Geld aus, wie ich sehe. Oder sollte ich sagen, ihr werft es ins Klo?"

„Was willst du?", fuhr Finn ihn an. Er versuchte, nett zu sein. Ehrlich, das war er. Er blieb einen guten Meter von Brandon entfernt stehen und verschränkte dann locker die Arme vor der Brust.

Nicht wahr? Überhaupt kein aggressives Auftreten.

Brandon machte einen leichten Schritt zurück, als wären sogar Finns Worte mächtig genug, ihn aus dem Gleichgewicht zu bringen. „Das gleiche wie immer. Ich will meine Erbschaft. Ich weiß nicht, was zum Teufel ihr mit meinem Dad gemacht habt, aber das ist einfach nicht richtig."

„Wir prügeln das doch nicht noch einmal durch. Das wurde doch schon vor die Anwälte gebracht, und man hat dir gesagt, dass dein Vater bei geistiger Gesundheit war, als er seine Finanzen geregelt hat." Zach trat neben Finn. „Willst du noch mal eine Runde vor Gericht, dann wirst du am Ende nur deiner Geldbörse schaden. *Wieder* mal."

Der Mann hatte ein angesäuertes Gesicht aufgesetzt, als würde er den Wert von allem abschätzen, was vor ihm lag, und feststellen, dass es unzureichend war. „Was für ein Scheißhaufen."

Finn würde nichts dagegen einwenden. Es scherte ihn überhaupt nicht, was Brandon dachte. Falls er die heruntergekommenen Gebäude nicht mal ignorieren und den Wert des Landes sehen konnte, war das sein Problem, nicht das von Finn.

Bruce Travers' größte Beschwerde über seinen Sohn war immer gewesen, dass Brandon sich weigerte, über die Oberfläche hinauszuschauen und die wahren Möglichkeiten zu sehen.

Na ja, das und die Tatsache, dass Brandon das Geld verprasst hatte, das sein Vater ihm jahrelang zur Verfügung gestellt hatte. Anstatt es für Investitionen zu nutzen, um voranzukommen, hatte er es für lächerliche oder halb legale Sachen ausgegeben, kam aber trotzdem immer wieder zurück an die Geldkoffer der Familie, um es noch einmal zu probieren.

Dieser Quell war nun versiegt. Bruce Travers hatte nach neuen Protegés gesucht, die er ausbilden konnte. Er hatte Finn gefunden. Er hatte Zach gefunden. Sie beide waren bereit gewesen, zu lernen und verdammt hart zu arbeiten, und letztlich hatten sie davon hundertfach profitiert.

Brandon war nicht begeistert gewesen, als er herausgefunden hatte, dass er enterbt worden war. Oder vielmehr, dass Bruce Travers Finn und Zach als Partner an Bord geholt hatte. Kurz nachdem Bruce entdeckt hatte, dass er unheilbar an Krebs litt, hatte er die Firma verlassen und sie unter ihre Kontrolle gestellt.

Finn hatte alle Ausgaben bezahlt, die Bruce im letzten Jahr seines Lebens gebraucht hatte, hatte Zeit mit dem Mann verbracht, während dieser seinen Kampf langsam verloren hatte. Brandon war niemals in Erscheinung getreten. Nicht mehr als ein paar kurze Besuche während der vier Jahre, die Finn und Zach mit Bruce verbracht hatten, während derer Brandon es geschafft hatte, alle zu beleidigen und sich völlig unerträglich aufzuführen.

Doch trotzdem hatte er gedacht, er sollte das ganze Geld seines Daddys bekommen.

„Du musst gehen." Finn bekam die Worte heraus, ohne zu fauchen. Er war ziemlich stolz auf sich. „Wenn du reden willst, nimm einen Anwalt."

„Hey, das liegt alles nur an ihm. Sobald er mir sagt, dass ich gehen kann, wische ich mir nur zu gern die Scheiße von den Schuhen und sehe zu, dass ich hier rauskomme."

Brandon deutete auf das Fahrzeug, in dem der Vertreter der Anwaltskanzlei saß, bei der Bruce Klient gewesen war, und der jetzt endlich die Tür öffnete und ausstieg, um sich ihnen anzuschließen.

Alan Cwedwick sah aus wie ein Anwalt aus einem Fernsehfilm, mit den leicht angegrauten Schläfen, gut polierten Lederschuhen und dem erstklassigen Anzug.

Er trat vor, den schwarzen Lederkoffer hielt er fest in einer Hand, noch während er den Kopf schüttelte, die Lippen erheitert gewölbt. „Okay, Jungs. Ab in eure jeweiligen Ecken."

„Alan", sagte Finn zur Begrüßung. „Wie schön, Sie zu sehen, aber ich erinnere mich nicht, dass ich Ihnen die Erlaubnis gegeben habe, Müll auf meinem Grundstück abzuladen."

„Halt bloß dein gottverdammtes Maul", rief Brandon, sobald er einen sicheren Platz einen Schritt hinter dem Rücken des Anwalts erreicht hatte. „Ich bin nicht hergekommen, um mich beleidigen zu lassen ...“

„Brandon, vielleicht sollten Sie im Fahrzeug warten, bis Mr. Marlette, Mr. Sorenson und ich unsere Geschäfte fertig besprochen haben.“

„Wie wäre es, wenn ich einfach losziehe und am Hotel warte? Ich habe alles gesehen, was ich sehen muss.“ Brandon stapfte weg, bevor er eine Antwort erhielt. Er hob eine Hand, während er ging, stieß den Finger in Finns Richtung, als würde eine Voodoopuppe stechen. „Du versteckst irgendwas. Ich werde rausfinden, was es ist, und am Ende wirst du zahlen.“

„Es ist immer eine Freude, dich zu treffen, Brandon“, rief Zach ihm nach, bevor er die Stimme senkte. „Pass bloß auf den Hundehaufen auf, in den du gleich – na ja, verdammt. Zu spät.“

Finn kniff sich in den Nasenrücken, aber trotz seines Ärgers konnte er sein erheitertes Schnauben nicht unterdrückten. „Ist es möglich, dass du mal nur ein paar Augenblicke lang nicht du bist?“

Alan legte einen Arm um Finns Schulter und drückte ihn. „Es ist schön, euch Jungs wiederzusehen. Obwohl ich mich entschuldige, dass ich Brandon mitschleppen musste. Er ist schon echt ein Rattenbastard, oder?“

„Wenn Sie das wissen, warum setzen Sie uns dem dann aus?“, fragte Finn.

Sie gingen die Verandastufen hinauf und ins Haupthaus. Alan schaute sich um, sein abschätziger Blick ähnelte sehr viel stärker dem, den Finn sicher auch aufgehabt hatte, als er die Katastrophe hier zum ersten Mal gesehen hatte.

Dann richtete der Anwalt seine Aufmerksamkeit wieder auf ihn und beantwortete die Frage. „Meine Idee war das nicht. Bruce hat eine Reihe von Klauseln in sein Testament eingebaut, die vor ein paar Wochen ausgelöst wurden, und leider war eine davon, dass ich Brandon hierher bringe."

„Da Bruce vor seinem Tod keine Ahnung hatte, dass wir ein Grundstück in Alberta kaufen würden, scheint mir das weit hergeholt", sagte Zach trocken. Er bot Alan einen Stuhl an und nahm selbst einen der Holzbaumstrümpfe, die sie als Fußschemel benutzten.

Die drei ließen sich nieder. Alan öffnete seinen Aktenkoffer und holte ein paar Papiere für sie beide heraus.

„Ihr wisst ja, dass Bruce die Tendenz hatte, die Dinge irgendwie anders zu regeln, und in diesem Fall hoffe ich, dass das nicht zu viel Schaden anrichtet." Alan richtete seine Lesebrille. „Ich mag euch zwei. Das habe ich schon immer getan. Ich glaube, ihr seid anständige, herausragende junge Männer, die sehr viel mehr wert sind als dieser Esel, der sich gerade zurück ins Städtchen trollt. Allerdings, da es nicht mein Geld ist, sondern das von Bruce, über das wir hier reden, müssen wir uns an seine Vorgaben halten."

„Er hat uns zu Partnern gemacht. Dann ist er aus der Firma ausgeschieden. Wie kann er noch was dazu zu sagen haben, wie wir die Dinge regeln?" Finn war bereit, sich auf alles einzustellen.

Alan wedelte mit der Hand, von einer Seite auf die anderen. „Er hatte immer noch ein paar Kontrollbefugnisse. Ein stiller Partner, wenn man das so nennen will. Bis jetzt hat das aber keinen Unterschied gemacht. Aber an dieser Stelle, wenn man Bruce so gut kennt wie wir, würde ich annehmen, dass das eine letzte Lektion ist, oder ein Tritt in den Arsch für euch beide."

Zach stöhnte, während er den Kopf in die Hände sinken ließ. „Lieber Gott. Ich sehe ihn vor mir, wie er kichert, als er sich irgendeine schreckliche Herausforderung hat einfallen lassen, die er uns vorsetzen würde."

„Liegt nicht weit daneben, fürchte ich." Alan schaute die Papiere auf seinem Schoß durch.

„Sagen Sie's uns einfach", forderte Finn. „Ich bin für eine von Bruce Herausforderung zu haben. Wenn dazu gehört, mit Brandon zu arbeiten, ist es allerdings sehr viel weniger unterhaltsam."

Der Anwalt ging ans Eingemachte. „Ein paar Fragen, um genau klarzustellen, was ich da aufgetan habe, und dann werde ich es euch alles darlegen. Finn. Die letzte finanzielle Investition, die Sie mit der Firma getätigt haben? Ich schätze, das war dieses Land?"

„Ja, Sir."

„Zachary? Wie ist es mit Ihnen? Wofür geben Sie Ihr Geld dieser Tage aus?"

„Ich habe gerade ein Gebäude in der Innenstadt von Heart Falls gekauft, aber das Geld dafür ist nicht von der Firma gekommen", setzte Zach ihn in Kenntnis. „Ich kümmere mich normalerweise nicht um die finanzielle Seite der Dinge. Diesen Teil übernimmt Finn. Ich befasse mich mit anderen Gebieten."

„Aber dieses Grundstück gehört euch beiden? Fifty-fifty?"

Ein ungutes Gefühl machte sich in Finns Magengrube breit. „Es wurde von der Firma gekauft, ja. Und da wird uns die fifty-fifty teilen, gehört das auch uns beiden."

Alan nickte, während er sich Notizen auf einem Zettel machte. „Okay. Na ja, das macht die Dinge etwas einfacher. Bevor ich fortfahre, möchte ich festhalten, dass eure privaten Bankkonten ausgenommen sind. Ich weiß, dass ihr beide regelmäßige Dividenden bekommt, die von der Firma in eure persönlichen Ersparnisse übergehen. Die sind geschützt und nicht Teil dieser Herausforderung."

Finn und Zach wechselten Blicke. „Ich schätze, dass Bruce sich eines Tages ziemlich kreativ gefühlt hat und dass wir das tierisch hassen werden." Zach verzog das Gesicht. „Verdammt, ich vermisse den Bastard."

„Geht mir genauso", stimmte Finn zu.

Alan setzte seinen Stift ab und legte die Brille ab, schaute Finn und Zach ernst an. „Bruce war ein gerissener alter Bastard, aber ein guter Mann, also hoffen wir, er hat eine Möglichkeit eingebaut, wie ihr diese Herausforderung bestehen könnt. Was ist denn eure Idee für diesen Ort?"

Es hatte keinen Sinn, zu lügen, denn es war unmöglich, zu wissen, was die beste Antwort wäre. Und wenn sie von Bruce etwas gelernt hatten, dann, dass direkte und geradlinige Antworten Finn langfristig bessere Dienste erwiesen. „Eine Touristenranch. Die Angebote für Besucher insbesondere aus Calgary hat, aber auch aus der ganzen Welt, um herzukommen und eine Western-Erfahrung zu machen. Kleine Hütten, hochwertiger Service mit dem Gefühl, in einer Kleinstadt sehr familiär zu wohnen."

Er hatte noch nie gesehen, wie das Gesicht des Anwalts sich so sehr aufhellte. Alan versuchte nicht, sein Grinsen oder sein erstauntes Kopfschütteln zu verbergen. „Verdammt. Wenn ihr Jungs das auf die Beine stellt, hole ich meine Familie her, das garantiere ich. Das wollte ich schon immer mal probieren."

„In einer Hütte wohnen? Ein Pferd reiten?", fragte Zach.

„Ein Cowboy sein", entgegnete Alan, bevor er wieder zur Sache kam. „Wie ist denn der zeitliche Ablauf? Wann plant ihr, zu eröffnen und loszulegen?"

Dieser ungute Argwohn war wieder da. „An dieser Stelle würde ich gern sagen, in fünf Jahren", erwiderte Finn gedehnt.

Alan lachte. „Ja, ihr könnt es euch schon denken. Oder zumindest einen Teil davon. Ich werde eure Einschätzung mit ein paar anderen aus der Sparte abgleichen müssen, also gebt mir bitte eure beste Schätzung."

Zach seufzte. „Lieber Gott, nicht schon wieder?"

Es war einer von Bruces liebsten Tricks gewesen, ihnen beizubringen, wie man smarter dachte und sich schneller bewegte. Deadlines, die sich unerwartet verschoben. Ein Budget, das drastisch zurückgestuft wurde, aber das Projekt musste trotzdem noch abgeschlossen werden.

Es waren keine witzigen Lektionen gewesen, aber sehr lehrreiche.

„Realistisch wollen wir die Dinge dieses Jahr auf die Beine stellen und mit Buchungen für nächstes Frühjahr anfangen. Das wäre die kluge Art, es anzugehen, wenn man die Finanzen hat, den Betrieb so lange auszusetzen. Was wir haben."

„Und Leute, die die Finanzen nicht haben? Die loslegen müssen, um so rasch wie möglich Geld zu verdienen?", fragte Alan.

„Teufel, da würde man das Ganze in Phasen erledigen müssen, und in so etwa einem Monat anfangen, aber das wäre nicht die Art Erlebnis, die wir hier bieten wollen", sagte Zach entschlossen. „Und heutzutage ist es so gut wie unmöglich, den Ruf noch mal zu ändern, wenn man einen qualitativ fragwürdigen Betrieb hat, denn auf Social Media hält sich alles ewig."

Alan nickte. „Verstanden. Okay, hier ist die Vereinbarung. Ihr habt eine finanzielle Entscheidung getroffen und euch ein Ziel gesetzt. Nun ist es Bruces Absicht, euch dazu zu ermutigen, euch mehr anzustrengen. Da das Timing ungeklärt ist, habt ihr nicht bis nächstes Frühjahr, um zu eröffnen. Eure Deadline wird irgendwann vor Weihnachten dieses Jahres liegen. Wenn ihr Erfolg habt und die Rezensionen der Leute, die zu euch kommen, in den ersten fünf Monaten hochkarätige Fünf-Sterne-Ergebnisse sind, dann gibt es einen zweiten Arm der Firma, der bis jetzt nur still betrieben wurde. Wenn ihr die Herausforderung schafft, werdet ihr feststellen, dass euer Vermögenswert sich verdoppelt hat."

Blut stieg Finn schnell zu Kopf. Die Geldmenge, die Bruce ihnen über die Firma überlassen hatte, war bereits erstaunlich. Es hatten anfangs eine ganze Menge Nullen hinter den Zahlen gestanden, sehr viel mehr, als Finn brauchte.

Er warf einen Blick auf Alan. Die Lösung konnte nicht so einfach sein. „Klingt nach einer interessanten Herausforderung, und ich bin immer bereit, zu versuchen, die Dinge klüger und besser anzugehen, aber um ehrlich zu sein, glaube ich nicht, dass ich noch mehr Geld brauche."

Auf seinem Baumstumpf grinste sein bester Freund breit. „Ja, ich spüre den Zwang nicht", sagte Zach. „Ich stimme zu. Alan, wenn wir deine Deadline schaffen, dann super. Aber wenn wir das nicht können, weil wir dieses Projekt zu einem Erfolg führen wollen, ohne uns völlig zu verausgaben, dann muss ich nicht unbedingt ein Multimilliardär sein."

Alan lächelte sie trocken an. „Ich wusste, dass ihr das sagen würdet. Ich hasse es, euch das anzutun, also werde ich es Bruce selbst machen lassen. Ich lese die wortwörtliche Nachricht vor, die er hinterlassen hat."

Er räusperte sich.

Mein stets vorsichtiger Anwalt hat mich gefragt, was die Alternative ist, wenn ihr die Herausforderung ablehnt, weil ihr gar nicht so reich sein wollt. Was ihr Welpen vermutlich auch tut, und das ist schön für euch.

Aber dass ihr eine starke moralische Ader und einen klaren Kopf habt, ist nicht das, worum es in dieser Herausforderung geht. So sehr ich es also verabscheue, das zu tun, ich schätze, es ist vielleicht die einzige Art, euch ein wenig Feuer unterm Hintern zu machen, damit ihr die Deadline auch erreicht, Jungs.

Macht mich stolz, denn wenn ihr keinen Erfolg habt, geht es nicht nur um Geld, das ihr nicht bekommt. Wenn ihr es nicht schafft, die Deadline zu halten, dann wird dieses Projekt das Erbe, das ich meinem wertlosen Sohn Brandon hinterlasse. Ich schätze, er macht euch vermutlich die Hölle heiß, weil er mein Geld nicht bekommt. Obwohl ich weiß, dass er das Projekt, an dem ihr euch versucht, ziemlich sicher nicht besser hinbekommt, reicht es vielleicht aus, dass er es euch abnimmt, um ihn von euch abzubringen.

Obwohl ich wirklich hoffe, dass ihr es ihm noch einmal so richtig unter die Nase reibt. Jetzt hoch mit dem Hintern und macht euch an diese Herausforderung.

Bruce.
P.S. Ich wünsch mir wie der Teufel, ich wäre hier, um es zu sehen.

5

———

An der Spitze des Rudels, das rüber zur Scheune ging, warf Kelli einen Blick über die Schulter, um rasch eine Warnung zu rufen. „Kommt nicht mit, wenn er nicht über Zäune springen könnt", sagte sie streng. „Beim letzten Mal hat uns der Hengst hinauf in die Vorgebirge gelockt."

„Auch wenn du da mich anschaust, ich komme klar." Julia folgte ihnen auf den Reitplatz und begann, eines der Pferde selbstsicher zu satteln. Karen beobachtete sie einen Augenblick, bevor sie sich auf ihr Reittier konzentrierte. Sie erwischte Kelli dabei, wie sie insgeheim dieselbe Einschätzung vornahm, und trotz der Dringlichkeit musste sie grinsen.

Sie mochte diese junge Frau, die durch die Ehe einmal um die Ecke ihre Schwester war. Sie mochte Kellis lockere Art mit Pferden und spürte eine verwandte Seele jenseits dessen, was sie in diesem Bereich sogar mit Lisa teilte.

Schneller, als Karen es erwartete, waren sie im Sattel und folgten Kelli, die sie am Big Sky Lake vorbei und dann nach Norden führte.

Sie bewegten sich im Trott auf einem breiten, offenen Pfad,

der es ihnen gestattete, als dichte Gruppe voranzukommen, während Kelli sie auf den neuesten Stand brachte.

„Luke hat eine Gruppe der Ranchhelfer genommen, und Ashton – das ist unser Vorarbeiter", rief sie Julia kurz in Erinnerung, „ist mit einer weiteren Gruppe aufgebrochen. Sie sind beide in unterschiedliche Richtungen unterwegs, und da habe ich Thor gesehen, wie er zur nördlichen Umfriedung läuft. Thor, weil Luke mir verboten hat, ihn Black Beauty zu nennen."

„Ich kann immer noch nicht glauben, dass ihr Wildpferde so weit im Süden habt." Lisa hielt die Zügel selbstsicher in einer Hand, zog ihren Hut etwas fester nach unten. „Im Sundre-Distrikt gibt es ein paar Herden, und sie kommen hin und wieder hoch nach Rocky Mountain House, aber ich hätte nicht gedacht, dass sich ihr Revier so weit nach Süden erstreckt."

„Bis vor einem oder zwei Jahren hat es das auch nicht", erklärte ihnen Kelli. „Soweit wir das rausgebracht haben, ist einer der Hengste verjagt worden, als er noch ziemlich jung war, aber wenn die Wilden es bis ins Erwachsenenalter schaffen, werden sie clever. Sie werden verschlagen."

„Und sie machen sich auf die Suche nach den Damen?" Julia tätschelte die Flanke der Stute, die sie ritt, bewegte sich komfortabel im Sattel.

Kelli schnaubte. „Thor hat immer ein paar Pferde auf einmal in seine Herde geholt, darunter einen jüngeren Wallach, der keine Herausforderung ist, aber Thor gegenüber verdammt loyal wirkt."

„Also ist im Vorgebirge inzwischen eine ganze Gruppe von ihnen?", fragte Lisa. „Was bedeutet, dass er versucht, seinen Harem zu vergrößern."

„Was er nicht darf. Nicht mit unseren Ladys", sagte Kelli bestimmt.

Karen war schon etliche Male draußen unterwegs gewesen, um sich um Wildpferde zu kümmern, wenn sie dem Land von Whiskey Creek nahekamen. Ihr Ziel war es immer gewesen, ihre Grenzen intakt zu halten und die wilden Pferde auf das öffentliche Land zurückkehren zu lassen, aber sie wusste, dass das nicht immer die Methode der Wahl war.

Die Waffe, die an der Seite von Kellis Sattel befestigt war, musste angesprochen werden.

„Was ist denn der Plan?", fragte Karen Kelli.

Sie näherten sich einer Lichtung, und Kelli wurde langsamer, die Pferde trotteten vorwärts, ihre Hufe leise auf dem frischen Gras. Sie sprach mit gedämpfter Stimme. „Einige der Leute vor Ort wollen die Wildpferdherde dezimieren, bevor sie noch größer und aggressiver wird. Ich glaube, es lohnt sich, zu versuchen, den Großteil derjenigen zu retten, die er aufgesammelt hat, und Thor dann zu ermutigen, sich mit einem kleineren Gefolge zufriedenzugeben, während er auf dem öffentlichen Land bleibt."

Kellis Ziele waren ganz auf einer Linie mit der Art, wie Karen zu der Situation stand. Die Wildpferde hatten jedes Recht zu leben, aber das bedeutete nicht, dass sie sich Frischfleisch von den örtlichen Ranchen ergaunern konnten.

Kelli fuhr fort: „Der Hengst wird auffallen, sobald wir sie sehen. Sein Stockmaß beträgt fast ein Meter achtzig, und er ist zottig, nicht glatt. Dann gibt es einen grauen Wallach bei ihm, der von einer Ranch vor Ort kommt. Thor hat Stuten von Silver Stone, aber der Rest der Weibchen gehört Leuten, die zwischen hier und dem Highway 1 verstreut sind. Wenn wir die Herde finden, drängt so viele wie möglich ab und treibt sie auf den nächstbesten eingezäunten Bereich zu, den ihr findet. Wir werden uns später darum kümmern, wem was gehört." Sie schaute hinüber zu Karen. „Wie kannst du mit dem Lasso umgehen?"

„Ganz gut.“

„Falls du die Gelegenheit bekommst, schnapp dir den Wallach. Versuch es nicht mit dem Hengst. Wenn wir sie finden, ist es meine Aufgabe, Thor wegzutreiben, während ihr euch mit den anderen befasst.“

Der Plan war schnell und einfach, aber so ziemlich das, was in jeder Situation vorgeschlagen worden wäre, mit der Karen schon einmal zu tun gehabt hatte.

Sie fächerten aus, bewegten sich langsam durch die Bäume auf den Wasserfall zu. Die Quelle des Wassers für den Namensgeber der Stadt rauschte von weiter oben im Vorgebirge herab, bis es auf den Höhen ganz am Rand der Silver Stone Ranch zusammen lief. Der Teich unten war ein schiefes Oval mit einer Einbuchtung oben.

Also herzförmig.

Das Wasser fiel über die gezackten Granitklippen auf der gegenüberliegenden Seite mit spektakulärer Geschwindigkeit in den Teich, weil im Frühling viel Wasser nachkam.

Diese Seite des Teichs war der Ort, an dem der Bach hinausführte, der nach Osten ging, ehe er in vielen Schlingen über das Land von Silver Stone mäanderte, mit kurzen Aufenthalten am Big Sky und Little Sky Lake.

Die Mündung des Baches war flach genug, dass das Wasser über die glatten Flusskiesel blubberte.

Eine Herde von Pferden stand versammelt, die Köpfe gesenkt, während sie tranken, ihre Ohren aufgerichtet, noch während andere Wache hielten.

Am gegenüberliegenden Rand stand der größte, zottigste Hengst, den Karen seit langer Zeit gesehen hatte. Sie brachte ihr Pferd zum Stillstand, noch weit hinter dem Waldsaum, und schaute zur Seite, um festzustellen, dass ihre Schwestern es genauso gemacht hatten.

Durch einen Zufall war sie dem wilden Hengst am

nächsten. Kelli war am anderen Ende der Reihe, unfassbar dicht an dem Pferd, das wohl der Wallach war, der von seiner Heimatranch weggelockt worden war.

Karens Blick traf auf den von Kelli. Die andere Frau hob langsam die Hand, um auf sich und dann den Wallach zu deuten.

Karen nickte stillschweigend. Sie wiederholte die Bewegung, deutete auf sich und dann auf den Hengst. Die Rollen waren nun vertauscht. Das war nur sinnvoll, und sie war zufrieden damit, die Herausforderung anzunehmen.

Ein leises Wiehern stieg von der Herde auf, und Bewegung setzte ein. Hüften drängten vorwärts und wiegten sich. Köpfe hoben sich, als einer der Wächter die Neuankömmlinge unter den Bäumen spürte. Karen legte die Finger fester um die Zügel, saß reglos, bis es Zeit war ...

Der Hengst wieherte laut, dann raste er auf die Bäume zu, als würde er angreifen wollen.

Kelli hatte sich bereits in Bewegung gesetzt, sie schwang das Seil, während sie direkt auf den Wallach zuhielt. Lisa und Julia bewegten sich ebenfalls, aber das war das letzte, was Karen sah, bevor sie sich auf ihre Aufgabe konzentrierte.

Es war an der Zeit, Prinz Charming von seinen Damen abzuschneiden.

Sie setzte ihr Pferd in Bewegung und verlagerte das Gewicht nach rechts, um so bald wie möglich dem Hengst den Weg abzuschneiden.

Er sah sie kommen und wirbelte herum, stürmte zur Furt, direkt seinen gestohlenen Stuten hinterher. Karen machte sich auch direkt zum Fluss auf, das Wasser stieg in Bögen zu beiden Seiten der hämmernden Hufe von Starlight auf.

Auf der anderen Seite begann die Jagd nun ernsthaft.

Der Hengst schaute nicht länger hinter sich. Seine ganze Aufmerksamkeit war darauf gerichtet, seine Stuten weiter von der Zivilisation wegzutreiben. Sie bewegten sich rasch, rasten in eine Schlucht hinab und auf der anderen Seite nach oben. Karen hielt sich fest, packte den Sattel mit den Oberschenkeln und vertraute Starlight, dass er sie im Gleichgewicht halten würde.

Es war erniedrigend, dass die Pferde ohne Reiter weiter von ihr weggetrieben wurden. Karen tat ihr Bestes, um mitzuhalten, aber obwohl sie Hindernisse problemlos überwinden und umgehen konnte, begann der Hengst durch Bäume mit tief hängenden Ästen und gefährlichen umgefallenen Stämmen zu rasen.

Sie musste ihren Weg immer wieder anpassen, um zu verhindern, dass sie von Starlights Rücken gefegt wurde.

Bis sie wieder auf das offene Land durchbrachen, waren der Hengst und seine verkleinerte Herde aus Stuten so weit entfernt, dass Karen keine Hoffnung mehr blieb, sie einzuholen.

Trotzdem blieb sie ihnen auf der Spur, trieb sie weiter nach Westen, während sie in ihr Heimatrevier und weg von Silver Stone zurückkehrten.

Da sie nicht mehr so schnell unterwegs war, folgte Karen ihnen eine Stunde lang weiter, bevor sie ihr Handy herausholte und sich bei Lisa meldete. „Hi, mir geht's gut, aber ich habe auf keinen Fall irgendwelche Pferde, die ich zurückbringen kann. Wie habt ihr euch so gemacht?"

„Kelli hat den Wallach. Verdammt, der ist echt fies. Wir haben die Stuten von Silver Stone zurück – sie sind ganz problemlos mitgekommen, nachdem du den hübschen Kerl weggejagt hast, der sie mit wilden Nächten voller Leidenschaft verführt hat. Was ist mit dir?"

Karen schaute sich amüsiert um, als sie entdeckte, dass sie beinahe zurück in ihrem vorübergehenden Heim war. „Ich habe sie weiter ins Vorgebirge gejagt, also scheint es, als hätte ich sie vielleicht in Finns Problem verwandelt, nicht das von Silver Stone."

Ein Schnauben erklang am anderen Ende der Leitung. „Super gemacht, Schwester. Obwohl ich denke, dass das näher am neuen üblichen Revier des Hengstes ist."

Ein unbekanntes Fahrzeug war draußen vor Finns und Zachs vorübergehendem Haus geparkt. Ein weiteres teures weißes Auto fuhr gerade aus der Zufahrt, den Blinker eingeschaltet, ohne dass auch nur eine Menschenseele in der Gegend gewesen wäre.

Karen unterdrückte ein Grinsen, als sie Starlights Kopf zu dem Unterstand hinter ihrem Häuschen drehte. „Na ja, ich bin zu Hause, also kann ich auch gleich hierbleiben. Auf diese Art wollte ich mein Pferd eigentlich nicht umziehen, aber es funktioniert. Willst du meinen Truck rausfahren und dich mir zum Abendessen anschließen?"

„Verflixt. Kann ich nicht. Josiah und ich treffen uns mit Sonora am Tierheim. Ich kann dir den Truck morgen Vormittag bringen", bot Lisa an.

Karen könnte auch zurückreiten und dann den Pferdeanhänger nutzen, um Starlight nach Hause zu holen. Oder ...

Finn und Zach waren auf der Veranda hinter dem Haus zu sehen. Irgendeine ernste Unterhaltung war im Gange.

Obwohl sie immer noch nicht sicher war, wie genau der Sommer laufen würde, hatte ihre Schwester mit einem recht. Es wäre dumm, den Job nicht anzunehmen, den Finn ihr angeboten hatte.

„Mach dir deswegen keine Sorgen", erklärte Karen Lisa. „Ich finde eine andere Möglichkeit, ihn mir zu holen. Habt einen schönen Abend."

„Vergiss nicht, dass du am Samstagabend vorbeikommst", sagte Lisa.

„Das vergesse ich nicht", versprach sie.

Es fühlte sich gemütlich und richtig an, Starlight in seine neue vorübergehende Bleibe zu bringen. Der Unterstand war kürzlich repariert worden, und es gab einen robusten, geschützten Bereich, in dem sie die ganze Ausrüstung unterbringen konnte.

Sie hätte alles darauf gewettet, dass Finn den Ort für sie hergerichtet hatte. Es war allerdings auch nicht weniger, als sie erwartet hätte, sobald er gesagt hatte, dass er das Ganze zu einem bestimmten Zweck gekauft hatte. Finn Marlette war ein gründlicher Mann.

Das war etwas, das sie auf die positive Seite der Angelegenheit schreiben konnte: sein Blick fürs Detail und seine sture Entschlossenheit. Der Blick fürs Detail hatte alle möglichen wunderbaren Folgen, wenn es um den Komfort ihres Tieres ging.

Diese Gründlichkeit im Schlafzimmer? Man musste schon sagen: Karen hatte niemals zuvor oder danach einen Mann wie Finn gehabt.

Sie nahm sich Zeit, um sich um ihr Pferd zu kümmern, ließ den warmen Wind über sich streifen, eine wohltuende und belebende Frische. Dann schlüpfte sie in das Häuschen und wusch sich. Es dauerte nur einen Augenblick, bevor sie den Abstand zwischen ihrem Häuschen und dem heruntergekommenen Ranchhaus überbrückt hatte.

Sie hatte einen Ort, an dem sie wohnen konnte, und bald hätte sie auch einen Job.

Wenn sie nur entscheiden könnte, wie sie mit ihrem dritten Dilemma verfahren sollte.

~

ALAN GING, kurz nachdem er die Bombe hatte platzen lassen, mit einem Versprechen, die Papiere und die tatsächliche Deadline bis zum Ende der Woche fertig zu haben.

Zach schaute finster dem wegfahrenden Auto nach, machte auf dem Absatz kehrt, dann stapfte er ins Haus.

Finn folgte ihm etwas langsamer, versuchte diese Wendung aus einem anderen Winkel zu betrachten. Obwohl er zu schätzen wusste, was sein Mentor durch diese Inspiration von jenseits des Grabes geplant hatte, machte die Alles-oder-Nichts-Situation die Dinge sehr viel komplizierter als den Fix-und-fertig-Ansatz, den er sich für Heart Falls vorgestellt hatte.

Sollte es so sein. Es war nicht das erste Mal, dass sie sich ins Zeug legten, um die Aufgabe zu bewältigen.

Zach ließ sich auf einen der abgewetzten Adirondack-Stühle auf der Veranda fallen und schaute abwesend ins Vorgebirge.

„Na, das war unterhaltsam", bemerkte Finn trocken, während er sich neben seinem Freund niederließ.

Ein riesiges Seufzen kam von Zach, und er redete, ohne Finn in die Augen zu schauen. „Es tut mir so leid."

„Ist nicht deine verdammte Schuld."

Zach verzog das Gesicht. „Wenn ich das Brewster-Gebäude mit dem Firmengeld gekauft hätte, wie du es mir vorgeschlagen hast, wäre *das* das Projekt gewesen, für das wir eine Deadline haben."

Ausgerechnet dieser wirre, irrationale Logiksprung ...

Finn beugte sich vor und musterte seinen Freund genau. „Du glaubst, deswegen bin ich auf dich sauer? Teufel, wenn überhaupt, dann denke ich, wir haben eine bessere Ausgangssituation, wenn wir uns mit der Touristenranch befassen müssen, anstatt ein paar fanatische Biertrinker davon überzeugen zu müssen, dass wir mit der absolut überragenden und endgültigen kleinen Craft-Beer-Sensation antreten."

„Das wäre was, was man in kurzer Zeit hinkriegen kann. Und es wäre auch was, das kein gutes Wetter erfordert, um Kunden ranzubringen." Zach schüttelte den Kopf. „Du neckst mich immer damit, dass ich magisches Timing besitze, aber ich wünschte, dieses Mal hätte ich das nicht getan."

„Lass es", befahl Finn. „Ich bin derjenige, der sie entschuldigen muss, denn du musst deine Idee aufs Abstellgleis stellen, bis wir *diesen* Laden hier in Betrieb nehmen können."

„Damit er vor Weihnachten läuft?" Zach wirkte zweifelnd. „Glaubst du wirklich, dass wir das hinkriegen?"

„Wir werden es verdammt noch mal gut hinkriegen. Auf gar keinen Fall dringt dieser Bastard Brandon in Heart Falls ein. Er ist das letzte, was ich unseren Freunden und ihren Familien antun möchte."

„Wer dringt wo ein?"

Finn und Zach schossen hoch, warfen einen Blick über die Schultern, um Karen unten an den reparaturbedürftigen Stufen vom Boden der Veranda zu sehen.

Finn kam auf die Beine, hielt ihr eine Hand hin, damit sie stehen blieb, bevor sie noch eine weitere Stufe nahm. „Moment. Die habe ich noch nicht überprüft."

Karen blieb stehen, einen Fuß auf der untersten Stufe. Sie zog ihn zurück und schaute nach unten, bevor sie auf das Haus deutete. „Wenn es euch nichts ausmacht, nehme ich die stabile Route."

„Die Eingangstür ist offen", sagte Zach. Er wartete, bis Karen außer Sicht war, bevor er sich an Finn wandte. „Schnell. Nehmen wir diese Herausforderung an?"

„Absolut. Ich meine es ernst, ich will Brandon nicht irgendwo in der Nähe unserer Freunde." Nur wollte Finn die Dinge nicht noch komplizierter machen, als sie bereits waren.

„Erwähne die Deadline oder ihre Folgen nicht, außer, wir müssen. Einverstanden?"

„Einverstanden." Zach hob die Stimme und winkte. „Karen. Schön, dich kennenzulernen. Ich bin Zach Sorenson."

„Ich habe von dir gehört", sagte Karen mit einem Lächeln, während sie durch die Schiebetür auf die Veranda trat.

„Nur Gutes, hoffe ich."

Sie zog eine Augenbraue hoch. „Ich habe gehört, du hast ein Pokerface, das mein Schwager überhaupt nicht deuten kann. Das ist eine gute Eigenschaft bei einem Mann."

Finn trat näher. Sie trug lässige Cowboy-Kleidung, und er wollte sie hochheben und in einem Bissen verschlingen. „Ich habe nicht erwartet, dich so früh schon zu sehen. Ich hoffe, das ist aus gutem Grund."

„Vielleicht schon", sagte sie, bevor sie den Kopf schieflegte und ihn bohrend ansah. „Wessen Pläne, hier einzudringen, haben dafür gesorgt, dass du so aufgeregt bist?"

Verdammt. Er hatte gehofft, das würde sie ihm durchgehen lassen. Finn öffnete den Mund und ließ sich eine Geschichte einfallen, die die Wahrheit war, ohne gleich die Katze aus dem Sack zu lassen, aber Zach ging dazwischen.

„Hast du das Auto gesehen, das gerade weggefahren ist? Wir mussten uns mit einigem rechtlichen Zeug herumschlagen, bevor wir die Ranch in Betrieb nehmen können. Es gibt jemanden, der sich einmischen will, den wir nicht sonderlich mögen. Wir haben nur gerade geredet, um sicherzustellen, dass er keine Rolle spielt."

Ihr Blick huschte zwischen den beiden hin und her, bevor sie nickte. „Klingt wie was Gutes."

Zach deutete auf die Stühle auf der Veranda. „Willst du dich ein wenig setzen? Ich kann was zu trinken holen."

Sie beäugte die Stühle und die Plattform ohne Geländer. „Ist dieser Teil baulich sicher?"

„Zum größten Teil. Glauben wir", gab Zach zu.

Von ihr kam ein Schnauben, und ihr Blick traf den von Finn. Ihre Augen blieben kurz aufeinander gerichtet, ehe sie wieder das Kinn senkte. „Wenn du ein Bier hast, nehme ich eins. Wir sollten reden."

Zach ging ins Haus. Finn rückte die Stühle herum, damit sie dicht genug beieinander waren, um ein Gespräch zu führen, während sie immer noch über das Land hinausschauten.

Karen legte ihm eine Hand auf den Unterarm, um seine Aufmerksamkeit auf sich zu ziehen. „Wie viel weiß Zach über uns?"

Sie redete leise, mit einem raschen Blick aufs Haus, als würde sie nachsehen, ob sein Freund noch in Hörweite war.

Finn richtete sich auf. „Ich würde schätzen, er weiß ungefähr genauso viel wie deine Schwestern."

Dafür bekam er ein episches Augenrollen, bevor sie den Kopf schüttelte und sich auf dem Stuhl ganz rechts niederließ. „Ich hätte gedacht, du wärst so ein Typ, der genießt und schweigt."

„Vertraue mir. Oder noch genauer gesagt, vertraue Zach. Er wird kein Wort sagen, das eine Grenze überschreitet, und er ist bereits dein größter Unterstützer."

Das ließ sie überrascht stutzen.

Nun war es an ihm, einen Blick zum Haus zu werfen, dankbar, dass Zach sich so lange Zeit ließ wie nie zuvor, um sich drei Bier zu schnappen und sie zu öffnen.

„Karen?" Er wartete, bis sie aufschaute. Er hielt den Blickkontakt, während er sich auf dem Stuhl niederließ, der am weitesten von ihr entfernt stand. „Zach ist wie Familie, aber er ist vor allem erst mal ein verflixt guter Kerl. Wenn du irgendwas brauchst, vertrau ihm."

Sie nahm sich einen Augenblick, als würde sie das

einsinken lassen. Ihre Mine wurde weicher. „Vielen Dank dafür. Das weiß ich zu schätzen, und ich werde es mir merken."

„Muss ich einen Notizblock mitbringen?" Zach steckte den Kopf aus der Tür.

„Komm nur mit den verdammten Drinks raus", murmelte Finn.

Karen kicherte, auf ihrem Gesicht stand wieder ein warmes Lächeln, als sie dankend eine Flasche annahm. „Jetzt fühlt es sich an, als wäre ich im Urlaub. Tagsüber trinken und so."

Zach legte eine Tasche auf den Boden neben seinem Stuhl, dann musterte er kurz das Bieretikett, bevor er die Flasche zu einem Salut hob. „Auf unseren letzten Umtrunk tagsüber für lange Zeit."

Sie hoben alle ihre Flaschen.

Finn nahm zweieinhalb Schlucke, bevor er prustend aufhörte und hustete, während Bier von seinem Mund tropfte, um auf die Veranda zu spritzen. „Lieber Gott, was zum Teufel ist das denn?"

Karen beäugte ihre Flasche angeekelt.

Zach schnüffelte abwechselnd am Inhalt und ließ die Flüssigkeit im Mund herumschwappen. Er hob einen Finger, stand auf und ging zum Rand der Veranda, um das Bier außer Sicht auszuspucken.

Er wandte sich zurück und wischte sich den Mund ab. „Das tut mir leid. Ich nehme an, eures ist nicht besser als meins?"

„Ist das von dieser Mikrobrauerei draußen in Fort Macleod?" Karen zog ein entsetztes Gesicht. „Ich habe mich schon gefragt, wie ihr Bier schmeckt."

„Und jetzt wissen wir es", erwiderte Finn trocken. Er funkelte seinen Freund an. „Zach, ich dachte, wir hätten ausgemacht, dass du Leute vorwarnst, bevor du sie als Versuchskaninchen missbrauchst."

Zach griff in die mysteriöse Tasche, die er neben seinen Stuhl hatte fallen lassen, und holte drei neue Flaschen heraus. Eine vertraute, landesweit bekannte Marke. Er öffnete sie wie ein Profi und reichte sie sofort mit einem Zwinkern rüber. „Ich hab's vergessen."

Sie nahmen einen großen Schluck. Finn hoffte, den absolut schrecklichen Geschmack aus dem Mund zu bekommen, aber er war erheitert.

Auch in Karens Augen blitzte Erheiterung. Sie beugte sich auf ihrem Sessel vor. „Also. Du hast Arbeit auf Auftragsbasis hier auf deiner namenlosen Touristenranch erwähnt. Willst du mir mehr erzählen?"

Halleluja. Sie würde es machen.

Was bisher ein Angebot gewesen war, damit sie ihre Talente einsetzen konnte, wurde nun zu einem äußerst ernsten Puzzleteil, um die Herausforderung zu schaffen.

Finn deutete auf Zach. „Er wird dein Boss. Wir würden zusammenarbeiten, um in einem Brainstorming rauszukriegen, was genau wir brauchen, und wann. Ein paar von unseren Terminen sind immer noch nicht geklärt, aber wir werden sie so bald wie möglich festlegen."

„Braucht ihr Führer für Ausritte? Pferde? Zeug für die Scheunen oder sonst noch was?"

Zach hüstelte entschuldigend. „Alles. Bei ein paar Sachen haben wir schon Spuren, aber sobald Finn deinen Namen als mögliche Koordinatorin erwähnt hat, dachte ich mir, wir würden warten und sehen, wie du damit umgehen willst. Ob du Leute kennst, mit denen man gut arbeiten kann. So was eben."

Sie wirkte nachdenklich. „Davon abhängig, wann ihr öffnen wollt, habe ich vielleicht ein paar sehr erfahrene Führer zur Verfügung. Ich weiß nicht, ob du es noch weißt, Finn, aber in dem Sommer, als du draußen auf Whiskey Creek warst, habe ich einen Nebenjob aufgebaut. Wildniswanderritte im Willmore-Gebiet draußen vor Japser."

Es war eines der Dinge gewesen, auf die sie so stolz gewesen war. „Ich habe mir dein letztes Website-Update angesehen. Das macht sich hervorragend."

Ihr Lächeln erhellte ihr Gesicht. „Die Leiter des Camps, Dani und James, haben damit eine Menge zu tun, aber Willmore ist auf jeden Fall eine saisonale Angelegenheit. Sie überwintern auf einer anderen Ranch, aber ich kann sie vielleicht überreden, hierher zu kommen, wenn es ein Gehalt gibt."

Zach rieb die Hände aneinander. „So gefällt mir das. Probleme werden gelöst, bevor die Probleme selbst überhaupt auftauchen." Er warf einen Blick zu Finn. „Ich glaube, Karen würde toll als Mitglied dieses Teams funktionieren, und wenn das für dich in Ordnung ist, setze ich eine Aufgabenbeschreibung und ein Vergütungspaket auf, um es dann mit ihr durchgehen."

Das klang für Finn genial. Er gab die Frage an Karen weiter. „Klingt das nach etwas, was du gern tun würdest, während du hier bist? Ich weiß, dass du Zeit mit deiner Familie verbringen willst, und wir werden dafür sorgen, dass du die auch bekommst, aber das wird ein richtiger Job."

Sie warf einen Blick über die verfallenen Gebäude und ungepflegten Felder. „Es sieht nach genug Arbeit aus, um ein echter Job zu sein, aber weißt du, das ist in Ordnung." Sie nickte langsam, während sie den Blick zurückführte, um ihnen beiden abwechselnd in die Augen zu schauen. „Ich glaube nicht, dass ich dieses Konzept von Urlaub so richtig verstehe. Ich arbeite gern, und ich verbringe gern Zeit mit Pferden, also klingt es sehr nach einem Arbeitsurlaub."

Trotz seiner Unsicherheit wegen der schrägen

Herausforderung, die ihm und Zach vorhin gestellt worden war, ließ die Anspannung in Finn nach.

Sie hatte zu einem Teil ja gesagt. Das bedeutete, dass sie blieb, was bedeutete, dass er länger Zeit hatte, um für sich zu werben.

Sie gehörten zusammen. Nun hatte er Zeit, es zu beweisen.

Zach erhob sich, hielt Karen seine Hand hin, und sie schlug fest ein. „Willkommen im namenlosen Touristenkaff. Wie schön, dich hier zu haben."

„Das gilt auch für mich. Du wirst uns eine riesige Hilfe sein", versicherte Finn ihr.

Karen nahm Finns ausgestreckte Hand an. Ihr Händedruck war fest, aber der Ausdruck in ihren Augen war weich und leicht neckend. „Sehen wir doch, was wir tun können, um das zu einem denkwürdigen Sommer zu machen."

6

Ich bin mir nicht sicher, ob ich noch wütender bin, nachdem ich deine Nachricht gelesen habe, oder ob sie ein bisschen funktioniert hat. Eine Blume und eine Entschuldigung – wunderbar.

Hinterlegt auf meinem Fensterbrett? Das hat ein wenig Stalker-Wirkung, mein Lieber.

Ich gebe den Schmerzmitteln die Schuld, denn ich bin leicht gebannt von deinem gut aussehenden Gesicht und deiner dreisten Haltung.

Was machen wir denn, um das zu einem denkwürdigen Sommer zu gestalten? Gehört dazu Tanzen? Nackt Tanzen? Denn es war nicht gerade anstrengend, in deinen Armen zu liegen.

(Vielleicht könnten wir diesen letzten Teil auch auf die Schmerzmittel schieben, oder?)

~Nachricht von Karen an Finn, im Sommer auf der Whiskey
Creek Ranch~

~

Sie wusste nicht, was über sie gekommen war. Sie war sich immer noch nicht sicher, ob sie sich wirklich in die Sache mit Finn stürzen wollte, aber die Verführung war stark.

Indem sie seine Worte von vor so langer Zeit wiederholte – diejenigen, von denen sie wusste, dass er sich noch an sie erinnerte, weil sie in diesem Sommer zum Teil ihres Mantras geworden waren –, hatte ihr Mund ein Versprechen gegeben, von dem sie nicht sicher war, ob sie es halten wollte.

Zum Glück drehte der Ablenkungsfaktor stark auf.

Ablenkung, die auch als Zach Sorenson bekannt war.

Er schleifte sie von der Veranda und ins Wohnzimmer und fuhr damit fort, eine Aufgabenbeschreibung festzulegen. Dann bot er ihr ein Vergütungs-Paket an, das sie blinzeln ließ, und fing an, eine To-do-Liste aufzusetzen, die sie für die nächsten drei Wochen beschäftigt halten würde.

Trotz ihrer Aufregung, die all diese mit der Arbeit zusammenhängenden Details in ihr auslösten, war es Finns Miene, zu der ihr Verstand immer wieder zurückkehrte.

Ein Aufblitzen der Erinnerung, eine ganze Menge Hoffnung, und dieser sexy Schlafzimmerblick, von dem sie einfach nicht genug bekommen konnte.

Irgendwie ging sie, ohne etwas Törichtes anzustellen, wie etwa, sich auf ihn zu werfen. Sie hatte einen vorläufigen Vertrag in der Tasche, und eine ganze Reihe Fragen brodelten durch ihren Verstand, wie man am besten loslegen konnte.

Karen ging bereits durch die Tür zu ihrem Häuschen, als ihr klar wurde, dass sie ihr Transportproblem nicht gelöst hatte.

Eine Antwort stellte sich einen Augenblick später in der Form eines Anrufs ein.

„Hey. Ich wollte gerade von Silver Stone los, als mir aufgefallen ist, dass dein Truck noch hier ist. Willst du, dass ich rüberkomme und dich abhole, damit du ihn nach Hause fahren kannst?" Julia hielt inne, dann fügte sie an: „Ich habe auch Zeit für ein Abendessen, falls du Gesellschaft möchtest."

Genau, was Karen brauchte. Ein wenig weitergehende Ablenkung, damit sie nicht kehrtmachte und zurück zum Ranchhaus lief, um Finn zu sagen, dass sie auch den Rest seines Angebots unterschreiben wollte.

„Perfekt, und zwar beides. Komm und hol mich ab, dann können wir beide Fahrzeuge nehmen. Ich lasse Steaks rausspringen, wenn du zu Longhorn's willst."

„Abgemacht."

Zwanzig Minuten später fuhr Julias deplatziert wirkender neonblauer Lotus vor dem Häuschen vor. Karen schnappte sich eine Jacke und ihre Geldbörse, dann zwängte sie sich in das winzige Fahrzeug.

„Gibt es irgendwo einen Erweiterungsknopf, falls jemand über ein Meter siebzig einsteigen möchte?", neckte sie.

„Hat es dir Spaß gemacht, als du letztes Mal rückwärts auf der Hauptstraße eingeparkt bist?", erwiderte Julia trocken.

Karen lachte. „Verstanden. Das heißt nur, dass ich etwas Training bekomme, wenn ich eine Straße weiter entfernt parke und dann zu Fuß rübergehe. Zum Glück ist der Parkplatz von Longhorn's so groß wie ein Fußballfeld."

„Ich war da noch nicht", gestand Julia. „Es kann auch echt gern jeder selbst zahlen, denn ich werde mir das größtmögliche Steak holen, und alle Beilagen. Egal, wie schwer ich als Rettungssanitäterin arbeite, den Pferden nachzujagen, hat mir einen Appetit verschafft, wie ich ihn nicht mehr hatte, seit dem letzten Mal, als ich Pferden nachgejagt bin."

„Es war toll, dass du dich uns angeschlossen hast", gab Karen zu. Sie beäugte ihre neue Schwester, die erst vor zwei Monaten aufgetaucht war. Allmählich hatten sie einander besser kennengelernt, aber es gab ganz schön viele Jahre, die man aufholen musste. „Und um das klarzustellen, ich zahle. Du machst ruhig und bestellst alles, was du willst, denn es gibt was zu feiern. Ich habe einen neuen Job."

„Du hast ihn angenommen. Es klang auch, als würdest du das wollen", sagte Julia. Sie schaute kurz zur Seite. „Hast du in der anderen Angelegenheit auch eine Entscheidung gefällt? Denn ich habe das ernst gemeint. Wenn du Verstärkung brauchst, bin ich für dich da. Es gibt nichts Schlimmeres als einen Typen, der ein Nein nicht akzeptieren kann."

Ein Kommentar, der eine ganze Menge weiterer Fragen auslöste, auf die Karen Antworten wollte.

Sie antwortete rasch, um Julia nicht die falsche Vorstellung zu geben. „Finn ist ein guter Kerl, und das meine ich ernst. Und ja, er ist irgendwie schon besitzergreifend, und manchmal einer von den Typen, die ihren Kopf durchsetzen wollen, aber er ist kein Arschloch. Wenn ich ihm sage, dass ich kein Interesse habe, wird er die Sache auf sich beruhen lassen."

„Manche Typen interpretieren ein Nein als nur einen Schritt weg von einem Vielleicht, was für sie praktisch ein Ja ist." Julia nickte fest. „Wie du meinst. Wenn sich irgendwas ändert, ruf mich nur an. Jederzeit, tagsüber oder nachts."

„Mache ich", versprach Karen.

Sie redeten über die Wildpferde, bis Julia neben Karens Truck fuhr.

„Ich muss tanken", sagte Karen. „Wir treffen uns bei Longhorn's?"

„Kein Problem. Ich besorge uns einen Tisch."

Nur dass es sich zu der Zeit, als Karen dort eintraf, als

Problem erwiesen hatte, dass sie nicht reserviert hatten. Julia stand vor der Tür ...

Plauderte mit Zach.

Karen schaute sich um, um zu sehen, wo Finn war, denn sie war ziemlich sicher, dass man die beiden Männer immer zusammen antraf. Wenn man einen fand, fand man auch den anderen.

Julia sah sie. „Hey. Wir haben etwa fünfundvierzig Minuten, bevor sie uns reinflicken können."

Zach schenkte ihr ein strahlendes Grinsen. „Ich höre, du feierst, dass du einen echt tollen Job bekommen hast. Oh, und ich höre auch, dass dein direkter Vorgesetzter ein verflixt toller Typ ist."

„So was habe ich überhaupt nicht gesagt." Julia klang verwirrt.

„*Er* ist mein Boss", erklärte Karen trocken.

Julia nickte langsam. „*Ahh.* Hoffen wir, dass der Mann nicht wirr im Kopf ist."

Ein scharfes Schnauben erklang hinter ihr, und Finn tauchte auf. „Sie hat bereits deine Nummer, Zach."

Der kräftig gebaute Mann vor ihnen drückte sich eine Hand auf die Brust, mit einem dramatischen Flair, wie ihn auch Karens kleine Schwester an den Tag gelegt hätte. „Kein Wort davon war eine Lüge."

Finn hob das Kinn zu den Restauranttüren. „Wollen die Damen sich uns anschließen?"

Verwirrung machte sich breit, dann neugieriger Argwohn. „Ihr habt zufällig eine Reservierung für vier?"

„Irgendwie schon?" Zach zögerte, warf einen Blick zu Finn, als würde er auf eine Anweisung warten.

Julia schaute Karen mit einigen „das musst du entscheiden"-Signalen aus großen Augen an.

Sie holte tief Luft. Hier ging es darum, ein gutes Steak zu

genießen. Sie musste daraus keine Entscheidung für die Ewigkeit machen. „Wir würden uns euch gerne anschließen."

„Bin gleich wieder da" Zach verschwand durch die Eingangstür.

Finn wandte sich an Karen. „Ich weiß, dass das deine Schwester ist, aber man hat uns nie vorgestellt."

Julia streckte die Hand aus. „Julia Blushing. Rettungssanitäterin in Ausbildung, frühere Bewohnerin einer Touristenranch, und die jüngste Whiskey-Maus."

Ein Lachen brach aus ihr hervor, bevor Karen es aufhalten konnte. „Lieber Gott, wir müssen uns mal um Lisa kümmern."

Aber Finn grinste. „Na ja, da gibt es eine Menge wunderbarer Dinge in dieser Vorstellung zu entschlüsseln. Ich glaube, mir gefällt deine Version des Scherznamens besser als die, die ich schon mal gehört habe."

Julia wirkte einen Augenblick lang verwirrt, als würde sie im Kopf durchgehen, was sie gesagt hatte.

Sie schlug sich mit der Hand an die Stirn. „Whiskey*tier*. Ich meine, das ist ein süßer Name, aber schon verdammt schwer auszusprechen."

Die Tür öffnete sich, und Zach steckte den Kopf heraus, wies nach drinnen. „Kommt schon. Sie fügen ein paar Gedecke für uns an."

Das Longhorn-Steakhouse war einer der besten Orte, um was zu essen, wenn man Geld ausgeben wollte. Karen war ein paar Mal da gewesen, seit Tamara in die Gegend von Heart Falls gezogen war.

Sie war niemals die hohen Treppen am gegenüberliegenden Ende des Raumes hinaufgegangen.

Hatte nie geahnt, dass es ein Privatzimmer oben an den Stufen gab. Ein angenehm großer Tisch stand vor einem riesigen Aussichtsfenster, das nach Westen auf die Rockys blickte.

Auf sie warteten vier Gedecke, eines auf jeder Stirnseite und zwei auf einer Seite. Zach zog Julia einen Stuhl an einem Tischende heraus und begab sich zur gegenüberliegenden Seite, was Karen neben Finn sitzen ließ.

„Er hat offensichtlich Beziehungen zur Geschäftsleitung", sagte Julia, während sie sich bewundernd umsah. „Danke für die Einladung. Das ist großartig."

„Wir kennen ein paar Leute", gab Zach zu. „Gleiche Speisekarte wie unten. Da die Küche im Ranchhaus gerade nicht einsatzfähig ist, gebe ich gern zu, dass sich öfter hier esse, als ich sollte."

„Er mag meine Makkaroni mit Käse nicht", sagte Finn.

„Du machst nicht die aus der blauen Schachtel", beschwerte sich Zach.

Ein neckendes Keuchen stieg von Julia auf. „Nein. Nimmt er auch noch Ketchup?"

Zach richtete sich auf und deutete entschieden auf Finn. „Siehst du? *Siehst du?* Genau darüber rede ich doch. Jeder weiß vom ersten Augenblick an, in dem ich es erwähne, was für eine Farce deine Kochgewohnheiten sind."

Es war alles zu erheiternd. Karen stellte fest, dass sie grinste, während sie sich in ihrem Sitz entspannte. Zach scherzte weiter, und Finn nahm es trocken hin, in seinem Tonfall lag bei jeder Antwort sehr viel Großzügigkeit und Erheiterung.

Bis sie ihre Vorspeisen inhaliert hatten, und sie beinahe ein Glas Wein ausgetrunken hatte, fühlte sich Karen schon verflixt mürbe gemacht.

Finn schenkte ihr nach. „Läuft der Tag etwas anders, als du erwartet hast?"

Himmel. „Dieser Tag war etwa fünf Tage lang, wenn man alles bedenkt, was los war." Karen nippte am Wein, beobachtete, wie die Sonne sich langsam hinter die fernen Berge senkte.

Zach und Julia redeten weiter über den ganzen Tisch hinweg. Zach löcherte sie zu allen Einzelheiten, an die sie sich von der Ranch erinnern konnte, auf der sie aufgewachsen war.

In der Mitte saßen Karen und Finn in einer Blase des Schweigens. Es war ein vertrautes Gefühl, eine Erinnerung an die Zeit, die sie vor Jahren mit ihm verbracht hatte. Im Zimmer mit anderen um sie herum, doch mit diesem Gefühl, völlig allein zu sein, und völlig verbunden.

Sein Bein stieß an ihres. Ein unschuldiger Akt, während er über den Tisch griff. Karen holte zur Beruhigung Luft, dann wandte sie sich mit einem Lächeln an ihn. „Manchmal funktionieren Überraschungen. Danke für den Job. Ich wäre sicher vor Langeweile wahnsinnig geworden, wenn ich im Supermarkt gearbeitet hätte", gab sie zu.

„Danke, dass du angenommen hast. Ich bin echt froh, dass du uns damit hilfst." In diesem Satz lag die volle Wahrheit. Sein Blick war auf sie gerichtet, während er sein Glas zum Salut hob.

Leise stießen die Gläser aneinander.

„Mit der anderen Sache bin ich mir nicht sicher", sagte sie rasch.

Er neigte das Kinn. „Es ist noch nicht morgen."

Wieder machte sich ein Lachen breit. „Du hast recht. Denk nur mal an meinen vorigen Kommentar, dass dieser Tag sich ewig gezogen hat."

„Schlaf eine Nacht drüber", ermutigte er sie. „Ich habe festgestellt, dass eine gute Mütze Schlaf alle möglichen Fragen beantwortet. Manchmal fallen mir in meinen Träumen die Lösungen ein. Denk an alte Erinnerungen, gute Zeiten aus der Vergangenheit. So was eben."

Er war schlimm.

Und gut, denn süße Träume gehörten zu ihrer Vergangenheit. Gute Erinnerungen waren den ganzen Tag lang auf sie eingestürmt, zwischen den anderen umtriebigen Teilen ihres Abenteuers.

Die Steaks kamen, und das Gespräch wurde wieder mit allen geführt. Mit dem leckeren Essen und der Gesellschaft konnte Karen die letzte Frage, die sie beantworten musste, kurz zur Seite schieben.

Ihre Träume in dieser Nacht waren viel zu schmutzig.

FINN MACHTE sich in den nächsten paar Tagen rar und ließ Zach Karen herumführen. Er dachte sich, dass es das Beste war, ihr so klarzumachen, dass er ihre Meinung wirklich hören wollte.

Es war auch die leichteste Art, sich davon abzuhalten, sie anzuhimmeln oder vor ihr auf die Knie zu fallen, damit sie ihn von seinem Elend erlöste.

Er hatte genug zu tun, um sich beschäftigt zu halten. Die To-do-Liste war zu epischen Dimensionen angewachsen. Seine vorher lockeren Kontakte mit Leuten, die später mal eventuell für ihn arbeiten konnten, erforderten Updates. So eine Art „setz mich *jetzt* auf der Liste, denn ich brauch dich so schnell, wie es menschenmöglich machbar ist"-Update.

Aber er erhaschte genug Blicke auf Karen, um sie ständig im Kopf zu haben. Sie band sich die Haare zu ihrem vertrauten Pferdeschwanz zurück, und ihr Grinsen blitzte heftig auf, wann immer Zach seine übliche erheiternde Art an den Tag legte.

Sie bewegte sich anders. Nicht, weil sie nicht mehr von ihrem das ganze Bein umschließenden Gips beeinträchtigt wurde, sondern weil sie in ihrer Haut viel mehr zu Hause zu sein schien.

Finn war ziemlich sicher, dass sie im Lauf der Jahre auf der Whisky Creek Ranch eine Menge durchgemacht hatte. Teufel, er hatte in diesem längst vergangenen Sommer mit George Coleman gearbeitet und wusste genau, was für eine Art Mensch Karens Vater war.

Altmodisch. Ahnungslos und unabsichtlich unfreundlich.

Karen war weich geblieben.

Nicht, was die Stärke betraf, denn verdammt, diese Frau arbeitete womöglich mehr weg als er, wenn sie so weitermachte. Nein, es war nur, dass sie nicht bitter geworden war, trotz all der Hindernisse, die man ihr in den Weg gestellt hatte.

Er dachte über die Veränderungen bei ihm nach, und konnte nicht dasselbe von sich behaupten. Ja, er hatte von Bruce Travers eine Menge gelernt, und das alles sah er als gut an.

Seine Verbitterung – eine Folge der Enttäuschungen in seiner Familie – war der Teil, von dem Finn nicht genau wusste, wie er damit umgehen sollte.

Nach drei Tagen, in denen er Abstand gewahrt hatte, war es Zeit, Karen daran zu erinnern, dass er eine Antwort erwartete. Nach dem Mittagessen war er unterwegs in die Stadt, kam zurück, um sich mit Zach zu treffen, der Karen und Josiah beim Plaudern in der geplanten späteren Hauptscheune für die Pferde zurückgelassen hatte.

Zach zeigte Finn einen erhobenen Daumen. „Du bist genial. Sie hat genau die richtigen Vorstellungen und Kontakte, die wir brauchen, um das hinzukriegen. Mit ihr und ein paar der Anmerkungen, die Julia kürzlich abends gemacht hat, habe ich ein sehr viel optimistischeres Gefühl, dass wir die Herausforderung meistern."

„Sie ist die Geniale." Finn schaute auf die Uhr. „Um welche Zeit hast du ihr denn gesagt, dass sie aufhören soll?"

Sein Freund runzelte die Stirn. „Habe ich nicht. Sie ist auf Vertragsbasis hier, darum kann sie arbeiten, wann immer sie arbeiten möchte."

Perfekt. „Wir treffen uns um sechs bei Josiah."

Zach stutzte. „Okay. Wir gehen nicht zusammen hin? Ich habe gerade Delilah abgeliefert bekommen. Ich dachte, ich führe sie vorher auf eine Spritztour aus."

Finn dachte an die Einkäufe, die er gerade erledigt hatte, und ein schwaches Lächeln breitete sich aus. „Ich sag dir was. Ich ruf dich an, wenn ich einen Ersatzplan brauche."

Das brachte ihm einen verwirrten Blick ein, kurz bevor Zach verstand. Sein Freund grinste. „Viel Glück."

„Du musst aufhören, das zu sagen", murmelte Finn, obwohl er insgeheim kicherte.

Er wartete bis halb fünf, dann machte er sich mit den Einkäufen vom Nachmittag in der Hand auf den Weg zu Karens Häuschen.

Das scharfe Klopfen an der Eingangstür wurde von einem Ruf beantwortet. „Auf der Veranda hinten."

Fünf Sekunden zu Fuß brachten ihn an den Rand des kleinen Gebäudes. Karen hatte sich in den gemütlichen Gartenmöbeln zurückgelegt, auf deren Kauf er Wert gelegt hatte. Das Zeug war verdammt noch mal sehr viel schöner als das, was derzeit im Haupthaus stand.

Sie beäugte ihn verwirrt, und ein süßer Hauch Anerkennung stand in ihren Augen. „Warum bist du denn aufgebrezelt und bereit zum Aufbruch? Die Party geht doch erst um sechs Uhr los", erklärte sie.

„Ich habe dir ein Geschenk gekauft", sagte er. Er stellte den Korb auf ihren Schoß, dann trat er zurück, um ihren fitten Körper zu bewundern. Ihm war es völlig egal, dass ihr T-Shirt und die Jeans dreckig waren, nachdem sie den ganzen Tag lang auf der Ranch unterwegs gewesen war.

„*Finn*. Das hättest du nicht tun sollen." Ärger schlich sich in ihren Tonfall, bis sie anfing, durch die Flaschen und Röhrchen zu wühlen, die er in den Weidenkorb gesteckt hatte. Sie keuchte und hielt eines hoch. „O mein Gott, das ist Immergrün-Fußsalbe."

„Hast du von den Schuhvorschriften für heute Abend gehört?"

Karen verzog das Gesicht. „Ich habe versucht, mir von Lisa sagen zu lassen, weshalb wir Sandalen tragen müssen, aber manchmal ist meine Schwester einfach nur gemein."

Finn setzte sich auf einen Hocker vor ihr und hob ihren bloßen Fuß auf seinen Schoß.

Sie spannte sich an.

Er saß reglos da. Na ja, größtenteils reglos. Ihre Haut war so verdammt weich, dass er unbedingt mit dem Daumen über die Innenseite ihres Rists kreisen musste.

„Willst du duschen? Oder erst eine Massage kriegen?"

Die Miene, die über ihr Gesicht spielte, brachte ihn womöglich um. Sie wollte eindeutig von ihm berührt werden, aber es war auch Unentschlossenheit zu sehen.

Finn drückte ihr den Fuß. „Nur eine gute Massage, das schwöre ich. Lass mich dich verwöhnen."

Karen schluckte schwer. „Gib mir mal kurz."

Sie sprang auf und rannte mehr oder weniger ins Haus.

Finn lehnte sich auf dem Hocker zurück und konzentrierte sich darauf, lange, langsame Atemzüge zu machen, um seinen Puls zu senken und das Verlangen zur Seite zu schieben, das sich durch seinen Körper arbeitete.

Wenn sie eine Weile brauchte, um es sich zu überlegen, sollte es eben so sein. Er war doch kein Neandertaler, der sich nicht unter Kontrolle hatte.

Aber lieber Gott, er musste sie berühren. Er brauchte das so sehr, wie er seinen nächsten Atemzug brauchte.

Es dauerte keine zehn Minuten, bis sie zurück war. Ihre Haare lagen ihr wirr um die Schultern, die Strähnen nass und irgendwie wellig, weil sie sie mit dem Handtuch abgetrieben hatte.

Sie trug eine Jogginghose und ein extra großes T-Shirt, und sie war so wunderschön, dass er den Blick nicht von ihr wenden konnte.

„Hast du deine Haarbürste dabei?" Seine Stimme klang rau wegen der Stimmbänder, die angespannt waren vor Verlangen. Vermutlich klang er allerdings wie das mürrische Arschloch, das sie erwartete, denn sie griff nur in ihre Tasche und zog eine Bürste hervor.

Er nahm sie und deutete auf den Stuhl. „Beug dich vor."

Karen richtete sich ein, legte die Hände auf die Knie. Finn stand auf und glitt hinter sie, um die Erektion zu verbergen, die sich in stillschweigendem Verlangen an die Vorderseite seiner Jeans drückte.

Dann quälte er sich, indem er mit den Fingern durch ihre Haare strich und die Strähnen voneinander löste. Mit der Bürste von der Kopfhaut bis zu den Haarspitzen bearbeitete er die langen Strähnen, bis ihre Haare glatt auf dem hellblauen T-Shirt lagen.

Und wenn es auf der Welt gerecht zugegangen wäre, hätte er das Ganze abschließen können, indem er ihr einen Kuss auf die Stelle drückte, wo ihr Puls an ihrem Hals pochte. Es wäre möglich gewesen, ihr Ohrläppchen abzulecken und es in den Mund zu saugen. Darauf würde er einen Kuss folgen lassen, der entlang ihres Kinns nach vorne wanderte, bis er sich ihres Mundes so hungrig bemächtigte, wie er es wollte.

Um sie zu verzehren und überall zu schmecken, zum ersten Mal seit fast fünf Jahren.

Stattdessen legte er die Bürste zur Seite und ging zurück zu seinem Platz an ihren Füßen. Nachdem er ihren Fuß auf seinen Schoß gelegt hatte, rieb er sich die Hände mit der Immergrünsalbe ein und arbeitete sie in ihre Zehenballen, Fersen und dann mit dem Daumen am Rist ein.

Er biss die Zähne zusammen, als sie vor Vergnügen stöhnte. Nur ein kranker Bastard würde sich so eine Bestrafung antun, aber der Teufel sollte ihn holen, wenn er aufhören wollte.

Finn schob das Gummiband ihrer Jogginghose über die Knie nach oben, um an den Muskeln ihrer Unterschenkel zu arbeiten. Ein Bein, dann das andere, während sie sich an die dicken Kissen zurücklehnte. Mit geschlossenen Augen und leicht geöffnetem Mund, bis auf die Augenblicke, wenn er eine gute Stelle traf. Dann schürzte sie die Lippen leicht, als würde sie sich auf einen Kuss vorbereiten.

„Du hast Hände wie ein Gott", flüsterte Karen. „Hattest du schon immer."

„Ich berühre dich gern", gestand er.

Dann schwieg er, denn er wollte sie nicht unter Druck setzen, sondern wartete darauf, dass sie ihr Verlangen beichtete.

Eine Weile waren sie still, oder so still, wie es draußen um fünf Uhr an einem Junitag in Alberta eben sein konnte. In der Ferne brummte ein Treckermotor. Vögel sangen begeistert, und irgendwo über dem nächsten Hügel bellten sich eine Reihe Hunde um Kopf und Kragen. Selbst die Bäume in der Schlucht in der Nähe trugen zu der Musik bei, als der Wind ihre Äste aneinander reiben ließ.

Eine Symphonie der Wildnis.

„Ich habe über das nachgedacht, was du gesagt hast." Karens Augen waren noch geschlossen, aber sie spannte sich bei dem Eingeständnis leicht an.

Finn bohrte die Finger fest in die Rückseite ihrer Beine,

und was immer sie gerade sagen wollte, verflüchtigte sich in ein Stöhnen, das ihm so richtig zu Kopf stieg.

Irgendwie hielt er den Mund.

„Ich habe viele gute Erinnerungen an unseren gemeinsamen Sommer. Die Chemie stimmt bei uns – oder zumindest tat sie das mal." Sie öffnete ein Auge und warf ihm einen Blick unter dem Arm zu, den sie über ihr Gesicht gelegt hatte. „Irgendwie glaube ich, dass das immer noch funktioniert."

Bisher hatte sie nichts gesagt, was er sich nicht schon gedacht hatte.

Sie holte tief Luft. „Ich brauche trotzdem noch mehr Zeit."

„Ist nur eine Fußmassage", wiederholte er.

Sie verzog das Gesicht. „Du treibst mich in den Wahnsinn, und das weißt du auch."

„Ich bin vor ein paar Tagen hereingeplatzt und habe dir eine Menge vor die Füße geknallt." Finn bearbeitete eine Weile ihre Zehen. „*Chérie,* so sehr ich dich will, wenn du mich jetzt bitten würdest, mich auf dich zu stürzen, würde ich Nein sagen."

Das rief eine Reaktion hervor. Sie setzte sich aufrecht hin, ihr Blick nicht länger umwölkt, eine süße Falte zwischen ihren Augenbrauen. „Echt?"

Er ließ die Finger zwischen ihre Zehen gleiten und kitzelte sie, sodass sie sich wand. „Vor all den Jahren bin ich doch auch nicht gleich mit dir in die Kiste gehüpft. Selbst als du mich angefleht hast. Manchmal muss man sich ranarbeiten, damit es sich sogar noch mehr lohnt."

Sie fluchte leise, aber ihre Lippen wölbten sich zu einem Lächeln. „Du bist ein Arsch."

Er drückte ihren Fuß ein letztes Mal, aber er zögerte. „Hast du Nagellack?"

Karen hob eine Augenbraue, doch sie lächelte wieder.

„Vielleicht sollte ich *dir* die Nägel machen. Willst du Grün? Blau?"

„Keine Chance." Er wies mit dem Kopf zum Haus. „Beeil dich, bevor ich mein Angebot zurücknehme."

Als sie mit dem Nagellack zurückkam, hatte sie sich eine Jeans und ein weiches blaues Oberteil angezogen, bereit für die Party, bis auf ihre bloßen Füße.

Die Dinge blieben überraschend locker. Es war, als hätte diese aus dem Nichts kommende Aktivität es ihr gestattet, mit den Sorgen über die sexuelle Anspannung kurz innezuhalten, die zwischen ihnen aufflammte. Stattdessen plauderte sie, während er ihr die Nägel lackierte, über die Ideen, die sie und Zach besprochen hatten. All die Pläne, die sie in den kommenden Wochen in die Tat umsetzen würde.

Sie erwähnte sogar ein paar Aufgaben, an denen sie und Finn zusammen arbeiten könnten.

Bis sie bereit zum Aufbruch waren, lächelte Karen ihn mit einer grundehrlichen Offenheit an.

„Danke. Das war ..." Sie zuckte mit den Schultern. „Einfach nur vielen Dank."

Er streckte einen Arm aus. „Komm schon. Sehen wir doch mal, was deine Schwester sich diesmal hat einfallen lassen."

7

Das Haus, in das Lisa zu Josiah gezogen war, stand oben auf einer in die Länge gezogenen Erhebung, mit einer Aussicht, die das Grundstück beinahe in den Schatten stellte, an dem Finn und Zach arbeiteten.

Der größte Unterschied war allerdings, während Finns Haus ein klassisches langes, niedriges Ranchhaus war, war irgendwann in der Vergangenheit an das von Josiah ein verlassenes Silo angebaut worden, als hätte das Haus Anwandlungen gehabt, zum Schloss zu werden.

Es war einzigartig, was, wie Karen zugeben musste, sowohl zu ihrer Schwester Lisa als auch zu dem Tierarzt mit dem großen Herzen passte. Mit zwei riesigen Scheunen, die leicht zu Fuß erreichbar waren, und einem Parkplatz, der dem auf der Silver Stone Ranch nahekam, war die ganze Anlage praktisch und doch hübsch.

Sie war auch voller Leute.

„Hat Lisa die ganze Stadt eingeladen?" Karen schaute durch das Fenster, bevor sie den Kopf schieflegte und Finn um die Seite zog. Sie wollte nicht ins Wohnzimmer, bevor sie herausgebracht hatte, was los war.

Bei Lisa war es besser, vorgewarnt zu sein, als Mutmaßungen anzustellen.

Finn blieb in der Nähe, spähte im Vorbeigehen durch die Fenster. Ein leises Kichern kam von ihm. „Für jemanden, der erst seit kurzer Zeit in der Stadt ist, hat sie sich auf jeden Fall schon eine Heimat geschaffen."

Was aber mal so ziemlich nach ihrer kleinen Schwester klang – immer der Mittelpunkt der Party. Auf einen kurzen unbehaglichen Stich der Eifersucht folgte sofort ein Anflug von Schuld.

Sie zwang sich dazu, dass so viel Begeisterung und Stolz in ihrer Stimme durchklangen, wie ihr nur möglich war. „Man kann Lisa in einfach jede Situation werfen, und sie wird daraus hervorkommen und nach Rosen riechen."

Karen blieb am Rand der hinteren Veranda stehen. Finn drängte sich an ihren Rücken. Eine solide, sichere, ziemlich warme Präsenz.

Seine Wange streifte kurz ihre, während er ihr ins Ohr flüsterte. „Wie gut, dass alle möglichen Menschen nötig sind, damit die Welt komplett wird. Der Mittelpunkt der Party *und* die von uns, die leise oder grummelig sind."

Karen drehte sich auf der Stelle, war um seinetwillen außer sich. „Du bist nicht grummelig." Sie stutzte. „Normalerweise nicht." Die Ehrlichkeit behielt die Oberhand. „Okay, du bist schon irgendwie grummelig, aber es passt zu dir."

Seine Mundwinkel zuckten. „Wie ich schon sagte, alle möglichen Menschen sind nötig."

Er hatte recht. Außerdem hatte sie schon vor langer Zeit Frieden mit ihrer Stellung in dem Schwestern-Trio – inzwischen Quartett – gemacht. Sie war nicht die Witzige, aber das war in Ordnung. Lisa sorgte locker und charmant für genug

Spaß für sie alle, genauso, wie sie es auch heute Abend tun würde.

„Okay, ihr alle. Ich glaube, es sind alle da. Es ist Zeit, mit dem Abend loszulegen." Lisa läutete die Essensglocke, hämmerte begeistert mit dem langen Metallschlegel an die Triangel, die an der Hintertür hing.

Leute ließen sich auf Stühlen auf der riesigen Veranda nieder, andere steckten den Kopf aus dem Haus, bevor sie sich anschlossen.

Karen zählte mindestens zwanzig Leute, darunter sie selbst und Finn. Vielleicht sogar zwei Dutzend.

„Zunächst einmal haben wir Essen, und zwar eine Menge davon. Bevor ihr euch einen Teller schnappt und ihn vollladet, es gibt drei Körbe auf dem Tisch. Zieht einen Zettel aus jedem und haltet ihn versteckt. Ich erkläre das Spiel, sobald wir alle essen. Die einzige Regel an dieser Stelle ist, dass ihr nicht den eigenen Namen ziehen dürft."

Der Rauchgeruch nach Grillfleisch und etwas, das aussah wie ein riesiges Blech Makkaroni mit Käse lockten Karen nur zu gern aus den Schatten. Sie nahm sich die Zettel und schob sie sich in die Tasche, ohne auch nur hinzuschauen, dann nahm sie den leeren Teller entgegen, den Finn ihr reichte, und trat neben ihm in die Schlange.

Sie hatten sich auf Stühlen nebeneinander niedergelassen, bevor ihr klar wurde, wie behaglich es war, immer noch Dinge mit ihm zu unternehmen.

Der üppige, cremige Geschmack der selbst gemachten Käsemakkaroni ihrer Schwester explodierte in ihrem Mund, und sie stöhnte glücklich. „Das" – sie stach die Gabel in den Haufen, den sie auf ihrem Teller aufgetürmt hatte – „ist genau der Geschmack, den es haben sollte."

Finn zuckte mit den Schultern. „Wenn du es sagst. Gut zu wissen, dass du ein paar Fehler hast."

Karen keuchte. Sie warf einen Blick auf den Teller, um festzustellen, dass er von den Nudeln nichts genommen hatte. „Du probierst sie nicht mal?"

„Ich wollte nichts nehmen, damit mehr für dich bleibt", sagte er großzügig.

„Du weißt gar nicht, was dir entgeht. Hier." Sie spießte einen Bissen auf – einen kleinen –, dann hielt sie ihre Gabel vor. „Probier mal."

Finn beugte sich gehorsam nach vorne, eine Hand legte sich auf ihren Oberschenkel, damit er im Gleichgewicht blieb. Seine Lippen schlossen sich um die Zinken der Gabel, aber sein Blick blieb auf ihr Gesicht gerichtet. Er zog sich langsam zurück, seine Handfläche glühend heiß auf ihrem Bein.

Sie starrten einander an.

Irgendwie fiel Karen wieder ein, wie man atmete.

Dann neigte er das Kinn. „Nicht schlecht. Gewürzt ist es gut."

Sie wollte ihm ... irgendwas sagen, nur dass sie ihm immer noch auf den Mund schaute und jeden Augenblick in Flammen aufgehen würde.

„Okay, alle, hört mal her. Hier sind die Regeln für das Spiel."

Zum Glück gab es kleine Schwestern. Lisa stand auf einer Getränkekiste, damit sie groß genug war, um gesehen zu werden.

„Die drei Zettel, die ihr habt, sind der Name von irgendjemandem hier, ein Ort und ein einfach aufzutreibender Haushaltsgegenstand. Zwischen jetzt und zehn Uhr abends ist es euer Ziel, eurer zugeteilten Person diesen Gegenstand zu geben, an diesem Standort. Wenn ihr das schafft, ist derjenige tot. Ihr übernehmt seine drei Zettel und spielt weiter."

Karen dachte darüber nach. „Es ist doch wie das Spiel Cluedo, nur mit echten Menschen."

Lisa kicherte. „Und wir machen hier nur die Morde, nicht die Aufklärung. Der letzte, der noch steht, gewinnt."

Es kam Aufregung ins Geschehen, als die Leute ihre Zettel anschauten, und darauf folgte viel Gelächter.

„Bist du sicher, dass du *gebräuchliche* Haushaltsgegenstände aufgeschrieben hast?" Mack, einer der Feuerwehrleute vom Ort, wirkte skeptisch.

Josiah nickte. „Gebräuchlich hier in der Gegend. Das seht ihr schon, wenn wir dann tot umfallen wie die Fliegen. Sobald man euch sagt, dass ihr tot seid, macht ruhig und habt Spaß mit eurer Todesszene."

„Weil es noch nicht lachhaft genug ist, wenn man herausfindet, dass Mr. Green es auf der Gartenschaukel mit dem Kastrator getrieben hat?" Zachs spitze Bemerkung ließ weiteres Gelächter in der Versammlung aufkommen.

„Das Spiel läuft die ganze Zeit über", sagte Lisa. „Vorerst genießt das Essen. Später können wir noch andere Aktivitäten ausprobieren. Wenn ihr wissen wollt, warum, dann liegt das daran, dass ich für die Kinderspiele auf der Canada-Day-Feier dieses Jahr verantwortlich bin, und ihr testet sie heute Abend für mich."

Was aus dem Abend so was wie eine riesige Geburtstagsparty mit zwanzig um die dreißig Jahre alten Leuten machte, die sich voll auf Lisas Schabernack einließen.

Karen warf einen verstohlenen Blick auf ihren Zettel, während sie durch das Haus streifte, aber sie war eher daran interessiert, das gute Essen zu genießen, und das Summen des Glücks, das ihre Seele erfüllte. Lisa präsentierte sich im vollen Glanz, in einem Augenblick lachte sie wie ein Kind, im nächsten schmiegte sie sich an Josiah. Ihr fünfunddreißig Jahre alter Partner schaute sie an, als hätte sie den Mond in den Himmel gehängt.

Tamara und Caleb waren auch da, der kleine Tyler wurde

mühelos in Calebs muskulösem Arm gehalten. Oder viel realistischer, Caleb hatte die Kontrolle über seinen Sohn, wenn das Kind nicht durch die Reihen gereicht wurde wie ein Ball beim Rugby.

Sogar Finn beteiligte sich daran. Er hatte sich auf Josiahs riesigem bequemem Sessel niedergelassen, als jemand ihm Tyler auf den Schoß setzte. Einen Augenblick lang dachte Karen, sie würde ihn retten müssen, aber stattdessen schockierte er sie völlig. Finn drehte das Baby ohne Unbehagen, hielt es kompetent mit einer Hand, während er Tyler in die Augen schaute. Er tippte mit dem Finger auf Tylers Nase, kicherte leise, als der kleine Tyler die Arme vorstieß und nach Finns Hand griff.

Etwas in ihr flammte auf, und diesmal war es nichts Sexuelles, aber trotzdem saß es tief in ihren Eingeweiden. Vermeidung schien die leichteste Möglichkeit, um mit dem Ansturm von Gefühlen fertig zu werden, die aus dem Nichts auf sie einhämmerten.

Sie drehte sich um und sah Julia, die herüberkam, in ihren Augen funkelte es schelmisch. „Warum siehst du aus wie eine Katze am Sahnetopf?", fragte Karen.

„Ich habe nur gerade das Zeug für das nächste Spiel gesehen, das Lisa geplant hat. Schau mal." Julia beugte sich verschwörerisch vor und hielt ihr die seltsamste Gummiente hin, die Karen je gesehen hatte.

„Was zum Geier?" Sie nahm sie Julia ab, um sie näher zu mustern. Es war schon eine Gummiente, aber sie hatte einen kleinen Cowboyhut und ein Holster und einen ziemlich beeindruckenden Schnurrbart. Ein Lachen kam aus Karen hervor, und sie schaute ihre Schwester an. „Die ist ja süß."

Julia grinste. „Es heißt auch, dass ich dich erwischt habe. Karen, im Wohnzimmer, mit einer Gummiente. Mach mal hin und reich mir deine Ziele, bevor du stirbst."

Ach, Mist. Karen zog ihre Hinweise heraus und klatschte sie Julia in die Hand. „Das war viel zu billig. Und ich hätte es besser wissen sollen, als von dir etwas anzunehmen."

„Es ist aber wahr. Wir machen ein Entenrennen", sagte Julia zum Trost. Dann wackelte sie mit den Fingern. „Hab einen schönen Tod."

Sie drehte sich um und ging, den Kopf gesenkt, während sie Karens Zettel musterte.

Karen war nicht so fürs Dramatische zu haben, aber sie schuldete es Lisa, sich zumindest zu bemühen. Sie zog ihr Handy heraus, um einen Alarm einzustellen, und wählte dabei den klassischen Enten-Klingelton.

Dann setzte sie sich neben Josiah auf die Couch: „Ich bin so froh, dass du jetzt für sie verantwortlich bist, denn sie macht mehr Ärger als ein Sack voller Affen."

Josiah blinzelte. „Wie bitte?"

„Lisa. Sie ist dein Problem, mein Lieber, und es hätte keinem netteren Kerl passieren können."

Karen lehnte sich auf dem Sofa zurück, stellte sich die Ente auf die Brust, dann ließ sie den Alarm losgehen. Sie schloss die Augen und tat ihr Bestes, um zu keuchen, zu gurgeln und sich dem Tod hinzugeben, während ein beharrliches Quaken durch das Zimmer drang.

FINN STREIFTE herum und beobachtete interessiert die verschiedenen Spiele, die aus dem Nichts gezogen wurden. An einer Ecke der Veranda ließ eine Gruppe Tischtennisbälle in Becher springen. Aber anders als beim klassischen Pong gehörte dazu kein Bier. Die roten Becher standen auf einem Saugroboter aufgereiht, der ständig in Bewegung war, und das brüllende Gelächter, das von der

Gruppe kam, hätte es mit jeder betrunkenen Feier aufgenommen.

„Du machst nicht mit." Zach trat neben ihn. „Da läuft ein echt krasses Spiel, bei dem man die Tentakel an einen Oktopus stecken muss, in der Küche."

Lieber Gott. „Ich schone meine Kraft für dieses schräge Meisterwerk, das Lisa bestimmt fürs große Finale aufgehoben hat." Er warf einen Blick über die Schulter und fand ohne Umschweife Karen.

Sie war den ganzen Abend lang nie weit aus seinen Gedanken gewichen. Und verdammt, wenn sie nicht auch die ganze Zeit über in seiner Blickrichtung gewesen war. Er versuchte, ihr etwas Platz zu lassen, aber es war, als würden sie nach all den Jahren, die sie getrennt voneinander verbracht hatten, instinktiv zur Anziehungskraft des anderen rotieren.

Als sie aufschaute und ihn direkt ansah, summte er zufrieden. Sie war genauso schlimm wie er.

Ihre Wangen wurden rot, und sie kehrte zur Unterhaltung zurück, die sie mit den Fields-Schwestern Tansy und Rose führte. Sie waren gemeinsam die Betreiber eines Ladens mit Kaffee und Schnickschnack in Heart Falls, der so gut gedieh, dass er Zachs Aufmerksamkeit auf sich gezogen hatte.

Obwohl Finn nicht hundertprozentig sicher war, ob es nicht die dunkelhaarige Schönheit war, die Zach gerne genauer mustern wollte.

Finn neigte den Kopf dorthin, wo die Frauen miteinander plauderten. „Ich habe gesehen, dass du ein Treffen wegen der Geschäftsbücher mit Ms. Fields hattest. Was für Intrigen spinnst du schon wieder?"

Zach schaffte es, gleichzeitig überrascht und schockierend unschuldig auszusehen. „Ich habe mit Ideen für zukünftige Abenteuer des Brauhauses gespielt, aber das ist im Moment auf der Warteliste. Nach heute Abend wird voll auf die Ranch fokussiert, bis sie fertig ist."

„Du musst aber nicht jeder Unterhaltung abschwören, während wir arbeiten. Bruce hätte es niemals gutgeheißen, wenn du dich benimmst wie ein Heiliger." Ihr Mentor hatte sich im Guten von seiner ersten Frau getrennt, gefolgt von einem Strom aus Frauen, die alle sehr zufrieden aus seiner Gesellschaft geschieden waren. Der Mann hatte in mehr als nur dem Geschäftsbereich Wunder gewirkt.

Zach schaute sich bei den Partygästen um, aber sein Blick kehrte dorthin zurück, wo Karen stand, inzwischen mit Rose, Tansy und Julia. „Mach nur du mit deinen eigenen schlimmen Plänen weiter, und lass meine Quellen der Unterhaltung meine Sorge sein."

„Hey, Zach." Es war Julia, die ihm über die Entfernung zurief.

Zach schaute Finn an und redete ganz leise. „Sie hat mindestens sieben Menschen ermordet, soweit ich es mitbekommen habe. Das ist doch bestimmt gemogelt." Er hob die Stimme und grinste sie dreist an. „Was ist dann?"

„Wirfst du mir mal dieses Tee-Ei neben dir zu?", fragte sie ganz süß.

Zach verschränkte die Arme vor der Brust und schenkte ihr sein patentiertes Poker-Grinsen. „Tut mir leid. Ich spiele in der Öffentlichkeit nicht mit Eiern."

Finn kniff sich in den Nasenrücken und versuchte, nicht an einem Lachen zu ersticken. „Schlecht formuliert, Mann."

Das Lachen der Frauen stimmte ihm zu, trieb durch die Luft und wurde lauter, als Karen und Julia zu ihnen traten.

Ein leiser Schluckauf kam von Julia, und sie verschloss rasch den Mund, bevor sie Zach offen beäugte. „Dieser argwöhnische Zug steht dir nicht sonderlich gut, Süßer."

„Du hast aber auch bewiesen, dass du eine Menge Ärger machst", erklärte Karen.

Julia gab ein lautes Seufzen von sich. „Ich werde so missverstanden." Sie neigte den Kopf zum Abschied und wollte schon um Zach herumgehen. Sie stolperte, fiel in seine Richtung, ihr beinahe volles Glas schwankte gefährlich.

Zach fing sie und ihr Getränk auf, bevor sie alle zu Boden gingen. „Vielleicht musst du ein bisschen weniger Alkohol trinken, meine Liebe."

Sie schoss hoch und grinste, völlig nüchtern und offensichtlich auch sehr zufrieden. „Und du musst vielleicht deine Todeszuckungen üben, denn ich habe dich, Zach, an einem Tisch, mit einem Glas."

Zach stand ein paar Sekunden reglos da, bevor er die Augen verdrehte. „Na, *verdammt* noch eins."

Der Ausdruck auf dem Gesicht seines Freundes war unbezahlbar, und Finn drehte sich leicht weg, um sein Lächeln zu verbergen. Karen war neben ihm, und die beiden grinsten einander am Ende heftig an.

„Reich mir deine Hinweise", flüsterte Julia übertrieben laut.

„Schon scharf auf den nächsten Mord?" Zach wühlte in der abgeschabten Tasche seiner Jeans, Julia beobachtete ihn konzentriert.

Sie nahm die Zettel an, ein blendendes Lächeln trat auf ihr Gesicht. „Jetzt ist es sicher, wenn du mit Eiern spielen willst."

Finn war schon immer stolz auf seine Fähigkeit gewesen, das Gesicht nicht zu verziehen, aber dieser Satz war zu viel für ihn. Er drehte sich sogar noch weiter weg. Karen lehnte die Stirn an seine Brust, und sie beiden bebten, während sie versuchten, nicht laut loszulachen.

Hinter ihnen stöhnte Zach dramatisch. „Ja, ja, ich bin drauf reingefallen. Ich ertränke jetzt meinen Kummer. Will irgendjemand von euch was? Karen? Finn?"

Karen kicherte hilflos, und Finn antwortete für sie beide. „Wir haben alles."

Er legte die Arme um sie, führte sie sanft auf zum Geländer. Beide stützten sie die Ellbogen auf den robusten Holzbalken und konzentrierten sich auf ihre Atmung. Der Ausblick war schön, und die Frau neben ihm war so voll von Leben und Energie, wie er sie in Erinnerung hatte. Und obwohl vor ihm eine teuflische Herausforderung lag, war Finn völlig zufrieden.

Sie schauten über die frühlingsgrüne Landschaft hinaus, genossen einen ruhigen Augenblick in Gesellschaft.

Als die etwas sagte, war es in ihrem üblichen Tonfall. Sie hatte sich wieder unter Kontrolle und war auf süße Art konzentriert. „Na, das hat Spaß gemacht."

„Darüber wird sich Zach den Rest des Sommers beschweren." Finn drehte sich um und stützte die Ellbogen auf das Geländer, während er ihr ins Gesicht schaute. „Es ist schön, dich mit deinen Schwestern zu sehen. Julia passt so verdammt gut dazu, es ist, als würde man eine Fallstudie über anerzogen vs. angeboren sehen."

„Es war interessant zu sehen, was für Charaktereigenschaften wohl genetisch sind, und was an der Art lag, wie wir aufgewachsen sind. Ich glaube aber, dass wir immer noch eine Menge übereinander erfahren müssen." Dabei wirkte sie nachdenklich. Sie schüttelte es ab und schaute ihm in die Augen. „Hey, ich wollte dich was fragen. Wann hast du denn so gut mit Babys umzugehen gelernt?"

Finn hatte gewusst, dass er irgendwann einmal heikle Informationen würde teilen müssen. Er hatte sich das Gehirn nach der besten Möglichkeit zermartert, es zu tun. Alles, was in den letzten fünf Jahren vorgefallen war, war kein Zeug, das man jemandem auf einen Streich vor den Latz knallte.

Zum Glück stand das Schicksal auf seiner Seite, denn das war die perfekteste Einladung, um die er hätte bitten können.

„Erinnerst du dich noch an Levi?"

„Deinen jüngsten Bruder und Lisas Spießgesellen für höllische Späße in dem Sommer, in dem ihr alle bei uns eingedrungen seid? Ich würde eine Therapie brauchen, um den zu vergessen", erwiderte Karen trocken.

Finn unterdrückte seine Erheiterung. „Er hat so von dir geschwärmt. Eigentlich war es Heldenverehrung."

„Das war der andere Teil, an dem ich schwer gearbeitet habe, um ihn zu vergessen." Aber sie sagte es mit einem Lächeln. „Sag mir bloß nicht, der Junge hat Babys in seinem Leben."

„Drei davon." Seine Ankündigung wurde mit einem erfreulich begeisterten Keuchen belohnt. „Das erste war eine leichte Überraschung – am Ende dieses Sommers sind wir nach Hause gekommen, und das Mädchen, mit dem er sich getroffen hat, bevor wir aufbrachen, hatte etwas Großes kundzutun."

Karen stieß einen leisen Pfiff aus. „Ist es schrecklich, wenn ich sage, dass ich mich freue, dass er und Lisa niemals was miteinander angefangen haben?"

„Levi war komplett in Chelsea verschossen. Ist er immer noch. Wir sind nach Hause, sie haben geheiratet. Baby Nummer eins, Andrew, kam noch vor Weihnachten. Meine Nichten sind dann in den nächsten zwei Jahren aufgetaucht." Es waren tolle Kinder. Sein Bruder und seine Schwägerin waren absolut zufrieden mit ihrer Familie und der Situation bei ihnen zu Hause. Selbst wenn es nötig gewesen war, die Marlette-Familie am Ansatz zu zerrütten, um sicherzugehen, dass die richtigen Teile überlebten.

„Schön für sie." Karen musterte ihn näher. „Warum erzählst du mir das, als wäre an dieser Neuigkeit irgendetwas falsch?"

„Weil ich mir dachte, du würdest das vielleicht für ein bisschen seltsam halten." Er zuckte mit den Schultern. „Sie betreiben die Ranch statt mir. Sie erledigen die Aufgabe, für die ich dich verlassen habe, um nach Hause zu gehen."

„Ahhh." Sie neigte den Kopf langsam, beobachtete ihn immer noch verhalten. „An dieser Geschichte ist mehr dran, oder?"

Er hätte wissen sollen, dass er sie nicht übers Ohr hauen konnte. „Ist es, aber das ist nichts, was ich auf einer Party ausbreiten möchte. Und es ist schon durch. Ich freue mich für Levi und Chelsea, und sie sind am richtigen Ort. Es ist genau das, was ich für sie möchte, und wirklich, diese Ranch kann nur eine Familie ernähren. Ich freue mich, dass sie es sind."

Sie sah aus, als würde sie noch etwas fragen wollen, aber dann läutete wieder diese verdammte Essensglocke, und Josiah rief sie alle die Treppe herab, wo eine Reihe von Planschbecken durch etwas verbunden war, das aussah wie winzige Bäche.

Es reichte. Finn hatte das Eis mit einem Geheimnis aus seiner Welt gebrochen. Das würde vorerst genug sein müssen.

Er streckte eine Hand aus. „Komm schon. Sieht aus, als wäre der Grund gekommen, weshalb du heute hübsche rosa Zehennägel brauchst."

Sie kam bereitwillig mit ihm mit, und sie gingen die Stufen Hand in Hand hinab.

Zach stand unter denen, die sich bereits unten versammelt hatten, seinem Blick nach zu urteilen fiel ihm die Verbindung zwischen ihnen auf. Sein Freund neigte leicht den Kopf und zwinkerte Finn anerkennend zu.

„Ich hoffe, ihr seid alle für das hier bereit." Josiah sah sich in der Versammlung um. „Keine Sorge, in dem Spiel heute gab es nur einen Tod durch Enten. Ihr seid in Sicherheit, während ihr spielt."

„Wer lebt denn überhaupt noch?", fragte Tansy.

Eine ganze Gruppe deutete auf Julia. Eine weitere Gruppe deutete auf Lisa. Sie hatten beide einige äußerst spektakuläre und verschlagene Schritte durchgeführt. Es spielten nur noch vier Leute, die anderen beiden waren Brad Ford, der hochgewachsene Brandmeister vom Ort, und seine Verlobte Hanna.

Die winzige Hanna wurde rot, weil man sie so anfeuerte.

Finn lehnte sich an Karen. „Kauf ihr diesen unschuldigen Blick nicht ab. Die kleine Schlange hat mich ausgeschaltet, indem sie so getan hat, als hätte sie Angst vor einer Spinne. Sie hat sich an die Wand im Gang gedrückt, und gekeucht, als würde sie gleich in Ohnmacht fallen. Dann hat sich rausgestellt, dass sie die Spinne dabei hatte und sie festgehalten hat, bis ich um die Ecke kam."

Karen brach in Gelächter aus und gab Hanna ein High-Five. „Weiter so, Mädchen."

Lisa und Josiah wechselten einen Blick, ein sanftes Lächeln lag auf ihren Lippen. Er erschauerte heftig.

Dann machten sie sich daran, Regeln zu erklären, die nur einen Schritt vom völligen Chaos entfernt waren.

Darauf folgte eine Menge Plärscherei, während alle Nummern und drei Gummi-Enten bekamen. Bald spielten ausgewachsene Leute im Wasser, schufen Wellen, um ihre winzige Entenschar vom Start bis zum Ende zu bewegen, ohne sie zu berühren.

Die geraden Wasserläufe waren in Ordnung, aber die Planschbecken waren wie große schwarze Löcher. Finn konnte seine Plastikziele um alles in der Welt nicht in dieselbe Richtung bugsieren.

Er spielte gegen Lisa, und sie war gute zwei Meter vor ihm, als ein rundes Frisbee durch die Luft segelte und sich um den Hals von einer von Lisas Enten legte.

Sie hechtete dem Ring nach, um ihn wegzunehmen, kam viel zu spät zum Stehen, und stolperte über die eigenen Füße. Sie krachte in das Planschbecken, und eine Wasserwelle spritzte gen Himmel.

Ein lautes Johlen und Brüllen stieg von der Menge auf, während sie aus dem Wasser kroch, völlig durchnässt und glücklich grinsend.

Sie warf einen Blick nach hinten, um zu entdecken, dass Hanna Ford vortrat. „Verschlagene Frau. Ich hätte es wissen müssen – ich bin diejenige, die *Frisbee* auf die Liste der Mordwaffen gesetzt hat.“

Hanna hielt ihr ein Handtuch hin. „Es wird schwierig, die Sache zu beenden, da wir nur noch drei sind, und wir alle wissen, auf wen wir aufpassen müssen.“

Lisa kam aus dem Planschbecken und rieb sich mit dem Handtuch über die Haare und die Kleider. „Schon in Ordnung. Wir kriegen das noch hin.“

Sie wühlte in ihrer Tasche und reichte drei durchtränkte Papierfetzen weiter.

Hanna las sie und lachte, dann beäugte sie ihren Verlobten, als würde sie böse Pläne schmieden.

Brad hob protestierend die Hände. „Du bist gefährlich.“

Die klein gewachsene Frau drückte sich eine Hand an die Brust. „Ich? Ich bin unschuldig. Mir kannst du völlig vertrauen.“

Julia kicherte.

Nur eine Minute später, nachdem die nächste Reihe Enten durch die Planschbecken bugsiert wurde, stieß Julia einen lauten Schrei aus. „*Neeeeeiiiiin.* Ich wurde tödlich von einem Stück Erdbeerkuchen getroffen.“

Zu diesem Zeitpunkt war Finn zum größten Teil trocken und stand wieder neben Karen, während sie sich dichter an ihn drängte, um sehen zu können, was am Rand der Veranda los war.

Er ließ eine Hand um ihre Taille gleiten und zog sie vor sich, damit sie besser sehen konnte.

Dass er sie in den Armen hielt, und sie sich an ihn zurücklehnte, als wäre es genau der Ort, an dem sie sein sollte? Es war perfekt.

Julia wedelte mit dem Finger vor Hanna, aber sie reichte ihre Hinweise mit einem Zwinkern rüber. „Viel Glück. Wir wissen alle, auf wen du es abgesehen hast."

Brad trat vor und nahm Hanna in die Arme. „Sie hat mich bereits von den Füßen gerissen um mir das Herz gestohlen", setzte er die Versammlung in Kenntnis. „Sie darf auch gerne das Spiel gewinnen, indem sie mich ausschaltet, und das meine ich ernst."

Ein Chor aus entzückten Rufen stieg aus der Menge auf.

Die süße Hanna legte ihm die Hände um den Nacken und küsste ihn, gleich an Ort und Stelle, was zu weiterem Gelächter führte.

Ein langsames Klatschen ertönte. Julia hatte sich zu ihnen allen umgedreht, um eine Ankündigung zu machen. „Wir haben eine Gewinnerin. Ich erkläre, dass Hanna die letzte ist, die noch steht, jetzt, nachdem sie *Brad* mit einem *Kuss* erwischt hat, *vor dem Haus*."

Hanna wurde rot. Es wurde gejubelt. Brad legte den Kopf in den Nacken und lachte am lautesten.

Von Finns Armen umfangen, seufzte Karen glücklich.

Es war behaglich, und die Zufriedenheit, in Heart Falls zu sein, in dieser Gemeinschaft, wuchs auf eine Art an, die Finn nicht erwartet hatte. Nicht hier.

Eigentlich nirgendwo.

Den größten Teil seines Lebens lang war Heimat ein Ort gewesen ... Und nun beschwor das Wort keinen Ort mehr herauf, sondern Menschen.

Genauer gesagt *einen* Menschen. Karen repräsentierte für ihn inzwischen Heimat, darum war dieses andere Gefühl interessant.

Aber es war nichts, mit dem er eine Menge Zeit verbringen musste, um darauf herumzureiten. Seine Prioritäten waren klar. Tun, was nötig war, um mit Karen zusammen sein, und sicherstellen, dass Brandon niemals ein Stück von seinem Kuchen abbekam.

8

____

Wie kriegst du die Aufgaben für meinen Vater hin und hast
trotzdem noch Zeit, um mir Blumen zu pflücken? Es
funktioniert übrigens nicht. Ich werde nicht weich und verzeihe
dir, dass du mich kürzlich zu diesem Kuss hinter der Scheune
reingelegt hast.

Das ist total gelogen. Es gibt nichts zu vergeben, weil ich an
diesem Kuss voll teilgenommen habe, und das wissen wir
beide.

Da sprechen jetzt die Schmerzmittel, aber ich habe schmutzige
Träume davon, dich zu küssen. Vielleicht mehr. Rauszukriegen,
wo und wann, beansprucht zu viel Platz in meinem Verstand,
verdammt sollst du sein, Finn Marlette.

Wage es bloß nicht, mir heute später in den Hühnerstall zu
folgen. Ich schwöre, ich habe keinerlei Absicht, dich noch einmal
zu küssen.

~Nachricht von Karen an Finn, im Sommer auf der Whiskey
Creek Ranch~

~

Die nächste Woche verging wie im Flug. Karen stand so ziemlich mit der Sonne auf, und dann war der Tag bereits eine Explosion aus Hektik.

Sie ritt regelmäßig auf Starlight aus. Manchmal mit Zach, manchmal mit ihren Schwestern. Die ganze Zeit über suchte sie nach Reitwegen, die alle zufriedenstellen würden, von den blutigsten Anfängern bis zu den erfahrensten Reitern.

Sie tätigte einen Anruf nach dem anderen, nicht nur mit ihren Kontakten beim Willmore-Wildniscamp, sondern auch mit Leuten, mit denen sie im Lauf der Jahre zu tun gehabt hatte, während sie auf Whiskey Creek gearbeitet hatte.

Beim Essen, wenn sie eine Pause machte, klopfte es häufig an der Tür, und jemand zeigte ihr Blaupausen, zu denen ihre Meinung und ihre Einfälle gefragt waren. Auf ihrem Handy summten Nachrichten von ihren Schwestern und ständig Bilder in verrückten Abständen, wenn Tamara von ihrem kleinen Jungen schwärmte.

Karen konnte sich nicht erinnern, in letzter Zeit je so beschäftigt gewesen zu sein, und das war gut.

Das Einzige, was fehlte, war Finn.

Nach seiner Ansage, dass er wieder mit ihr zusammen sein und Zeit mit ihr verbringen wollte, schien es, als hätte er es völlig ernst gemeint, dass er das Timing ihr überlassen würde. Er machte sich rar. Oder, um es genauer ausdrücken, er war ständig in der Gegend, aber niemals nahe genug, um mit ihm zu plaudern. Es wurde unmöglich, ihrer Sucht nach ihm so locker nachzugehen, wie es auf Lisas Party passiert war.

Sie würde es zugeben. Sie verbrachte gern Zeit mit Finn,

und der Drang, ja zu sagen, wuchs immer weiter.

Jeden Morgen ließ er Blumen auf ihrer hinteren Veranda zurück.

Auch wenn ihr Körper sehr willig war, wusste sie immer noch nicht, ob das die beste Idee war. Sie wünschte sich, sie könnte aufhören, so unentschieden zu sein, doch es fühlte sich richtig an, sich die Zeit zu nehmen. Es fühlte sich notwendig an.

Es war ja nicht, als hätte sie eine Menge Zeit, um sich einsam zu fühlen. Nicht, wenn sie bei Tamara vorbeischaute, oder bei Lisa oder sogar in Julias winzigen Dachapartment. Sie verbrachte Zeit mit ihren Schwestern, und das war eine großartige Ablenkung.

Sie hatten gerade ein weiteres Abendessen bei Julia hinter sich, als Lisa sich von ihrem Platz an der Spüle zu Wort meldete. „Hey, Karen. Ist es okay, wenn ich rüberkomme und einen Tag mit dir auf der zukünftigen Touristenranch verbringe?" Sie stellte einen sauberen Teller auf das Trockengestell und griff nach einem weiteren Stück schmutzigem Geschirr. Sie deutete mit dem Kopf auf Julia, die gerade den Rest des übrig gebliebenen Essens in ihren winzigen Kühlschrank packte. „Jules hat die Tagesschicht, und Josiah hat einen vollen Arbeitstag, also weiß ich nicht, was ich anstellen soll."

„Mir macht es nichts, aber ich werde dich arbeiten lassen", warnte sie Karen. „Es gibt eine ganze Menge Gebäude, die man sich mal anschauen und prüfen muss, ob es irgendwas gibt, was man retten kann."

„Ich dachte, du hättest die Verantwortung für alles, was mit Pferden zu tun hat, nicht für den Bau." Julia fing an, die trockenen Sachen wegzuräumen, die Karen auf einer Seite aufgestapelt hatte.

„Meine Jobbeschreibung wurde erweitert. Das macht mir

nichts", sagte Karen. „Ich habe eine Menge Leute, auf deren Rückruf ich warte, also kann ich auch gleich Zach zur Hand gehen."

Lisa und Julia wechselten einen Blick. „Du gehst *Zach* zur Hand. Bist du sicher, dass du nicht Finn zur Hand gehst?", fragte Lisa.

„Den habe ich schon seit Tagen nicht mehr gesehen." Die Worte klangen spitz und genervt.

Stille antwortete ihr.

Ja, in dieses Fettnäpfchen war sie irgendwie reingetreten. „Okay, ja, ich bin ein wenig genervt, dass ich ihn eine Zeit lang nicht gesehen habe. Ich dachte, er wäre an mir interessiert."

„Hast du ihm *erzählt*, dass du ihn wiedersehen möchtest? Denn ich glaube, er braucht vielleicht eine schriftliche Einladung." Lisa rümpfte die Nase. „Was ich nicht erwartet hätte, als du das zum ersten Mal zur Sprache gebracht hast, also hast du recht. Ich verstehe schon, weshalb du schnippisch wirst. Wenn ein Kerl einen Schritt macht, dann sollte er doch auch den nächsten machen."

„Da stimme ich euch nicht zu", sagte Julia offen. „Er wartet auf ihre Antwort. Ihr dauernd vor der Nase rumzulaufen, wäre ein Arschloch-Move. So verhält er sich nicht wie ein Arschloch."

Lisa hielt inne, dann neigte sie den Kopf. „Ich verstehe, worauf du hinaus willst."

„Ich meine, wenn er völlig verschwunden wäre, dann wäre es was anderes. Aber du hast gesagt, er ist immer noch in der Gegend. Irgendwie." Julia beäugte die Blumen, die Karen mitgebracht hatte, denn ihre immer größer werdenden Sträuße hatten das winzige Häuschen schon bis zum Rand gefüllt.

Karen drückte sich die Handflächen an die Stirn und stieß einen erschöpften Atemzug aus. „Ich weiß nicht, was mit mir los ist. Ich muss eine Entscheidung treffen und das nicht noch weiter in die Länge ziehen. Du hast recht, Julia. Er ist kein Arsch. Das bin ich."

„Vielleicht solltest du das in deinem Kopf gar nicht so aufbauschen. Ich meine, geh doch mit ihm aus und schau, was passiert. Es ist ja nicht so, als müsstest du eine lebenslange Verpflichtung eingehen, wenn du was mit ihm anfängst." Julia zuckte mit den Schultern.

Das Thema wurde bis zum nächsten Vormittag fallen gelassen, als Lisa auf Karens Türschwelle auftauchte, früh und gut gelaunt. Der cremefarbene Terrier Ollie tänzelte um die Füße ihrer Schwester, aber noch wichtiger, Lisa hatte Kaffeebecher von *Buns and Roses* und zwei riesige Schachteln dabei.

Karen nahm den Kaffee, ignorierte die Tatsache, dass in ihrem Haus ein Hund war, und roch anerkennend an Lisas Last. „Sag bloß nicht, das sind Zimthörnchen."

Die Schachtel war einen Augenblick später geöffnet, und Lisa nahm etwas heraus, klebriger weißer Guss tropfte an der Seite des baseball-großen Leckerbissens herunter. „Okay, ich sage nichts."

Die Köstlichkeit, die einem das Wasser im Mund zusammenlaufen ließ, wurde blitzschnell inhaliert. Karen leckte sich die Finger ab und schaute glücklich ihre Schwester an. „Ich habe dich richtig erzogen. Obwohl du die Regel vergessen hast, dass Hunde nach draußen gehören."

Lisa schnaubte. Sie deutete auf das Glas auf dem Tresen, in dem ein einzelner Krokus stand. „Finn?"

Er war auf eine süße Art sehr hartnäckig. „Findest du, dass ich furchtbar bin, weil ich ihm noch keine direkte Antwort gegeben habe?"

Lisa zuckte mit den Schultern, sie beäugte die übrig gebliebenen Zimthörnchen, als ob das Gleichgewicht der Welt auf dem Spiel stünde. „Ich glaube, du hast einen guten Grund, dich nicht darauf zu stürzen. Aber ich glaube auch, dass Julia gestern Abend recht hatte. Vielleicht ist es an der Zeit, dass du aufhörst, dir Sorgen darum zu machen, wie weh es tun könnte, wenn es nicht funktioniert, und ein wenig mehr Hoffnung darauf setzt, die Dinge richtig anzupacken."

Ein Flattern von etwas Wildem und Unzähmbaren stellte sich in Karens Eingeweiden ein. „Da ist schon was dran."

Karen schnappte sich ein weiteres Zimthörnchen und hob eine Augenbraue. „Teilen wir es uns?"

„Vergiss es. Ich will ein ganzes, das nur mir gehört."

Nachdem die Zimthörnchen verspeist und die klebrigen Hände gewaschen waren, gingen sie hinaus und in den Arbeitstag.

Ein weiterer Grund, weshalb es wichtig war, in Heart Falls zu sein ...

Lisa war erst seit September nicht mehr in Whiskey Creek, weil sie Tamara während der Schwierigkeiten in ihrer Schwangerschaft geholfen hatte. Aber das bedeutete, dass es über sechs Monate her war, seit sie und Karen regelmäßig zusammengearbeitet hatten. Trotzdem verfielen sie wieder zurück auf einen unkomplizierten Rhythmus, und das war gut.

Finn hatte ein paar Typen angeheuert, um mit dem Abreißen und Entsorgen zu helfen. Grobe Kerle mit lautem Lachen und ein paar, deren Blicke ein bisschen zu lange verweilten. Nichts Ungewöhnliches. Nichts, womit es eine von ihnen nicht schon früher zu tun bekommen hätte.

Lisa verdrehte nur die Augen und lächelte süß, während sie Dinge auf die Zehen von jedem fallen ließ, der ihr zu nahekam. Nachdem sie *unabsichtlich* einen zweiten Typen mit rasch schwingenden Bodendielen erwischt hatte, rückte die ganze Gruppe leicht ab.

„Wollt ihr Ladys mal rüberkommen und sehen, was ihr von den Dielen haltet, die wir gefunden haben? Finn hatte so eine

Vorstellung, dass man sie gebrauchen könnte, um verzierte Wände in den Hütten zu gestalten." Zach deutete auf eines der kleineren Gebäude in der Nähe der Scheune.

„Irgendwie eine rustikale Atmosphäre. Habt ihr das denn vor?", fragte Lisa.

„So ziemlich." Das kam zu Karens völligem Erstaunen von Finn. Er unterschrieb etwas, dann reichte er das Klemmbrett zurück an den Bau-Vorarbeiter, der sich mit den letzten Renovierungen der Scheune beschäftigte. „Habt ihr noch Platz für einen mehr auf dieser Tour?"

Ollie trat vor ihn, die Füße weit auseinander, und bellte begeistert.

Karen wollte den Hund gerade entschuldigen, als Finn in die Hocke ging und dem Tier mit der Hand über den Kopf strich. „Ja, du bist auch eingeladen."

Lisas Augen wurden groß, und sie machte eins ihrer Gesichter, mit dem sie immer versuchte, eine ganze Nachricht ohne Worte zu vermitteln, aber Karen war nicht sicher, ob sie sagen wollte: „Der Kerl mag Hunde, also ist er bestimmt in Ordnung", oder ob sie zur Kenntnis nahm, dass der Mann genau wusste, wie er punkten konnte.

Was sich abspielte, machte Karen aber glücklich, und das war ein überzeugender Faktor. Sie hatte ihre Zeit mit Finn enorm genossen. Es war der Schmerz danach gewesen, der diese Erfahrung getrübt hatte, und das war nicht die Schuld von einem von ihnen gewesen, sondern eine Frage der Zeit und der Umstände.

Wie Julia gesagt hatte, es war keine Verpflichtung für immer, mit Finn auszugehen. Es war etwas für Hier und Jetzt.

Vor einem schmalen, zweistöckigen Gebäude hielt Zach inne. Die Tür öffnete sich mit einem gequälten, quietschenden Geräusch vor ihnen. „Wir sind uns nicht sicher, wofür dieses Gebäude benutzt werden wird. Alles, von dem ihr denkt, es lohnt sich, es zu retten, schreibt ihr auf oder macht einen Klebezettel dran.“

„Was war denn das für ein Ort?“, fragte Karen, während sie durch die Räume liefen. „Auf jeden Fall kein Haus. Und keine Scheune.“

Ein leises, erheitertes Husten kam von Lisa, während sie durch einige Papiere in der Ecke blätterte. „Es sieht aus, als hätte vielleicht jemand hier gewohnt.“

Karen ging hinüber, um sich anzuschließen, und schaute auf ein paar Flyer und alte Zeitungsausschnitte hinab. Auf einem wurde für Bäder geworben, die erstaunlich billig waren.

Das mit dem Tanzlokal-Poster machte sie stutzig. Und das darunter.

„Tanzlokal? Damen für kleines Geld?“ Sie wandte sich an die anderen, ihre Erheiterung wurde größer. „Finn Marlette, du hast dir ein Freudenhaus gekauft.“

FINN HATTE SEIN BESTES GETAN, um ihr Platz zu lassen, aber da Karens Augen ihn belustigt anfunkelten, gab er der Versuchung nach.

Er trat vor, schloss die Lücke zwischen ihnen. „Du hast ja gar keine Vorstellung, wie schlimm Zach mich aufgezogen hat, weil ich das Holz aus diesem Haus retten will.“

Von seinem besten Freund kam etwas, das dem Wiehern eines Esels ähnelte, aber es war wirklich zu witzig. Mitten in diesem verdammten Berg Arbeit, den sie erledigt bekommen mussten, war es gut, etwas zu haben, das die Laune hob.

Zach klatschte in die Hände, um ihre Aufmerksamkeit auf sich zu ziehen und sie zurück zur Arbeit zu bringen. „Ziehen wir weiter. Diese Papiere sind im Stapel der Dinge, die wir aufheben, denn ja, ich finde es zum Brüllen, dass wir es geschafft haben, uns den einen Laden in der Gegend zu schnappen, der eine sehr – ähm – vielfältige Geschichte hat."

Sie gingen den Gang entlang, schauten in die wohl ehemaligen Einzelzimmer. Es war nicht mehr viel übrig bis auf das Gebäude selbst, aber Karen strich mit der Hand anerkennend über die dunkle Walnussholztäfelung. „Die wären wunderschön, wenn man sie weiter benutzt."

Sie hatten es durch etwa ein halbes Dutzend Zimmer geschafft und die Dinge ausgesucht, die es lohnte, sie zu retten, als Ollie weghuschte. Sie bellte laut und lief die Stufen hinauf in den ersten Stock.

Lisa entschuldigte sich rasch und eilte ihrem Tier nach. „Tschuldigung. Ich weiß nicht, was in sie gefahren ist."

Karen ging auf das nächste Zimmer zu, glitt dicht genug an Finn vorbei, dass ihre Körper sich berührten. Warm und weich und verstohlen vertraut. Der Gang war schmal genug, um zu erklären, weshalb sie aneinandergestoßen waren, aber das beantwortete nicht, weshalb sie diesen Ausdruck in den Augen hatte. Ihre Hüften waren stark genug in Bewegung, dass sie ihn ein zweites Mal streifte.

Er starrte sie an, in seinem Bauch tobte der Hunger.

Die Wirklichkeit kehrte zurück, als Zach ihn in die Seite stieß. Die Sorge seines Freundes zeigte sich deutlich, als er nach oben wies. „Ich bin mir nicht sicher, ob jemand oben im ersten Stock rumlaufen sollte."

Mist. „Lisa, halt. Da oben ist es vielleicht nicht stabil."

Das zog die Aufmerksamkeit aller auf sich.

Karen war ebenfalls unterwegs, rief ihrer Schwester nach. „Lisa. Mach langsam und rufe Ollie zurück."

„Schon okay. Die Stufen sind solide, und sie ist gleich da." Lisa blieb oben auf dem Treppenabsatz stehen und wackelte mit den Fingern. „Komm schon, Süße. Zeig mir, was du gefunden hast."

Finn stieg die Stufen hinauf und an Lisa vorbei, schätzte die Dielen zwischen sich und dem Hund ein. „Ich hole sie."

Er bewegte sich langsam, versuchte zu schätzen, wo die Stützbalken unter den Dielen verliefen.

Ollie saß jetzt da, ihre Nase zeigte betont auf ein kleines Loch in der Ecke des Zimmers. Finn ging auf Hände und Knie, spähte hinein und stellte fest, dass zwei diamantförmige Augen zu ihm zurückstarrten.

Ein ganz leises Miauen führte zu einer Reihe von Bellgeräuschen von Ollie, und plötzlich war das Kätzchen weg, zurück in der Wand verschwunden.

„Ich geb dir mal die hier, und dann muss ich mich noch um jemand anderen kümmern." Eine Sekunde später hatte Finn Ollie am Nackenfell gepackt, brachte das zappelnde Tier zurück zu seiner Besitzerin.

Lisa steckte sich Ollie unter den Arm und ging die Stufen hinab.

„Brauchst du Hilfe?", fragte Zach.

„Pass auf", sagte Karen. Die beiden standen oben auf den Stufen. Karens Blick ging zu den Dielen, ihr Entsetzen wurde größer. „Finn? Ich glaube, du kommst besser mal hierher zurück."

Das Miauen erklang wieder.

Zum Teufel damit. Finn sank auf die Knie, griff in das Loch und hoffte, dass keiner in der Vergangenheit in diesem Gebäude Rattenfallen aufgestellt hatte.

Ein Fluchen kam von Zach. „Finn. Lass es. Irgendwas löst sich da. Dieser Abschnitt des Bodens wird ..."

„Raus mit euch. Jetzt", befahl Finn, während seine Hand Fell streifte. Es reichte aus, damit er einen Finger um ein Bein bekam, und das Tier nach vorne zerren konnte.

Als er das Kätzchen hochhob, explodierte eine Wolke aus Sägemehl in seinem Gesicht. Die Wand vor ihm löste sich auf wie eine Mumie, die von einem Zyklon getroffen wurde. In seinen Ohren donnerte ein lautes Krachen.

Er stürzte.

Finn griff mit der freien Hand nach den Dielen, aber die Holzbretter brachen auseinander wie Zahnstocher, lösten sich in seinem Griff, während er nach unten stürzte. Er hoffte, dass Karen und die anderen sich verdammt noch mal weit genug die Stufen hinab zurückgezogen hatten ...

Er hoffte, seine Füße würden als erstes auf dem Boden aufkommen, damit er den Schwung mitnehmen und sich abrollen konnte, aber irgendetwas schwang von der Seite in ihn hinein, schob seine Beine nach rechts und ließ ihn in einen festen Gegenstand krachen.

Der Raum über ihm fiel in sich zusammen, und er landete hart, während etwas durch sein Bein stach.

Seine Zähne bissen fest aufeinander, hielten den Schrei zurück, während sein Körper still vor Protest brüllte.

Ein brennender Schmerz schoss durch sein rechtes Bein hinauf, und etwas Weiches, aber extrem Spitzes stach in seine linke Hand. Finn schob sich durch die Wellen aus Schmerz, die von seinem Schienbein ausstrahlten, und schnappte nach Luft. Adrenalin flutete seinen Körper.

Staubwolken gingen um ihn herum nieder, und in der Ferne erklangen Schreie. Zach und Karen. Vertraute Stimmen, die kurz für Anspannung sorgten, bis ihm klar wurde, dass sie seinen Namen riefen.

Gut. Sie waren in Sicherheit.

Er raffte sich lange genug zusammen, um seine Hand vors Gesicht zu halten und festzustellen, dass er ein schneeweißes Kätzchen hielt. Das kleine Ding hatte die Krallen fest in seine Hand gebohrt, und es bebte, versuchte aber nicht zu fliehen.

Er sah Sterne. Dann nichts mehr.

9

Karen wusste schließlich, wie sich dieser Begriff, dass einem das Herz bis zum Hals schlug, tatsächlich anfühlte.

Es war nichts, was sie gehofft hatte, erfahren zu müssen.

Nachdem sie die Stufen hinabgelaufen waren, hatte der ohrenbetäubende Lärm, der hinter ihnen explodiert war, sie auf vielerlei Arten zerrissen.

Alles, was sie vor sich sah, war diese Sekunde, bevor sie geflüchtet war, als Finn zu ihr zurückgeschaut hatte, Sorge im Blick, während er ihr befohlen hatte, sich in Sicherheit zu bringen. Dann war alles wie ein Kartenhaus in sich zusammen gefallen.

„Finn. Verdammt, antworte mir", rief Zach, der über Balken nach vorne kroch, die schließlich zum Ruhen gekommen waren.

Karen packte ihn mit beiden Händen am Kragen und riss ihn zurück, damit er nicht in die Gefahr stürmte. „Finn wird es dir nicht danken, wenn du nach ihm auch noch verletzt wirst. Warte."

Allerdings bebte sie auch im Stehen. Alles in ihr wollte an Zach vorbeieilen, noch in diesem Augenblick, und herausfinden, was passiert war.

Zum Glück war das Krachen bald vorbei, und in dem Augenblick, in dem die Luft sich beruhigte, bewegten sie und Zach sich, riefen Finns Namen. In der Luft stand Staub, Sonnenlicht verwandelte die Schwaden in Scheinwerfer.

Ein gedämpftes Stöhnen erklang, und sowohl sie als auch Zach stürzten nach rechts. Sie stiegen über herabgefallenen Schutt, bewegten sich zu der Stelle, wo ein Stapel aus Balken kreuz und quer über Finns Körper lag.

Ihre Zunge war vor Angst belegt. Sie eilte so schnell wie möglich an seine Seite.

„Ich habe den Rettungsdienst gerufen", rief Lisa irgendwo hinter ihnen. „Und ein paar Mitarbeiter sind auch auf dem Weg hierüber."

Das war auch gut so, denn Finn lag unter schweren Balken begraben, sein gebräuntes Gesicht war entsetzlich bleich in der schattigen Ecke, in der er lag.

Karen hielt die Luft an, während sie ihm die Finger an den Hals hielt. Eine Sekunde später atmete sie scharf aus. „Er hat einen starken Puls. Hi, Finn. Es kommt schon in Ordnung."

Es musste in Ordnung kommen. Etwas anderes gab es nicht.

„Verdammt, Finn. Was zum Teufel hast du dir dabei gedacht?" Zach schob ein Holzstück weg, dann fluchte er. „Lisa. Wir brauchen hier drin Hilfe."

Der nächste Zeitabschnitt verging in einer unheimlichen Kombination aus Zeitlupe und Hochgeschwindigkeitschaos.

Ein halbes Dutzend Typen waren im Haus, hoben Dinge von Finn weg. Ein winziges Kätzchen öffnete den Mund, seine kleine rosarote Zunge zog Karens Aufmerksamkeit auf sich. Sie hob es von dort auf, wo es sich in Finns Armbeuge geschmiegt hatte, und setzte es innen in ihr Hemd.

Zach hatte die Hände um Finns Bein gelegt, sattes Rot verschmierte seine Finger. Karen hielt Finn die Hand, und als ein großer Balken weggehoben wurde, öffneten sich seine Augen flatternd, und er stöhnte.

„Bleib bei uns, Kumpel", sagte Zach. „Versuch dich nicht zu bewegen."

„Ist bei euch alles klar?" Finns geschockter Blick huschte über Karens Gesicht. „Wurdet ihr verletzt?"

„Blödmann." Zach antwortete vor Karen. „Du bist derjenige, der Surfen gegangen ist. Der Rest von uns ist die Stufen runter wie normale Menschen."

„War ja nicht meine Idee." Finns Gesicht verzog sich kurz. „Tut höllisch weh."

Karen drückte ihm die Finger, beugte sich etwas dichter heran, damit er sich nicht anstrengen musste, um sie zu sehen. „Wir kümmern uns um dich."

Trotz der Schmerzen auf seinem Gesicht blitzte in seinen Augen Hoffnung auf. „Versprochen?"

Es war gut, ehrlich und sofort antworten zu können. „Versprochen."

Als wäre ihre Antwort so gut wie eine Morphiumspritze, wich die Anspannung von ihm. Finns Augen schlossen sich, aber der Griff seiner Hand um ihre verstärkte sich, während er sich ganz fest hielt.

Sein Daumen begann wieder diese Bewegung vor und zurück. Die, die so vertraut und so richtig war.

„Bringen wir ihn nach draußen?", fragte einer der Arbeiter, der mit entsetzter Faszination hinstarrte.

Zach schaute Karen in die Augen. „Alles scheint mir recht stabil zu sein. Ich glaube, es ist sicherer, ihn hier drin zu lassen."

„Dann bewegen wir ihn nicht", stimmte sie zu. Sie schaute auf und gab ein paar Befehle. „Schnappt euch ein paar Decken. Und schickt jemanden zum Tor, damit die Rettungsmannschaft weiß, wohin sie muss."

„Was kann ich tun?", fragte Lisa.

Karen griff in ihr Hemd nach dem Kätzchen, das angefangen hatte, mit den Krallen ihren Bauch zu bearbeiten. „Nimm das mal. Moment – erst brauchen wir etwas, damit Zach Druck ausüben kann."

Zach winkte Lisa heran. „Meinen Gürtel. Ich muss die Blutung verlangsamen, aber ich will nicht diesem Knochen nahekommen."

Dem, der durch den robusten Jeansstoff herausstach, und mein Gott, Karen wusste, dass Finn enorme Schmerzen leiden musste, aber er lag nur da, sein Atem kam abgehackt, seine Finger waren stahlhart in ihren verschränkt.

Sie stabilisierten ihn, so gut sie konnten. Lisa half Zach, den Gürtel um Finns Oberschenkel festzuziehen, dann übernahm sie das Kätzchen. Karen achtete nicht auf das Blut an Zachs Händen und das, das Finns Jeans tränkte. Stattdessen ließ sie Finn einen stetigen Strom beruhigender Worte zukommen.

Die Rettungsmannschaft vom Ort kam vor dem Krankenwagen an, was bedeutete, dass Julia da war, die neben Karen kam, während Brad Ford auf der anderen Seite seinen Platz einnahm.

„Bist du bei uns, Finn?", fragte Julia ganz geschäftlich, nachdem sie Karen kurz die Schulter gedrückt hatte.

„Das will ich eigentlich gar nicht." Die Worte ertönten grollend und leise. „Es tut weh."

„Wir kriegen dich hin, und dann gibt es einen Ausflug für dich nach Black Diamond." Brad deutete auf Julia, und sie arbeiteten rasch, stabilisierten ihn sogar noch weiter und gaben ihm ein Schmerzmittel, das helfen sollte, bis der Krankenwagen eintraf.

„Viel besser", sagte Finn, sein Griff um Karens Hand lockerte sich ein wenig. Dann öffnete er die schweren Lider und schaute ihr entschlossen in die Augen. „Komm mit mir."

„Alles klar." Er würde ohne sie nirgendwo hingehen.

Letztlich fuhr Zach, und Karen fuhr mit ihm mit, folgte dem Krankenwagen zum Krankenhaus, wo Finn beinahe sofort operiert wurde.

Karen fuhr fast aus der Haut, während sie dort saß, im Wartezimmer der Notaufnahme mit den weißen Wänden, die Hände verkrampft, und starrte auf die Uhr, während sie auf Nachricht wartete.

Gott, sie hasste Krankenhäuser.

Neben ihr wirkte Zach genauso unglücklich. Er saß abwechselnd nach vorne gebeugt da, den Kopf in die Hände gestützt, und sprang auf, um auf und ab zu gehen. Seine Stiefel schabten über den Linoleumboden.

Er ließ sich auf den Platz neben sie fallen, so ungefähr zum zwanzigsten Mal, bevor er schließlich etwas sagte. „So verdammt dumm. Wir haben alle Gebäude überprüft. Irgendwie habe ich das vermasselt."

„Es ist nicht deine Schuld", setzte Karen an.

„Es muss doch meine Schuld sein. Ich bin derjenige, der für dieses Gebäude das Okay gegeben hat. Ich hätte schwören können, es wäre stabil genug, um sich darin aufzuhalten. Ich hätte niemals einen von euch da reingebracht, wenn ich geahnt hätte, dass es so dicht vor dem Kollaps stand."

Karen legte ihm eine Hand auf den Arm. „Natürlich hättest du das nicht. Es muss irgendeine Schwachstelle gegeben haben, die in letzter Zeit aufgetaucht ist. Dieses große

Gewitter, das wir kürzlich hatten – vielleicht hat das irgendwas mit dem Boden angestellt.“

Zach warf sich wieder in den Stuhl, die Beine vor sich ausgestreckt, völlig niedergeschlagen, was sich auf seinem Gesicht zeigte. „Das ergibt keinen Sinn.“

„Es hilft doch gar nichts, wenn du dich wegen etwas fertig machst, das wir nicht ändern können“, sagte Karen trocken. „Und jetzt sag mal. Glaubst du, Finn wird dir deswegen das Leben zur Hölle machen?“

Er zögerte. „Vermutlich nicht, aber wir haben bereits festgelegt, dass ich so eine Art Blödmann bin.“

Ein erheitertes Schnauben kam von ihr, bevor sie es aufhalten konnte. Als nächstes kam eine Woge der Gefühle, die sie überwältigte. Tränen traten in ihre Augen, und dann wusste sie nur noch, dass Zach sie an die Brust zog und ihr den Rücken tätschelte, während sie sich die Augen aus dem Kopf heulte.

„Hey. Es ist in Ordnung. Es kommt in Ordnung. Dieser sture Bastard wird uns in kürzester Zeit wieder herumkommandieren. Teufel, er sagt vermutlich dem Arzt gerade jetzt, wie man sein Bein wieder hinkriegt. Meinungen? Die hat er immer zu bieten.“

Es war wohl teilweise wegen der Erinnerungen, nicht nur der derzeitigen Anspannung, denn Karen war nicht der Typ, der normalerweise so die Kontrolle verlor. Krankenhäuser waren kein Ort, der ihr Spaß machte, und das würde sie auch vor jedem zugeben, der sie fragte.

Aber ihr Kontrollverlust war trotzdem erniedrigend. Sie ließ die Anspannung los, ihre Atmung wurde gleichmäßig. Zach tätschelte ihr genauso den Rücken, wie Tamara es getan hätte. Seine Umarmung war tröstlich, als hätte man ein Familienmitglied am Arm.

Finns Worte kamen ihr wieder in den Sinn. Dass er Zach völlig vertraute.

Obwohl Karen sich nicht sicher war, worauf genau sie sich einließ, wusste sie, dass sie in ihrer Zukunft mit Finn zusammen sein würde, zumindest über den Sommer.

Sie drückte Zach ein letztes Mal, dann riss sie sich zusammen und nahm ihm die Taschentücher ab, die er ihr reichte, um sich das Gesicht abzuwischen.

Das Lächeln, das sie sich aufsetzte, war ein wenig verwässert, aber es war ein guter Versuch. „Danke. Er kommt in Ordnung, aber du weißt, dass er stur ist."

„Wie dieser Tag lang ist", erwiderte Zach.

Karen ging rasch die Möglichkeiten durch. „Ich weiß nicht, was sie da reparieren, aber ich weiß, wie es sich angefühlt hat, als ich mir das Bein gebrochen habe. Was können wir tun, damit wir die Zeit, wenn er hier rauskommt, leichter gestalten?"

Zach dachte nach. „Abhängig davon, was für einen Gips er kriegt, kann er vielleicht nicht fahren."

„Lass das mal vorerst weg", schlug Karen vor. „Wie seid ihr im Haus eingerichtet? Kann er sich da sicher bewegen?"

„Wir können ein Bett im Wohnzimmer aufstellen. Auf gar keinen Fall wird er die Treppen schaffen." Zach zögerte. „Oder, wenn man es so formuliert, würde er vermutlich darauf bestehen, die Treppen zu nehmen, aber wir sollten versuchen, es anders einzurichten, damit er sich nicht damit herumschlagen muss."

Sie weigerte sich, um den heißen Brei zu reden. „Es gibt ein zweites Schlafzimmer im Häuschen. Ich glaube, er sollte bei mir einziehen."

Ihre entschlossene Ankündigung schien Zach den Wind kurzzeitig aus den Segeln zu nehmen. Er musterte sie verhalten. „Das musst du nicht tun."

Friss oder stirb.

„Ich will es", gab sie zu. Sie schaute ihm dirckt in die

Augen. „Ich habe mich zu lange herumgedrückt. Finn sagt, dass du von unserer Vergangenheit weißt, also verstehst du bestimmt, dass es kein Problem wird, wenn ich ihm mit irgendwas Persönlichem helfe."

Sie erwartete kein leises Lachen als Antwort. Er griff nach unten und legte ihr die Finger unters Kinn. „Süße, dass Finn wieder mit dir eine Beziehung anfangen wollte, hat nichts damit zu tun, dass er nach einer Krankenschwester sucht."

„Ja, aber wir kriegen nicht immer das, was wir wollen, oder?" Sie wedelte mit der Hand. „Schau mal, zunächst habe ich das ernst gemeint mit den beiden Schlafzimmern. Hier geht es darum, dass er einen Ort zum Schlafen hat, der gemütlich und sicher ist. Zum Zweiten kennst du Finn. Als Krankenschwester werde ich so gut wie gar nicht auftreten, sobald er wieder auf den Beinen ist, um es mal so zu formulieren. Ich sage nur ..." Sie zögerte, denn es war alles noch so frisch und neu, diese Vorstellung, dass sie das Risiko einging. „Ich muss für ihn da sein. Ergibt das Sinn?"

Langsam breitete sich ein Lächeln auf Zachs Gesicht aus. „Es ergibt Sinn. Und wenn du irgendwas brauchst, wie etwa Hilfe dabei, den Bastard festzuhalten, weil er etwas tut, was er nicht tun sollte, ruf mich an. Hast du das verstanden?"

„Abgemacht. Wir sind ein Team."

Die Eingangstür öffnete sich, und Karens Schwestern drängten in den Raum.

„Was gibt es denn Neues?", wollte Tamara wissen.

„Wie geht es dir?", ließ sich Lisa im selben Tonfall vernehmen.

Julia legte den Kopf zum Schwesternzimmer hin schief und ging, um sich einzumischen. „Ich hole mir mal ein Update."

Es war, als hätte sich ihnen einen Wirbelwind angeschlossen, und es war perfekt. Es war eine Familie, die sich um sie und Zach legte, auf die Art, wie es ihre Schwestern schon immer getan hatten.

Wodurch das Warten sehr viel leichter wurde. Sie war nicht allein.

Sie musste nicht allein sein.

HELLES LICHT stach durch die Fenster. Ein Pulsieren begann weit hinten in seinem Schädel, im selben Tempo wie das Blut, das durch seine Adern strömte. Finn schloss die Augen kurz, dann versuchte er sie noch einmal zu öffnen, aber seine Umgebung weigerte sich, scharf zu werden.

„Mach mal langsam, Kumpel. Du musst nirgendwohin und hast lange Zeit, um anzukommen."

Finn wandte sich dem Geräusch zu, und ein scharfer Schmerz machte sich breit. „Scheiße."

Als er die Hand hob, um sich den Nacken zu reiben, stellte er fest, dass sein Arm nach nicht mal zwei Zentimetern ruckelnd anhielt.

„*Finn.* Entspann dich." Eine Hand legte sich auf seinen Arm, und Zachs vertraute Stimme dröhnte weiter, die leise Melodie eines Lachens in seinem Unterton. „Ich dachte mir schon, dass du aufwachst und gleich loslegst. Es ist alles in Ordnung. Du bist in einem Krankenhausbett und fühlst dich vermutlich, als hätte dich ein Truck überfahren. Hör mal auf, so rumzuzappeln "

Es klang nach einem guten Rat, so schwierig es auch war, und Finn holte tief Luft und stieß sie langsam aus. Er entspannte sich, noch während er rasch einschätzte, was wehtat und was nicht.

Die erste Liste war verdammt noch mal viel länger als die zweite.

Als er schließlich die Augen öffnete und blinzelte, bis die Welt schärfer wurde, saß Zach neben seinem Bett, sein dreistes Grinsen war auffallend abwesend.

„Wer ist gestorben?", fragte Finn, seine Kehle war trocken und heiser.

Ganz kurz wölbten sich Zachs Lippen. „Bastard."

„So leicht wirst du mich nicht los." Finn schaute nach unten, um sich die Lage genauer zu vergegenwärtigen. „Teufel, das wird es aber schwierig machen, meine Tanzstunden abzuschließen."

Das Bett war zu einer V-Form gebogen, Kissen hinter Finn stützten ihn, bis er beinahe aufrecht saß. Sein linkes Bein war unter den Decken ausgestreckt, aber das rechte war hochgehoben, ein halbes Dutzend Seilzüge stützten es in einer komplizierten Position.

Sein linker Arm steckte in einer Schiene, links vom Bett verschwanden Infusionsschläuche.

Rechts gab es einen Vorhang, ein Fenster links, und auf einer Uhr an der Wand stand neun. „Ist ein wenig hell draußen, dass es neun Uhr abends sein könnte."

„Du hast eine Nacht verpasst", erklärte ihm Zach. „Vorhin warst du wach, aber ziemlich unter Drogen wegen der Operation. Ich bin mir sicher, die Schwestern sind bald da, um dir alles zu erklären, aber bis auf die blauen Flecken von Kopf bis Fuß scheint der Großteil von dir den Gebäudeeinsturz ziemlich gut überstanden zu haben."

Finn griff nach oben und strich sich mit der Hand über den Oberschenkel. „Und der Teil von mir, der nicht so gut durchgehalten hat? Sieht ziemlich Scheiße aus."

„In den letzten vierundzwanzig Stunden bin ich sehr viel mehr mit einigen deiner Knochen auf Tuchfühlung gegangen, als ich jemals wollte." Zach löste den Riemen, der Finns Arm fixierte, dann lehnte er sich in seinem Stuhl zurück und verschränkte die Arme vor der Brust. „Es gibt irgendeinen schicken medizinischen Ausdruck dafür, aber im Grunde hast du dir dein Schienbein so heftig gestoßen, dass es beschlossen hat, aus deinem Körper zu kommen. Ich gratuliere. In Zukunft wirst du am Flughafen einen Alarm auslösen. Sie haben zwei Metallstäbe angebracht, während sie dich wieder zusammengeflickt haben."

Finn musterte erneut sein Bein. „Teufel noch mal."

Er war offensichtlich so voll mit Schmerzmitteln, dass es nur ein niedrigschwelliges Summen war, aber der Anblick des Gipses machte ziemlich klar, dass das nichts war, was er einfach so wegstecken konnte.

Er schaute zurück zu Zach, um festzustellen, dass sein Freund düster auf den Gips starrte. „Alle anderen sind in Ordnung? Karen?"

„Uns Übrigen geht es gut. Genauso dem Kätzchen, das du gerettet hast."

„Kätzchen?" Das waren wohl die Medikamente. Finn machte sich einen Ausblick lang Sorgen, bis die Erinnerungen langsam zurückkamen. „Ollie. Sie hat ein Kätzchen gefunden, das in der Wand festsaß."

„Karen hat das Tier mit in ihr Häuschen genommen. Es ist zu klein, um schon allein zu sein. Sie hat gesagt, sie würde sich darum kümmern."

Die Erwähnung von Karens Namen vertrieb die verbleibende Frage, wie zum Teufel ein Kätzchen in der Wand feststecken konnte, und ersetzte sie durch ein Abbild von ihrem Gesicht. „Wie geht es ihr? Das hat vermutlich ein paar schlimme Erinnerungen ausgelöst."

Schließlich lächelte sein Freund. „Vielleicht, aber du kannst sie selbst fragen. Sie war gestern Nacht hier, bis klar wurde, dass du nicht genug aufwachen würdest, um dich an etwas zu erinnern. Ich hab sie zurück zur Ranch gefahren, damit sie ein bisschen schlafen kann, und der einzige Grund, dass sie zugestimmt hat, war, dass ich versprochen habe, sie zu den Besuchszeiten wieder herzufahren.“

„Sie ist hier?“

„Sie ist kurz aufgehalten worden, um etwas für ihre Schwester zu erledigen. Sie wird in ein paar Minuten da sein.“ Zach beugte sich vor, sein Blick war entschlossen. „Du machst dir um nichts Sorgen, okay? Ich halte die Dinge auf der Ranch am Rollen, aber wenn es ans Eingemachte geht, scheiß auf die Herausforderung. Wir wissen beide, dass Brandon nicht wirklich etwas mit der Touristenranch zu tun haben will. Er will nur das Geld. Ich wette, wir können irgendeinen Deal ausarbeiten, um ihn zu überzeugen, das Geld zu nehmen und uns alles zu überlassen.“

Es waren nicht genug Medikamente in Finns Blutkreislauf, dass ihm dieser Gedanke okay erschien. „Weißt du irgendetwas, was ich nicht weiß? Wie etwa, dass ich die nächsten sechs Monate an dieses Bett gefesselt bin oder so was? Denn ich sehe nicht, warum wir die Herausforderung nicht schaffen können, nur weil ich mir ein Bein breche.“

„Alan hat mit der Deadline angerufen. Er wusste nicht, dass du verletzt wurdest, aber das ändert nichts.“ Zach schüttelte den Kopf. „Du hörst noch immer nicht, was ich dir sage. Das Wichtigste ist, dass du wieder gesund wirst, nicht, dass du dich weiter verletzt, weil du es Brandon unter die Nase reiben willst.“

Finn schnaubte. „Vertrau mir. Ich bin fantastisch im Multitasking. Ich kann gesund werden und es diesem Bastard unter die Nase reiben.“

„Ich sag ja nur. Wir halten unsere Prioritäten sortiert.“

„Sie sind sortiert. Ich werde gesund, und wir stellen die Ranch auf die Beine, und Brandon wird abhauen und heulen.“ Er schaffte es, seinem Freund ein Lachen zu entlocken, aber diese Mühe reichte aus, um Finn glücklich zurück an seinem Kissen entspannen zu lassen. „Hör auf, mich hinzuhalten. Wie lautet denn die Deadline?"

„Alan besteht darauf, dass er recherchiert hat, aber ich habe den Verdacht, dass er auch vorhat, das Ganze zu genießen. Die ersten Gäste kommen am Thanksgiving-Wochenende." Zach verdrehte die Augen wie ein Teenager. „Ich werde dich einmal raten lassen, wer die ersten Gäste sind. Mach schon, du wirst niemals darauf kommen, dass es ein aufstrebender Anwalt ist, der uns gesagt hat, er wäre ein Möchtegern-Cowboy. Er und seine ganze Familie."

Finn lachte und verbiss es sich rasch wieder, als ihm klar wurde, dass seine Rippen zu sehr schmerzten, um es durchzuziehen. „Also gut. In der dritten Oktoberwoche. Das ist nicht unmöglich."

Zach neigte den Kopf. „Du hast recht, ist es nicht. Aber zurück zu dieser Sache mit den Prioritäten. Wir passen unsere Listen an. Es wird dich freuen, zu erfahren, dass du jetzt am Computer festsitzt. Außerdem kannst du vertragliche Anrufe und telefonische Bestellungen durchführen. Ich werde an der Front arbeiten."

Es war sein Instinkt, dagegen zu protestieren. „Gut. Aber sobald ich wieder laufen kann und beweglich bin, reden wir noch mal darüber."

Sein Freund erhob sich, griff hinter sich, um seinen Hut zu nehmen. „Oh, nur zur Warnung, diese ganze Sache mit den Prioritäten bedeutet, dass du dir Zeit nimmst, um zu heilen und mit wichtigen Leuten zusammen zu sein."

Wovon zum Teufel redete er da? „Bist du bereits unterwegs zurück zur Ranch?"

„Ich hole mir einen Kaffee." Zach marschierte zur Tür und zog sie auf, begrüßte jemanden, der gleich außerhalb von Finns

Sichtweite stand. „Er ist wach und kann ganz gut denken. Zumindest halt so gut er das eben kann."

Karen kam ins Zimmer, und ein Teil von Zachs neckenden Botschaften ergab plötzlich einen Sinn. Irgendwo in dem Ganzen brach sein Freund auf, doch Finns Aufmerksamkeit war auf die dunkelhaarige Frau gerichtet, die zögerlich an die Seite seines Bettes trat.

Sie blieb zu weit entfernt stehen, als dass er sie hätte nehmen können, wie er es wollte. Sie schaute flüchtig auf sein Bein, bevor sie den Blick auf sein Gesicht richtete.

Er krümmte einen Finger, winkte sie näher heran. „Mach schon. Schau dich um. Ich weiß doch, dass du das willst."

Eine Art Schluckauf entschlüpfte ihr, während sie den Abstand verringerte, mit den Fingern über seine Wange strich. „Du siehst schrecklich aus."

„Sag doch noch was Süßes zu mir", erwiderte er leise.

Dieser Schluckauf stellte sich erneut ein, und sie schluckte schwer. Sie legte die Finger auf seine und hielt sie fest. „Das ist eine Reise in die Erinnerung, die ich nicht wirklich antreten wollte."

„Ich kann jetzt ganz neu einschätzen, was du durchgemacht hast", erklärte ihr Finn. „Ich komme schon klar. Du hast mir gezeigt, wie."

Ihr Blick wanderte über sein Bein, und als sie ihm wieder in die Augen schaute, war es, als würde sie sich auf einen Kampf vorbereiten. „Da du weißt, dass ich in diesen Dingen Erfahrung habe, wirst du bestimmt nicht so töricht sein und mir bei ein klar paar kleinen Vorschlägen widersprechen, die ich machen will."

„Zach hat bereits gesagt, dass er bei der Arbeit den Babysitter für mich gibt", setzte er sie in Kenntnis.

„Ich wusste doch, dass es einen Grund gibt, ihn zu mögen."

Finn blieb still, denn das Lachen hätte wehgetan.

Diese Entschlossenheit auf ihrer Miene zeigte sich wieder. „Hat der Arzt schon mit dir gesprochen?"

„Niemand außer dir und Zach, wenn ich mich an diesen Punkt richtig erinnere."

Sie senkte das Kinn. „Sie werden dir die Einzelheiten erzählen, aber es sieht aus, als wärst du ein paar Tage lang hier. Sobald sie dich entlassen, ziehst du zu mir in das Häuschen."

Dieser Satz hätte einen Anflug von Zufriedenheit auslösen sollen. Stattdessen beäugte er sein Bein und dann sie. „Du hast verdammt noch mal besser nicht vor, auch den Babysitter für mich zu geben."

Endlich, *endlich* trat die Karen vor, nach der er die ganze Zeit Ausschau gehalten hatte, um Farbe zu bekennen.

Sie nahm seine Hand und hob sie an den Mund. Drückte ihm einen Kuss auf die Handknöchel, dann runzelte sie leicht die Stirn, weil sie dort blaue Flecken und Kratzer fand. Aber obwohl sie tief durchatmete, als würde sie sich auf einen Kampf vorbereiten, war es leise und süß, als sie etwas sagte: „Ich will bei dir sein. Obwohl ich keine Ahnung habe, wie das aussehen wird, und keine Ahnung habe, wie lange es hält, will ich es versuchen."

Das war nicht alles, worauf er gehofft hatte, aber er war klug genug, es anzunehmen. Klug genug, um die Anspannung aus ihren Schultern entfernen zu wollen, die ganz hochgezogen und steif waren.

Er hob eine Augenbraue. „Das ist doch kein Mitleids-Sex, oder?"

Ein heftiges Lachen kam von ihr, bevor sie sich eine Hand über den Mund legte und zum Gang schaute, um sicherzugehen, dass die Tür noch geschlossen war. Sie drehte sich zurück, um ihm eine klassische Whiskey-Creek-Miene zukommen zu lassen. Diejenige, die irgendwo zwischen todernst und *was zum Geier* lag.

„Wer hat denn was von Sex gesagt?", erwiderte sie trocken.

Er hielt immer noch ihre Hand und nahm sie, um sie näher zu sich zu ziehen, dann ließ er seine freie Hand ihren Arm hinaufgleiten, um ihr seine Finger um den Nacken zu legen.

Sie kam dazu bereitwillig nach vorne, Gott sei es gedankt, denn einen Augenblick später waren ihre Lippen nur wenige Zentimeter von seinen entfernt.

Er schaute in ihre tiefbraunen Augen. „Lassen wir uns Zeit. Es eilt ja nicht, aber ich werde für dich da sein. Ich werde dir jede Kleinigkeit in Erinnerung rufen, die so verdammt fantastisch bei uns war. Ich muss jeden Quadratzentimeter von dir kosten, stundenlang mit dir reden, dir in die Augen schauen, während ich dich mit Fingern und Zunge in den Wahnsinn treibe. Und wenn der Zeitpunkt reif ist, wenn du mir sagst, dass es Zeit ist, dann, nur dann, werde ich meinen Schwanz tief in deinen Körper stoßen, wo er hingehört. Wo *wir* hingehören, *ma chérie*. Genau, wo wir hingehören. Verbunden und zusammen."

Sie blinzelte nicht. Hatte nicht geschluckt.

Finn senkte die Stimme und knurrte seine letzte Anmerkung. „Und wir machen da keine halben Sachen."

Er schloss die Lücke zwischen ihren Lippen. Oder vielleicht tat sie es, denn seine Hand lag nicht mehr um ihren Nacken, sondern auf ihrer Wange. Ihre Lippen bewegten sich gemeinsam, die Zungen auf einer sanften Erkundungstour als wäre es das erste Mal.

Lieber Gott, jeder Quadratzentimeter seines Körpers schmerzte, doch er stand trotzdem nur einen Schritt vor dem Himmel. So war es, wenn er mit ihr zusammen war. Was es für ihn bedeutete.

Karen erbebte leicht, aber ihr Mund war auf seinem, sie machte bereitwillig und begierig mit. Ein leises, lustvolles

Murmeln drang an seine Ohren, während ihr Geschmack in seinen Körper wirbelte.

Als sie sich lösten, atmete sie schwer. In ihren Augen flammte Hitze und noch etwas anderes.

Hoffnung.

10

Wegen der unbekannten Länge des Krankenhausaufenthalts, der vor Finn lag, waren alle einverstanden, dass es sinnvoller war, am Ende des Tages zu Besuch zu bekommen, und die Arbeit so gut wie möglich weiterzuführen.

Karen stand früher auf und begab sich an ihre Aufgaben. Wenn ihre Treffen mit Handwerkern und potenziellen Angestellten durch waren, schloss sie sich der Arbeitsmannschaft an, schwang den Hammer, um Boxen einzurichten und Aufgaben in der Scheune abzuschließen.

Sie ritt auf Starlight aus und fand einen neuen Weg, und das alles war so perfekt, wie ein Arbeitstag nur sein konnte.

Dann traten sie und Zach die mehr als einstündige Fahrt nach Black Diamond an. Dieser Teil war nicht so perfekt, denn zu sehen, dass Finn Schmerzen litt und eindeutig Schwierigkeiten hatte, sich zu konzentrieren, war für niemanden gut. Karen hielt seine Hand, weil er das forderte, aber abgesehen davon war es ein zermürbender Abend.

Zach war derjenige, der nach dem zweiten Ausflug dorthin

eine Änderung vorschlug. „Würdest du mich für ein Arschloch halten, wenn wir die Besuche in den nächsten paar Tagen abblasen? Wenn es ihm guttun würde, dass wir da sind, wäre ich ganz dafür. Aber ich glaube, wir ermüden ihn nur."

Karen dachte an die ersten Tage nach ihrer Verletzung zurück, und dass die Gesellschaft manchmal eher schmerzhaft als erfreulich gewesen war. „Wir sollten ihn ausruhen und heilen lassen. Falls er aber Gesellschaft will, möchte ich hin."

Am folgenden Morgen fragte Zach nach, und eine offizielle Pause wurde einberufen. Bestätigt durch einen Anruf von Finn bei Karen nur ein paar Minuten später.

„Hey, du."

Karen starrte auf das windumtoste Feld neben ihr hinaus, das Kätzchen rieb sich an ihren Knöcheln. „Hey. Wie läuft dein Tag?"

Seine Stimme grollte durch die Leitung, leiser als üblich und etwas angespannt. „Ich mache vielleicht ein zweites Nickerchen, nachdem ich vom ersten aufgewacht bin. Meine To-do-Liste ist gerade wirklich die Hölle."

Der Schmerz in ihr war steinhart. „Du erholst dich auch, Finn. Das steht in drei Meter großen Buchstaben auf deiner To-do-Liste, verstanden?"

„Verstanden. Hey, ich habe mit Zach geredet. Ich glaube, es ist klug für euch, auf die Fahrt hier raus in den nächsten paar Tagen zu verzichten. Ich bin die meiste Zeit über wegen der Schmerzmittel sowieso noch nicht ganz bei mir. Ich habe keine Ahnung, wann ich wieder ganz der Alte bin. Ich hätte es lieber, wenn du Zeit mit deinen Schwestern verbringst, und nicht mit meinem komatösen Körper."

„Ich will nicht, dass du allein bist." Es war hart, das zuzugeben, aber gut.

Dann warf er sie um, seine Stimme war ganz weich. Von Schmerzen durchdrungen, aber sogar noch stärker von

Freundlichkeit. „*Chérie*, ich weiß doch, wie sehr du Krankenhäuser hasst. Ich will nicht, dass du leidest, wenn du herkommst, um mich zu sehen. Ich meine es ernst. Bleib zu Hause."

Sie sprach mit eng gewordener Kehle. „Okay. Aber wenn du fit bist und Langeweile hast, ruf an. Oder schreib mir. Du bist nicht allein, okay?"

Dass er das wusste, war für sie wichtig.

„Schon verstanden." Am Ende verklangen Finns Worte. „Jetzt geh mal zu Zach, da ich nicht da bin, um ihn zu nerven."

Dass Finn nicht da war, versetzte Karen in eine seltsame Art Übergangsstatus, und so merkwürdig es war, es war die Zeit zu Hause, in der sie so richtig neben der Spur zu sein schien.

Was als etwas Köstliches angefangen hatte – ein Ort, den sie nur für sich hatte, um zu tun, was immer sie tun wollte, ohne dass jemand ihr Vorschriften machte – war nicht mehr köstlich.

Sondern einsam.

Das Kätzchen, das Finn gerettet hatte, half ihr, ein wenig von dem leeren Raum zu füllen. Karen nannte das kleine Wesen Dandelion, und der Flauscheball übernahm langsam die Kontrolle über sein Revier. Dazu schienen jede Menge Sprünge zu gehören, besonders auf Karen und jeden Teil ihres Körpers, der sich zufällig bewegte.

Ihre Zehen. Ihre Füße. Ihre Finger auf dem Tisch. Ihren Kopf, gleich als erstes am Morgen, wenn der kleine Höllentiger beschloss, dass man sie in die Nase beißen musste.

„Er hat wohl keine Probleme wegen der Wand, in der er festsaß", erklärte Julia, während sie ein paar Tage nach dem Unfall zu Besuch war.

„Ollie glaubt, dass Dandelion das süßeste ist, was sie je gesehen hat." Lisa warf einen Blick über die Schulter dorthin, wo die beiden Tiere einander umkreisten. Oder, genauer gesagt, Ollie bewegte sich langsam, ihr Schwanz wedelte begeistert, während das Kätzchen sich anpirschte und zum Sprung bereit machte. „So habe ich Ollie noch nie gesehen. Auf der Ranch jagt sie immer alle Katzen weg."

„Übrigens, Kelli hat mir erzählt, dass es neue Kätzchen im Heuschober gibt", erwähnte Tamara. „Ich kann Dandelion mit zu mir nehmen, wann immer du willst. Ich bin mir sicher, die Katzenmutter nimmt ihn auf. Ich weiß doch, dass du nicht gern Tiere im Haus hast."

„Vorerst ist das hier schon in Ordnung", sagte Karen rasch.

Das war der andere Grund, weshalb Karen nicht völlig allein war. Ihre Schwestern kamen immer wieder vorbei, einzeln oder zu zweit. Oder alle drei. Heute war auch Tamara dabei, die das Abendessen für die vier zu Karen mitgebracht hatte.

„Hast du schon irgendwas Neues über die Schule im Herbst gehört?", fragte Tamara.

Sie und Karen waren immer noch am Tisch, während Lisa und Julia an der Spüle arbeiteten, um nach ihrer Mahlzeit sauber zu machen.

Karen dachte an den Umschlag, der ungeöffnet neben ihrem Schreibtisch stand. „Habe ich, aber ich mache mir darum im Augenblick keine Sorgen. Bis Finn zurück ist, strengen wir uns alle besonders an. Ich habe versucht, mich ein wenig mehr ins Zeug zu legen, um sicherzugehen, dass ich einen Anteil leiste."

„Ich bezweifle, dass das ein Problem ist", sagte Tamara trocken. „Machst du irgendwas Witziges? Ich meine, nicht, dass ich erwarte, dass du ausgehst und tanzt oder so, denn ich verstehe schon, dass du immer noch wegen des Unfalls schockiert bist und so weiter."

Derzeit war sie eher schockiert über das, was sie in Sachen

der Lebensumstände von Finn vorgeschlagen hatte – ein kleines Detail, das sie ihren Schwestern noch nicht mitgeteilt hatte.

Karen lenkte ihre Fragen in eine andere Richtung. „Ich war ein paar Mal reiten. Ich habe diesen wilden Hengst in der Gegend gesehen. Er hat sich auf jeden Fall im Vorgebirge westlich von hier eingerichtet. Wir müssen sicherstellen, dass er eingehegt wird, bevor wir weitere Pferde herbringen, oder er wird ständig versuchen, sie zu stehlen."

Tamara wirkte besorgt. „Das ist ein Problem. Ich werde es mal bei Caleb ansprechen und sehen, ob Silver Stone mit der Ranch hier arbeiten kann, um sich darum zu kümmern. Hast du außerdem gewusst, dass Kelli mit diesem Wallach gearbeitet hat, den sie aus der Herde entfernt hat? Die Besitzer wollten ihn nicht zurück – sie haben gesagt, er wäre schon von Anfang an zu wild gewesen, und dass sie nicht wollen, dass er dem Rest der Herde schlechte Angewohnheiten beibringt."

Karen hätte ein Tier niemals so weggeworfen. Der Wallach machte nichts außer das, was für ihn natürlich war.

Sie schüttelte den Kopf. „Schön für Kelli. Sobald sich alles hier ein wenig beruhigt, würde ich gern kommen und ihr zur Hand gehen."

„Sie würde dich gerne sehen." Tamara grinste. „Es ist irgendwie witzig, dass Kelli dich verehrt wie eine Heldin, jedes Mal, wenn sie vorbeikommt."

Karen war schockiert. „Macht sie doch nicht."

„Es ist, als würde man meiner Tochter zuhören, wie sie immer wieder schwärmt: ‚Kelli sagt dies' und ‚Kelli sagt das'. Nur dass es Kelli ist, die da redet, und sie sagt die ganze Zeit ‚Karen sagt, am besten kümmert man sich darum, indem man ...' Und die Helfer auf Silver Stone finden das absolut zum Brüllen."

Offensichtlich war Lisa nicht die einzige ihrer Schwestern

mit einer überbordenden Vorstellungskraft. Karen griff nach Tyler und hob ihn hoch, damit er ein Bäuerchen machen konnte. „Ganz was anderes, was ist denn in den nächsten paar Wochen los? Ich habe irgendwie den Faden verloren."

„Am Samstag ist Canada Day. Unten am Park sind tagsüber Events, darunter auch ein Abendessen, bei dem jeder mitbringt, was er kann, und die Junggesellenversteigerung." Tamara machte sich nach dem Stillen fertig und schaute mit Sorge in den Augen auf. „Wann kommt Finn aus dem Krankenhaus nach Hause?"

„Wir hoffen auf in zwei Tagen. Das ist Mittwoch, oder?"

Tamara verzog das Gesicht. „Ich frage mich, ob diejenigen, die die Junggesellenversteigerung auf die Beine stellen, schon gehört haben, dass Finn außer Gefecht ist."

Karen versteifte den Rücken. „Junggesellenversteigerung?"

Ihre Schwester runzelte die Stirn. „Weißt du noch, ich habe dir doch erzählt, dass Ivy vor ein paar Jahren Walker gekauft hat? Zach und Finn haben sich dieses Jahr eingeschrieben, weil sie mit Lisa gewettet und verloren haben."

„Finn muss das abblasen."

„Ach, Teufel, nein." Tamara hielt inne. „Lass mich das umformulieren. Die eine Sache, die ich gelernt habe, als du verletzt warst, war, dass man keine Spekulationen anstellen sollte. Ja, es wäre schon sinnvoll, wenn er es ablässt, aber denk nur daran, wie genervt du gewesen wärst, wenn wir irgendwelche Pläne abgeblasen hätten, ohne uns vorher mit dir zu besprechen."

„Ihr habt meine Pläne abgeblasen, und ich bin völlig ..."

Scheiße. Die Erinnerungen stellten sich ein. Vor fünf Jahren, als sie in der Lage gewesen war, völlig zerbrochen und verbogen zu sein, war sie ihren Schwestern mehr oder weniger ins Gesicht gesprungen, weil sie ihren Kalender übernommen hatten, auch wenn sie es nur gut gemeint hatten.

Denn dass man ihr die Kontrolle über noch etwas entrissen hatte, hatte das Problem nur verschlimmert.

Karen verabscheute es, eine harte Wahrheit so schön verpackt überreicht zu bekommen. „Du hast recht. Ich werde Zach morgen daran erinnern, dass das Treffen ansteht, und dann können sie entscheiden, was sie tun möchten.“

Auch an diesem Abend fuhr sie nicht ins Krankenhaus, blieb zu Hause und redete leise mit Julia und Lisa, nachdem Tamara Tyler nach Hause gebracht hatte, um bei ihrer Familie zu sein.

Die einzige Nachricht an diesem Tag von Finn war ein kurzes Update gewesen.

Es läuft ganz okay. Sie haben mich aus der Aufhängung befreit und mir einen Gips verpasst. Der ist ziemlich unförmig, aber zumindest bin ich nicht mehr ans Bett gefesselt. Ich hoffe, du genießt die Sonne. Tut mir leid, dass ich es in den letzten Tagen versäumt habe, dir Blumen zu bringen.

Am Dienstagvormittag machte Karen einen Ausritt auf einem der unbekannteren Wege ganz am Rand von Finns Grundstück. Ein leises Wiehern zog ihre Aufmerksamkeit auf sich, und sie wurde langsamer, ließ Starlight ganz still stehen.

Die Herde der Wildpferde bewegte sich langsam durch die Bäume. Sie bogen in eine schmale Einbuchtung ab, die hinauf zu einer Schlucht in der Nähe führte. Karen folgte ihnen vorsichtig, wollte nicht, dass die Pferde in Panik gerieten.

Durch Zufall erreichte sie den Rand der Klippe, während sie auf eine Lichtung traten. Sie zählte rasch und musterte die Herde aus dem Verborgenen.

Der Hengst war eindeutig zu sehen. Ein gutes Stück größer als die übrigen, und er bewegte sich wie der dreiste Bastard, der er auch war, wechselte den Standort, um Teile seiner Herde abzudrängen und sicherzustellen, dass keiner aus seiner Gefolgschaft zu weit zurückfiel.

Eine Stute der Gruppe war hochträchtig. Sie kam immer wieder an den Außenbereichen der Gruppe in Sicht, während sie sich an dem frischen Gras der Lichtung gütlich taten.

Die Stute bewegte sich langsamer als erwartet, und Karen beobachtete genau, wie sie ging, und fragte sich, warum.

Es war ihr Hinterbein. Sie benutzte es kaum, wenn sie sich bewegte. Mit dem zusätzlichen Gewicht des Fohlens fiel es der Stute schwer, mitzuhalten.

Die Flucht aus Silver Stone vor kurzem hatte die Sache vermutlich auch nicht verbessert, und Schuldgefühle machten sich breit.

Wildtiere standen immer vor schwierigen Herausforderungen. Hätte Karen sie nicht verjagt, gab es immer noch Pumas oder Kojotenrudel, die in der Gegend nach etwas zu fressen Ausschau hielten. Verletzte wurden im Reich der Tiere ständig entfernt.

Karen zog den Zügel zur Seite und führte Starlight weit genug weg, um die Herde nicht zu erschrecken, bevor sie schneller wurde und auf einem anderen Weg zum Häuschen zurückkehrte.

Sie hielt sich beschäftigt, denn es war leichter, auf Finn zu warten, wenn sie abgelenkt war.

Am Dienstagabend gab es etwas mit ihren Nichten unten in der Grundschule, obwohl es eher schon Folter als Ablenkung war, den Drittklässlern zuzuhören, wie sie Blockflöte spielten.

Trotzdem, es bedeutete, als der Mittwoch kam, war es mehr als ein paar Tage her, dass sie Finn gesehen hatte.

Zach hielt am Haus an, bevor sie ihre erste Tasse Kaffee getrunken hatte. „Finn hat eine Nachricht geschickt. Die Ärztin ist nach dem Mittagessen da, also wird Finn heute Vormittag nicht freigesprochen. Ich bin unterwegs nach Calgary, um etwas einzukaufen, bis er anruft, um mir zu sagen, dass er bereit ist. Rechne nicht damit, dass er noch vor dem Abendessen eintrifft.“

„Kein Problem“, sagte sie. „Bleibst noch da, wenn du ihn absetzt?“ Sie schenkte ihm ein trockenes Grinsen. „Vielleicht legt er sein bestes Verhalten an den Tag, wenn wir uns gemeinsam auf ihn stürzen.“

„Du hast ja mal Vorstellungen.“ Trotzdem zwinkerte er ihr zu. „Du weißt, dass es vermutlich heftig wird, sich mit ihm herumzuschlagen.“

Sie hielt inne, legte einen Arm um ihren Körper, bevor sie die Kaffeetasse in der Handfläche ihrer anderen Hand festhielt. „Hast du dir jemals was gebrochen, Zach?“

„Nein.“

Karen legte den Kopf in seine Richtung schief. „Er darf mürrisch sein, soviel er will. Zumindest anfangs. Später kriegen wir ihn schon dazu, dass er sich benimmt, aber wenn ich aus Erfahrung sprechen darf? Ich wette, er wird herkommen und so tun, als wäre alles ganz super. Verdammt, ich wette, irgendwann wird er um einen Kaffee bitten, wenn er sich eigentlich nur hinlegen und vierundzwanzig Stunden lang nicht bewegen will. Ich liebe meine Schwestern wirklich, aber Krankenschwestern sind arschig. Jedes Mal, wenn ich einschlafen wollte, ist jemand gekommen, um die Temperatur zu messen oder mir Blut abzunehmen. Oder man hat den Blutdruck gemessen und mir dann gesagt, dass ich mich entspannen muss.“

Daraufhin bekam sie ein echtes Lachen von Zach. „Ich wette, da hast du recht. Okay, wie wäre es damit? Ich bin sowieso in der Stadt. Warum besorge ich nicht was zum Abendessen, bevor ich Mr. Brummbär abhole?“

„Klingt nach einem guten Plan.“ Sie tauschte sich über ein paar Essensideen mit Zach aus, bevor er aufbrach und Karen sich an die Arbeit machte.

Falls sie einen Teil des Tages damit verbrachte, von Gedanken daran abgelenkt zu sein, dass Finn Marlette an diesem Abend im Schlafzimmer neben ihrem liegen würde, hätte sie das ihrer übermäßig aktiven Vorstellungskraft zugeschrieben, die offensichtlich in der ganzen Familie Coleman im Überschuss vorhanden war.

~

Finn war scharf darauf, das Krankenhaus zu verlassen, sobald er die Zustimmung der Ärztin erhalten hatte.

Eine Zustimmung unter Bedingungen. Sie schaute auf ihn herab, dieses winzige Ding, das nicht mal alt genug aussah, um mit der Highschool fertig zu sein, ganz zu schweigen davon, praktisch als Ärztin zu arbeiten.

Dr. Sydney Jeremiah stand hinter ihrem Klemmbrett und schenkte ihm einen elektrisierenden Blick. „Auf gar keinen Fall dieses Bein belasten. Das bedeutet, dass man in den nächsten sechs Wochen auch nicht unabsichtlich drauf tritt. Sie verstehen schon, dass das kein Vorschlag ist?"

Er wedelte mit einer Krücke in ihre Richtung. „Ich bin mir ziemlich sicher, genau darum haben Sie mir zwei von denen gegeben. Außerdem, in dem Winkel, in dem Sie mein Bein eingegipst haben, habe ich überhaupt keine Chance, irgendwohin zu gehen."

„Man stelle sich das nur vor." Ihr strenger Blick zeigte den kleinsten Hauch eines Lächelns. „Obwohl das auch der korrekte Winkel ist, um Ihre besondere Art des Bruches zu heilen, werden Sie mir später dankbar sein, dass Ihr Fuß so hoch über dem Boden ist. Ich schätze, ich habe gar keine Chance, dass Sie sich aus den Scheunen fernhalten, und vom Gips kriegt man den Mist nicht so leicht ab wie von Cowboystiefeln."

„Vielen Dank." Die Worte klangen mürrisch, aber er meinte es ernst. Er streckte die Hand aus und schüttelte ihre fest.

Es dauerte beinahe weitere vierzig Minuten, bevor Zach herkam, sodass Finn gerade mal genug Zeit blieb, um sich anzuziehen, wenn man diesen verdammten Gips bedachte.

Das hatte er vergessen, obwohl er eine seiner Jeans verstümmelt hatte, indem er sie am Oberschenkel abgeschnitten hatte, denn er musste trotzdem noch den Bund überhaupt erst mal über den Fuß bekommen. Mit dem starren Gips war er kaum beweglich genug, sich so weit nach vorne zu beugen. Es kam zu einem ziemlich komplizierten Gerangel, und bis er den Reißverschluss schließen konnte, schwitzte er schon. Ganz zu schweigen von den Schmerzen, die so stark aufflammten, dass er gar nicht vorhatte, sich einen Zentimeter weiter zu bewegen, als unbedingt nötig war.

„Willst du raus aus diesem Saftladen?" Zach kam ins Zimmer, er schob einen Rollstuhl. Er beäugte den weggeworfenen Jeansstoff, der aus dem Mülleimer ragte. „Sieht aus, als wärst du bereit zum Losrollen. Buchstäblich."

„Als Comedian würdest du es niemals schaffen", setzte Finn ihn unverblümt in Kenntnis.

Zach warf sich Finns Tasche über die Schulter und deutete auf den Rollstuhl. „Keine Widerworte. Ich schwöre, am Ausgang kannst du den fahrbaren Untersatz hinter dir lassen."

„Ich widerspreche doch nicht", fuhr ihn Finn an.

Sein Freund warf ihm einen mitfühlenden Blick zu, dann zuckte er mit den Schultern. „Ich schätze, du hast sehr viel mehr Schmerzen, als du hier zugeben würdest. Sag mir, ich soll die Schnauze halten, wenn ich anfange, dir auf die Nerven zu gehen."

Finn seufzte. Eine tolle Art, Zach seine Wertschätzung zu

zeigen, indem er ihm wegen nichts den Kopf abriss. „Du hast gar nichts getan. Es ist nur ..."

„Ich verstehe es. Ehrlich. Kein Grund, sich zu entschuldigen."

Es gab einen Grund, weshalb dieser Mann sein bester Freund war.

Irgendwie bekam Zach ihn auf den Sitz des Trucks und in eine Position, in der Finn nicht das Gefühl hatte, dass Eisdolche in seinen Schädel oder sein Bein fuhren. Als Zach die Musik leise anstellte und dann eine gute halbe Stunde lang kein Wort sagte, schloss Finn die Augen und ließ die Schmerzmittel durch seinen Körper rauschen.

Sein Handy klingelte.

Zach sagte leise: „Das ist dein Bruder. Du bist mit dem Truck über Bluetooth verbunden, falls es dir nichts ausmacht, dass ich mithöre."

„Geh ran. Du bekommst die schmutzige Wahrheit sowieso später zu hören."

Einen Augenblick später war Finns mittlerer Bruder in der Leitung. „Sieht so aus, als hättest du dir einen schlechten Zeitpunkt ausgesucht, um Kätzchen nachzujagen."

„Der wilden Bestie geht es gut, nach allem, was ich gehört habe", erwiderte Finn. „Hey, Duncan. Ich höre dich über Lautsprecher. Zach ist auch da."

„Hey, Zach. Soll ich dir eine Kiste Klebeband schicken, damit du meinen Bruder in nächster Zeit bremsen kannst?"

Zach lachte. „Ich glaube, wir kommen klar. Die Ärztin hat ihn so richtig fest eingeschnürt."

„Ein Gips am ganzen Bein", merkte Finn an. „Ich fahre oder reite gar nichts, vielleicht bis auf den Rollstuhl, und zwar eine ganze Weile nicht."

„Wie das, was Karen Coleman in dem Sommer hatte, als

wir auf Whiskey Creek waren?“ Duncan stieß einen leisen Pfiff aus. „Verdammt. Tut mir leid, das zu hören.“

„Es wird schon wieder.“ Finn schaute zu seinem Freund auf dem Fahrersitz. „Wie hast du gehört, dass ich verletzt wurde?“

„Nicht auf die Art, auf die ich es hätte hören sollen, Blödmann.“

„Das habe ich ihm auch gesagt“, setzte Zach Duncan nebenbei in Kenntnis.

Duncan schnaubte. „Ja, er wollte vermutlich nicht, dass ich mir Sorgen mache. Aber ich mache mir Sorgen. Pass bloß auf dich auf, Finn. Lass andere auf dich aufpassen. Ich weiß, dass es deinem sturen Wesen nicht entspricht, irgendwas anderes zu sein als selbstständig, aber wenn es nötig ist, ist Hilfe das Beste, was man auf der Welt kriegen kann.“

Komplizierte Gefühle wirbelten durch Finns Eingeweiden. Es war gut, zu hören, dass sein Bruder Hilfe als etwas Positives erwähnte. Aber die Tatsache, dass Duncan in seinem Leben schon so viel Mist hatte erdulden müssen, um Hilfe zu brauchen, machte Finn immer noch wütend. „Ich werde mein männliches Bestes geben, Hilfe anzunehmen, wenn sie mir angeboten wird.“

„Das werde ich mir merken. Wenn ich was anderes höre, bin ich angepisst.“ Ein grollendes Geräusch ertönte im Hintergrund. „Ich fahre auf die Wiegestation zu, also machen wir das lieber mal kurz. Überlass es nächstes Mal nicht Levi, mich wissen zu lassen, wenn was passiert. Und ich meine es ernst, dass du dich um dich kümmern sollst.“

„Schon verstanden“, sagte Finn zu ihm.

„Gut. Und Zach, immer schön, deine Stimme zu hören. Wenn sich mein Bruder in der Zukunft wieder wie ein Blödmann benimmt, erwarte ich, dass du es mich wissen lässt.“

Zach lachte daraufhin leise. „Ich leg dich auf Schnellwahl. Weiterhin gute Fahrt."

„Okay", meldete Duncan sich ab.

Finn starrte an die Decke des Trucks und versuchte, seine Welt wieder geradezurücken. Das war nicht das, was er sich für diesen Augenblick als Beschäftigung erhofft hatte, aber im Lauf der Jahre waren eine Menge unerwarteter Dinge passiert.

Im großen Zusammenhang war ein Beinbruch nur ein vorübergehender Aussetzer.

Er warf einen Blick auf Zach. „Tratsch bloß nicht bei meinen Brüdern, ohne mich erst zu fragen."

„Nimmst du mich auf den Arm? Natürlich habe ich es ihnen gesagt. Duncan ist so groß wie ein Kleiderschrank und Levis Kinder sind so süß, dass sie mich zu allem überreden können. Du bist nur mein bester Freund. Du hast sehr viel weniger Einfluss."

Finn schnaubte, das Geräusch wurde zu einem Stöhnen. „Bring mich nicht zum Lachen. Das tut weh."

„Wo wir gerade dabei sind." Zach warf eine Tüte auf das Armaturenbrett. „Ich habe deine Medikamente abgeholt. Komm dem Schmerz zuvor, oder du wirst es danach bedauern."

Etwas anderes als Schmerz stellte sich ein. „Meinst du, ich habe einen Fehler gemacht, als ich zugestimmt habe, in Karens Häuschen zu ziehen?"

„Deswegen machst du dir Sorgen? Nö, das ergibt total Sinn." Zach zuckte mit den Schultern. „Ich weiß, dass du ein Ziel im Sinn hast, wenn es um die Sache mit ihr geht, aber im Augenblick nimm den Rat deines Bruders an und mach dir Sorgen um dich und deine Genesung. Das ist alles, worum es wirklich geht. Wenn du in das Häuschen ziehst, macht das die Dinge für dich einfacher."

„Für Karen wird es die Dinge schwieriger machen", grollte Finn.

„Nur wenn du ein unhöflicher Bastard bist“, erwiderte Zach. „Sieh mal, ich weiß, dass du mit voller Kraft voraus möchtest, sobald du kannst. Ich habe kein Problem, wenn du immer wieder zwischendurch mit Aufgaben hilfst, die passen, während du dir Zeit zum Heilen nimmst. Und wenn ich jeden Morgen rüberkommen muss, um dir zu helfen, in deine Hose zu steigen, und sie dir abends auszuziehen, bin ich da. Es besteht keinerlei Verpflichtung von Karen.“

„Sei dir mal nicht so sicher, dass ich das nicht annehme. Es ist ein verdammter Albtraum, sich anzuziehen.“

„Das habe ich mich schon gefragt. Lass doch die Jeans sein und trag eine Jogginghose – wir kaufen dir eine, die groß genug ist, um über den Gips zu passen. Ich hab da auch dieses Greifwerkzeug gesehen, als ich online was gesucht habe, also habe ich dir eins bestellt. Das sollte morgen da sein.“ Zach warf ihm ein Grinsen zu. „Nur weil ich dir angeboten habe, dir beim Anziehen zu helfen, heißt das nicht, dass ich jeden Tag gleich so früh deine hässliche Fresse sehen möchte.“

Ob es die Schmerzmittel oder die ganze Erfahrung waren, Finn stellte fest, dass er ein wenig wacklig war, als ihm die Wahrheit entschlüpfte. „Ich bin froh, dass du mein Freund bist.“

Zach hüstelte sich in die Hand. „Verdammt. Ich muss mal ein paar von deinen Drogen probieren.“

„Arschloch.“

Neben ihm kicherte sein Freund mehr oder weniger vor sich hin. „Ich mag dich auch. Jetzt halt's Maul.“

Sie verbrachten den letzten Teil der Fahrt in gemütlichem Stillschweigen.

Zach parkte so, dass die Beifahrertür so nahe wie möglich auf dem Weg zum Häuschen war. Er ließ Finn mit seinen Krücken klarkommen und allein aus dem Truck steigen, und stürmte stattdessen den Weg hinauf, die Taschen in der Hand, während er mit den Fingerknöcheln an der Eingangstür klopfte. „Essenslieferung."

Das Gesicht eines Engels erschien, als Karen die Tür aufschob und sie hereinwinkte. „So ein Glück. Ich wollte schon das Dessert zuerst essen."

Finn schaffte es durch die Tür und ins Wohnzimmer, ohne hinzufallen, was eine ziemlich gute erste Leistung war. „Ich sehe kein Problem, wenn wir mit dem Süßkram anfangen. Gibst du mir einen Willkommenskuss?"

Zach schnaubte, ging aber weiter in den Küchenbereich.

Karen stellte sich Finn in den Weg, die Fäuste in die Hüften gestemmt, die Augenbrauen gehoben. „Entweder bist du grade ziemlich drauf, oder du fühlst dich besser als erwartet."

„Sagen wir doch, ich würde mich besser fühlen, wenn ich einen Kuss bekomme."

Ja, er bedrängte sie, aber ...

Mist. Er bedrängte sie.

Er schaute ihr in die Augen. „Das sollten wir vermutlich auf die Medikamente schieben."

Aber sie kam näher, ihre Körper berührten sich gleich, und sie hob ihre Lippen zu seinen. „Willkommen zu Hause."

Die Verbindung war rasch vorbei und nicht annähernd so vertraut, wie er sie herbeisehnte, aber es war süß. Sowohl der Kuss als auch das Gefühl, und er war im Augenblick zufrieden damit, es hinzunehmen.

Sie trat zur Seite und bedeutete ihm, er solle vorkommen. „Komm schon. Wir füttern dich, und dann kannst du zusammenbrechen. Wenn du mir diesen Ausdruck verzeihst."

Ein Kätzchen raste durch den Raum, duckte sich unter einen Stuhl, um ihn anzustarren. Er lächelte, ließ das Wesen aber vorerst allein.

Finn setzte sich an den Tisch, als ihm klar wurde, dass das

Häuschen nicht mehr so war wie beim letzten Mal, als es gesehen hatte. Noch während Zach das Lieferessen auf den Tisch stellte, schaute sich Finn im Zimmer um, um die Veränderungen einzuordnen.

Er wandte sich zurück zu Karen. „Du hast Möbel rausgebracht."

Sie nickte. „Und einen großen Teppich. Es war zusätzliches Zeug, das ich nicht wirklich gebraucht habe. Ich erinnere mich noch, dass es ganz furchtbar war, in unserem vollgestellten Wohnzimmer durchzukommen, als ich meinen Gips hatte. Ich bin immer wieder an Sachen gestoßen, und das ist nicht nur schrecklich für die Möbel, sondern es fühlt sich auch nicht gut an."

Aber ihr Wohnzimmer war genauso geblieben, die ganze Zeit über, während sie den Gips getragen hatte, denn keiner hatte daran gedacht, die Sache für sie in Ordnung zu bringen.

Bedauern stellte sich ein, aber er schob das Gefühl zur Seite, denn die einzige Art, wie er es ihr vergelten konnte, war hier und jetzt. „Danke."

Das Essen schmeckte nicht nach sonderlich viel. Er tat sein bestes, aber nachdem er die Dinge auf seinem Teller herumgeschoben hatte, war Finn zwei Schritte davon entfernt, direkt hier am Tisch einzuschlafen.

„Geh eine Weile ins Bett", schlug Zach vor.

Finn versuchte, sich wieder wachzuschütteln. „Mir geht's gut. Vielleicht eine Tasse Kaffee."

Das schien nicht die Art Bemerkung zu sein, die Zach und Karen zum Loslachen bringen sollte, doch das tat sie.

Karen kam dicht genug zu ihm, um ihm eine Hand auf die Schulter zu legen. „Genauso, wie ich weiß, dass es ohne die zusätzlichen Möbel besser gehen wird, weiß ich, dass du jetzt gerade keine Tasse Kaffee brauchst." Ihre Stimme wurde weicher, ihr Blick sanft, aber trotzdem beharrlich. „Hör auf, dich zu wehren, Herzchen, und mach das Richtige. Komm und leg dich hin."

Für einen heftig unabhängigen Menschen wie Finn war es ein harter Schlag fürs Ego, Hilfe anzunehmen, um sich aus dem Stuhl zu erheben und den Gang entlang zu gehen.

Als Karen ihn in das große Schlafzimmer führen wollte, stutzte er, eine seltsame Mischung aus Hoffnung und Verwirrung fraßen sich durch sein Gehirn.

„Das ist dein Bett." Was auch genau dort war, wo er sein wollte, aber nicht in seinem derzeitigen Zustand.

„Jetzt nicht mehr", sagte sie. „Sein Zeug ist auf dem Stuhl in der Ecke, Zach. Ruf mich, wenn du Hilfe brauchst."

„Mache ich." Die fröhliche Antwort seines Freundes hallte durch Finns Gehirn wie ein Tischtennisball, der außer Kontrolle geraten war. „Komm schon, Mann. Du siehst aus wie der wandelnde Tod. Lass mal locker, und ich helfe dir, dich bettfertig zu machen."

Zwischen dem Zeitpunkt, in dem er das Bad betrat, und bis er flach auf der Matratze lag, entschlüpften ihm eine Menge Einzelheiten. Er hörte Zach und Karen reden, aber es war sehr viel leichter, die Augen zu schließen und dem Rauschen des Blutes in seinen Ohren zu lauschen.

Er fühlte sich beschissen, und er verabscheute die Tatsache, dass er Karens saubere Bettwäsche durcheinanderbrachte, aber er schaffte es nicht, irgendwelche Worte zu äußern.

Die Bettkante senkte sich leicht, und Karens süßer Duft umgab ihn. Er atmete tief ein, um so viel davon zu bekommen wie möglich, denn falls es ein Traum war, war es ein ziemlich guter Anfang.

„Keine Ahnung ..." Er zwang die Worte heraus, versuchte, wach zu bleiben.

Finger lagen auf seinem Gesicht. „Entspann dich. Wir reden morgen.“

Es schien wichtig, dass er es aussprach. „Ich hatte keine Ahnung, was du durchgemacht hast. Ich dachte, ich hätte es gewusst. Aber Teufel auch. Ich werde das für dich wiedergutmachen, *chérie*. Jedes kleine bisschen.“

„Pssst. Schlaf jetzt.“

Eine weitere sanfte Bewegung an seinem Kinn, und dann seine Wange hinab. Die Hand landete auf seiner Brust. Er nahm ihre Finger zwischen seine und drückte sie sanft, hielt sie einfach nur fest.

Hielt sie nahe bei sich, genau, wo er sie brauchte.

11

Finn: *Wie fühlst du dich heute? Ich wollte gestern gar nicht gehen.*

Karen: *Ich bin erstaunlich gut ausgeruht. Jemand hat mich so richtig durch die Mangel genommen, und ich habe geschlafen wie ein Stein.*

Finn: *War mir ein Vergnügen.*

Karen: *Ach, ich habe doch den anderen Typen gemeint, der durch mein Fenster eingestiegen ist, nachdem du weg warst.*

Finn: *Vorsicht … oder ich weigere mich nächstes Mal, dein Bett zu verlassen.*

Karen: *Wenn du in meinem Zimmer erwischt wirst, wäre es echt schwer, diese Affäre geheim zu halten. Ich brauche keine Übernachtungspartys. Ich bin nur froh, dass du nicht aufgegeben hast wegen meines dummen gebrochenen Beins.*

Finn: *Du hast doch keine Ahnung. Jetzt, wo ich dich geschmeckt und berührt habe – dich gefickt habe –, glaubst du, da hält mich ein verdammter Gips ab, jeden Augenblick zu genießen, den wir finden können?*

Karen: *Das ist versaut. Und heiß. Und du hast da tolle Arbeit geleistet. Ich wünschte nur, du müsstest nicht arbeiten, das ist alles.*

Finn: Ma chérie, *für das Privileg, dich zu entkleiden, arbeite ich noch an viel mehr als nur einem einfachen Gips.*

~Spätsommer, Whiskey Creek Ranch~

~

Sie hatte am nächsten Vormittag einen Termin. Es hatte aber vermutlich sein Gutes, denn das letzte, was Finn wollen würde, war, wie ein Baby behandelt zu werden.

Allerdings stand sie zu lange im Eingang zum großen Schlafzimmer, sah auf sein von Bartstoppeln bedecktes Kinn hinab. Sein Körper war entspannt, einen Arm hatte er über den Kopf gelegt. Die Laken waren über dem unförmigen Gips zerknäult, seine nackte Brust war zum Teil entblößt.

Er sah nicht ganz behaglich aus, aber das stand ja zu vermuten.

Sie schlich sich hinein und glättete die Decken, so gut sie konnte, ohne ihn zu stören, dann brach sie auf.

Die drei Vorstellungsgespräche, die sie für diesen Vormittag geplant hatte, waren kaum erledigt, als auf ihrem Telefon eine Nachricht summte.

Julia: *Hast du Zeit zum Mittagessen?*
Karen: *Ich bin schon in der Stadt.*
Julia: Buns and Roses?
Karen: *Bin in zehn Minuten da.*

Sie machte sich nicht die Mühe, mit ihrem Truck zu fahren, sondern ging von der Bibliothek, in der sie das dortige Equipment für eine Videokonferenz genutzt hatte, zum gemütlichen Kaffee.

Karen winkte Tansy zu, die hinter dem Tresen arbeitete, dann setzte sie sich neben Julia an einen der kleinen Tische.

„Machst du die Frühschicht fertig, oder bist du bereit, spät anzufangen?", fragte Karen.

Julia wirkte interessiert. „Es ist ziemlich faszinierend, dass du weißt, dass du diese Frage stellen musst. Ich bin unterwegs zu einer Nachtschicht. Ich bin früher aufgewacht, als ich wollte."

„Dann besorgen wir dir lieber mal Kaffee. Frühstück für dich, Mittagessen für mich."

„Da Pizza für jede Tageszeit das perfekte Essen ist, wollen wir uns doch nicht darüber streiten, wie wir es nennen." Julia neigte den Kopf zu der Tafel, auf der das Tagesangebot stand. „Geht auf mich. Was immer du willst. Ich nehme den Pizza-Bagel."

„Lass mich bestellen. Ich muss mal kurz mit Tansy reden."

Sie waren früh genug dran, dass der Andrang zum Mittagessen noch nicht da war, sodass Karen Zeit hatte, ihre Bestellung aufzugeben und dann einen Sonderwunsch zu äußern. „Beim Mädelsabend nächsten Monat. Wie meinst du, würden alle dazu stehen, eine Mondscheinwanderung zu unternehmen?"

Tansys Augen wurden groß, bevor sie sich den Finger auf

die Lippen legte. „Behalt das bloß für dich, oder Rose wird den ganzen nächsten Monat quietschen."

Das klang positiv. „Ich nehme an, ihr haltet das also für keine schreckliche Idee."

„Gar nicht. Es ist eine fantastische Idee. Auch wenn einige von euch viel Zeit im Sattel verbringen, glaube ich nicht, dass sich jemand beschweren wird."

Karen nickte. „Ich werde noch ein wenig brauchen, um die Einzelheiten hinzukriegen, aber wir können einen Testlauf für einen Weg machen, den ich vielleicht für Finns Ranch nutzen will."

„Reden wir doch diesen kommenden Monat drüber – dahin ist es übrigens ab Montag noch eine Woche. Ich glaube nicht, dass jemand damit ein Problem hat." Tansy fing mit ihren Kaffees an. „Wie laufen denn die Dinge auf der Ranch? Ist Finn zurück und übertreibt es schon wieder?"

„Nur zurück. Er hatte noch keine Zeit, mit dem Übertreiben anzufangen."

„Das wird er", sagte Tansy zuversichtlich. „Ich wette, Zach muss sich auf ihn draufsetzen, um ihn zu bremsen."

Das war keine Wette, die einer von ihnen angenommen hätte. „Du hast dich zu lange mit Lisa rumgetrieben", sagte Karen zu ihr.

Sie wartete, bis die Kaffees fertig waren, brachte sie zurück an den Tisch, wo sich ihnen Julias Boss Brad anschloss.

„Ich störe euch nicht lang", sagte er.

Karen tat den Kommentar ab. „Schon in Ordnung. Es hat doch keinen Sinn, in der Tür zu stehen und so zu tun, als würdest du uns nicht kennen, während du drauf wartest, dass deine Bestellung fertig wird."

Ein großes, dümmliches Grinsen trat auf sein Gesicht. „Na, ich wüsste nicht, dass ich irgendwem was vorgespielt hätte. Ich meine, du bist noch gar nicht so lange der Stadt. Und

Julia und ich arbeiten erst seit April zusammen. Vorher hatten wir einander über ein Jahr lang nicht gesehen."

Julia verdrehte die Augen, beugte sich vor und sprach mit verschwörerischem Unterton. „Wir kennen einander so gut. Ich beweise es. Diese kleine Runde Cluedo, das wir kürzlich gespielt haben. Weißt du noch?"

Brad versteifte sich.

Karens Schwester pflügte trotz seiner unbehaglichen Körpersprache weiter. „Du weißt doch noch, als deine süße Verlobte dich mit einem Kuss getötet hat?"

Er sagte gar nichts, und einen Augenblick lang machte Karen sich Sorgen, dass das vielleicht in eine seltsame Richtung ging, aber Julia lächelte so breit, dass es gar nichts Schreckliches sein konnte. „Erzähl mal, Brad. Wie viele Leute hast du tatsächlich ausgeschaltet, bevor du Hanna als Ziel bekommen hast?"

Es dauerte einen Augenblick, bis Karen begriff, was Julia da nahelegte. „Moment mal. Ich erinnere mich nicht, dass jemand gesagt hat, er wäre von Brad ausgeschaltet worden. Das bedeutet ..."

„Genau. Das bedeutet, dass Brad Hannas Namen von der ersten Minute des Spiels an hatte und niemals auch nur einen Versuch gemacht hat, sie umzulegen." Julia lehnte sich zurück und verschränkte die Arme vor der Brust. „Und genau das hätte ich auch von dir erwartet, Mr. Ritter in der glänzenden Rüstung."

Er wirkte unbehaglich und schaute sich um, um sicherzustellen, dass niemand ihrer Unterhaltung lauschte. „Ist ja nicht so, dass ich das Spiel nicht gewinnen wollte, aber ich hatte Spaß, mit meinen Freunden zusammen zu sein, und habe irgendwie verpasst, wie die Zeit vergeht. Außerdem war es ehrlich unterhaltsam, zuzuschen, wie Hanna sich rumschleicht und alle überrascht."

Karen wollte wegen der klebrigen Zuckrigkeit dieser Anmerkung sterben. „Du bist furchtbar", sagte sie zu Brad.

„Ich bin verliebt", warf er zurück. „Das treibt einen zu allen möglichen Dingen." Die Aufrichtigkeit, mit der er das sagte, erschütterte sie bis in die Zehenspitzen. Dass sie Julia beobachtete, die sich tierisch freute, weil sie recht gehabt hatte, half Karen, zu verhindern, dass ihre Gedanken auf einen gefährlichen Weg schlitterten.

Brad blieb ein paar Minuten, bevor Tansy rief, dass seine Bestellung fertig war. Er schaute zwischen ihnen beiden hin und her. „Julia, ich sehe dich dann, wenn deine Schicht anfängt. Karen, ich hoffe, du hast einen tollen Tag."

Er brach auf, um sich zwei große Tüten von Tansy zu holen, schob die Tür mit der Schulter auf und ging in einen wunderschönen sonnigen Tag hinaus.

Julia sah ihm nach, eine seltsame Miene auf ihrem Gesicht.

Karen stutzte. „Was ist los?"

Ihre Schwester schüttelte den Kopf, als würde sie einige Gedanken verdrängen. „Ich schieb nur ein paar Erinnerungen zur Seite, die sich benehmen müssen."

Was faszinierender war als eine echte Antwort.

Sie genossen ihre Mahlzeit zusammen, dann war Karen unterwegs zurück zur Ranch, während Julia in Richtung Feuerwehr aufbrach, um sich auf die Arbeit vorzubereiten.

Während des Monats, den Karen auf der Ranch verbracht hatte, hatten sich bereits große Veränderungen ergeben. Alle Außengebäude, die nicht gerettet werden konnten, waren abgerissen. Die brauchbaren Teile waren geborgen und in einem Bereich hinter der großen Scheune gelagert worden. Der Rest war zu Haufen aufgestapelt, bereit, verbrannt zu werden.

Eine Gruppe stand dort versammelt, wo sich das Freudenhaus befand. Karen ging über den Hof, um nicht nur Finn und Zach zu finden, sondern ein halbes Dutzend der

Arbeiter, darunter auch den Vorarbeiter, der angeheuert worden war, um den eigentlichen Bau zu beaufsichtigen.

Cody Gabrielle sah sie und ließ ihr ein leichtes Nicken zu kommen, noch während er weiter mit seiner Mannschaft redete. Die Bewegung reichte aus, um Finns Aufmerksamkeit auf sich zu ziehen, und er drehte sich auf der Stelle, die Krücken unter den Armen und einen erschöpften Ausdruck im Gesicht.

Zach winkte sie herüber. „Ich brauche auf jeden Fall deine Hilfe."

Die Arbeiter gingen an ihr vorbei, unterwegs in die andere Richtung. Einer der neuen Typen scherzte mit ihr, leise genug, dass eine Stimme nicht zu hören war, doch laut genug, dass ihr sein schmutziger Kommentar nicht entgehen konnte.

Eine weitere Freude, wenn man mit größtenteils männlichen Belegschaften arbeitete.

Es war das Beste, es gleich im Keim zu ersticken. Sie machte auf der Stelle kehrt und stieß einen scharfen Pfiff aus. „Hey."

Die ganze Mannschaft blieb stehen, warf Blicke über die Schultern.

„Noch so ein Kommentar über meinen süßen Hintern, oder ein Versuch, ihn anzufassen, und du hast meinen Stiefel da, wo die Sonne niemals scheint. Verstanden?" Sie funkelte den an, der etwas gesagt hatte.

Sein Gaffen löste sich in Luft auf, und sein Blick huschte zwischen ihr und seinem Vorarbeiter hin und her.

Mist. Sowohl Cody als auch Zach hatten die Szene gesehen.

Und Finn.

Karen drehte sich um und ging, ohne auf eine Antwort zu warten, denn der nächste Schritt war, die Situation zu entschärfen, wenn es sich ergab.

„Hey, Jungs. Zach, was willst du denn wissen?" Sie hielt ihren Tonfall absichtlich locker.

Cody wischte sich mit der Hand über den Mund und warf seiner Mannschaft einen Blick zu, die plötzlich Flügel bekommen hatte und rasch weiterging, um mit der Aufgabe anzufangen, die man ihnen zugewiesen hatte.

Zach drückte mit der Hand zu, die auf Finn Schulter lag, dann wandte er Karen seine ganze Aufmerksamkeit zu. „Wir haben eine Idee, wollen sie aber erst mal dir vorstellen. Sieht so aus, als wäre das Bordell – weil es ja keinen besseren Ausdruck gibt – zum größten Teil baulich stabil. Nur dieser eine Teil hatte ein Problem. Cody hat vorgeschlagen, dass wir das Gebäude Entkernen und dann als so eine Art Reihenhausunterkunft neu ausstatten. Das könnte ziemlich gut bei Singles laufen, die raus auf die Ranch kommen wollen."

„Ihr eigener Raum in einer Cowboy-Schlafbaracke", fügte Cody an.

Das klang nach einer tollen Idee. Sie hielt inne. „Wenn ihr das hinkriegt, ohne die Stabilität zu gefährden, klingt das nach einem guten Plan. Wozu braucht ihr denn meine Meinung?"

„Glaubt ihr nicht, dass es ein Problem ist, dort neu zu bauen, wo wir einen Unfall hatten?", fragte Cody offen.

Karen warf einen Blick auf Finn. Er funkelte immer noch die Arbeiter an, die fleißig Nägel in neue Bodenplatten für Hütten schlugen. „Finn. Hast du ein Problem damit? Ich glaube nicht, dass da noch übriges Pech herumhängt."

Er schaute ihr in die Augen. „Solange das für dich in Ordnung ist."

Sie würde ihn vom Haken lassen, weil er verletzt war und so weiter. „Wenn da noch irgendeine geisterhafte Energie um das alte Bordell schwebt, dann wäre sie doch bestimmt sexuell aufgeladen. Vielleicht können wir uns auf diesen Teil konzentrieren", scherzte sie.

Zachs Gesicht machte eine Reihe von Verzerrungen durch, und einen Augenblick lang dachte Karen, er würde einen Anfall bekommen.

Stattdessen nahm er sie an der Hand und drückte sie begeistert. „Du bist ein Genie."

„Ääähm, danke?" Karen zog ihre Hand weg und drängte sich näher an Finn. Ein Teil seiner Steifheit hatte sich gelöst, als sie sich dicht an ihn lehnte und gespielt flüsterte: „Was ist denn mit Zach?"

„Das ist die ewige Frage." Finns Stimme war heiser, von Schmerzen durchwirkt.

„Die Antwort darauf, wie wir diesen Ort nennen sollen", warf Zach ein. „Ich meine, echt jetzt. Du hast mir all die fantastischen Namen madig gemacht, die ich dir hingeworfen habe, aber jetzt ist es mir klar. Du hast darauf gewartet, dass dieser perfekte Augenblick kommt."

Finn lehnte sich zurück an den Stützpfeiler in eine Position, an die Karen sich nur zu gut erinnerte, weil sie sie auch benutzt hatte, wenn ihr ganzer Körper gepocht hatte.

Trotzdem verschränkte er die Arme und wandte seinem Freund seine volle Aufmerksamkeit zu. „Lass hören. Ich weiß nicht, warum, aber wir hören zu."

„Wir müssen auf der Suche nach einem Namen etwas aus der Vergangenheit dieses Ortes nutzen. Die Rotlicht-Ranch. Der Pinke Posten. Gerties Tanzstube."

„Lieber Gott, nicht Gertie", sagte Cody schnell. „Ich hatte eine Tante Gerti. Sie hatte nur eine Augenbraue."

Karen stutzte. „Eine ... Augenbraue?"

Cody hielt sich einen Finger über beide Augen. Er schüttelte den Kopf, bevor er nachdenklich wirkte. „Und vielleicht nicht etwas ganz so Plattes wie *Rotlicht*, aber der Gedanke, rot oder purpur im Namen zu benutzen, gefällt mir."

„Red Boot Ranch?", fragte Finn.

„Das ist es. Genau *das* haben wir gebraucht", sagte Zach mit überschwänglicher Begeisterung. Er warf einen Blick auf Karen. „Was meinst du? Es ist genial als Marke, aber es ist nicht wirklich schmutzig, außer die Leute wollen in der Geschichte herumwühlen."

Sie verstand seine Aufregung, legte ihre Finger um die von Finn. „Ich finde, das ist ein toller Name. Suchen wir erst mal danach, um sicherzugehen, dass wir nicht innerhalb von hundert Meilen mit irgendeiner anderen Red Boot Ranch loslegen. Aber wenn nicht, dann finde ich es ziemlich süß."

Ein genervtes Seufzen kam von Finn, aber er zwinkerte ihr zu. „Okay. Wenn es funktioniert, haben wir einen Namen. Willkommen auf der Red Boot Ranch."

Es war gerade mal zwei Uhr, und er war fertig.

Während Finn sich langsam über den Hof und hinauf zum Häuschen begab, brüllten Teile seines Körpers vor Schmerzen, die er nicht erwartet hatte.

Er schaffte es bis zum Wohnzimmer, bevor ein kleiner Ball aus weißem Flausch die Socke angriff, die seinen unverletzten Fuß umhüllte. Im nächsten Augenblick hatte der kleine Dämon alle vier Krallen in die dicken Maschen geschlagen, die Glieder weit von sich gestreckt, um das Gleichgewicht zu halten, während Finns Bein herumschwang.

Es war wie ein Elefant, der von einer Maus angegriffen wurde, und trotz seiner Schmerzen und Erschöpfung stellte Finn fest, dass ein Lachen heraus wollte.

„Bestie."

Er zog einen Küchenstuhl heraus und ließ sich darauf nieder. Sobald sein Fuß auf dem Boden stand, kam das

Kätzchen nach oben, kletterte an Finn herauf wie an einem Kratzbaum.

„Ach, Teufel nein. Bloß das nicht." Finn schnappte sich das Tier am Nacken, bevor es die Krallen in Finns Lende schlagen konnte. Er hielt das Kätzchen vor seinem Gesicht in die Luft.

Das Tier schwang winzige Pfoten und gab liebenswerte knurrende Miau-Töne von sich.

Finn kicherte. „Wir hätten dich Marshmallow nennen sollen. Du bist süß genug, dass man einen Schock kriegt."

Er kraulte das kleine Ding unter dem felligen Kinn und schmiegte das Kätzchen dann an seine Brust. Eine Hand hielt er über seinen Körper, um es dicht bei sich zu halten, und bevor Finn es sich versah, schnurrte das Kätzchen und schmiegte sich an sein Hemd.

„Na, das ist ja mal ein Anblick" Karen stand in der Tür, ein sanftes Lächeln auf den Lippen. „Ich habe mich schon gefragt, was in dich gefahren ist, aber jetzt ergibt alles einen Sinn. Du wusstest, dass Dandy Kuscheleinheiten braucht."

„Man kann ihn doch nicht einsam werden lassen", sagte Finn grummelig.

Ihr Kopf lag schief, während sie ihn musterte, offensichtlich die Hinweise auf Schmerz in seinem Körper interpretierte. Aber sie sagte nichts, während sie in die Küche ging.

„Willst du was trinken?"

Bei Gott, er wollte einen Drink. „Da ich annehme, Alkohol steht nicht zur Auswahl, hast du Saft?"

„Kein Problem." Sie stellte zwei Gläser auf den Tresen und wühlte im Kühlschrank, während sie das Thema plötzlich wechselte. „Dir ist schon klar, dass ich als Frau die ganze Zeit über mit ziemlich ungehörigen Kommentaren zu tun habe, oder?"

Finn wusste es, aber es gefiel ihm überhaupt nicht. „Das solltest du nicht."

„Da stimme ich hundertprozentig zu, aber das ist meine Wirklichkeit, und ich sehe nicht, dass es sich über Nacht ändern wird. Was allerdings hilft, ist, wenn ich ziemlich schnell dagegen vorgehe. Das ist alles, was ich getan habe, und neun von zehnmal braucht es auch nicht mehr. Zumindest in dieser Art Aufstellung, wo wir regelmäßig zusammenarbeiten."

„Was es mit dem einen von zehn, der nicht weiß, wann es reicht?" Finn nahm das Glas, das sie ihm gab. „Ich will hier keine Arschlöcher arbeiten lassen, die nicht wissen, wann ein Nein ein Nein ist."

„Wenn wir so einen Typen hier kriegen, schwöre ich, ich sage es Cody, und er wird seine Aufgabe erledigen und sich darum kümmern. Aber ich werde dich niemanden für einen unhöflichen Kommentar feuern lassen, der auf seinem Arschlochmessgerät nicht mal für einen kleinen Ausschlag sorgt, weil er recht mild war, verglichen mit dem, womit man auf einer anderen Ranch davonkommt." Karen saß inzwischen auf einem Stuhl ihm gegenüber, ihre Miene wurde weicher. „Gefällt es mir, dass ich mich damit herumschlagen muss? Nein. Aber es ändert sich was. Langsam, *verdammt* langsam in der landwirtschaftlichen Welt, aber es passiert."

Finn schaute in das Glas Orangensaft, das sie ihm gereicht hatte. „Ich mag keine Mobber oder Leute, die jemanden belästigen. Mochte ich noch nie."

Sie ließ eine Hand auf sein heiles Knie gleiten. „Ich wusste das vom ersten Augenblick an über dich, als du meinen Cousin gewarnt hast, weil er nur ein bisschen lästig war. Du bist einer von den Guten, Finn Marlette."

Hätte er nicht beide Hände voll gehabt, hätte er seine Hand auf ihre gelegt. Stattdessen sah er, wie ein erheitertes Funkeln in ihren Blick trat.

Sie nahm das Kätzchen von Finns Brust und setzte es dann in eine Kiste in der Ecke des Raumes. „Wenn ich schon alle Regeln breche und vorübergehend mal ein Tier im Haus erlaube, dann lernst du auch, dich zu benehmen", setzte sie das kleine Tier in Kenntnis.

Zweimal versuchte Dandy, herauszukommen, und zweimal setzte sie ihn zurück in dieselbe Position. Jedes Mal streichelte sie ihn ein bisschen, und sobald er sich entspannt hatte, gab sie ihm einen Leckerbissen.

Er öffnete den Mund zu einem winzigen Gähnen, dann legte er den Kopf auf den Schwanz und schlief ein.

Karen ließ sich gegenüber von Finn nieder. Im Raum wurde es einen Augenblick lang still, bevor die Neugier in ihre Augen trat. „Erzähl mir etwas über die Zeit, in der du weg warst."

Die ganze Situation mit seiner Familie blitzte in seinen Gedanken auf, aber auf gar keinen Fall war er jetzt zu dieser Unterhaltung fähig.

Aber Bruce?

Er lehnte sich in seinem Stuhl zurück und starrte aus dem Fenster, während er nachdachte. „Eines der größten Dinge, die passiert sind, war ein Treffen mit dem Mann, der für mich und Zach zum Mentor wurde. Bruce Travers. Verdammt guter Mann, kreativ und innovativ. Jemand, der durchaus Risiken einging, aber sehr geerdet und freundlich."

Sie stützte sich auf die Ellbogen. „Inwiefern war er für euch ein Mentor?"

„Er hat uns was übers Geschäft beigebracht. Wie man investiert, welche Risiken man eingehen sollte, wann es besser ist, die Biege zu machen, was Neues zu probieren." Finn nippte an seinem Getränk, während er nachdachte. „Stell dir jemanden vor, der so ziemlich alles über Pferde weiß und dir die Gelegenheit anbietet, ein paar Jahre lang mit ihm zu arbeiten. Du weißt nicht mal, was du nicht weißt, aber im Lauf der Zeit verstehst du allmählich, dass es mehr ist als eine Liste mit Ja und Nein. Es ist wie ein Gedicht oder ein Lied, mit einem Rhythmus und einer Melodie, wenn man ein Unternehmen besser macht oder jemanden überzeugt, dass das, was du im Sinn hast, genial ist."

„Klingt, als wäre er mehr gewesen als nur ein Lehrer fürs Geschäftliche."

Finn nickte. „Er war ein Freund. Er half mir, mit einer Menge fertig zu werden. Hat mir auch eine Menge beigebracht. Zach auch."

Er hätte stundenlang über Bruce reden und ihn niemals genug in den Himmel loben können, aber das würde ein andermal passieren müssen. So nett es war, hier zu sitzen und sich mit ihr auszutauschen, er war an seiner Grenze angekommen.

„Karen? Tust du mir einen Gefallen?"

„Hmmm?"

Es war dumm, wie schwer es war. „Kannst du mir das Schmerzmittel reichen?"

„Kein Problem." Sie ging an ihm vorbei und zur Rückseite des Hauses, ließ unterwegs die Finger über seine Schulter streichen.

Kurz danach war sie wieder da, die Tablette in ihre Handfläche und eine Flasche Öl in der anderen.

„Ich glaube nicht, dass das eine gute Kombination ergibt", sagte Finn gedehnt.

Ein Lachen drang von ihr heran, während er die Tablette nahm und sie mit dem Rest des Safts hinunterspülte. „Du brauchst eine Massage, und ich habe kein Massageöl. Außer du willst Immergrün-Fußsalbe auf deiner Brust und deinen Armen."

Sein Verstand war zu betäubt, um richtig zu denken.

Bedeutete das, was er glaubte, dass es bedeutete? Lieber Gott, ihre Hände auf seinem Körper ...

Er entschied sich, ganz locker zu bleiben. „Lass das Immergrün. Ich nehme lieber das Babyöl."

Sie nahm sich ein Handtuch von ihrer Schulter, bedeutet ihm, auf seinem Stuhl nach vorne zu rücken. „Zieh das Hemd aus. Ich lege das hinter dich, wenn du dich also zurücklehnen wirst, hast du was Weiches zwischen dir und der harten Stuhllehne."

Nur der Gedanke, dass sie ihn berührte, sorgte hier für ganz andere harte Dinge.

Dass er langsam herumrückte, damit er sich nicht den Blutfluss in die Lende abschnitt, bedeutete, dass er die Knöpfe zu langsam für sie öffnete. Entweder das, oder sie hatte es völlig darauf abgesehen, ihn teilweise auszuziehen, denn sie schob seine Hände weg. Einen Augenblick später hatten kompetente Finger sich über die verdeckte Knopfleiste seines Hemdes nach unten bewegt.

Er machte gehorsam mit, während sie ihm das Flanellhemd von den Schultern schob, es von seinen Armen nahm. Er griff über den Kopf, um das Unterhemd darunter zu nehmen, zog es in einer einzigen Bewegung nach vorne und aus dem Weg.

„Verdammt, Finn." Sie zog den Stuhl näher, ihre Finger glitten über die blauen Flecken auf seinem Oberkörper. Über den langen Strich, wo ein gezacktes Brett durch alles durchgekratzt und eine gerötete Erhebung hinterlassen hatte, die roten Ränder gingen in schreckliches Grün und Blau über.

Es war Himmel und Hölle, dass sie ihn mit langsamen, vorsichtigen Berührungen streichelte. Sie gab sich das Babyöl auf beide Handflächen, rieb sie aneinander, dann legte sie sie auf seinen Bizeps.

Anfangs langsam, dann mit mehr Druck, während sie die verspannten Stellen fand, massierte Karen ihm die Arme, die

Schultern, den Nacken. Lange, flüsternd leichte Streiche, Haut an Haut, gefolgt von der Gefühlsmischung aus Schmerz und Freude, während sie die Daumen in seine geschundenen Muskeln bohrte.

Es fühlte sich alles spektakulär an, selbst wenn es wehtat. Und wie pervers war das denn? Es war ihm egal, dass er durch die Bank stöhnte, er wollte nur, dass sie ihn weiter berührte.

„Du bringst mich um", flüsterte er.

„Du hattest eine schwierige Woche", sagte Karen zu ihm. „Es ist in Ordnung, dich von jemandem umsorgen zu lassen."

Er wollte das nicht vermasseln, aber er wollte auch ehrlich sein. „Ich will dich umsorgen. Auf jede erdenkliche Art. Es gibt mir das Gefühl, dass ich in diesem Job hinterherhechele, weil ich so viel Hilfe brauche."

„Das haben wir doch schon besprochen. Wenn du in drei Wochen immer noch faul auf dem Hintern sitzt, dann unterhalten wir uns. Jetzt im Augenblick gibt es noch die blauen Flecken, und du bist vollgestopft bis an die Kiemen mit Schmerzmitteln. Mach doch mal Pause", sagte sie streng.

„Das reicht nicht", wiederholte er. Er musste aufhören, zu widersprechen, denn offensichtlich waren Karen und Zach auf derselben Schule der Sturheit gewesen. „In drei Wochen von jetzt, wenn ich immer noch ein kaputtes Häufchen Elend bin, gibst du mir einen Arschtritt hier raus."

Sie trat hinter ihn, ließ die Hände an seinem Rückgrat hinabgleiten, sodass eine Gänsehaut entstand. „Abgemacht."

Er stützte einen Arm auf seinen Oberschenkel und den anderen auf den Tisch und ließ ihre Hände in dieser sehnsüchtigen, sinnlichen Art über seinen Oberkörper streifen. Es war sanft und nett, wie unter Freunden. Sie kümmerte sich um seinen Schmerz. Aber es war eine Erinnerung an Augenblicke in jenem lang vergangenen Sommer, als sie einander ausgezogen hatten, begierig darauf, zusammenzukommen.

Oder die paar Male, als der Sex langsam gewesen war. Das war nur selten und in großen Abständen passiert, gestohlene Augenblicke, in denen sie sicher gewesen waren, dass niemand sonst in der Gegend war. Lange, intime Ereignisse, bei denen sie sich berührt und geküsst und verbunden hatten, bis sie keuchten und zutiefst befriedigt wurden.

„Wenn in drei Wochen deine Hände auf mir liegen, dann beruht das besser mal auf Gegenseitigkeit." Die Worte kamen rau aus seiner Kehle, die angespannt war vor Begehren. Er neigte den Kopf, um ihr in die Augen zu schauen. „Ich will meine Finger über deinen nackten Rücken hinaufwandern lassen, um dich näher an mich zu ziehen. Über deine Hüften streichen, bevor ich die Hand zwischen deine Beine gleiten lasse. Oder ich nehme mir deine Brüste, damit ich den Mund auf deine Nippel legen und mit der Zunge spielen kann, bis du dich windest. Ich will ..."

Das Bewusstsein dafür, was er da sagte, brach durch die Hitze, die durch seine Adern strömte. Teufel, er machte es schon wieder.

Finn richtete sich etwas gerader auf. „Verdammt. Diese Schmerzmittel lösen mir die Zunge mehr, als sie sollten. Tut mir leid."

Er zwang sich dazu, ihr in die Augen zu schauen.

Ihre Wangen waren gerötet, und ihr Hals und der obere Teil ihrer Brust ebenso.

Sie leckte sich die Lippen und schien es schwer zu haben, Worte zu finden. „Ja. Du und Schmerzmittel sind eine gefährliche Mischung. Ich muss eine Weile zurück an die Arbeit. Brauchst du was, bevor ich losgehe?"

Er schüttelte den Kopf und beobachtete, wie sie verdammt

noch mal fast über die eigenen Beine stolperte, während sie durch die Tür eilte.

Aber bevor er sich fertig treten konnte, blieb sie stehen, straffte die Schultern, als wäre sie bereit zum Kampf, dann drehte sie sich zu ihm um. „Nur, um das klarzustellen, ich fühle mich nicht angegriffen durch das, was du gesagt hast. Es ist nur etwas zu früh in deiner Genesung, dass du mich schon bespringst."

Dann verschwand sie, ihre Stiefel klapperten kurz vorne im Eingang, bevor das Fliegenschutzgitter zuschlug.

Finn blinzelte, ging ihre Anmerkung mit seinem leicht benebelten Verstand durch.

Na, dann war es ja gut.

Es dauerte eine Weile, durch den Gang zu manövrieren und sich zu einem Nickerchen ins Bett zu legen, aber die ganze Zeit über mischten sich Erheiterung und Hoffnung in die Außenbereiche seiner Schmerzen.

Seine Träume waren wunderbar schmutzig.

12

Die nächsten paar Tage vergingen in einem ungleichmäßigen Rhythmus. Karen wusste, wenn sie am Morgen aufstand, nie, ob Finn wach sein würde oder nicht. Es war einfacher, Essen im Kühlschrank zu lassen, als zu planen, gleichzeitig zu essen – dass Finn sich hinlegte, wenn er es brauchte, war eine überraschende Entwicklung.

Sie machte sich an ihre Arbeit, die fortwährende Entwicklung ihres Jobs weitete sich dahingehend aus, dass Zach ständig beschloss, womit er ihre Hilfe brauchte.

Oder Finn, während er etliche Bürojobs übernahm, ohne sich kaum je zu beschweren.

Ein lautes *Haha* dazu.

Der Mann beschwerte sich tatsächlich niemals, aber so, wie er da saß und den Stapel Papiere anfunkelte, die auf dem Klemmbrett vor ihm steckten, machte er deutlich, dass er sich wünschte, stattdessen auf dem Pferderücken zu sitzen.

„Es wird nicht aufspringen und dich beißen", scherzte Karen, als sie zu ihm an den Tisch kam.

„Ich brauche nicht noch was, das mich beißt. Ich habe hier

bereits so ein Ungeziefer, das glaubt, ich bin ein besseres Spielzeug." Finn zwinkerte, bevor er sie näher winkte.

Auf seinem Schoß kaute das schneeweiße Kätzchen auf Finns Daumen herum, sein Schwanz schlängelte sich fröhlich vor und zurück.

„Er ist furchtbar. Lass dich von ihm bloß nicht herumkommandieren", warnte ihn Karen.

Finn zuckte mit den Schultern. „Ich denke mir, er hatte es wohl schwer. Mir macht es nichts aus, ihm gerade besonders viel Liebe angedeihen zu lassen." Er schob ihr das Klemmbrett hin. „Rette mich."

Karen drehte den Papierstapel zu sich. „Was zum Teufel lässt Zach dich denn machen?"

„Er will, dass ich Designentscheidungen treffe, und das ist nicht gerade meine Expertise."

Oben lag eine Skizze mit den Umrissen der neuen Hütten, die rund um die Ranch errichtet werden würden. Zum Großteil bestanden sie aus einem Raum, mit ein paar Möglichkeiten für Familien mit zwei oder drei Schlafräumen. Dazu gehörte ein Stapel von ausgeschnittenen Rechtecken und Quadraten, auf denen sorgfältig *Kommode* oder *Doppelbett* geschrieben stand.

„Du solltest dir hierbei Hilfe bei meinen Nichten holen. Sie lieben es, mit Anziehpuppen zu spielen und die Möbel herumzurücken." Karen schaute nur einmal auf den Zentimeter dicken Stapel vom Papier darunter. „Was ist das alles? Hat Zach die ganze Liste mit lieferbaren Dingen von *Betten- und Bad-Paradies* ausgedruckt?"

„Vielleicht." Finn wandte ihr ein äußerst flehendes Gesicht zu. „Ich habe gesagt, ich würde mich um den Papierkram kümmern, aber lieber Gott, das ist nichts, wofür ich verantwortlich sein sollte. Er will, dass ich mir Farbmuster aussuche."

Das Geräusch, das er hervorbrachte, sorgte für ein Lachen auf Karens Lippen.

„Ich bin auch keine große Hilfe. Meiner Schwester würde das vermutlich Spaß machen, aber ... Ist es nicht etwas früh, diese Art Entscheidung zu fällen?"

„Wir werden jemanden als Ranchhaus-Mom einstellen, genauso wie eine Chefköchin, aber vermutlich erst im späten September. Sie dürfen mitbestimmen, wie viel wir kaufen und welche Vorräte wir brauchen, aber es wäre gut, uns zumindest für einen Stil zu entscheiden."

Karen nickte. „Ich werde ungefähr drei Sekunden brauchen, um dir meine völlig vorurteilsbelastete Meinung zu geben. Was immer du entscheidest, was in die Häuschen passt, mein Cousin Daniel hat nebenher ein Geschäft für die Colemans laufen und stellt Möbel nach Maß her."

Ein Teil von Finns Verzweiflung ließ nach, ersetzt von einem ungläubigen Lächeln. „Mist. Ich bin wirklich nicht ganz bei der Sache, denn das habe ich völlig vergessen. Und wenn es um Decken und Kissen geht, hast du doch ein paar Cousinen, die damit aushelfen können, oder?"

„Wenn du was für handgefertigte Sachen ausgeben willst. Die musst du bei Hope und Becky eher früher als später bestellen, oder sie haben sie nicht rechtzeitig fertig. Obwohl sie manchmal was auf Lager haben." Eine kleine Flamme aus Glück entzündete sich in ihr, weil sie Finns Problem lösen konnte, während sie ihrer erweiterten Familie half.

„Ich habe ihre Sachen schon mal gesehen. Es wäre kein großes Problem, ihre Handwerkskunst hier vorzuzeigen." Finn deutete auf den Stapel Papiere unter ihren Händen. „Wirf das weg. Ich werde deine Familie anrufen und mal sehen, was sie vorschlagen."

„Wie wäre es, wenn ich sie anrufe und dich einführe? Oder

wieder einführe – ich bin mir ziemlich sicher, Daniel und Hope erinnern sich noch an deinen Namen."

Ein Teil seines Lächelns verblasste. „Ist das was Gutes?"

Karen musterte sein Gesicht und die Schatten unter seinen Augen, während sie fünf Jahre zurückdachte. „Ich glaube, nur eine unter meinen vielen Cousinen war sich deinetwegen nicht so ganz sicher. Ashley ist inzwischen eine gut beschäftigte Mutter mit zwei Kindern, sobald ich also grünes Licht gebe, solltest du keine Probleme bekommen."

„Es sind ja nicht mal deine Cousinen, um die ich mir Sorgen mache", sagte Finn offen. „Ehrlich gesagt, die Tatsache, dass deine Schwestern sich nicht zusammengetan haben und mir eine Warnung vor Tod und Verstümmelung haben zukommen lassen, überrascht mich höllisch."

„Ich bin mir sicher, sie hatten es vor, haben es aber bis nach deinem Unfall auf Eis gelegt." Sie tippte leicht auf seine Finger. „Es macht keinen Spaß, jemanden zu bedrohen, der nicht weglaufen kann."

Zu ihrem völligen Schock und ihrer Erheiterung streckte er ihr die Zunge heraus.

Sie kicherte immer noch, als sie ihre Cousine Hope anrief, die Besitzerin des *Stitching Post* Quilt-Ladens in Rocky Mountain House.

Diese kleinen Dinge machten die tägliche Arbeit einzigartig und sorgten für sehr viel mehr Spaß, als es zuletzt auf der Whiskey Creek Ranch gewesen war.

Jeder Augenblick war etwas Neues. Als sie zum Beispiel dazu gerufen wurde, um zu helfen, den genauen Winkel zu bestimmen, in dem man die Grundmauern der neuen Hütten anlegte. Oder eine *Diskussion* zwischen Cody und Zach moderieren musste, welche Wandfarbe man außen auf den Hütten einsetzen sollte.

Sie hatten eine Wand mit zwei verschiedenen

Möglichkeiten gestrichen und konnten sich nicht entscheiden, was sie wollten. Nicht mal, nachdem sie sie in ihr Gespräch einbezogen hatten, um die Vorzüge einer Auswahl gegenüber der anderen darzustellen.

Sie schienen es in dieser Sache darauf abgesehen zu haben, sich aufzuführen wie ein Hund mit einem Knochen.

Finn kam auf seinen Krücken vorbei, beäugte die Männer, während er neben ihr stehen blieb. „Streiten sie schon lang wie gackernde Hühner?"

„Definiere lang." Karen grinste Zach an, der auf ihre Anmerkung die Hände in die Hüften stemmte. „Ich habe ihnen gesagt, dass ich die Antwort bereits kenne, aber sie hören nicht lange genug auf, zu labern, um mir zuzuhören."

Das brachte ihr ein scharfes Nicken von Finn ein. „Ich glaube, ich weiß, was du vorhast. Der Scheunentrick?"

„Natürlich. Willst du helfen?"

„Nur zu gerne."

Er wartete, während sie sich bückte und ein paar Erdklumpen vom Hof aufhob, einen legte sie in seine ausgestreckte Hand. In seinen Augen blitzte Erheiterung, dann schleuderte er ohne Vorwarnung die Erde direkt auf Zach.

„Was zum Geier?" Zach duckte sich.

Die Erde traf die Seitenwand der Hütte, zerbrach und wurde zu Staubkörnchen, die an den groben Brettern hafteten.

Im selben Augenblick warf Karen den zweiten Klumpen auf Cody, verfehlte ihn absichtlich, damit er an der Wand etwa zweieinhalb Meter von dem von Finn entfernt hängen blieb.

„Ihr habt eine seltsame Art, uns zu helfen", beschwerte sich Cody, bevor Zach ihn mit der Faust vor die Brust stieß und auf die Wand hinter ihnen deutete.

Die Erde hatte links einen deutlichen runden Fleck hinterlassen, während sie rechts kaum sichtbar war, da der hellbraune Farbton besser zum Erdreich vor Ort passte. „Und wir haben einen Gewinner. Ich hab doch gesagt, dass meine Entscheidung die richtige ist", prahlte Zach.

„Ja, aber du hast nur Glück bei der Auswahl gehabt. Du hast das nicht so wissenschaftlich angestellt wie Karen." Cody zeigte ihr und Finn einen hochgereckten Daumen. „Guter Trick."

„Hört nächstes Mal zu", schlug Finn vor, bevor er Karen zuzwinkerte.

Das Einzige, was in ihrer Welt nicht richtig lief, war die Tatsache, dass sie Finn weiterhin Schmerzen leiden sah, und der Abschied von Dandelion. Da sie im Herbst zur Schule gehen würde, war es klüger, das Kätzchen bei den Scheunenkatzen unterzubringen, aber als sie ihn auf der Silver Stone Ranch absetzte, hinterließ das eine seltsame Lehre in ihrem Inneren.

Am Samstagvormittag stand sie früh auf, um einen Ausritt vor den Canada-Day-Feierlichkeiten zu unternehmen. Ein leises Schnarchen drang durch die geschlossene Tür des großen Schlafzimmers, während sie vorbeiging.

Ein weiterer Strauß mit Wiesenblumen wartete in einem Glas auf dem Küchentresen. Genau wie jeden Morgen, seit Finn aus dem Krankenhaus zurück war.

Sie hatte keine Ahnung, wann oder wie er sich aus dem Haus schlich, um sie zu suchen, aber während sie das Bündel mit den robusten Stilen und blassvioletten Blüten oben nahm, musste sie zugeben, dass sie es charmant fand.

Sie fügte die Blumen einem Strauß hinzu, der bereits auf dem Tisch stand, warf ein paar schlaffe Stängel weg. Sie füllte eine Thermoskanne mit Kaffee, und nachdem sie eine Nachricht hinterlassen hatte, dass sie sich mit Finn auf dem Festgelände treffen würde, brach sie in die frische Morgenluft des ersten Juli auf.

Die morgendlichen Aufgaben hatten schon angefangen.

Eine lockere Mischung aus Stimmen und Tiergeräuschen trieb von der Ranch heran, während die Helfer zu dem vorübergehenden Versorgungszelt unterwegs waren, um sich selbst Kaffee und Frühstück zu holen. Pferde trotteten langsam über den Reitplatz. Erst ein Dutzend, zum Großteil die, die den Männern gehörten, die in Anhängern in dem großen Arbeitsbereich schliefen.

Männer winkten in ihre Richtung, während sie Starlight sattelte, doch keiner unterbrach sie, während sie die Thermoskanne in die Satteltasche packte und dann aufstieg und nach Westen aufbrach.

Sie hatte ihrer Schwester Tamara nicht geglaubt, als sie ihr wiederholt gesagt hatte, wie anders das Land in Heart Falls verglichen mit dem Land rund um Rocky Mountain House war. Nur drei Stunden im Süden hätten keinen so großen Unterschied machen sollen.

Aber das taten sie. Je länger sie in der Gegend war, desto mehr verstand Karen, was Tamara hatte sagen wollen.

Hier waren sie bereits im Vorgebirge, mit den zum Himmel aufstrebenden Rockys scheinbar ganz nahe, sodass man sie fast berühren konnte. Und obwohl das Vorgebirge einige der typischen Abhänge hinab in Täler und wogenden Hügel zeigte, die für Rocky Mountain House so charakteristisch waren, näherte sich hier schon der alpine Bergwald. Fichten und Tannen strebten nach oben, verstreut über die nahen Hügel.

Die Bäche waren keine sanften Rinnsale mit schlammigen Ufern. Sie waren aus Granit und scharfkantig verwittert, die Seiten der Schlucht reichten hinab bis zum blanken Fels und sorgten für eine wildere Landschaft.

Ungezähmt, frisch, gefährlich.

Karen ritt durch die laute Stille draußen. Ihre Satteltaschen quietschen, und ihre Oberschenkel in der Jeans rieben mit einem weichen, schimmernden *Wusch*-Geräusch übers Starlights Flanken. Vögel, Wind und Bäume trugen alle zu der Musik um sie herum bei.

Sie ließ das Pferd dorthin streifen, wohin es wollte. Es hatte einen alten Wildwechsel gefunden, der sich aus einer Schlucht nach Norden schlängelte. Eine unmögliche Kurve später stellte Karen fest, dass sie oben auf einem Kamm war und hinab auf das schaute, was bald die Red Boot Ranch sein würde. Das Städtchen Heart Falls lag in der Ferne jenseits davon, mit der Silver Stone Ranch entlang der entfernten südwestlichen Ecke.

Es war ein wunderschöner Ort, und sie holte tief Luft und ließ den Frieden über sich strömen. Was für ein Privileg, hier zu sein.

Warum bist du dann so versessen darauf, wegzugehen?

Der Gedanke stellte sich ungebeten ein, und sie zog Starlight von der Aussicht zurück, ritt über den Pfad, als würde sie das weiter von der Frage wegbringen.

Sie legte sich die Zügel um die Finger, hielt nur lange genug inne, um noch einmal ihre Orientierung zu prüfen, denn wenn sie sich verirrte, würde das wohl kaum ihren Ruf verbessern, was ihren Job betraf.

Ein leises Rascheln kam von rechts, und Karen erstarrte. Starlights Ohren schossen nach oben und drehten sich, während er versuchte, die Gefahr zu identifizieren.

Als sich ihr Pferd anspannte, tat Karen es ihm nach. Etwas war im Gebüsch, aber es würde nicht herausspringen und angreifen. Sie glitt aus dem Sattel und band Starlight fest.

Dann bewegte sie sich vorsichtig durch das Dickicht dorthin, wo ein hellerer Lichtfleck zeigte, dass es eine Art Lichtung geben sollte.

Eine kleine Öffnung zwischen riesigen Fichten schuf eine winzige Oase. Die Stute, die sie letztens gesehen hatte, war dort. Lag auf der Seite, keuchte schwer, ein großes Fohlen im Bauch.

„Scheiße."

Karen ging zurück und schnappte sich Starlights Zügel, führte ihn ein wenig weiter weg, bis sie einen Pfad fand, der breit genug war, um ihn auf die Lichtung zu bringen.

Das einzig Hilfreiche in ihren Satteltaschen war eine Notfalltasche, und bald wurde klar, dass sie sie brauchen würde. Die Stute war bereits in einem so schlechten Zustand, dass sie sich kaum bewegte, als Karen neben ihrem Kopf auf die Knie ging.

„Schon gut, meine Schöne. Ich helfe dir", versicherte ihr Karen, doch an dieser Stelle gab es nicht viel zu tun.

Sie sah kurz nach und fluchte, als sie feststellte, dass das Fohlen eine Steißgeburt werden würde. Das war schon im besten Fall eine schwierige Angelegenheit. Die Stute war klein, und das Fohlen – vermutlich von dem wilden Hengst – war am Ende der Tragzeit und eher groß.

Bevor sie irgendetwas allzu Drastisches anstellte, machte Karen den Versuch, einen Anruf zu tätigen, aber wie erwartet bekam sie überhaupt keinen Empfang. Sie machte das Nächstbeste, nämlich eine rasche Nachricht zu schreiben, damit die durchkommen würde, sobald sie in die Reichweite eines Mobilfunknetzes kam.

Die ganze Zeit über streichelte sie die Flanke der Stute, beruhigte sie. Tröstete sie, betete wie verrückt.

Karen lehnte sich nach unten und drückte die Stirn an die der Stute. „Du und ich, wir werden sehen, was wir tun können, okay? Tun wir alles, was wir können."

Sie holte tief Luft und machte sich an die Arbeit.

Im Gemeindesaal herumzuhängen, war das Letzte, was Finn wollte.

Er war mehr oder weniger gefesselt und geknebelt und zur Feier des Canada Day geschleift worden, indem man ihn daran erinnert hatte, dass das ein Gemeinschaftsereignis war, und sie mussten sich doch freundlich geben. Wo sie doch in Heart Falls ein Geschäft aufzogen und so weiter.

Zumindest war das die Warnung, die Zach ihm hatte zukommen lassen.

„Ich dachte, wenn ich mir das Bein breche, bedeutet das, dass ich ein grummeliger Arsch und Einsiedler sein kann, zumindest eine Zeit lang", entgegnete Finn trocken.

„Habe ich das gesagt? Ich bin mir sicher, das habe ich nie gesagt." Zach fuhr auf einen freien Parkplatz gleich vor dem Gemeindesaal. „Wenn ich überhaupt was gesagt habe, dann wohl, dass du ein grummeliger Arsch bist, sonst nichts."

Finn legte eine Hand auf das Lenkrad, bevor Zach den Motor abstellte. „Du hast doch nicht gerade auf dem Behindertenparkplatz geparkt."

„Ich lass dich raus."

„Fahr den verdammten Truck weiter."

Sein Freund seufzte schwer, dann fuhr er auf einen anderen Parkplatz.

Sie hatten den Saal kaum betreten, da waren sie schon von einer Schar Frauen umringt.

„Wir haben dir einen Platz reserviert", sagte eine besonders hübsche Brünette zu Zach, während sie in seine Richtung mit den Wimpern klimperte. Sie warf einen Blick auf Finn. „Du armer Kleiner. Du kommst auch mit."

Finn ließ sein Gesicht ausdruckslos, während Zach versuchte, Ermunterungen abzuwehren, sich in drei verschiedene Richtungen gleichzeitig zu bewegen.

„Ähm."

Finn schaute nach rechts, um festzustellen, dass Julia Blushing ein wenig abseits stand.

Er war auf der Suche nach Gnade. „Lieber Gott, sag mir, dass du einen Platz für uns zum Sitzen hast."

Sie zwinkerte. „Meine Schwestern haben Plätze für dich, Zach und Karen reserviert." Sie schaute über seine Schulter. „Sie ist nicht mit dir gekommen?"

Na, Scheiße. Er schüttelte den Kopf. „Sie hat gesagt, sie würde uns hier treffen."

Julia zögerte, dann zuckte sie mit den Schultern. „Komm schon. Wir lassen Zach sich selbst verteidigen, während wir Karen suchen."

Lange Tischreihen erstreckten sich von einer Seite des Gemeindesaals zur anderen. Die typischen Metallstühle waren in unregelmäßigen Abständen aufgestellt, und der ganze Raum war voller lachender, plaudernder Leute.

Die Familie Stone hatte sich die Herrschaft über eine Ecke geschnappt. Caleb und Tamara waren mit ihren zwei Mädchen und dem kleinen Tyler da. Luke und Kelli plauderten mit Walker, während der jüngste Bruder Dustin nervös an seinem Hemdkragen herumfummelte, während er Blicke auf eine Gruppe junger Damen warf, die ihn nachdenklich beäugten.

„Ich kann immer noch nicht glauben, dass sie auf so einem Familienfest Junggesellen versteigern", sagte Finn zu Julia, während sie ihn zu den drei leeren Stühlen neben Lisa und Josiah führte.

„Wenn damit Geld verdient wird, ist alles möglich", sagt Julia schnippisch. „Schon in Ordnung. Du bist dieses Jahr noch vom Haken."

Ein unterhaltsamer Gedanke traf ihn. „Ich darf aber Zach auf die Bühne steigen sehen, oder?"

Sie kicherte. „Das ist so ein Ding bei besten Freunden, oder? Wenn man sich über das Leid des anderen belustigt?"

„Könnte keinem netteren Typen passieren." Finn richtete

seine Krücken und ließ sich auf einen Stuhl ganz am Rand des Tisches nieder.

Josiah setzte sich sofort um, um sich ihm anzuschließen. „Ich werde nicht fragen, wie's dir geht, aber es ist schön, dich zu sehen."

„Ein wenig wie der wandelnde Tod, und es ist auch schön, dich zu sehen. Ich habe erwartet, dass du diese Woche mal raus auf die Ranch kommst", gab Finn zu.

„Ich hatte ein paar Notfälle, darunter einen Anruf mitten in der Nacht, der dann fast vierundzwanzig Stunden in Anspruch nahm." Josiah kämpfte ein Gähnen nieder, bevor er nachgab. Er legte sich eine Hand über den Mund, seine Augen waren fest geschlossen, ehe er heftig blinzelte. Er deutete auf die Kaffeetasse vor ihm. „Ich halte vielleicht noch zwei Stunden durch, bevor ich nur noch auf das Innere meiner Augenlider schaue."

Sie plauderten, während Finn auf die Ankunft von Karen wartete. Julia war am Handy, aber als er ihren Blick auffing, reckte sie den Daumen, also versuchte er, sich zu entspannen und den Ausflug zu genießen.

Das Essen, zu dem jeder etwas beigetragen hatte, begann. Da merkte Finn wieder einmal, wie sehr es ihn nervte, verletzt zu sein. Er konnte nicht mit Krücken und einem Teller klarkommen.

Tamara hatte Mitleid mit ihm. Sie setzte den kleinen Tyler als Ausrede in seine Arme. „Hier. Du nimmst das Baby, und ich hole dir Essen."

„Danke."

Mit drei Monaten hatte Tyler bereits mehr Persönlichkeit als noch vor wenigen Wochen. Finn schaute dem Kleinen in die Augen und sagte ihm direkt die Wahrheit. „Du hast eine echt tolle Frau, die auf dich aufpasst. Sorg dafür, dass du sie auch zu schätzen weißt."

Ein weibliches Kichern stieg hinter ihm auf, gefolgt von einem weiteren. Ein Teil von Zachs Anhängerschaft kam mit Tellern in den Händen vorbei, musterte ihn ganz genau.

„Schade auch, dass du vom Haken bist." Zach ließ sich auf einem Stuhl gegenüber von Finn nieder. „So, wie dich die Frauen gerade beäugen, würdest du eine Menge Geld einbringen. Babys sind wie Magnete."

„Ich bin überrascht, dass du überhaupt mal Luft holen kannst", sagte Finn, der Tyler gemütlich hinsetzte und dem Kind einen Finger gab, auf dem es herumkauen konnte.

„Es ist doch nur zum Spaß", sagte Zach, doch er grinste.

Julia blieb auf ihrem Weg an ihnen vorbei stehen. Sie nahm Zach an der Wange und rieb ihm rote Lippenstiftspuren ab, bevor sie episch die Augen verdrehte und weiter zu ihrem Platz ging.

Leute kamen mit vollen Tellern zurück, Stühle wurden herumgerückt, und bis auf die Tatsache, dass es keine Spur von Karen gab, war es ein ziemlich ereignisloses Essen.

Finn schaute immer wieder auf seine Uhr.

Das Mikrofon ging mit einem Klicken an, und Malachi Fields betrat das Podium. „Wenn ihr bitte euer Geschirr stapelt und es zum Tischende weiterreicht, dann sammeln wir es ein und machen uns für den nächsten Teil unseres Festes fertig. Es ist fast so weit, Gentlemen. Ich brauche alle unsere mutigen Junggesellen, die sich bitte zu den Seitenstufen und auf die Bühne begeben, und zwar in den nächsten fünfzehn Minuten."

Ein fröhliches Hänseln erklang im ganzen Raum, zusammen mit dem Klirren von Tellern und Besteck.

Irgendwo in der Nähe ging ein Handy los, und obwohl es nur ein weiterer Teil des Hintergrundgeräusches hätte sein sollen, fuhr Finns Kopf herum.

Kelli Stone blinzelte fest, während sie durch etwas auf ihrem Handybildschirm scrollte. Sie beugte sich zu ihrem

Mann und flüsterte ihm ins Ohr, bevor sie aufstand und direkt zu Josiah ging.

Sie sprach leise in das Ohr des Tierarztes, aber Finn fiel auf, dass Karens Name erwähnt wurde. Verdammt sollte er sein, wenn er still blieb, während seine Neugier und seine Sorge hochbrodelten.

Er legte Josiah eine Hand auf den Arm, bevor dieser vom Tisch aufstand. „Karen?"

Josiah warf einen Blick auf Kelli, dann legte er den Kopf in Richtung Ausgang schief. „Geh. Sieh mal, ob du sie dran bekommst."

Kelli brach auf, drückte rasch auf Knöpfe. Sorge stand ihr ins ganze Gesicht geschrieben.

Nur eine Sekunde verging, bevor Josiah sich zu ihm beugte, aber es war lange genug, dass Finn sich alle möglichen schrecklichen Szenarien ausmalte. „Karen hat eine der wilden Stuten gefunden, die Wehen hat. Es war eine rasche Nachricht, die sie geschickt hat, bevor sie zu helfen versuchte. Die Tatsache, dass es jetzt angekommen ist, heißt, dass sie vermutlich unterwegs ist. Willst du mitkommen und sehen, was los war?"

Unter gar keinen Umständen würde etwas anderes tun.

Josiah führte ihn zum Notausgang, anstatt zu versuchen, ihn durch die Menschenmassen zu manövrieren.

Zach fing seinen Blick auf, kurz bevor sie sich durch die Tür schoben, und hielt sich eine Hand ans Ohr wie ein Handy. Finn neigte den Kopf. Sobald er herausfand, was los war, würde er es seinen Freund wissen lassen.

Kelli war gerade mit dem Anruf fertig und suchte in ihren Taschen nach Schlüsseln. „Karen ist auf dem Weg zur Ranch. Sie hat das Fohlen, sagt aber, es atmet nicht richtig. Möchtest du fahren?"

„Aber natürlich." Josiah warf einen Blick auf ihn, bevor er

Kelli ein knappes Nicken zukommen ließ. „Geh zurück rein und verbring Zeit mit deiner Familie. Finn und ich übernehmen das.“

„Aber ...“ Kelli presste die Lippen aufeinander. „Ja. Du hast recht. Sie hat mir eine Nachricht geschrieben, weil sie keinen von euch rauszerren wollte, falls keines der Pferde überleben würde. Aber es gibt nicht viel, was ich tun kann, bis auf das, was Karen bereits getan hat.“

Josiah drückte ihr den Arm. „Es ist sehr schön, zu wissen, dass die Leute dir so vertrauen. Und das ist wohlverdient – aber vorerst geh und genieß das Ereignis. Und sorg dafür, dass du alle Einzelheiten mitbekommst, damit wir Zach später aufziehen können.“

„Abgemacht.“ Kelli marschierte los, als wäre sie eine drei Meter große Amazone, anstatt eines Pimpfs mit ein bisschen über ein Meter fünfzig, von Kopf bis Fuß in Jeansstoff gekleidet.

Finn arbeitete wie wild mit seinen Krücken, um mitzuhalten, während sie über das Fußballfeld des Sportplatzes zu Josiahs Truck eilten.

„Willst du versuchen, sie anzurufen?“, schlug Josiah vor, sobald Finn den Hintern auf dem hohen Sitz des Trucks hatte.

„Tolle Idee.“

Karen ging beim zweiten Läuten ran. „Finn?“

„Josiah und ich sind unterwegs“, sagte er zu ihr. „Wo bist du?“

„Fast an der Westgrenze. Ich brauche vielleicht noch zwanzig Minuten, denn ich kann mich nicht allzu schnell bewegen.“

Tränen säumten ihre Stimme, und das reichte aus, um all seine Beschützerinstinkte aufleuchten zu lassen. „Alles in Ordnung?“

„Ich bin nicht verletzt. Es war nur ein teuflischer Tag.“

„Halt durch, *chérie*. Nimm Weg Nummer 1, und Josiah und ich treffen auf dich, sobald wir können."

Aber bis sie den Weg zur Ranch gefahren waren, war Karen schon beinahe an der Scheune. Josiah sprang raus und schnappte sich seine Ausrüstung, bewegte sich rasch dorthin, wo Karen bereits absteigen wollte.

Finn brauchte viel zu lange, um aus dem Truck zu steigen und hinüber zur Scheune zu kommen, und zu diesem Zeitpunkt hatte Josiah das Fohlen bereits auf dem Boden und arbeitete daran. Er gab Karen knappe Befehle, seine Hände bewegten sich rasch, als er etwas mit dem Hals des Tieres anstellte.

Es gab nichts zu tun, außer zuzusehen und zu warten.

Als das kleine Fohlen endlich diesen instinktiven Ruck machte und seine Beine sich bewegten, als wäre es dazu gezwungen, sich erheben zu wollen, holte Finn tief Luft.

„Okay. Jetzt ist es okay." Karen kam wankend auf die Beine, wischte sich die Hände an der Jeans ab, ihr Gesicht war bleich.

Finn öffnete die Arme. „Komm her."

Sie schüttelte den Kopf. „Ich bin dreckig ..."

„*Karen*." Er wartete, bis sie ihn anschaute. „Komm. Her."

Dass sie in seine Arme trat, war eine Art Auslieferung. Ihm war es egal, dass sie mit Schlamm bedeckt war und roch, als hätte sie geholfen, ein Fohlen zur Welt zu bringen. Ihre Wange drückte sich an seine Brust, und er schlang die Arme um ihren Oberkörper und hielt sie fest. Sie drückte ihn, als wäre er der einzige Grund, weshalb sie sich noch aufrecht halten konnte.

Er hielt sie nur. Er strich ihr nicht über die Haare und tätschelte sie auf den Rücken oder irgendetwas in der Art. Zum Teil, weil er sein Äußerstes gab, um das Gleichgewicht zu halten, aber vor allem, weil es hier nicht darum ging, sie zu beruhigen. Es ging darum, für sie da zu sein.

Was immer sie erlebt hatte, sie hatte es mit ihrer üblichen Kraft bewältigt. Und was immer sie jetzt von ihm brauchte, er würde es ihr geben.

Gleich außerhalb des kleinen Kreises aus zwei Menschen ging Josiah zurück, während das Fohlen sich mühsam erhob und seine ersten wackligen Schritte machte. Ein Wunder, wie so viele Wunder, die zuvor gekommen waren und wieder kommen würden.

Aber das wirkliche Wunder war, Karen in den Armen zu halten.

13

Karen: *Ich vermisse dich*

~

Finn: *Ich würde alles geben, um bei dir zu sein.*

~Nicht gesendete Nachrichten, Herbst, nach der Whiskey
Creek Ranch~

~

Karen war durch den Wind, nicht nur äußerlich. Sie war müde und schmutzig, und sie hatte Kopfschmerzen aus der Hölle. Aber das Nervige daran war, dass sie die verwirrenden Gefühle in ihrem Inneren nicht so gut sortieren konnte, dass sie sie hätte beiseiteschieben können.

Finn war da, und dieser Teil war wunderbar.

Sobald Karen sich weit genug erholt hatte, dass sie ohne Hilfe stehen konnte, nickte ihr Josiah anerkennend zu. „Sieht aus, als wäre dieser kleine Racker in Ordnung. Ein bisschen Arbeit, wenn man ihn füttern möchte, aber wenn du willst, kann ich ihn rüber zu Sonoras Tierheim bringen. Sie ziehen da gerade ein paar Kälber mit der Flasche auf, also sollte es keine große Sache sein, wenn er dazu kommt."

Der stützende Arm, der um ihre Schultern lag, drückte sie kurz. „Ist vielleicht eine gute Idee", sagte Finn.

Es war eine tolle Idee. „Ich habe keine Zeit, um mich im Augenblick um ihn zu kümmern", sagte Karen. „Wenn du glaubst, Sonora würde es nichts ausmachen."

Der Tierarzt packte seine Werkzeuge ein, noch während er den Kopf schüttelte. „Sie dankt dir vermutlich für die Ablenkung. Sie hat eine Menge ständiger Freiwilliger, die inzwischen vorbeikommen, und das wird ihnen was zu tun geben."

„Vielen Dank." Karen hielt inne. „Ich wünschte, ich hätte sagen können, dass es der Stute gut geht, aber sie war immer noch auf dem Boden, als ich beschlossen habe, dass ich lieber mal aufbreche und ihn herbringe."

Nach ihrer Ankündigung wirkte Josiah leicht grimmig, und Mitgefühl stand in seinen Augen, während er antwortete: „Du weißt, dass du sie nicht alle retten kannst, nicht mal unter perfekten Umständen. Du hast den Kleinen reingeholt, und das ist etwas Wunderbares."

„Trotzdem wünschte ich, ich hätte mehr tun können." Im Inneren tat es ihr weh.

Josiah machte sich in eine Richtung auf, und sie und Finn brachen in die andere zum Häuschen auf.

Er deutete den Gang entlang. „Dusch doch mal. Ich mach dir ein Mittagessen."

Sie hatte das ganze Warmwasser aufgebraucht und wurde immer noch nicht die Kälte in ihren Knochen los. Das Gefühl hatte nichts mit der Hitze ihrer Haut zu tun, und alles mit den

Rufen der Kojoten, die in den letzten Wochen rund um das Häuschen herum erklungen waren.

Karen lehnte die Stirn an die Wand der Dusche. Dass Raubtiere ein verletztes Tier erwischten – das gehörte zum Leben. Es war sogar sehr wahrscheinlich, dass die Kojoten die Stute von ihrem Elend erlösen würden.

Trotzdem, der Gedanke, dass sie die Stute vermutlich zum Sterben draußen gelassen hatte, tat ihr nicht gut.

Als sie sich in die Küche aufmachte, stand auf dem Tisch ein Teller mit Essen. Finn hatte sich in der Nähe auf einem Sessel ausgestreckt, die Arme vor der Brust verschränkt. Seine Augen waren geschlossen, sein Kopf leicht herabgesunken. Er schlief tief und fest, während er aufrecht da saß und auf sie wartete.

Der arme Mann. Er hatte immer noch Schmerzen, das würde noch wochenlang so gehen. Das letzte, was er brauchte, war, dass sie ihm etwas vorweinte, und doch hatte sie genau das getan.

Sie setzte sich leise hin und machte sich ans Essen. Es schmeckte nach nichts – das war nicht Finns Schuld, sie hatte nur keinen Appetit –, war aber nötig.

Die ganze Zeit über beobachtete sie ihn. Das leise Auf und Ab seiner Brust. Die Art, wie seine Wimpern dunkel auf seinen Wangenknochen lagen. Wie sein Kopf sich langsam regte, bis seine Augenlider aufgingen und sein dunkler Blick auf ihren traf.

Er war sofort aufmerksam und musterte ihr Gesicht. „Wie fühlst du dich?"

„Genervt, weil ich dich von Zeit mit deinen Freunden weggeholt habe."

Finn lehnte sich vor, seine Empörung wurde größer. „Echt jetzt?"

„Hey, ich sage nur die Wahrheit." Karen schob ihren Teller

weg, hatte Mühe, ruhig zu werden. „Das war nicht der beste Vormittag, den ich je hatte, also sollten wir es vorerst einfach mal auf sich beruhen lassen. Danke, dass du da bist. Das weiß ich zu schätzen", sagte sie aufrichtig zu ihm.

Er musterte ihr Gesicht, atmete tief aus, als würde er seinen eigenen Ärger vertreiben wollen, aber er ließ es auf sich beruhen. Was genau das war, was sie wollte, selbst wenn es bedeutete, dass ihr Wirrwarr aus Gefühlen immer noch da war, und völlig aus dem Lot.

Zum Teufel damit. Es hatte keinen Sinn, zu versuchen, den Schmerz in ihrem Inneren zu verstehen, wenn die Wahrheit einfach lautete, dass das Leben manchmal schlimm war.

Sie räumte die Küche auf, und als Finn dann durch die Hintertür verschwand, ging sie ins Wohnzimmer, um sich abzulenken, indem sie die Post durchging, die sich in den letzten paar Wochen angesammelt hatte. Die Dinge, die sie an ihre Schwester weitergeschickt und dann mit in das Häuschen genommen und prompt ignoriert hatte.

Sie war gerade mitten dabei, Rechnungen zu bezahlen, als ihre Schwester anrief.

„Hey, Tamara."

„Hey, Schwester. Ich habe von dem Fohlen gehört. Hört sich an, als hättest du einen höllischen Tag gehabt." Lärm erklang im Hintergrund neben Tamaras Stimme. Kinder, und ein tieferes Grollen, als Caleb einem von ihnen antwortete. „Ich will dich nicht aufhalten, aber ich will dich wissen lassen, dass Dad morgen rauskommt. Komm zum Abendessen vorbei. Julia wird auf jeden Fall da sein. Vielleicht sogar Lisa."

Seit der Entdeckung, dass es Julia gab, bemühte sich George Coleman, im Leben seiner Töchter eine größere Rolle zu spielen.

Karens Beziehung zu ihrem Vater war niemals sonderlich

eng gewesen, aber die letzten paar Monate waren dem Gefühl, einen echten Vater zu haben, am nächsten gekommen.

Teufel, sie war hier in Heart Falls, weil er darauf bestanden hatte, dass sie sich die Zeit nahm. Er hatte ihr sogar eine glühende Empfehlung geschrieben, die dazu beigetragen hatte, dass sie in das Ausbildungsprogramm aufgenommen wurde, in das sie im Herbst unterwegs war.

Trotzdem, es versetze sie nicht gerade in Euphorie, daran zu denken, mit ihm eine Mahlzeit einzunehmen. War das nicht beschissen?

Er bemühte sich, also würde sie das auch tun. „Ich werde da sein.“

Tamara erzählte ein paar Geschichten, die sich auf den Feierlichkeiten zum Canada Day zugetragen hatten, darunter auch davon, dass Zach beinahe von zwei Frauen gekauft worden wäre. Zumindest, bis Malachi Fields allen in Erinnerung gerufen hatte, dass das laut den Regeln nicht möglich war. Ganz gleich, dass die Frauen darauf bestanden, dass sie gern teilen wollten – allerdings nicht zur selben Zeit.

Erheiterung drang durch die Mauer, die Karen um sich errichtet hatte. „Das war sicher unterhaltsam. Wie zum Geier hat Malachi das kinderfreundlich erklärt?“

„Sehr, sehr vorsichtig“, sagte Tamara kichernd. „Mach dir nicht die Mühe, morgen irgendwas mitzubringen, aber komm, so früh du kannst. Die Mädchen haben jetzt Sommerferien, und sie sind ganz scharf darauf, Zeit mit Tante Karen zu verbringen.“

„Ich verbringe auch unheimlich gern Zeit mit ihnen.“ Karens Blick wanderte zurück zu dem dicken gelben Umschlag, der als nächstes in ihrem Stapel kam.

Bildungsministerium. Pferdetherapie.

Tamara verabschiedete sich, und Karen legte gedankenlos auf, zog den Umschlag zu sich. Es war ein dickes Päckchen, über einen Zentimeter – vermutlich nicht gerade das, womit sie sich in ihrer derzeitigen Laune befassen sollte. Sie schob ihn zur Seite und beendete den Rest ihrer Aufgaben.

Finn kehrte zurück von dem, was er draußen erledigt hatte, und winkte sie zu sich. „Komm schon.“

Er hatte ein Feuer in der runden Grube am Ende der Veranda entfacht. Finn ließ sich vorsichtig in einem Adirondack-Stuhl nieder. Er streckte die Beine aus und lehnte sich mit einem erleichterten Seufzer zurück.

Karen holte ihnen beiden etwas zu trinken und schloss sich ihm dann an. So, wie alles aufgestellt war, gestattete es einen tollen Ausblick auf das Feuer und die Berge in der Ferne.

„Es ist zu früh, um die Flammen richtig zu sehen, aber es entspannt doch immer, sich an ein Feuer zu setzen.“ Sein allzu wissender Blick wanderte zu ihr herüber. „Wir brauchen beide etwas Entspannung.“

Es war genau, was sie brauchte. Hier still zu sitzen und den tanzenden Flammen zuzuschauen, während kleine weiße Wolken über den Himmel trieben. Dass die Zeit leise vor sich hinlief, beantwortete keine Fragen und löste keine Probleme, aber es war beruhigend und forderte nichts, denn so hatte Finn es eingerichtet.

Zach tauchte mit dem Abendessen auf, als das Grollen in ihrem Bauch sie gerade dazu gezwungen hätte, sich mit dem Essen zu befassen.

„Ich habe Lieferessen dabei. Keiner von euch ist ans Telefon gegangen, also müsst ihr mit dem klarkommen, was ich von der indischen Speisekarte ausgesucht habe.“ Zach stützte die Ellbogen auf das Geländer, während er sie musterte. „Wenn ihr da nicht Wurzeln geschlagen habt, kommt an den Tisch.“

Karen stand auf, ging hinüber, um Finn eine Hand hinzuhalten, und half ihm, sich aus dem Stuhl zu stemmen.

Sein starker Griff lag um ihr Handgelenk, und ein heftiges Ziehen später stand er aufrecht, lächelte mit einer nicht zu deutenden Miene auf sie herab. Einen Augenblick lang schauten sie einander an, die Stille, die sie in den letzten paar Stunden umgeben hatte, war beinahe greifbar.

Sie griff nach oben, um die Haarsträhne wegzuschieben, die in seine Stirn gefallen war. „Danke. Schon wieder."

„Keine Ursache." Er nahm ihre Finger und drückte sie sich sanft an die Lippen.

Ihr Magen wurde flau.

Sie gingen nach drinnen, wo im Lauf der nächsten Stunde Zach Sorenson für humorvolle Ablenkung sorgte, indem er jeden Augenblick der Junggesellenversteigerung mit dramatischen Stimmen und allem anderen nachspielte.

Trotz der lockeren Unterhaltung war Karen bereit, sich für den Abend zu verabschieden, als Zach ihr eine Hand auf den Arm legte. „Du hattest einen rauen Tag. Ich werde Finn mit allem helfen, was er braucht, um sich aufs Ohr zu hauen."

„Du willst doch nur noch mehr mit diesen beiden Frauen angeben, die sich um dich gestritten haben", grollte Finn, doch er schaute Karen in die Augen. „Ich komme schon klar. Leg dich hin."

Ihre Augen mochten ja geschlossen sein, aber der Schlaf war alles andere als erholsam. Sie musste trotzdem zur üblichen Zeit aufstehen und stellte fest, dass jemand schon vor ihr aufgestanden war.

Im Glas auf der Anrichte stand eine frische Wiesenblume.

Die heftige Verspannung in ihrem Bauch war noch da, aber ein Flüstern von etwas Süßem machte sich dort ebenfalls breit. Süß genug, dass ihre Schultern sich leicht lockerten, bevor sie sich eine Tasse Kaffee nahm und mit ihrem Tag weitermachte.

Sie brachte den Vormittag mit Arbeit hinter sich, bevor sie

Finn aufspürte, um ihn wissen zu lassen, dass sie am Abend ausgehen würde.

Er nickte und runzelte die Stirn, abgelenkt von den Belegen, die er auf dem ganzen Küchentisch ausgebreitet hatte. „Zach hat versprochen, dass er wieder was zu essen mitbringt, also mach dir keine Sorgen um mich." Er schaute auf, war plötzlich voll auf sie konzentriert. „Aber eine schöne Zeit mit deiner Familie. Grüße deinen Dad von mir."

Von allen blöden Dingen ausgerechnet ... „Mist. Ich hätte Tamara sagen sollen, dass du mitkommst. Ich weiß, dass Dad dich nur zu gerne wiedersehen würde."

Dieses Mal schüttelte Finn jedoch den Kopf. „Noch nicht. Im Augenblick lernt ihr Mädchen ihn gerade erst wieder kennen, und das will ich nicht unterbrechen. Aber wenn du rausfindest, wann er vorhat, wieder vorbeizukommen, können wir ihn zum Abendessen ausführen."

„Das kann ich machen." Karen stand unbehaglich im Eingang, war sich nicht sicher, ob sie ihm einen Abschiedskuss geben oder einfach aufbrechen sollte.

Finn löste das Problem, indem er sie mit dem Finger heranwinkte. „Ich weiß, dass ich etwas abgelenkt bin, aber sieh es doch einfach als notwendiges Übel."

Was sie zum Lachen brachte. Sie verschränkte ihre Finger in seinen, dann beugte sie sich vor, um die Lippen auf seine zu drücken. Kurz, keusch.

Er fasste sie am Nacken und hielt sie fest, schaute ihr in die Augen und ließ dann den Blick auf ihren Mund sinken. „Ich glaube doch nicht. Versuchen wir das noch mal."

Als sich dieses Mal ihre Lippen trafen, hatte sie nicht das Sagen. Das hatte er. Das war nicht die Art Kuss, die in der Öffentlichkeit in Ordnung gewesen wäre. Er war heiß, innig und schmutzig, und als er sie losließ, atmete Karen schwer. Ihr Herz schlug schnell, ihr Kopf drehte sich, und ...

„Du bist ein gefährlicher Mann, Finn Marlette", sagte sie, als sie schließlich soweit Luft geholt hatte, dass sie wieder etwas herausbekam.

Er zwinkerte. „Hab ein schönes Abendessen."

Die Zeit mit ihren Nichten war wunderbar. Sasha sprühte vor Listen mit all den Dingen, die sie in diesem Sommer vorhatte. Es war richtig amüsant, ihr „und Kelli sagt ..." im Lauf des Vortrags mindestens fünfzehn Mal zu hören.

Aber es war noch witziger, als ihre kleine Schwester Emma sich an Karens Seite lehnte, leise, aber völlig klar und selbstsicher sprach. „Mama sagt, dass ihr von Sashas Kelli-ismen manchmal ganz blümerant wird."

Karen unterdrückte ihr Lachen. „Echt? Und was ist blümerant?", fragte sie ganz ernst.

Emma hielt kurz inne, bevor sie strahlend lächelte. „Dieses tolle Gefühl, wenn man ein Kätzchen streicheln darf."

Das war so ziemlich die beste Definition, die Karen je gehört hatte. „Klingt perfekt", versicherte sie Emma, noch während sie Julias Blick begegnete, und die beiden grinsten.

George Coleman traf ein. Caleb führte ihn herein, und sowohl Emma als auch Sasha waren verrückt danach, ihren Opa zu begrüßen.

Es kam zu Familienchaos, die Wärme von Tamaras und Calebs Zuhause war wie eine freundliche Umarmung. Der Geruch einer selbstgekochten Mahlzeit und die Musik des Lachens erfüllten den Raum von oben bis unten.

Caleb hatte das Abendessen in der Tradition der Stones ausgeteilt, als die Unterhaltung umschlug. Nichts wirklich Schreckliches, aber es schlich sich ein unbehaglicher Unterton ein.

„Du bist sicher aufgeregt, zur Schule aufzubrechen", sagte ihr Vater zu Karen. Dann wandte er sich an Caleb, während er anfügte: „Ein paar der Coleman-Jungs haben sich eingefunden, um ihren Platz einzunehmen. Sie schlagen sich nicht mal schlecht ..."

„Hast du schon mehr über deinen Unterricht rausgefunden?", fragte Lisa, während sie Emma mit ihrem Abendessen half.

„Ich habe ein Infopäckchen", gab Karen zu. „Ich werde mich da durcharbeiten, aber es war ziemlich viel los mit der Rancharbeit, auf die ich mich eingelassen habe. Vor allem jetzt, da Finn sich erholen muss."

George Coleman hob eine Augenbraue. „Du arbeitest auf einer Ranch? Ich dachte, du bist früher gefahren, um Zeit mit deinen Schwestern zu verbringen."

„Bin ich auch. Ich meine, tun wir. Aber ..." Sie fing an zu stottern, und sie dachte rasch nach. „Ich bin sicher, das habe ich erwähnt. Finn Marlette baut eine Touristenranch auf. Ich helfe ihm mit den Pferden, die sie brauchen. So was eben."

Die Miene ihres Vaters spannte sich weiter an, und er schüttelte den Kopf, als hätte sie gerade ein schändliches Verbrechen zugegeben.

Dann wechselte er das Thema. „Was macht dieser Junge denn hier? Zuletzt habe ich gehört, er wäre draußen in Manitoba."

Karen wollte keine lange Erklärung abgeben, wo sie doch nicht alle Einzelheiten kannte.

„Er ist schon eine Weile da." Tamara sprang mit der Antwort ein, lächelte Karen mitfühlend an. „Er hat inzwischen die Finger in allen möglichen Unternehmungen, nicht nur der Ranch. Er hat sich ziemlich gemausert."

Es lag Karen auf der Zunge, zu erwähnen, dass Finn es toll machte, nur dass er sich das Bein gebrochen hatte, doch ihr Vater meldete sich zu Wort.

„Er war immer schon ein Typ, der Sachen erledigt kriegt. Es ist gut, sich mit Leuten auf den neuesten Stand zu bringen.

Ich sollte seinen Vater mal anrufen. Grüß ihn von mir", sagte ihr Vater betont zu Karen.

„Er sagte, wenn du nächstes Mal in der Stadt bist, würde er sich gern mit dir treffen."

Die Unterhaltung wanderte danach weiter, aber das unbehagliche Gefühl in ihrer Magengrube blieb.

Es war immer noch bei ihr, als sie es zurück zum Häuschen schaffte. Weder Finn noch Zach waren da. Sie waren vermutlich rüber ins Haupthaus gegangen, wo es zumindest einen Fernseher gab, um sie zu unterhalten.

Eine seltsame Naturgewalt zog sie zu dem Briefumschlag. Sie nahm ihn wieder hoch, das schwere Gewicht in ihrer Hand löste null Aufregung aus.

Toll, wenn man bedenkt, was ich dafür alles aufgegeben habe.

Sie wollte bei diesem Gedanken knurren.

Sie zog die Blätter heraus und begann sie durchzulesen. Ein Stundenplan, mit Listen von Büchern, mit denen sie sich beschäftigen würden, und praktische Aktivitäten, bei denen man mit erfahrenen Ausbildern arbeitete.

Das angespannte Gefühl in ihrer Magengrube wurde noch ausgeprägter, bis sie den Haufen unordentlich zusammenschob und nicht einmal versuchte, die Papiere zurück in den Umschlag zu stecken.

Sie hatte wohl etwas gegessen, das ihr nicht bekam. Oder vielleicht hatte sie sich eine Infektion eingefangen, sie fühlte sich auf jeden Fall nicht wie sie selbst.

Sie legte den ganzen Schlamassel auf ein Buchregal in der entgegengesetzten Ecke des Raumes ab, schob einen alten Stein, der aus irgendeinem Grund dort lag, oben auf dem Stapel, um ihn zusammenzuhalten, falls ...

Teufel, sie wusste nicht, warum. Vielleicht würde ein Sturm durch dieses Wohnzimmer fegen und der Stein wäre das Einzige, das verhinderte, dass alles auseinandergerissen wurde.

Sie stapfte durch das Zimmer und ging ins Bett, denn auf gar keinen Fall wollte sie irgendjemandem ihre missgelaunte Art aufzwingen.

~

Etwas stimmte nicht.

Finn vertat sich mit einem Schritt mit den Krücken und seinem heilen Bein und stieß mit dem Gips unabsichtlich an eine Ecke des Ganges.

„Gottverdammt ...“

Er schloss den Mund und unterdrückte seine Flüche.

„Scheiße, das hat wehgetan“, bemerkte Zach an seiner Stelle. Nur dass er es in einem unterdrückten Flüstern sagte, was Finn so weit erheiterte, dass er fast den Schmerz vergaß, der durch sein Bein pulsierte.

Okay, das war eine Lüge. Nichts ließ ihn den Schmerz vergessen, aber er konnte mehr als einen Gedanken gleichzeitig fassen, und der zweite war die Tatsache, dass irgendetwas nicht stimmte.

„Du musst mir doch nicht den Hintern abwischen wie einem Baby“, flüsterte er zurück zu Zach, sobald sie in das große Schlafzimmer gegangen waren.

„Aber es ist ein echt schicker Hintern, das hat man mir zumindest gesagt.“ Zach ging außer Reichweite seiner Fäuste, hielt die Hände kapitulierend hoch. „Du weißt doch, dass ich nur Witze mache. Wenn wir auf der Linie unterwegs wären, hätten wir es doch schon längst getan.“

„Ich weiß nicht, wie oft ich dir das noch sagen muss, aber deine Chancen, dass du als Comedian groß rauskommst, sind null und nichtig.“

Finn rang mit sich. Weg mit der Hose und einfach nur ins Bett fallen? Oder genug Energie aufbringen, um sich zumindest die Zähne zu putzen, bevor er zusammenbrach?

Zach setzte sich auf die Matratze, und so geduldig, als würde er sich mit einem Zweijährigen befassen, schob er Finns Hände aus dem Weg und half ihm, seine Hose auszuziehen. „Du fällst doch gleich um. Hör auf, dich zu wehren, und lass mich helfen."

„Ich hasse dich gerade jetzt irgendwie", sagte Finn zu seinem besten Freund.

„Schon in Ordnung. Ich bin groß und kann mit gemeinen Worten umgehen." Zach stand auf, weil er sich hinabgebeugt hatte, um Finn die Socken auszuziehen. „Brauchst du noch weitere Hilfe?"

„Verpiss dich." Finn stutzte, dann holte er durch die Zähne Luft. „Danke."

In den Augen seines Freundes stand nichts außer einem amüsierten Glitzern. „Ich hol dir Schmerzmittel."

Einen Augenblick später war er wieder im Zimmer, ein großes Glas mit kaltem Wasser und die besagten Medikamente in seiner Hand.

Finn hatte kaum die Gelegenheit, die Pillen zu schlucken, als er zu seinem Entsetzen dicht herangezogen und kurz, aber heftig auf den Rücken geklopft wurde.

Zach trat zurück, sein Grinsen war wieder voll da. „Ich hab es noch nie gesagt, aber ich bin froh, dass es dir gut geht. Ich meine, du hast höllische Schmerzen, bist zugedröhnt bis zu den Ohrenspitzen, und völlig verwirrt von dem, was in deinem Liebesleben vorgeht. Du bist auf Vergeltung aus und willst eine unmögliche Herausforderung schaffen, aber du lebst, und das ist alles, worauf es ankommt."

Finn kniff sich in den Nasenrücken. „Bist du fertig?"

Er schaute rechtzeitig auf, um zu sehen, wie Zach in die

Ferne schaute, als würde er darüber nachdenken, bevor er fest nickte. „So ziemlich."

Die beiden schauten einander einen Augenblick lang an, bevor sie schnaubend in Gelächter ausbrachen.

„Mach bloß, dass du hier rauskommst", befahl Finn, während er zum Bett ging. In seinem Inneren sprudelte immer noch die Erheiterung.

Der Verdacht, dass irgendwas nicht stimmte, blieb aber. Es gab immer noch Rätsel zu lösen, und ja, wie Zach erwähnt hatte, eine Herausforderung musste bewältigt werden.

Aber es gab auch andere Dinge, die wichtig waren. Er hatte Freunde – gute Freunde. Er würde heilen und stärker sein als zuvor.

Und er hatte Karen. Eine Beziehung, in der so viel Hoffnung und Potenzial steckte, dass er sicher war, dass keiner von ihnen aufgeben würde. Das war die Herausforderung, die er entschlossen war, zu bewältigen. Das war das Wichtigste in seiner Welt.

Noch während die Schmerzmittel ihn in den Abgrund zogen, wirbelten seine Gedanken um eine Möglichkeit, wieder ein Lächeln auf ihr Gesicht zu zaubern.

Wieder die Sterne in ihren Augen zu sehen. Sie wieder an seiner Seite zu haben. Für immer.

14

Etwas war über Finn gekommen, und Karen wusste nicht, ob sie es als Nebenwirkung der Schmerzmittel erklären sollte oder ob ihre derzeitige griesgrämige Laune sie besonders sensibel machte.

Er war ständig um sie herum. Jedes Mal, wenn sie sich umdrehte, war er da.

Reichte ihr eine Tasse Kaffee. Steckte den Kopf um die Ecke, wenn sie zurück ins Häuschen kam, oder ins Haupthaus, weil sie Pause machte. Fragte, ob er für sie irgendwelche Fragen beantworten musste.

In der Scheune.

Winkte ihr von der Veranda, während sie auf Starlight vorbeiritt.

Teufel, sie dachte sich allmählich, wenn sie in den Heuschober der Scheune hinaufsteigen würde, würde sie ihn dort finden, auf den Heuballen ausgebreitet, und bereit, sie zu fragen, ob er irgendwas für sie tun konnte.

Sie blieb vor den Pferdeboxen stehen, versuchte, ihr Gleichgewicht wiederzufinden.

Starlight begrüßte sie, wieherte leise, um sie dazu verleiten, zu ihm zu kommen und ihm einen Leckerbissen zu geben.

„Du kannst aber flirten", sagte sie zu ihm, aber sie öffnete gehorsam das Tor und kam zu ihm in die Box. Sie fütterte ihn mit ein paar Stücken Karotte, die sie mitgebracht hatte, dann trat sie zur Seite und legt den Kopf an seine warme Flanke.

Sie streichelte ihn ein paarmal, spürte die Muskeln unter seiner Haut zucken und nahm seine friedliche Haltung in sich auf, auf eine Art, die viele Leute überrascht hätte, denen im Beisein von Pferden nicht ganz geheuer war.

Er wieherte leise, hob den Kopf und trat von einem Vorderbein aufs andere, als würde er ihre Stimmung spüren.

Karen trat zu seinem Kopf und legte ihm die Arme um den Hals, atmete seinen Geruch ein, während sie versuchte, einige Ärgernisse wegzuatmen, die sie in den letzten Tagen überfordert hatten.

Ziemlich elend, wenn sogar die Pferde wissen, dass man neben sich steht.

Es wussten, *und* wussten, wie man Hilfe bot.

Dann sollte es so sein. Jetzt im Augenblick musste sie entweder den Trost durch das große Tier annehmen, oder sich einfach eine Ecke in der Scheune suchen, in die sie sich setzen und weinen konnte. So verdammt emotional war sie nicht gewesen, seit ein Teenager gewesen war.

Es gab doch nichts, was einer Pubertät in den frühen Dreißigern entsprach, also was war das?

Tierisch nervig.

„Karen?"

Sie schnaubte. Es war Finn. Sie hatte gedacht, er wäre unterwegs zur entgegengesetzten Seite des Bauplatzes, wo er aus irgendeinem unheiligen Grund vier- oder fünfmal am Tag nach der Arbeitsmannschaft schaute.

„Ich bin bei Starlight", rief sie. Denn sich in einer Box zu verstecken, ohne etwas zu sagen, war einfach nur kindisch. Verführerisch, aber kindisch.

Er kam in Sicht, und sie wurde sofort höchst aufmerksam. „Heilige Scheiße, was ist passiert?"

Finn schob sich die Krücken unter die Arme, um sein Hemd aufzuknüpfen. Das Flanell tropfte, und Wasser lief ihm von der Hutkrempe und die Stoppeln auf seinen Wangen hinab. „Eine Fehlfunktion in der Hauptwasserleitung. Ich brauche deine Hilfe, um mich sauber zu machen."

Sie gab Starlight einen raschen Kuss auf die Nase und ein Tätscheln zum Abschied, bevor sie das Tor hinter sich schloss und zu Finn kam. „Komm. Gehen wir zum Häuschen. Wir ziehen dich hinten auf der Veranda aus."

Finn knurrte verärgert, während sie sich hinaus und über den Hof zum Häuschen begaben.

„Ich muss nicht mal fragen, wo das Problem liegt", sagte Karen. Die ganze Arbeitsmannschaft wühlte panisch im Schlamm, eine hohe Wasserfontäne spritzte zum Himmel, als hätten sie einen selbst gemachten Geysir auf dem Gelände.

„Das ist ein brandneues System", beschwerte sich Finn. „Das hätte auf gar keinen Fall so kaputt gehen sollen."

„Absolut frustrierend", stimmte Karen zu, bevor sie sich aufs Positive verlegte. „Ist immer noch besser, jetzt einen Fehler zu finden, statt einen Monat, nachdem man schon zahlende Kunden hier vor Ort hat."

„Hör auf, optimistisch zu sein. Ich bin mürrisch", erklärte ihr Finn.

Toll, da waren sie schon zwei. Ein trockenes Grinsen stellte sich ohne Vorwarnung ein. „Ich dachte, unser Arbeitsbegriff wäre griesgrämig."

„Das auch."

Es war eine angenehme Ablenkung, den Mann auszuziehen. Ein Teil des Ärgers, der sich in den letzten paar

Tagen breitgemacht hatte, begann nachzulassen, während sie half, Finn nackig zu machen. Er zog die oberen Schichten seiner Kleidung aus, und sie half ihm, die Stiefel abzunehmen, was bedingte, dass er sich auf den hohen Hocker setzte, den sie genau für diesen Zweck auf die Veranda gestellt hatten.

Sie zog die schmutzige Jogginghose über seinen Gips, und bis er in nichts als seiner Unterwäsche vor ihr stand – die ebenfalls nass war – hatte Karen eine gute, ausgiebige Erinnerung daran bekommen, was für ein erstaunliches Exemplar Mann er doch war.

Auf seinem Gesicht waren Schlammspritzer, genauso auf seinem Nacken und seinen Armen. Etwas davon war auf seinen Oberkörper getropft, während sie ihn ausgezogen hatte, sodass seine Haut ein hübsches Farbenspiel zeigte. Nicht nur Muskeln und Sehnen, nicht nur das faszinierende Heben und Senken seiner Brust. Ihr Blick wanderte über die Locken auf seinem Oberkörper und hinab zu dieser gefährlichen Linie, die vom Nabel abwärts zu dem Gummiband an seiner Taille führte.

„Wenn du mich weiter so anschaust, bin ich nicht allein unter der Dusche", warnte Finn sie.

Karen riss den Blick von dort los, wo sie unter seiner Unterwäsche seinen langen Schwanz bewundert hatte. Dieser dicke Wulst war noch dicker geworden, vermutlich, weil sie ihn überhaupt angestarrt hatte.

Und er hatte sie dabei erwischt.

Sie schaute ihm in die Augen. „Ich sollte mich schämen, aber dieses Gefühl habe ich gerade nicht."

Ein tiefes Grollen stieg von seiner Brust auf, während er sich die Krücken schnappte. „Rein in das verdammte Haus", befahl er.

Sie zog die Tür auf und trat ein, Finn direkt hinter ihr. „Du weißt, dass du noch nicht duschen kannst", warnte sie ihn.

„Außen ist dein Gips aber wasserfest, also sollte es schon passen, wenn ich ihn abwische.“

Dann waren sie im Bad. Er stellte die Hähne an, nahm sich einen Waschlappen und fuhr sich damit über die Hände und den Oberkörper, bevor das Wasser Zeit hatte, warm zu werden.

Die Schicht Haare auf seinen Unterarmen stellte sich leicht auf, als das kühle Wasser auf die Haut traf. Seine Nippel waren steif, seine Bauchmuskeln bildeten feste Wulste. Karen schaute im ersten Augenblick fasziniert zu, bevor ihr klar wurde, dass sie, so erstaunlich die Show auch war, keine Hilfe war.

Sie schnappte sich einen weiteren Waschlappen, tauchte ihn in das Waschbecken und machte damit weiter, ihm den Rücken zu waschen, die Schultern. Die leichte Einbuchtung seiner Taille, bevor sie sich zu seinem festen Hintern öffnete. Sie stand im Bad hinter ihm und nahm das Gummiband seiner Unterwäsche, zog sie hinab über den starren Glasfasergips.

Sein Hinterteil war eine Pracht.

Sie strich mit den Fingern über die Delle auf einer Backe, und weiter nach unten, wo es in die feste Grundlage seines Standbeins überging. Drahtige Haare kitzelten ihre Handflächen, während sie weiter nach unten wischte, wieder nach oben glitt.

Bis ans obere Ende seines unteren Rückens, über die angespannten Muskeln entlang seiner Adonis-Linie.

Finn stöhnte, und sie schaute auf, um festzustellen, dass er den Rand des Badtresens im Todesgriff hielt. Den Kopf gesenkt, während er in den Spiegel schaute, auf sie, wie sie ihn berührte.

Sie wusch ihn tatsächlich schon gute zehn Minuten lang. Die stetige Bewegung des Stoffs über seiner Haut war eine Ausrede, und als sich ihre Blicke trafen, wurde etwas in seinem düsterer. Schwer und fordernd.

Er griff zurück nach hinten und fing ihr Handgelenk mit starken Fingern. Führte sie nach vorne, ihre Hand über seinen Unterbauch, dorthin, wo sein Schwanz aufrecht und dick stand, am Schlitz oben trat Feuchtigkeit aus.

Feuchtigkeit, die sich auf ihre Fingerspitzen legte, als er ihre Hand um ihn herum schloss und langsam pumpte.

Abwärts, dann aufwärts, mit ihrer Handfläche über die Spitze rollte, während Hitze und Feuchtigkeit zunahmen.

Wieder legte er die Finger fester um ihre, bis sie wusste, dass sie ihn niemals so fest genommen hätte, aber das war gut. Eine süße und ach so schmutzige Verbindung, während er ihre Hand nutzte, um der Lust Platz zu machen.

Karen bedauerte jeden Quadratzentimeter Kleidung, der ihren Körper bedeckte, denn als sie näher trat und die Hitze zwischen ihnen übersprang, reichte es nicht.

Das würde es aber müssen, denn sie würde nicht aufhören mit dem, was sie tat. Nicht, während das Spiegelbild Finn mit geschlossenen Augen zeigte, sein Gesicht von Lust erfüllt, wie er sich ihrer Berührung ergab.

Seine Hand glitt von ihrer weg und nach hinten, bis er sie an den Hüften hielt. Finger bohrten sich in ihre Arschbacke, während er sie an sich zog. Schichten aus Kleidung trennten sie, doch die sexuelle Anspannung verband sie auf eine völlig andere Weise.

Und dieser Anblick ...

Das Spiegelbild vor ihr war jede schmutzige Erinnerung und jeder schweißtreibende Traum, den sie je gehabt hatte, seit sie Finn Marlette zum ersten Mal begegnet war. Es war nicht so sehr die Perfektion seines Körpers, sondern wie er sich gehen ließ.

Sein Gesicht. Die Augen zusammengekniffen, dann entspannt. Die Lippen leicht geöffnet, während er keuchte, die Erlösung kam näher. Die Muskeln seines Oberkörpers waren angespannt, sein Bauch zog sich zusammen, während sie den Rhythmus weiterführte.

Karen leckte über die Haut seiner Schulter, seines Arms. Knabberte leicht, ihr Blick auf den Spiegel fixiert, um seine Reaktion zu genießen.

Seine Augen – jetzt geöffnet, sprachen die Worte, die ihm nicht über die Lippen kamen. Verlangen, drängendes Verlangen. Er keuchte, seine Hüften wiegten sich in einem letzten verzweifelten Aufbäumen an ihrer Hand.

Dann kam er in langen, harten Spritzern, die über den Tresen und ihre Faust geschleudert wurden, während er ihr im Spiegel in die Augen blickte und sie alles sehen ließ.

Er wankte immer noch, als die Wahrheit ihn heftig traf. So gut diese Erlösung auch getan hatte und so notwendig sie gewesen war, es war nicht das Ende von dem, was jetzt im Augenblick absolut lebensnotwendig war.

Finn drehte sich auf der Stelle, wegen seines Gipses ungelenk und unsicher, auf seinem einzelnen stützenden Fuß, denn sein ganzes verdammtes Blut war immer noch in seinem Schwanz.

Trotzdem fand er die Energie, die Finger in Karens Haare zu vergraben, um an ihre Lippen zu kommen.

Er küsste sie, als wäre er besessen.

Er nahm sie ganz tief und er nahm sie hart, und wäre er nicht vom Gips behindert worden, hätte er sie nur ein paar Sekunden später hinten an der Tür gehabt.

Vielleicht war der Gips etwas Gutes, denn er konnte nicht so schnell machen.

Die Hitze zwischen ihnen loderte auf wie eine helle Flamme unter einem kohlschwarzen Sommerhimmel. Finn verstärkte die Leidenschaft, leckte und biss, hielt sie an sich fest, während ihre weichen Kurven an die harten Kanten seines Körpers stießen.

Sie passten zusammen. Sie passten so verdammt gut zusammen. Sie keuchten beide, als er zuließ, dass ihre Lippen sich trennten.

Er nahm sich ein Handtuch vom Ständer und zog es sich um den Nacken, neigte den Kopf zum Schlafzimmer. „Da rein. Jetzt."

Karen ging langsam rückwärts, ihre Augen waren schelmisch. „Du solltest doch jetzt im Augenblick ganz entspannt und glücklich sein."

„Ich bin sehr entspannt und extrem glücklich, und wenn du nicht in etwa zehn Sekunden nackt bist, hoffe ich, dass du nicht zu sehr an dieser Jeans hängst."

Er drängte ihr nach, kämpfte darum, nicht zu knurren, als sie scheu unter ihren Wimpern aufschaute.

Dann lachte sie, griff nach dem Knopf ihres Hemdes und zog es sich einen Augenblick später über den Kopf.

Sie machte sich an den Knöpfen ihrer Jeans zu schaffen, aber Finn war eher daran interessiert, die Krücken wegzuwerfen und mehr zu tun, als sie aus der Ferne zu bewundern.

Allein schon diese Stripshow? Die brachte seinen Verstand bereits zum Kochen. „Verdammt, Karen."

Karen machte mitten im Herabziehen des Jeansstoffes über ihre Hüften Halt, beobachtete ihn genau.

Er hüpfte einen halben Schritt vorwärts, um die Lücke zu schließen, balancierte auf einer Krücke, während er mit den Handknöcheln über den Rand ihres schimmernden roten Unterhemds strich. „Wenn du auf dem Reitplatz vorbeigehst, schwingst du die Hüften wie die süßeste Verführung. Ich werde so verdammt hart, weil du diese sexy Dinger drunter trägst, und ich bin der Einzige, der das weiß. Satin und Seide, ganz weich, wenn man es anfasst, aber nicht mal annähernd so weich wie die Haut, die es bedeckt. Und ich will dich nackt ausziehen und dich überall berühren, bis du bereit bist, meinen verdammten Namen zu brüllen."

Er ließ einen Finger unter die dünnen Seidenriemen ihres Unterhemds gleiten, unter den dickeren stützenden Riemen ihres BHs. Langsam strich er mit der Fingerspitze über ihre Schulter nach unten ihren Arm entlang, sodass das Unterhemd herabfiel, um die weiche, cremefarbene Rundung ihrer Brust zu zeigen, die sich sehr viel schneller hob und senkte, nachdem ihr Atemtempo zugenommen hatte.

„Und dieser BH sollte illegal sein." Das Unterhemd fiel so weit herab, dass der Rand ihres Nippels zu sehen war, der unter dem stützenden BH-Cup hervorblitzte.

Finn neigte den Kopf und leckte langsam über die Linie zwischen ihren Brüsten. Nach oben entlang der Krümmung, bis er direkt über ihrem Nippel innehielt. Er schloss die Lippen, sog ihn in den Mund und ließ ihn pulsieren.

Finger streiften durch seine Haare, während Karen stöhnte, sich zu ihm durchbog.

Er hatte nicht die Möglichkeit, sich so lange auf einem Bein zu halten, wie er brauchte, um das so zu genießen, wie er es wollte. Es wurde Zeit, kreativ zu werden. Er arbeitete sich an einer Seite ihres Halses nach oben zu ihren Lippen, drängte sie rückwärts zum Rand des Bettes.

Ließ nur kurz locker, um ihr in die Augen sehen, und sprach hungrig. „Ich muss das Gewicht vom Bein nehmen, aber sobald ich das mache, wirst du mir geben, was ich will. Ich bin noch nicht fertig damit, mir diesen hübschen BH anzusehen, und ich bin auf gar keinen Fall schon fertig damit, dir ein gutes Gefühl zu geben. Das ist erst fertig, wenn du auf meinem Gesicht sitzt, meine Zunge tief drinnen, und ich ficke dich, bis du so heftig kommst, dass du alle außer mir vergisst."

Karen machte ihm Platz, ihre Wangen waren rot, und die Röte breitete sich auch auf ihrer Brust aus. „Diese Schmerzmittel machen dich ziemlich versaut."

Er stieg auf das Bett, dabei grinste er die ganze Zeit. „Heute habe ich noch keine genommen, also sagen wir einfach, dass du mich inspirierst. Zieh dein Höschen aus und komm dann hier hoch."

Finn legte sich flach auf den Rücken, die Beine ausgestreckt, den Blick auf Karen gerichtet. Sie griff hinter ihren ...

„Lass den BH an", befahl er. „Das ist meine Aufgabe. Du wirst das Höschen los und setzt dich rittlings auf mich."

Er hätte nicht gedacht, dass es ihr möglich war, noch stärker zu erröten, doch das tat sie, und das brachte etwas in ihm zum Kochen. Oder vielleicht lag es daran, wie sie die Daumen in das dünne Band aus Stoff einhakte, das über ihren Hüften lag, und sich mit natürlicher Anmut herauswand. Das seidige Stück Stoff fiel außer Sicht auf den Boden, die dunklen Locken, die ihr Geschlecht bedeckten, waren ein Stückchen Nirwana im Schlafzimmer.

Indem sie erst eins und dann das andere Knie auf der Matratze platzierte, brachte sich Karen behutsam mitten über seinen Bauch. „Mach bloß nichts, bei dem du dir wehtust", warnte sie.

„Als die Konstellation genau andersrum war, habe ich dir vertraut, dass du mich wissen lässt, wenn sich irgendwas nicht gut anfühlt", rief er ihr in Erinnerung. „Ich werde nichts versuchen, was zu hart oder zu schnell ist, auch wenn der Tag, an dem ich meinen Schwanz in deiner süßen Muschi versenke, gar nicht schnell genug kommen kann."

Sie leckte sich über die Lippen, atmete schwer.

Er winkte sie vor. „Komm näher. Ich bin noch nicht fertig mit dem Spielen." Die Verwirrung auf ihrem Gesicht verschwand, sobald sie sich neu ausgerichtet hatte. Er strich mit den Fingern über ihren Oberkörper hinauf, bis seine Hände ihre schönen Brüste hielten. Auf eine langsame, kreisende Bewegung über dem Stoff folgten neckende Berührungen der freigelegten Haut, die mit seinen Sinnen verstecken spielte.

„Verdammt, ich kann mir nicht vorstellen, wie das bequem sein sollte, aber es ist eines der verführerischsten Dinge, die ich je gesehen habe", gestand Finn.

„Der BH stützt mich ziemlich stark." Ihre Worte gingen in ein leises Seufzen über, als er ihre Nippel zwischen Daumen und Zeigefinger rollte.

„Aber ich wette, das fühlt sich gut an", bemerkte Finn. „Wenn du draußen reitest und dieses seidene Unterhemd über deine nackten Nippel reibt, denkst du je an mich? An meinem Mund auf dir? Wie ich sauge und knabberte, bis du dich windest?"

Karen beugte sich vor, ihre Brüste quollen beinahe aus den Cups. Nur wenige Zentimeter von seinem Mund entfernt, als würde sie ihm ein Opfer darbringen. „Manchmal. Manchmal komme ich zurück nach Hause und besorg es mir unter der Dusche. Lasse einfach das Wasser über mich laufen und träume, dass du es bist."

Dieses Bild war der Tropfen, der das Fass zum Überlaufen brachte. Finn löste ihren BH und zog ihn ihr aus, noch während er den Mund über einen der steifen Nippel legte und saugte.

Er nutzte die Zunge, kreiste an der zarten Haut, bis sie sich stärker an ihn drückte. Dann war es Zeit, seine Zähne einzusetzen, abzuwechseln zwischen sanftem Knabbern und zunehmendem Saugen. Sie schmeckte perfekt, und er nutzte beide Hände, um die Brüste dicht zusammenzudrücken, damit er rasch von einer empfindlichen Spitze zur anderen wechseln konnte. Sie hielt sich über ihm aufrecht, die Augen geschlossen, ihr Gesicht war von Lust gezeichnet.

Und dann war es genug, denn es war nicht mal annähernd genug. Finn griff nach unten, nahm sie an der Hüfte und zog sie nach oben.

Karen packte das Kopfteil des Bettes, um sich im Gleichgewicht zu halten, doch er hielt sie so fest, dass sie gar nicht wegkonnte.

Er drückte einen Kuss auf die erhabenste Stelle ihres Geschlechts. „Verdammt, das habe ich vermisst."

„Ich auch." Die Worte waren sanft geflüstert, mit dem Hauch einer lachenden Melodie darin.

Finn begegnete dem lächelnden Blick in ihren Augen. „Meine Zunge hat dich vermisst."

Sie öffnete den Mund, um etwas zu sagen, doch er wartete nicht mehr. Er leckte durch ihre Locken, öffnete sie. Ihr Geschmack strömte auf ihn ein, und er hob sie höher, um sich gierig an die Arbeit zu machen. Leckte die Nervenbündel, sodass ihre Hüften sich wanden.

Er bohrte den Finger in ihre Gesäßmuskulatur, um sie auf seinem Gesicht nach unten zu reiben. Stieß die Zunge tief hinein, trieb ihre Lust in höhere Höhen, wenn man nach den Geräuschen ging, die von ihren Lippen kamen.

Er ließ die Finger in ihr Geschlecht gleiten und konzentrierte sich mit der Zunge auf ihre Klitoris. Feuchtigkeit bedeckte seine Hand, während er an ihrem Eingang spielte. Sie langsam mit den Fingern fickte, während sie sich an ihm wiegte, dichter an den Höhepunkt kam.

Das einzige, was ihm an dieser Stellung nicht gefiel, war, dass er ihr Gesicht nicht sehen konnte, aber hier und jetzt würde er das so hinnehmen. Die Geräusche nehmen, die von ihren Lippen drangen, die Feuchtigkeit, die seine Finger bedeckte, und dann kam sie, ihr Körper zog sich fest zusammen und drückte zu, noch während er sie durch die Nachwehen weiter fickte.

Er ließ die Finger tief in ihr, leckte langsam über ihre Falten, um ihr Beben zu spüren. Das Kopfteil bebte, als sie sich noch einmal zusammenkrampfte, jede Bewegung seiner Zunge ließ sie wieder hochgehen.

„O mein Gott, Finn. Langsam. Langsam." Sie stieß ein weiteres langes Keuchen aus, hob die Hüften so weit hoch, dass sie den Kontakt mit seinem Mund unterbrach.

Er schaute auf. Zog die Finger zum Teil heraus. Ließ sie langsam wieder hineingleiten.

Ihr Gesicht verzog sich, und ein weiterer Impuls wogte durch sie hindurch. „O mein Gott. O mein Gott."

Er machte es wieder, dieses Mal fluchte sie leise. „Ich sterbe noch."

Finn hielt die Hand ruhig. Drehte den Kopf weit genug, um ihr einen Kuss auf die Innenseite des Oberschenkels zu drücken. Sie bebte und seufzte.

„Willst du noch mehr?", fragte er.

„Nein. Ja." Sie lachte. „Später?"

Als er die Finger sanft in ihr krümmte, bekam er einen weiteren Schrei. Diesmal hatte er Mitleid und zog die Hand ganz heraus. „Später", stimmte er zu.

Behutsam löste sie sich von ihm, dann holte sie sich eine Extradecke vom Sessel. Sie breitete sie über ihn, bevor sie neben ihm auf die Matratze kroch.

Flach auf dem Rücken gab es nicht viele Möglichkeiten, wie er sie halten konnte. Doch Finn öffnete den Arm, und sie schmiegte sich an ihn, den Kopf auf seine Schulter gelegt, einen Arm über seinen Oberkörper. Beide waren sie nackt, bis auf den äußerst präsenten Gips.

Einen Augenblick lang lagen sie still. Finn drückte ihr einen Kuss oben auf den Kopf. „Ist es für dich in Ordnung?"

„Der Teil, dass ich nackt mit dir im Bett liege, oder der Teil, dass wir es uns mitten am Nachmittag gegenseitig besorgen?"

Er wollte ehrlich sein. „Beides. Die Höhepunkte machen Spaß, aber dass ich mit dir zusammen bin, ist echt verdammt wichtig für mich. Nackt oder nicht nackt."

„Ja, richtig. Denn ich war ja in letzter Zeit so eine Spaßkanone." Karen knurrte leicht, bevor sie schwer seufzte. „Tut mir leid, dass ich so verdammt mürrisch war."

„Ist das nicht mein Text?"

Sie lachte, aber es war nicht so hell und klar, wie er es hören wollte.

„Ich weiß nicht. Es ist nur ..." Sie holte noch einmal tief Luft, dann schüttelte sie den Kopf, ihre Haare glitten über seine Brust und seinen Bizeps. „Wir haben ein Ziel. Die Ranch zum Laufen zu bringen, ist ein gutes Ziel. Ich bin froh, dass ich dir damit helfen kann."

Ihre Worte sagten eines, ihr Tonfall etwas anderes. Aus irgendeinem Grund klang es, als wäre die Arbeit mit ihm ein Ding, bei dem sie unbedingt Erfolg haben wollte, selbst wenn es nicht wirklich das war, was sie wollte.

Dass er ihr nicht in die Augen schauen konnte, nervte. Dass er nicht wusste, wie er sie beruhigen sollte, ihr versichern sollte, dass er die ganze verdammte Ranch aufgeben würde, wenn es irgendetwas anderes gab, was sie wollte.

Aber etwas sagte ihm, er sollte abwarten. Er spannte den Arm kurz um sie an. „Ich bin froh, dass du hier bist. Nicht nur wegen der Ranch, sondern weil du *hier* bist."

Da wurde sie ein bisschen weicher, drehte den Kopf, um ihm einen Kuss auf die Brust zu geben. „Sind Nickerchen auf dieser speziellen Ranch erlaubt?"

„Auf jeden Fall. Besonders nach gutem Training."

Dafür bekam er ein leises Kichern und dann Stille. Finn hielt sie fest, während ihre Atmung sich verlangsamte, und sie sich beide entspannten.

Wie zum Teufel würde er es überleben, noch weitere vier Wochen zu warten, bis der Gips runter konnte, um diese Beziehung auf die nächste Ebene zu führen?

Aber so ablenkend die Gedanken an Sex waren, er fragte sich, was ihm sonst noch entging, und wie er es reparieren sollte. Das Wunder, dass sie ihm wieder vertraute, war eine Wucht gewesen.

Er musste es immer noch besser machen.

15

Es war nicht, als hätten sie einen Wendepunkt erreicht, und von jetzt an wäre alles nackter Spaß und ein völliges Abtauchen in die Beziehung gewesen.

Finn hätte es nichts ausgemacht, aber er schätzte schon, dass es in Wirklichkeit so nicht funktionierte. Und noch während er sich Zeit nahm, das Nickerchen zu genießen, zu dem sie sich aneinander kuschelten, dachte er, dass sie vermutlich aufwachen und eine Möglichkeit finden würde, wieder etwas Abstand zwischen sie zu bringen.

So frustrierend das war, Finn kämpfte nicht dagegen an. Es war nicht so, als könne er sie verfolgen und verlangen, dass sie aufhörte, vor dem wegzulaufen, was zwischen ihnen stand.

Trotzdem, er wertete die Tatsache, dass sie ihn süß küsste, bevor sie aus dem Bett stieg und ihre Kleider anzog, als Gewinn.

Karen zwinkerte ihm zu. „Einer von uns muss zurück an die Arbeit. Mein Boss ist eine richtig harte Nuss."

Finn verschränkte die Arme hinter dem Kopf und grinste.

„Geh los und erzähl Zach, dass ich *sein* Boss bin. Ich möchte hören, was er sagt."

Mit einem leichten Winken brach sie auf.

Er nahm sich lange Zeit, um sich darauf vorzubereiten, seinen Tag neu anzufangen. Gott sei gedankt für das seltsame erweiterte Greifwerkzeug, dass Zach ihm besorgt hatte, wodurch er sich in unter einer Stunde anziehen konnte.

Karen hatte sich seine nassen Klamotten geschnappt und sie in die Waschmaschine gesteckt, also machte er sich ein wenig in der Küche zu schaffen, um die Dinge für den Abend vorzubereiten. Bis er es hinüber zum Haus geschafft hatte, um mit Zach auf den neuesten Stand zu kommen, war es schon fast vier Uhr.

Sein Freund ging Listen mit einem für ihn untypischen Stirnrunzeln durch.

„Was ist los?", fragte Finn, während er durch den Raum ging, seine Krücken fanden auf den neuen Holzplatten halt, die als Basis für die zukünftigen Dielenböden gedacht waren.

Zach blinzelte, bevor er sich konzentrierte, und antwortete, indem er mit den Papieren in der Hand wedelte. „Ich wollte nachsehen, was auf unserer neuesten Bestellliste stand, denn uns fehlen eine verdammte Menge Sachen. Cody hat mich in Kenntnis gesetzt, dass sie mit der Verrohrung der Hütten aufhören müssen, denn sie haben fast keines von den gebogenen Rohren mehr, die sie brauchen."

Das ergab keinen Sinn. „Die Handwerker haben doch Preise für alles aufgeschrieben, was wir benötigten. Wurde irgendwo eine Kiste abgestellt, die dort nicht sein sollte?"

„Das war auch mein erster Gedanke. Ich habe ein paar Typen auf die Suche geschickt", erklärte ihm Zach. „In der Zwischenzeit habe ich noch mal nachgeschaut, ob ich es nicht vermasselt habe."

„Oder ich, in Anbetracht der Tatsache, dass ich derjenige

war, der den Papierkram erledigt hat", sagte Finn unverblümt. „Schone meine Gefühle nicht. Wer weiß schon, was ich getan habe, als ich so unter Drogen stand?"

„Ich glaube nicht, dass es einer von uns war. Das ist das Problem." Zach funkelte die Papiere wieder an, als könne sein Missmut die Wahrheit herauskitzeln.

Finn lehnte sich auf dem hohen Hocker zurück und wartete auf ihn. „Leg das mal vorerst weg. Bring mich auf den neuesten Stand, wie die Dinge wirklich laufen. Ich habe die Schmerzmittel abgesetzt. Ich will sichergehen, dass mir nichts Wichtiges entgangen ist in den letzten paar Wochen."

Das dauerte nicht lang. Zum Teil, weil Zach wusste, wie man zum Punkt kam, und zum Teil, weil sie eine ziemlich direkte Art hatten, zusammenzuarbeiten. Wenn es gut war, war das alles, was Zach sagte.

Wenn es ein Problem gab – wie die fehlenden Teile – dann wurde die Sache so priorisiert, wie sie auf ihre Deadline einwirken würde. Was bisher kein Problem zu sein schien.

„Ich glaube, wir sollten uns allerdings etwas mehr konzentrieren", gab Zach zu. „Alan hat uns bereits gesagt, dass er seine erweiterte Familie mitbringt. Das heißt, wir müssen sechs Hütten fertig haben, um diese Herausforderung zu schaffen. Karen hat gesagt, sie hätte dann genug Tiere und Mitarbeiter, um die Ausritte hinzukriegen. Zumindest das Äußere der Reihenhäuser wird fertig sein – das ist mehr fürs Aussehen und den Spaß als für alles andere. Sobald wir alles haben, was wir zur Installation brauchen, zumindest."

Finn dachte nach. „Schlägst du vor, dass wir das Haupthaus nicht fertigmachen?"

Zach zuckte mit den Schultern. „Wir brauchen einen Ort, an dem wir kochen und die Mahlzeiten auftischen. Karen und ich haben darüber geredet. So schön es klingt, das im Haus zu haben, gehören dazu mehr Veränderungen, als ich glaube, dass wir in unserem zeitlichen Ablauf unterbringen. Wenn man alle Einzelheiten bedenkt.“

„Das hätten wir vermutlich früher planen sollen“, sagte Finn mit einem Grollen.

„Das hätten wir vermutlich, aber dann kam das Leben dazwischen“, sagte Zach fröhlich. Sein Gesicht hellte sich auf, er lächelte zum Eingang hin. „Karen. Toll. Komm und erzähl Finn von deiner Idee mit dem Kochhaus.“

Sie kam durch das Zimmer, völlig professionell. Es war nur seine eigene verdammte Schuld, dass er sich immer wieder den seidigen roten Stoff vorstellte, der sich unter ihrem Flanellhemd bewegte.

„Darüber willst du reden?“, fragte Karen. „Es war doch nur so eine Idee.“

„Es war eine gute Idee“, beharrte Zach. „Schieß los.“

Sie zuckte mit den Schultern, als würde sie die Aufmerksamkeit gar nicht wollen. „Ich habe nur an ein paar der Kommentare gedacht, die wir für den Willmore Wildnispark bekommen haben. Wir hatten eine Kantine aufgestellt. Ein schönes, großes Gebäude am gegenüberliegenden Ende des Parkplatzes, ab von den Pferden – sodass man die Landluft nicht so sehr riecht.“

Finns Lippen zuckten. „Das ist immer gut auf einer Touristenranch.“

Sie nickte langsam. „Was letztlich passiert ist, die Leute haben angefangen nachzufragen, ob sie den Saal für Hochzeiten und Jubiläumspartys mieten können. Und obwohl das Ganze in Willmore etwas anders aufgezogen ist, weil wir Camps über die ganze Woche veranstalten, bei denen nicht viel Freizeit bleibt, wenn man ein Kochhaus mit zwei Speisesälen baut, könnte man einen für Privatfeiern vermieten und trotzdem noch etwas für die Gäste bieten.“

„Du glaubst nicht, dass es ein Problem sein würde, etwas für zwei Gruppen aufzutischen?"

„Das hängt davon ab, wie man es einrichtet, aber die Leute, die hier raus kommen, um zu heiraten oder ein Jubiläum zu feiern, werden schon Pferdemenschen sein, oder das Land lieben, oder irgendeinen Grund haben, warum sie die Red Boot Ranch aussuchen. Teufel, vielleicht haben sie Interesse an ein- oder zweistündigen Ausritten, ohne über Nacht zu bleiben. Da wir so nahe an Calgary sind, ist das auf jeden Fall eine Möglichkeit. Und ich habe gehört, die Mietpreise für Hochzeits-Locations sind durch die Decke gegangen."

Zach zog die Karte der Ranch heraus und deutete auf einen ebenen Platz westlich des Ortes, der gerade als Parkplatz vorgesehen war. „Dort würde es keine Aussicht aus den Hütten ruinieren. Wenn wir eine hübsch große Veranda rund um das Grundgebäude bauen, würde das den Ausblick nur noch schöner machen. Ich glaube, das wäre toll."

Er bekam allmählich eine Vision davon. Finn dachte aus einer Reihe weiterer Blickwinkel darüber nach, unter anderem darüber, wie viel Geld es kosten würde, das zackig fertig zu bauen.

Er nickte Karen zu. „Tolle Idee. Wir werden uns ein paar Dinge noch mal anschauen, aber ich glaube, du hast recht. Neue Einkommensquellen sind auch immer gut, wenn man sie erschließen kann. Zach, sieh dir mal an, was wir alles brauchen, um damit loszulegen. Genehmigungen, Entwürfe und so weiter. Wir haben diesen Architekten, der uns einen Gefallen schuldet, wenn wir Blaupausen brauchen."

Karen hatte sich nicht bewegt. „Ernsthaft?"

Er war nicht sicher, wie er darauf antworten sollte. „Ernsthaft ... was?"

„Du nimmst einfach meine Ideen und setzt sie um?" Karen

schüttelte den Kopf. „Ich hoffe, ich habe dir keine beschissene Idee geliefert. Verschwende bloß nicht dein Geld ...“

Zach hob eine Hand. „Wir haben dir gerade gesagt, dass es eine echt gute Idee war.“

„Und wir werden das mit dem Geld überprüfen, bevor wir loslegen, aber das wird nicht lange dauern“, erklärte ihr Finn.

Sie zuckte wieder die Schultern, als wären sie beide leicht wirr im Kopf. „Ach, übrigens. Cody wollte, dass ich euch beiden sage, er hätte eine Kiste mit gebogenen Rohren gefunden, aber die ganze Kiste sieht so aus, als wäre jemand ein paar Mal mit dem Traktor darüber gefahren. Da werden wir neue nachbestellen müssen.“

Finn unterdrückte einen Fluch.

„Hey, Zach.“ Karen wechselte das Thema. Etwas Glück mischte sich in ihren Tonfall. „Jemand hat dich vorhin wegen der Junggesellenversteigerung aufgezogen. Ich habe nie die Einzelheiten darüber gehört, wer das Date mit dir gewonnen hat. Wer hat dich denn gekauft? Und wohin führst du sie aus?“

„Rose Fields“, sagte er mit einem Lächeln. Er hob eine Hand bei dem leisen Pfiff, der sich nach dieser Ankündigung einstellte. „Seid mal nicht zu sehr aus dem Häuschen. Sie hat mir bereits gesagt, dass das kein Date-Date wird. Brads und Hannas Hochzeit ist nächste Woche, und Rose will jemanden dabei haben, der verspricht, so viel mit ihr zu tanzen, wie sie möchte. Das hat sie in den Auktionsvertrag gesetzt.“

„Als wäre das so anstrengend“, sagte Finn gedehnt.

Zach legte sich eine Hand auf die Brust und tat so, als würde er leiden. „Ich weiß nicht, wie ich das überleben soll. Eine hübsche Frau will den Abend in meinen Armen verbringen? Reine Folter.“

Sie plauderten noch ein paar Minuten länger, dann ging Karen in die eine Richtung los, und Zach in die andere. Finn begab sich langsam zurück zum Häuschen, denn er hatte genug.

Aber Karens seltsame Reaktion kam ihm immer wieder in den Sinn. Weshalb sollte sie denn so aufgeregt sein, eine Idee mit ihnen zu teilen, und dann schockiert, wenn sie sie annahmen?

~

FALLS FINN ihr vorher nachgespürt hatte, würde er jetzt doppelt so schwer arbeiten müssen. Karen erwischte sich dabei, wie sie sich aktiv vor ihm versteckte.

Ob sie sich nun früh in ihr Schlafzimmer zurückzog oder aufstand, während es noch dunkel war – was bedeutete, um diese Jahreszeit teuflisch früh, da um fünf Uhr die Sonne bereits über dem Horizont stand.

Natürlich hätte es, wenn sie gewusst hätte, weshalb sie sich vor ihm versteckte, die Dinge einfacher gemacht.

Das winzige bisschen Sex hatte ihren Appetit nur angeregt, also war es das nicht. Sie konnte es kaum erwarten, bevor er seinen Gips loswurde, oder zumindest nicht mehr regelmäßig Schmerzmittel nahm, denn sie wusste aus Erfahrung, dass es Möglichkeiten gab, kreativ zu werden, auch wenn er immer noch dieses unförmige Teil trug.

Sie fühlte sich nur einfach *beschissen*.

Er brauchte auf gar keinen Fall jemand mit furchtbarer Laune, der in seine Welt stapfte und sein Leben schwieriger gestaltete.

Sie brach auf nach Silver Stone, um mit ihrer Schwester zu plaudern und bei Kelli vorbeizuschauen.

Der kühle, süße Geruch der Scheune von Silver Stone ließ ihre Anspannung ein wenig zurückgehen. Karen stellte fest, dass sie langsamer wurde, während sie durch die Scheune schlenderte, um ihre Freundin zu suchen.

Eine der Scheunenkatzen lief langsam auf dem Rand einer Box entlang. Sie hielt inne, um Karen mit glitzernden grünen Augen anzuschauen, zuckte langsam mit dem Schwanz.

Ein Teil des Friedens glitt weg.

„Hey. Ich hatte nicht erwartet, dich heute zu sehen." Die Stimme kam von oben herab. Kelli stand am Rand des Heuschobers, die Arme auf das Geländer gestützt. „Bist du vorbeigekommen, um Dandelion Fluff zu besuchen?"

Diese Ausrede war so gut wie jede andere. „Teilweise. Zum Teil, um dich zu sehen."

Kelli deutete auf die Leiter, die an der Wand in der Nähe befestigt war. „Dann komm rauf. Du kannst zwei Fliegen mit einer Klappe schlagen, um es mal so zu sagen."

Oben an der Leiter öffnete sich der Raum zu einem Heuschober wie jeder andere, mit ordentlichen Reihen von süß duftendem Heu, die mit äußerster Präzision aufgeschichtet waren. Kelli saß auf einem niedrigen Bereich, und als Karen näherkam, wurde eine ganze Schar Kätzchen sichtbar, die alle durch einen natürlichen Spielplatz krochen, der von einem etwas niedrigeren Heuballen gebildet wurde.

„Du bist ja ein Katzenfänger", scherzte Karen.

„Ich hatte ganz früh Aufgaben zu erledigen. Das ist eine der Belohnungen, die ich mir hole, wenn ich sie abschließe", sagte Kelli. „Sasha und Emma wollen immer wissen, wo die Babys sind. Das ist meine Ausrede, weshalb ich sie suche."

Kelli nahm sich eines der gestreiften Kätzchen, hob es ans Gesicht und rieb die Nase an seiner.

„Es liegt bestimmt überhaupt nicht daran, dass du gerne kuschelige Kätzchen streichelst, aber natürlich nicht." Karen hob Dandelion auf. „Hallo, Süßer. Hast du mich vermisst?"

Sie bekam ein äußerst zufriedenstellendes Miauen, als er

den kleinen rosa Mund öffnete. Sie drückte ihn sich an die Brust, und er schmiegte sich an ihre Kehle, seine kleinen Pfoten bohrten sich in ihre Haut.

Die Anspannung in ihrem Inneren kehrte heftig zurück, und jetzt war sie auch noch weiter oben in ihrer Kehle, sodass sie kaum noch schlucken konnte.

„Hey. Alles in Ordnung?" Kelli stand Sorge ins Gesicht geschrieben.

Karen schüttelte es ab und zwang sich zu einem Lächeln. „Ich wollte wissen, ob du noch was von den Wildpferden gehört hast. Wie geht es dem Wallach, den du aus der Herde entfernt hast?"

„Marmelade. Er macht sich ganz gut. Immer noch ein wenig störrisch, aber er benimmt sich besser, seit ich ihm eine Aufgabe gegeben habe." Kelli lehnte sich zurück, schob sich, ohne hinzusehen, weitere Kätzchen auf den Schoß, während sie redete. „Ich hatte gehofft, dass ich nächste Woche mal rauskomme und nach Thor und seinem Harem sehen kann. Willst du mit? Ich hätte dich gern dabei."

„Wenn es funktioniert", sagte Karen langsam. „Ich werde in den nächsten paar Monaten ziemlich beschäftigt sein. Ich schwöre, Finn und Zach haben alle Saisonarbeiter der Gemeinde angeheuert, und sie wollen alle meine Meinung zu den Dingen."

„Kein Problem. Ich lasse dich wissen, wann ich letztlich einen Tag freibekomme, um auf Erkundung zu gehen, und wenn es für dich funktioniert, dass du mitkommst, dann ist es toll." Kelli fluchte leise und schälte sich ein Kätzchen vom Arm, das angefangen hatte, sie als Kratzbaum zu verwenden.

Dandelion war in Karens Arm fest eingeschlafen.

Sie sah auf ihn hinab, dieses kleine Bündel aus Wärme. So vertrauensvoll. So zerbrechlich.

Irgendwann musste sie aufhören, dem Tag aus dem Weg zu

gehen. Sie setzte ihn vorsichtig zurück zu seinen Adoptivgeschwistern, die Katzenmutter miaute, als sie sich etwas anders hinlegte, damit ein weiteres Kätzchen eine Mahlzeit bekam.

Friedlich. Süß und zufrieden.

Eine Million Meilen entfernt von den Gefühlen, die durch Karen wirbelten.

„Na, ich schätze, ich sollte mal los. Ich habe *meine* Pflichten noch nicht fertig", sagte sie fröhlich, während sie aufstand.

„Komm jederzeit vorbei, wenn du mal frei hast. Ich arbeite mit Marmelade. Du bist immer willkommen."

Karen wollte gerade unter den Heuschober verschwinden, als Kelli ihr noch einmal nachrief. „Oh. Und wir sehen uns bei Tansy."

Ihre Pause ging gerade lange genug, um sich unbehaglich anzufühlen, zumindest für Karen. „Stimmt ja. Heute Abend ist Mädelsabend, oder? Ich kann nicht hin. Mir ist was dazwischen gekommen."

„Schade aber auch. Wir werden dich vermissen", versicherte ihr Kelli. „Ich sehe dich dann bald mal. Sag Finn, er soll schnell wieder heil werden."

„Mache ich."

Karen ging weiter, glitt in ihren Tag und zwang sich dazu, besonders hart zu arbeiten, denn während sie arbeitete, dachte sie nicht nach.

Und wenn sie nicht nachdachte, tat der feste Knoten aus Frust in ihrem Inneren nicht zu sehr weh.

Unfassbarerweise ging sie Finn den ganzen Tag aus dem Weg. Es half, dass irgendwann er und Zach zur Bank wegfuhren, um Papierkram zu erledigen, weil es einen Buchungsfehler gegeben hatte, um den sie sich persönlich kümmern mussten.

Etwa um fünf Uhr bekam sie eine Nachricht von Finn, aber selbst das war leicht wegzuschieben.

Finn: *Wir sind unterwegs zu Longhorn's zum Abendessen. Wir kommen vorbei und holen dich ab.*

Karen starrte ihr Handy eine Minute lang an, bevor sie antwortete: *Bin nicht wirklich hungrig. Habt ihr mal Spaß.*

Sie marschierte eine gute Viertelstunde lang ziellos durch das Haus, bevor sie wütend wurde. Dieser verdammte Umschlag suchte sie aus dem Regal heraus heim. Sie hatte das Gefühl, sie müsse ohne guten Grund weinen, und sie hatte es absichtlich so eingerichtet, dass sie ganz allein war, anstatt Zeit mit ihren Freundinnen oder dem Mann zu verbringen, der sagte, dass er nichts lieber wollte, als mit ihr zusammen zu sein.

Töricht, unverantwortlich und auf jeden Fall hatte sie es verdient, einen beschissenen Abend zu haben.

Etwas trieb sie nach draußen zur Feuergrube. Finn hatte schon Brennholz hineingestapelt, also brauchte es nur ein Zündholz, damit alles brannte. Sie setzte sich auf ihren Stuhl, schaute in die Flammen, während die Sonne herab zu den Bergen wanderte.

Die Stille der Luft fühlte sich unnatürlich an. Keine Vögel zwitscherten, und selbst das lange Gras neben der Straße schien still zu sein, der Wind so leicht, dass sich die Stängel kaum bewegten. Über ihr schrie ein Falke. Ein einsames, unheimliches Geräusch, das ihr eine Gänsehaut bescherte.

Das Raubtier ganz allein, auf der Suche nach einer Mahlzeit.

Karen blickte hinauf in den Himmel, war nur einen Schritt vom Weinen entfernt.

Beinahe eine Stunde später drang das vertraute Geräusch

von Krücken und einem einzelnen Schritt über die Veranda und war dann auf dem Gras, das zur Feuergruppe führte. Der Stuhl neben ihr quietschte, und sie öffnete die Augen, vermied es aber immer noch, ihn anzuschauen, starrte stattdessen über die fernen Berge, die orange und pink gefärbt waren.

Finn blieb eine Weile still, dann hielt er eine Hand über den Rand seiner Armstütze. Die Stühle standen weit genug auseinander, dass sie eine Anstrengung unternehmen musste, um sich in seine Richtung zu strecken und ihn in der Mitte zu treffen.

Sie hob die Finger zu seinen.

Eine Sekunde später waren sie fest in seinem Griff verschränkt, und die Warnsignale, dass Tränen bevorstanden, wurden heftiger. Verdammt, das waren bestimmt Hormone, denn sie war sonst nicht so weinerlich und unkontrolliert.

Als er eine Weile nichts sagte, entspannte sich Karen langsam.

Eine andere Art Anspannung stieg an. Die Art, bei der ihr klar wurde, dass er ehrlich mit dem gewesen war, was er wollte, und obwohl sie nicht sicher war, was zum Teufel vorging, wenn sie aus dieser Beziehung mehr als nur ein Lippenbekenntnis machen wollte, dann musste sie auch ehrlich sein.

„Ich habe das Gefühl, es würde eine große schwarze Wolke über mir hängen." Die Worte kamen aus einer schmerzenden Kehle.

Sie schaute nach links, um festzustellen, dass Finn ins Feuer starrte. Er nickte langsam.

„Das ist untypisch. Oder zumindest war es das vor nicht ganz fünf Jahren. Hast du eine Ahnung, weshalb?", fragte er.

Sie schüttelte den Kopf, bevor ihr klar wurde, dass er sie nicht sah. „Nein. Habe ich nicht." Auch Frust machte sich breit. „Okay, ich weiß eines, was mich stört, aber ich muss da einfach drüber weg."

Er hob den Kopf und schaute ihr in die Augen. „Willst du darüber reden? Du weißt, dass ich etwas geheim halten kann."

Seine Anmerkung war nicht darauf aus gewesen, sie zum Lachen zu bringen, aber sie schaffte es trotzdem. „Du kannst auf jeden Fall etwas geheim halten." Sie wurde ernst. „Ich weiß, dass mein Dad sich bemüht, aber jedes Mal, wenn ich um ihn herum bin, erwarte ich dieselben alten Antworten, die ich in den letzten zig Jahren bekommen habe. Mir gefällt es nicht, Zeit mit ihm zu verbringen, und das ist absolut beschissen."

Sein Griff um ihre Finger spannte sich an. „Es ist nicht beschissen. Es ist echt."

„Ich fühle mich so schuldig. Ich meine, Julia will ihren Vater kennenlernen, und für sie ist dieser ernste Typ der Einzige, mit dem sie es je zu tun hatte. Tamara konzentriert sich darauf, dass er Opa ist, und das scheint zu helfen. Lisa ist eine Ente, und Wasser perlt einfach von ihrem Rücken ab. Aber ich *mag* ihn nicht." Diese Beichte blieb ihr beinahe im Halse stecken. „Ich habe zu viele Jahre mit ihm gearbeitet. Ich weiß, dass er in letzter Zeit ein paar nette Sachen gemacht hat, aber ..."

Das Verständnis auf seinem Gesicht spülte keines der Schuldgefühle weg, aber zumindest fügte er nichts mehr hinzu.

„Vor einer Weile hat er Lisa erzählt, dass er auf irgendeine verdrehte Art versucht hat, uns zu schützen. Er dachte sich, wenn er uns von der Ranch treibt, würde er verhindern, dass man uns wehtut oder dass wir getötet werden, wie bei diesem Unfall, der uns unsere Mom genommen hat. Was völlig beschissen und überhaupt nicht richtig ist. Es tut mir weh, an die Zeit und Energie zu denken, die ich hineingesteckt habe, um die Ranch zu verbessern, und die ganze Zeit hat er mich niemals dort gewollt."

Einen Augenblick lang herrschte nur Stille. Das Feuer

knisterte, während ihr Herz nach der ungnädigen Beichte hämmerte.

Dann ließ Finn seine eigene Bombe platzen. „Ich bin wütend – so schrecklich wütend – bei dem Gedanken, wie du behandelt worden bist. Und obwohl dein Vater einiges richtig gemacht hat, respektiere ich nicht, wie er dich behandelt hat. Das macht es schwer, daran zu denken, irgendwas mit ihm anzufangen, und ich spüre das nur aus zweiter Hand. Ich musste mit diesem Unsinn nicht zurechtkommen, so wie du es viele Jahre lang getan hast.“

Karen zog ihre Hand heraus, um in ihrer Tasche nach einem Taschentuch zu wühlen. Das war keine tränenfreie Zone mehr, auch wenn – zumindest vorerst – ihre Augen nur tropften, statt dass sie richtiggehend schluchzte.

Finns Miene wurde eiskalt. „Antworte nicht, wenn du das nicht möchtest. Hat er jemals irgendetwas sexuell Schlimmes mit euch Mädchen angestellt?“

Entsetzen hämmerte in sie hinein. Sie schüttelte heftig den Kopf. „Niemals. Wir haben darüber geredet. Meine Schwestern und unsere Cousine Anna. Eine Unterhaltung ohne Beschränkungen, als diese ganze Sache mit *Mee too* anfing, daher weiß ich, dass es kein Geheimnis gibt, das in der Familienvergangenheit der Colemans lauert.“

Die harten Züge seine Miene wurden etwas weicher. „Da bin ich froh. Aber glaub bloß nicht, nur weil du nicht mit diesem Problem konfrontiert warst, wäre das Problem, mit dem du es zu tun hattest, nebensächlich. Denn das ist es nicht.“

Seine Warnung kam genau im richtigen Augenblick, da sie bereits auf diesem Pfad unterwegs war.

Er hatte recht.

Das machte es nicht einfacher, den Ansturm der Schuldgefühle zu ignorieren. Sie hatte ein Dach über dem

Kopf, Essen auf dem Tisch und einen Job gehabt. Es hatte genug gute Dinge in ihrer Welt gegeben ...

Trotzdem tat es innerlich noch weh.

Karen sprach langsam, versuchte ihr größtes Problem in Worte zu fassen. „Ich habe viele Jahre damit verbracht, dass er mir gesagt hat, ich wäre nicht gut genug, und das setzt sich fest, ganz gleich, wie sehr ich das nicht wollte. Und es spielt keine Rolle, *weshalb* er es getan hat, es war falsch."

„Es war total falsch. Das hattest du damals nicht verdient, und das verdienst du auch jetzt nicht." Finn beugte sich vor, wollte wieder ihren Blick auffangen. „Das ist etwas, was sich nicht über Nacht ändern wird."

„Ich weiß."

Er neigte das Kinn. „Dein Dad ist nicht der Einzige, auf den ich wütend bin", gab er zu. „Ich muss aufpassen, die Wut aus meinem Inneren nicht in den falschen Momenten herauszulassen. Das ist etwas, woran ich in den letzten paar Jahren gearbeitet habe."

Karen wartete, doch er sagte nichts weiter zu der Quelle seines Zorns. Sie dachte sich, dass er das tun würde, wenn er bereit war. Der wichtigere Punkt war im Augenblick der andere Teil. „Wie arbeitest du denn daran? Boxsäcke? Tanzveranstaltungen?"

Er schnaubte. „Ich habe einen echt fiesen Tango drauf."

„Besonders jetzt." Sie warf einen Blick auf seinen Gips.

Finn lehnte sich zurück, schaute zur Sonne, die hinter den Höhenzug sank, außer Sicht verschwand. „Ich bin ein wenig zur Therapie gegangen. Wir haben einige Fragen aufgebracht, die ich durchgehe, wenn ich auf ein Problem stoße, das mich explodieren lässt."

„Fahr fort."

„Es klingt vielleicht einfach, aber es hilft. Ich frage mich, *was ist mein Endspiel?* Da tun sich normalerweise unterschiedliche Wege auf, um weiterzumachen, anstatt einfach nur in die Luft zu gehen."

Karen dachte darüber nach. „Wenn ich gefragt werde, um ob ich zum Essen mit meinem Dad rüberkommen will, ist mein Endspiel, eine gute Tochter zu sein, also sollte ich es einfach hinnehmen und gehen."

Er schüttelte den Kopf. „Scheiß doch da drauf. Du *bist* eine gute Tochter. Was du letztlich willst, ist, dass du glücklich und gesund bist, was bedeutet, dass du manchmal nein zum Abendessen sagst, denn du hast nicht die Energie, dich gleich jetzt mit ihm zu befassen. Manchmal bedeutet das, dass du deiner Schwester vielleicht sagst, dass du rüberkommst, aber gleich nach dem Essen wieder aufbrichst. Oder dass du dich zu deinen Nichten setzen willst."

„Aber ich sollte doch ..."

„Dich elend fühlen?" Finn schüttelte den Kopf. „*Ma chérie,* es ist nicht dein Job, ihm beizubringen, wie man ein guter Vater ist."

Die Worte trafen sie mit dem Gewicht eines Ambosses.

Finn fuhr leise fort. „Du sagst, er versucht, die Dinge besser zu machen, aber er hat so viele Jahre, in denen er es anders getan hat – er wird hin und wieder alles vermasseln und instinktiv zurück auf alte Gewohnheiten verfallen. Du musst dich nicht freiwillig melden, um dann in Reichweite zu sein, während er übt, kein Arschloch zu sein."

Die Tränen, die die ganz Zeit gedroht hatten, wollten nicht mehr warten, und die Schleusentore öffneten sich. Denn es stimmte. Jedes Wort brodelte in ihrer Seele und nahm sie richtig durch die Mangel.

Von ihm kamen Flüche, dann brach das Geräusch seiner strengen Stimme durch ihr Elend, während sie weinte, das Gesicht in den Händen vergraben.

„Das kann ich nicht", knurrte Finn heiser. „Ich kann doch

verdammt noch mal nicht zuschauen, wie du weinst, ohne dich zu halten. Und ich kann nicht aufstehen und dich in die Arme nehmen, also, *chérie*, musst du herkommen. Komm und setz dich zu mir, und lass dich von mir halten. Wir stehen das schon durch. Wir finden eine Möglichkeit."

Eine Million Ausreden, weshalb das eine furchtbare Idee war, schossen an die Oberfläche, doch sie alle wurden von einer starken Erinnerung daran weggeschlagen, wie sanft er mit ihr umgegangen war, als sie die Verletzte gewesen war. Karen stand aus ihrem Stuhl auf, überbrückte den kurzen Abstand zwischen ihnen und beäugte ihn besorgt.

Er nahm sie, zog sie auf seinen Schoß. Ihre Hüfte ließ sich auf seinem heilen Bein nieder, und ihr Körper drehte sich zu ihm, bis sie sich in seine Arme schmiegte.

In seinen Armen richtete sich ihre Welt neu aus. Die Dunkelheit war immer noch überall um sie herum, aber es gab auch eine Schutzschicht.

Finn Marlette, der in ihrem Herzen eine Kerze entzündete, die dünne Stränge aus Hoffnung in die elende Nacht schickte.

16

Am allermeisten wollte Finn ein Held sein. Eine unmögliche Aufgabe, wenn man bedachte, dass er ein verletztes Bein hatte und es ihm völlig unmöglich war, die Vergangenheit zu ändern.

Bedauern traf ihn, dass er es vor fünf Jahren vermasselt hatte und nicht eher zurückgekommen war, um ihre Welt zu verändern.

Doch er wusste, dass diese Entscheidungen nicht nur in der Vergangenheit lagen, sondern auch unmöglich waren. Er war der Mann, der er heute war, wegen dieser letzten fünf Jahre. Und lieber Gott, er hoffte, was er gelernt hatte, würde ausreichen, um ihre Zukunft zu dem zu machen, was sie verdiente.

Sie weinte noch, aber leiser jetzt, ihre Hände hielten seine Schultern umklammert, ihr Gesicht war an seinem Hals vergraben. So klang ein gebrochenes Herz.

Er streifte mit den Lippen ihre Schläfe. „Wein, soviel du willst, *ma chérie*. Lass es raus, und wenn du fertig bist, können wir auf die Zukunft blicken."

Finn strich ihr die Haare über die Schultern und den Rücken hinab. Ein langsames, süßes Streicheln, bis sie sich entspannte, die Anspannung sich langsam legte, sodass sie ganz weich in seinen Armen lag.

Sie neigte den Kopf, bis sie sich in die Augen schauen konnten. „So bin ich nicht. Ich bin stark, und ich bekomme Zeug geregelt und mache dann weiter."

Ihre Stimme war ein Flüstern, Kummer und Staub.

„Weinen ist etwas Starkes", beharrte er. „Es ist dein Körper, der sagt, dass du mal damit fertig sein muss, so zu tun, als wärst du nicht verletzt. Es braucht eine Menge Kraft, zuzugeben, dass du nicht aus Teflon bist."

Tief in ihren Augen stand Traurigkeit. „Ich will mich nicht so fühlen."

„Niemand will sich so fühlen, als würde man nicht ausreichen. Und ich verstehe, dass dir das ziemlich oft gesagt wurde. Entweder in Worten oder Taten." Er schob ihr die Finger unters Kinn. „Es war nicht wahr. Es ist Zeit, dass du aufhörst, *dir* zu sagen, dass du nicht genug bist. Das ist für den Anfang ein guter Ort."

Karen wirkte entsetzt. „Ich bin sehr kompetent in dem, was ich mache."

„Da hast du verdammt recht", stimmte Finn zu. „Ich glaube, das sagst du dir auch manchmal. Aber nachdem ich dich im letzten Monat beobachten konnte, ist mir aufgefallen, dass du nicht immer andere dasselbe sagen lässt. Und das ist nicht Bescheidenheit, sondern Leugnen."

Ihr Mund öffnete sich, dann schloss er sich wieder, als sie nachdachte. Sie strich ihm über den Arm, streichelte ihn gedankenvergessen, als würde die Berührung ihr helfen, sich zu konzentrieren. „Also will ich letztlich, dass ich zugebe, dass ich toll bin?"

„Das ist ein gutes Ziel. Aber reden wir mal kurz. Ich nutze

die Frage nach meinem Endspiel, wenn ich vor einer Situation stehe, in der meine Laune mit mir durchgeht. Es funktioniert sogar noch besser, wenn ich mir schon vorher überlege, worauf ich hinarbeite. Du sagst, du steckst in einer Wolke aus Dunkelheit fest. Ich weiß, dass du die loswerden willst. Auf etwas zu zielen, macht es leichter, von den negativen emotionalen Ablenkungen wegzukommen. Es ist eine der ersten Lektionen, die unser Mentor mir und Zach beigebracht hat."

Karen hielt inne und schaute kurz in den Himmel auf, bevor sie fest weitersprach. „Ich gehe im Herbst weg zur Schule. Gerade jetzt bin ich hier in Heart Falls, verbringe Zeit mit meinen Schwestern und helfe euch beiden, die Touristenranch zum Laufen zu bringen." Sie holte zitternd Luft. „Ich verbringe Zeit mit Freunden und reite aus, was bedeutet, dass ich null Grund habe, mich über irgendwas zu beschweren, denn all diese Dinge sind fantastisch."

Wie zum Teufel sollte er das klarmachen? „Das sind keine Ziele, das ist eine Liste dessen, was du tust. Was *willst* du denn? Wenn du tief in dich hineinblickst, was siehst du dich in fünf Jahren tun? Oder wenn das zu weit entfernt ist, denk an einen Monat von jetzt oder morgen an. Was machst du da, das dir ein Lächeln aufs Gesicht zaubert? Ich meine da kein beklopptes Lächeln, als wäre das Leben eine Dauerparty. Arbeit macht nicht immer Spaß, aber selbst wenn Zach und ich mit dem schlimmsten Problem zu tun haben, liegt eine gewisse Befriedigung darin, es zu erledigen, wenn es ein Schritt auf das Ziel zu ist, dass ich erreichen will."

„Ich kann meine langfristigen Ziele nicht so mühelos festlegen", beschwerte sich Karen, schob sich leicht von ihm weg. „Ich meine, ich muss analysieren, was ich in der Vergangenheit getan habe, dann ..."

„Lass das Systematische sein, geh einfach mit deinem Bauchgefühl", befahl Finn. „Schließ deine Augen."

Sie warf ihm einen finsteren Blick zu, folgte aber seinen Anweisungen.

Ihre leicht feuchten Wimpern lagen auf ihren Wangen. Eine Falte stand zwischen ihren Augenbrauen, und Anspannung erfasste ihren Körper.

Finn wollte alles in Ordnung bringen.

Er strich ihr sanft über die Wange. „Hol tief Luft, dann stell dir vor, wie du morgen früh aufwachst. Was ist das erste, an das du denkst, das dich glücklich machen würde, tief drinnen im Bauch? Worauf freust du dich?"

„Dass Dandelion Fluff mich anspringt."

Die Worte schossen aus ihr hervor, als hätten sie einen Düsenantrieb. Ihre Augen klappten auf. Die entsetzte Mine, die darauf folgte, sorgte dafür, dass Finns Lippen sich zu einem Lächeln wölbten.

„Warum hast du ihn nicht mehr?", fragte Finn sie sanft.

„Weil Tiere nicht ins Haus gehören", sagte sie mechanisch.

„Manche nicht", stimmte er zu. „Manche schon. Warum kann Dandy nicht dein Tier sein, das du im Haus hast, um mit ihm zu kuscheln?"

Ihre Unterlippe bebte. „Ich gehe im Herbst an die Schule, weg", wiederholte sie. „Ich kann doch kein Kätzchen aufs College mitnehmen."

„Vielleicht nicht, aber das ist ein Problem für die Zukunft. Wenn du willst, kannst du losziehen und dir das kuschlige Tier heute Abend noch holen. Ich bin sicher, er würde es lieben, dich gleich in der Früh anzuspringen."

Verdammt. Der Ausdruck in ihren Augen zerriss ihn innerlich. Als ob sie nicht glauben könnte, dass ihr das einfache Glück einer Katze in ihrem Haus erlaubt war.

Er strapazierte sein Glück. „Was willst du sonst noch

machen, wenn du morgen aufwachst? Denk nicht daran, als wäre es deine derzeitige To-do-Liste, denn diese Liste hast du nicht gemacht, als du über dich nachgedacht hast."

Ihr Blick fiel auf seine Lippen. „Ich will in deinen Armen sein."

So was von Ja.

Sie richtete sich leicht auf, hob eine Hand, um sie an sein Gesicht zu legen. „Ich will morgen aufwachen, und zwar mit dir im Bett, doch noch während ich das sage, weiß ich, dass das eine verrückte Idee ist, in Anbetracht der Tatsache, dass du immer noch bis zur Hüfte in einem Gips steckst, und dann ist da noch ..."

„Ja." Ihre Finger spannten sich an seinem Kinn an. „Das, was du willst. Dazu sage ich ja. Lass doch diese Ausreden, die sofort in deinen Gedanken hochgekocht sind, die dir sagen, dass du das nicht haben kannst oder dass du es nicht haben solltest oder dass du etwas tun musst, bevor du es haben kannst. Das ist das Zeug, zu dem du sagen musst: *Scheiß drauf.*"

„Aber ..." Sie schloss die Lippen wieder. Atmete tief ein, und dann versuchte sie es langsam noch einmal. „Was ich will, bist du, Finn. Punkt. Das habe ich schon ewig gewollt. Ich habe mich völlig beschissen dabei angestellt, das zu zeigen. Ich weiß nicht, was ich in der Zukunft tun werde, aber wenn das der Abend ist, an dem du Karen ein paar neue Tricks beibringst, dann sage ich auf jeden Fall, wenn ich mir morgen früh vorstelle, und den Morgen danach, dann würde es mich zum Lächeln bringen, dich meiner Seite zu haben. Und Dandy."

Finn hatte überhaupt kein Problem damit, sich den Platz mit einer Handvoll Fell zu teilen, besonders, wenn man bedachte, was für ein großer Wandel es war, dass sie dieses spezielle Bedürfnis eingestand.

„Dann hast du mich. Ich kümmere mich schon darum, wie man mit einem verdammten gebrochenen Bein fertig wird.

Jetzt rutsch mal etwas weiter hier rauf und gib mir deine Lippen, denn jemand hat hier grade ein verflixt klares Ziel gesetzt. Das muss belohnt werden."

Karen schob sich auf den Armlehnen seines Stuhls hoch, versuchte noch immer ihr bestes, ihr Gewicht nicht auf ihn zu legen. Aber als sie den Kopf neigte und sich dicht zu ihm beugte, war alles warmer Atem und süße Hingabe, keine Zurückhaltung. Ihre Lippen drückten sich langsam aneinander. Sanft. Zögerlich, nicht, weil sie sich nicht sicher waren, dass sie das tun sollten, sondern weil es ein Moment zum Genießen war.

Finn schob die Finger in die Haare in ihrem Nacken und schmiegte sie dicht an sich. Schmeckte und neckte, fachte langsam das Feuer an, bis sie sich so sehr wand, dass er ihre Lippen festhielt.

Er löste sich von ihr, nur um ihr in die Augen zu schauen. „Es ist Zeit, dass wir das nach drinnen verlagern."

„Dein Bein ..." Karen stockte. Ihre Miene wurde fester. „Ich will nicht so leicht umfallen, auch wenn ich jetzt an jedem meiner Kommentare zweifle. Ich will bei dir sein, was bedeutet, dass ich will, dass du mich hältst. Und ich will dich halten, aber ich will *nicht*, dass du dich verletzt."

„Hast du vor, dir das ganze Bett zu krallen und mich mitten in der Nacht auf den Boden zu stoßen?" Er hob sie in die richtige Richtung, damit ihre Füße auf den Boden trafen.

„Nur, wenn du es verdienst", sagte sie, kaum eine Spur Heiterkeit in ihrem Tonfall. Er nahm ihre ausgestreckte Hand und kam in einer einigermaßen geschmeidigen Bewegung auf die Beine.

Er deutete zum Haus. „Rein. Wir haben unerledigte Aufgaben."

～

Sɪᴇ ᴡᴏʜɴᴛᴇ ɪɴᴢᴡɪsᴄʜᴇɴ seit über einem Monat in der Hütte, teilte sie sich seit über zwei Wochen mit Finn, und das war das erste Mal, dass sie sich unbehaglich fühlte. Zumindest, bis er hinter ihr herandrängte, ihr die Lippen seitlich auf den Hals drückte und sanft knabberte.

„Du musst dieses viel zu beschäftigte Gehirn mal abschalten", flüsterte er. „Gibt's irgendwas Arges, um das du dich heute Abend kümmern musst?"

Es waren sicher Nachrichten von ihren Schwestern auf ihrem Handy, wenn man bedachte, dass sie keiner von ihnen gesagt hatte, dass sie nicht zum Mädelsabend kommen würde. Sie dachte über die Möglichkeit nach, dass sie sie weiter ignorieren konnte, beschloss aber, dass das keine kluge Idee war. „Gib mir mal kurz, um meinen Schwestern abzusagen, bevor sie alle hier auftauchen."

„Willst du Dandy abholen?"

Sie hatte ihr Handy herausgeholt und öffnete eine Gruppennachricht, anstatt jeder einzelnen zu antworten. „Ich kann immer noch nicht glauben, dass du mich ermutigst, mir ein Haustier zuzulegen."

Er beugte sich um sie herum und war direkt vor ihr. „Ich sehe das so, dass er sich dich zugelegt hat. Wir können ihn uns holen, kein Problem."

Ihre Daumen bewegten sich über den Buchstaben, noch während sie den Kopf schüttelte. „Ich bezweifle, dass die Security auf Silver Stone Spaß damit haben würde, uns mitten in der Nacht in der Scheune zu finden, wo wir ein verlorenes Kätzchen aufspüren wollen."

Sie schaute sich die Nachricht noch einmal an und drückte dann auf Senden. Hoffentlich reichte das, um ihre Schwestern in Schach zu halten.

Hatte einen heftigen Tag, aber mir geht's gut. Ich leg mich hin – ich sehe euch alle morgen. XOX

Sie legte das Handy zur Seite, drehte sich auf der Stelle, um ihm die Hände ans Gesicht zu legen. „Morgen gehen wir und holen Dandy. Es fühlt sich seltsam an, das zuzugeben, aber ich will ihn wirklich bei mir haben."

„Du sollst ihn haben." Finn küsste sie sanft. Ihre Mundwinkel. Ihre Wange. Ein langes Necken entlang ihres Kinns, bis er am Ohr ankam. „Heute Nacht bekomme ich dich."

Ein Beben stellte sich ein.

„Ist das ein Ja?" Seine Hände bewegten sich zu ihrer Hüfte, waren damit beschäftigt, ihr Hemd aufzuknüpfen.

„Ich glaube schon", erwiderte Karen. „Du hast nicht vor, nur zu kuscheln, oder?"

Seine Lippen zogen kurz an ihrem Ohr, bevor sein Mund sich auf diese empfindliche Stelle an ihrem Hals legte, die sie immer in den Wahnsinn trieb. Er saugte sanft, seine Zunge stellte gefährliche Dinge mit ihrem Blutdruck an.

Seine Finger glitten unter ihr Hemd, raue Fingerspitzen strichen sanft über ihre Haut, bevor seine erhitzte Handfläche sich an ihren unteren Rücken drückte. Er zog sie zu sich, und ihre Oberkörper berührten einander. Seine festen Muskeln rieben über ihr Hemd, was wiederum Haut prickeln ließ, die schon viel zu sensibel war.

„Wir müssen vielleicht kreativ werden", warnte sie Finn. „Aber mir macht es nichts, noch mal dort weiterzumachen, wo ich letztes Mal aufgehört habe."

„Wo war denn das?"

„Zwischen deinen Oberschenkeln, mit meiner Zunge an deiner Muschi."

„Ach, da." Es war ja nicht, als könne sie sich nicht erinnern, aber Worte verloren allmählich jegliche Bedeutung. „Okay."

Finn lachte leise, schob die Hände zwischen ihre Schulterblätter. Er summte glücklich. „Kein BH."

„Eine Frau, allein zu Hause, die im Selbstmitleid ertrinkt? Vertraue mir, kein BH."

Seine Erheiterung glitt über ihre Haut, zusammen mit der Gänsehaut, die sich bildete, weil seine Hand nach vorne kam und sich um sie legte. Ihre Brust lag in seiner Handfläche, und sein Daumen kreiste um ihren Nippel.

„Machen wir es hier?", fragte sie.

„Was machen?", murmelte Finn.

Er wollte es sie wirklich aussprechen lassen. „Miteinander schlafen."

„Jetzt gerade spiele ich mit deinen Titten. Was zu miteinander schlafen dazugehört, schätze ich." Sein Grinsen wurde fies.

Sie war versucht, ihn an den Ohren zu packen und zu schütteln. „Du genießt das doch."

„Ja. Ich hoffe, du auch." Er sah auf den Stoff hinab, der sich über seinen Daumen bewegte. „Ich schätze, wir sollten entweder ins Schlafzimmer gehen, oder ein paar Vorhänge zuziehen."

„Tolle Idee." Sie sorgte dafür, dass er im Gleichgewicht war, bevor sie wegtrat. „Ich bin dafür, dass wir hierbleiben. Nur eine Sekunde."

Es dauerte nur kurz, den Vorhang über der Spüle zu schließen, und nachdem sie die beiden Türen abgeschlossen hatte, vorne und hinten, kehrte sie in die Küche zurück, um Finn zu finden, der am Tresen lehnte und sie angrinste.

„Mir gefällt es, wenn du die Verantwortung übernimmst", erklärte er ihr.

Sie rupfte sich das Hemd über den Kopf und warf es auf den Sessel.

Ein tiefes Knurren kam von ihm. „Komm her."

Anstatt sich ihm anzuschließen, zog sie ihre Jogginghose aus, entkleidete sich bis auf die Unterwäsche.

Dann sprang sie auf den robusten Küchentisch, öffnete die Beine weit, während sie nach oben griff, um ihre beiden Brüste in die Hände zu nehmen. „Ich dachte, dir gefällt es, wenn ich die Verantwortung übernehme. Das funktioniert für unsere Zwecke vielleicht am besten."

Finn kam sein Hemd abhanden, noch während er den kurzen Abstand zwischen ihnen überwand. Mit einer Hand auf jeder Seite ihre Hüften beugte er sich zu ihr vor, dann nahm er sich ihre Lippen.

Die nächsten Minuten vergingen in einem Nebel zunehmender sexueller Hitze. Seine großen Hände waren überall auf ihr, neckten und streichelten. Er küsste sie, als wäre es schon Jahre her und als würde sie ihm das Leben retten.

Karen gab der Versuchung nach und ließ ihre Finger ebenfalls auf Erkundung gehen. Grate und Senken riefen sie, neckten ihre Sinne, brachten ihr Herz zum Hämmern.

Er küsste sie auf den Mund. Küsste sie auf die Brüste. Zerrte einen Stuhl herüber und setzte sich, zog ihre Hüfte nach vorne. „Du hast das nicht richtig durchdacht", knurrte er.

Einen Augenblick später war ihre Unterwäsche auf dem Boden, das Gummiband an der Hüfte durchgerissen. Dann war sein Mund auf ihr, leckte und saugte und biss, und allein schon, das zu sehen, machte die Gefühle so viel heftiger.

Lust schoss hoch, wirbelte um sie herum. Sie vergrub die Finger in seinen Haaren und zog ihn noch näher.

Er hob sie hoch, und Karen fiel auf die Ellbogen zurück. Die Stoppeln seines Bartes rieben über die Innenseite ihres Oberschenkels, während seine Zunge auf ihrer Klitoris arbeitete.

„Finn."

Der Orgasmus begann am üblichen Ort, aber er schien Ranken loszuschicken, die sich um ihren Körper legten, in zunehmend heftigeren Wogen. Ihr ganzer Körper prickelte, pulsierte.

Finn ließ ihre Hüfte herab, dann stand er auf, um seine Hose und die Unterwäsche nach unten zu ziehen. Sein dicker Schwanz kam zu ihr, und Karen schob sich weit genug hoch, um ihn in die Hand zu nehmen und zu streicheln.

Er fluchte, griff nach seiner Hose, um ein Kondom herauszuholen. Das war so schnell dran, wie sie es kaum je gesehen hatte, aber das machte ihr nichts. Sie war so was von bereit.

Mit den Füßen auf der Tischfläche, die Oberschenkel weit geöffnet. Er schob seinen Schwanz an ihr Geschlecht, rieb nach oben und über ihre Klitoris. Und wieder brachte das Nachbeben sie zum Keuchen.

„Verdammt, Finn. Mach schon.“

Seine Miene wurde düsterer. Ernster. „Du willst das?“

Sie wollte vor Frust aufschreien, und doch wusste sie, was er fragte. „Ja. Ich will dich. *Alles* von dir.“

Seine Hüften gingen langsam nach vorn, sein langer, dicker Schwanz drang einen Zentimeter nach dem anderen in sie ein. Faszinierend einfühlsam. Perfekt.

Als er ganz in ihr war, nahm Finn sich ihre Hüfte und zog sie sogar noch fester zusammen. Die Lust flammte wieder auf. Sein Blick glitt ihren Körper hinauf, während er bisher zugesehen hatte, wie sein Schwanz in ihr verschwand, hielt auf ihren Brüsten inne, dann noch höher, bis er ihr in die Augen sah.

Die wiegende Bewegung ging weiter. Das war so viel mehr als nur eine Verbindung seines Körpers mit ihrem. Karen nahm sich seine Handgelenke und hielt sich fest, während die Ekstase sich immer höher schraubte.

Für einen Mann, der auf einem Bein stand, machte Finn es verdammt gut, sie um den Verstand zu bringen. Es war alles zusammen. Seine Miene, die Sanftheit seiner Finger, die nun nach unten glitten, um ihre Klitoris zu reiben.

Seine Worte.

„Komm auf meinem Schwanz. Ich will spüren, wie du mich ganz fest packst."

Sie brauchte nicht zu kommen, damit es perfekt war, doch das tat sie. Die Explosion war unaufhaltsam wegen der Art, wie er sie ansah, der Art, wie er sie genau richtig neckte. Denn er kannte sie, und er wollte sie.

Er kümmerte sich um sie.

Vielleicht liebte er sie sogar.

Karen gab dem Verlangen nach, bog den Rücken durch und rief seinen Namen laut.

Finn verzog das Gesicht, schob ihre Oberschenkel weiter auseinander, wurde wieder schneller. Pumpte in sie hinein, stieß wie verrückt zu. Jeder Stoß brachte ein weiteres Nachbeben, und sie schrie immer wieder auf.

Er wurde reglos, während sein Schwanz tief in ihr war, sein Schrei hallte noch von den Wänden. Der eiserne Griff, den er um ihre Oberschenkel hatte, ließ ein wenig nach. Ein wenig mehr. Finn keuchte, zog sich langsam zurück, schob sich vor, damit sie jeden Zentimeter spürte.

Er brach über ihr zusammen, die Ellbogen ruhten auf dem Tisch, die Stirn an ihrem Körper, während er schwer atmete.

Leise. Friedlich. Verbunden.

Er zog sich heraus, kümmerte sich um das Kondom und war wieder zu ihr zurück, eine Sekunde, bevor sie die Gelegenheit hatte, zu frieren.

„Ich habe dich vermisst." Finn sprach an ihrem Bauch, küsste sie sanft, und einen Augenblick lang war sie wieder unterwegs zu einem Häuflein Elend.

Dann steckte er ihr die Zunge heraus, und alles war möglich.

Sie griff nach unten, um ihn an den Ohren zu ziehen, und er wand sich aus ihrem Griff. Karen richtete sich auf, legte die Arme um ihn und drückte ihn fest.

Küsste ihn, lange und anhaltend, bevor sie sich weit genug entfernte, damit sie einander anschauen konnten. Keine Worte, denn die brauchen sie nicht.

Was folgte, war Gelächter und Küsse und eine süße Zeit zusammen, bis sie im großen Bett landeten. Keine weiteren ernsten Worte, nur zwei Leute, die einander wieder ganz neu kennenlernten.

Gemütlich, ruhig.

Vertraute Stille.

Karen wachte mitten in der Nacht auf, die Stille nur von Finns sanftem Schnarchen durchbrochen. Sie lehnte sich auf einen Ellbogen, das Mondlicht schien durch das Fenster, und es war gerade hell genug, damit sie ihn genau mustern konnte.

Dieser Abend war nicht das gewesen, was sie erwartet hatte. Und doch war Finn der Auslöser für die Veränderung gewesen – diesen Teil hätte sie erraten können.

Vor fünf Jahren waren sie zusammengekommen, weil sie sich verstanden hatten und sie beide ein Bedürfnis zu befriedigen hatten. Aber der Grund, weshalb sie sich am Schluss so heftig verliebt hatte, lag an mehr als nur Chemie und Charme.

Finn Marlette war ein guter Mann.

Ein guter Mann für *sie*, berichtigte sie sich innerlich, denn noch während er sie heute Abend sanft gehalten hatte, war er ganz offen gewesen.

Wenn sie die Unterhaltung in ihrem Kopf noch einmal durchging, wurde ihr nur zu klar, dass er recht gehabt hatte. Die Tatsache, dass Pferde sie mochten, ließ sich nicht groß abstreiten. Sie stellte sich gut mit ihnen an – verdammt gut.

Wenn überhaupt, war sie in diesem Bereich übermäßig selbstsicher.

Aber selbst mit diesem Talent erwartete sie trotzdem noch nicht, dass Leute ihre Vorschläge ernst nahmen. Dieser erste Tag, an dem sie mit Zach gearbeitet hatte – jedes Mal, wenn sie eine Idee vorgebracht hatte, hatte er genickt und war zum nächsten Punkt weitergegangen.

Sie war völlig durch den Wind gewesen, als sie festgestellt hatte, dass er ihre Ideen tatsächlich angenommen und weiter damit gearbeitet hatte.

Im Gegenzug dazu machte sie nicht immer weiter, wenn *sie* eine gute Idee hatte – sie kämpfte nicht für das, was sie wirklich wollte.

Sie wollte Finn nicht aufwecken, während sie nachdachte, aber es war unmöglich, ihn nicht zu berühren. Sie strich mit der Rückseite ihrer Finger ganz sanft über seine Schulter, dann weiter nach oben, um die Haare auf seiner Stirn wegzustreichen.

Er lächelte, schlief immer noch fest.

Das Gespräch heute Abend hätte vielleicht ein Wendepunkt sein können, aber sie fühlte sich ein wenig, als wäre sie von der Hauptstraße abgebogen, und ihr Navigationssystem wäre plötzlich stumm.

Was *waren* denn ihre Ziele?

Sie hatte sich regelmäßig Ziele gesetzt, aber vielleicht musste sie diese Frage in Wahrheit anders betonen. Denn alles bisher hatte auf den Annahmen und Erwartungen anderer basiert, und zum allgemeinen Wohl der Whiskey Creek Ranch und des Coleman-Clans beigetragen.

Was waren *ihre* Ziele?

Sie kuschelte sich an Finns Seite, schob die Beine weg von ihm, um sicherzugehen, dass sie nicht an den Gips stieß, wenn sie sich bewegte.

Sein Arm legte sich um sie, zog sie zu seinem Körper. Selbst im Schlaf war klar, dass er sie so dicht wie möglich bei sich wollte.

Was will ich?

Was macht mich glücklich?

Wenn ich morgens aufwache, was will ich erreichen, das mir Freude bringt?

Ein Schnauben entschlüpfte ihr. Sie wurde sofort wieder still.

Finn regte sich nicht, was gut war.

Der erheiternde Gedanke blieb aber.

Alles, was ihr einfallen wollte, war diese Fernsehserie, die ihre Schwägerinnen so vergötterten. Die, bei der man die eigenen Besitztümer verringerte, und in der diese unfassbar kluge Frau die Leute, mit denen sie arbeitete, immer wieder fragte: „Kommt da ein freudiges Funkeln auf?"

Karen hatte den Zweck dieser Frage zuvor nie ganz verstanden – aber sie hatte auch nie Probleme mit Besitztümern gehabt. Was sie zu haben schien, war ein Problem mit der Wahl von Aktivitäten, alltägliche und weiterführende, die wirklich wichtig für sie waren.

Sie war bereits halb im Schlaf, als die Fragen durch ihr Gehirn taumelten und Bilder sich mit ihnen vermischten.

Das letzte, woran sie sich erinnerte, als sie kurz vor dem Einschlafen stand, war ein Traum, in dem die feste Anspannung in ihrem Bauch weg war. Sie wanderte durch den Tag, nahm ein Gegenstand nach dem anderen auf und beobachtete, wie einige so sehr aufleuchteten, dass der ganze Raum funkelte.

So sollte es also sein. Es war nicht ganz so originell wie Finns Frage mit dem Endspiel, aber es könnte funktionieren.

Morgen würde sie nach diesem Funkeln der Freude Ausschau halten.

17

Es war, als würde man zusehen, wie der Frühling in die
Prärie einzog. Dieser langsame Wechsel der
Jahreszeiten, wenn der Schnee sich noch etwas länger
festkrallen wollte, aber entschlossenes Grün darauf beharrte,
dass es Zeit war, weiterzuziehen.

Das war es, was Finn sah, als Karen ihren Tag begann.

Sie wirkte leicht abgelenkt, und sie hatte an diesem
Vormittag über nichts Ernstes reden wollen. Er wusste, wie das
war. Sobald er sich einmal überlegt hatte, dass er etwas Neues
ausprobieren wollte, brauchte er ein wenig Zeit, bevor er es
noch einmal frisch durchging.

Es war überhaupt kein Problem gewesen, neben ihr
aufzuwachen. Es hatte es zwar unmöglich gemacht, dass er sich
hinausschlich und ihr Blumen holte, aber es schien ihr nichts
auszumachen, dass sie nicht da waren.

Als sie beim Kaffee plauderten, war das eine Thema,
worüber sie reden wollte, das Kätzchen.

„Wir holen Dandelion auf jeden Fall heute ab, aber ich
habe Zach versprochen, ihm am Vormittag zu helfen. Willst du

später mit mir nach Silver Stone fahren? Wir kriegen nicht viele Pferde von ihnen, da du ja keine Rennpferde brauchst, aber es gibt ein paar Ruheständler, die vielleicht gut funktionieren."

Finn stellte seine Kaffeetasse zur Seite, während er sich zurück an die Anrichte lehnte. „Du weißt, dass ich deinen Entscheidungen vertraue. Aber wenn du Gesellschaft willst, würde ich mich dir gerne anschließen." Er tippte den Gips auf seinem Oberschenkel an. „Ich werde sie allerdings aus der Ferne begutachten."

Sie glitt in seine Arme und lächelte. „Keine Ausritte. Diesmal nicht. Aber es würde mich glücklich machen, dich dabei zu haben."

„Gutes Mädchen" flüsterte er und küsste sie dann auf die Nasenspitze.

Sie schlug ihm leicht auf den Hintern und zwinkerte ihm zu, während sie sich abwandte.

Es war etwas hektisch, aber er fand Zeit, ihr eine Blume zu pflücken, damit sie da war, wenn sie zum Mittagessen auftauchte.

Er arbeitete am Tisch und ruhte sein Bein aus, als sie hereinkam. Sie warf einen Blick auf den Küchentresen und das kleine weiße Geschenk, das er ihr gebracht hatte.

Es waren fast keine Wiesenblumen mehr in der Nähe des Häuschens.

„Vielen Dank für mein Stück Wildnis", sagte sie. „Es ist echt süß, dass du das wieder aufgenommen hast. Mir Blumen zu bringen."

Sie ließ sich auf seinem Schoß nieder, die Hände auf seinem Kragen.

„Ich weiß noch, als du mir erzählt hast, dass du nicht ausreiten konntest, was bedeutete, dass du einige deiner Lieblingsstellen auf der Ranch nicht sehen konntest, wo doch gerade alles blühte." Er zog sie näher an sich und knabberte an ihrem Nacken.

„Am ersten Morgen, als ich diesen Krokus auf meinem Fensterbrett im ersten Stock gefunden habe, dachte ich, ich hätte Besuch von den Feen bekommen." Sie atmete langsam ein, die Augen geschlossen, während sie mit ihren Lippen seine streifte. „Ich neige nicht zu Fantasievorstellungen."

„Ich musste auch verdammt noch mal fast hochfliegen", erklärte ihr Finn. „Ist dieser Apfelbaum noch draußen vor dem Fenster in Whiskey Creek?"

„Ich glaube kaum, dass du mir in deinem Zustand Besuche abstatten würdest, Knickebein."

Er starrte auf ihren Lippen, Hunger auf mehr als Mittagessen stellte sich ein. „Du wärst überrascht, was ein motivierter Mann alles schaffen kann."

Sie lachte, bevor sie ihm für seine Mühen einen echt süßen Kuss gab. Süße, die sich zu einem richtig enthusiastischen Karen-Kuss entwickelte, zu dem voller Körperkontakt mit ihren Brüsten an seiner Oberkörper gehörte, was hart an der Grenze des Erlaubten war.

Lieber Gott. Das war nicht das einzige Harte hier.

„Ich bin dazu bereit, noch mal die Stabilität dieses Küchentisches zu testen", bot er an.

Sie sprang außerhalb seiner Reichweite, wühlte im Kühlschrank und stellte Sachen zum Mittagessen auf die Arbeitsfläche. „Merk dir das. Ich verhungerte hier."

„Ich auch", knurrte er so zweideutig wie möglich.

Das löste ein Lachen aus. Den Rest der Mahlzeit verbrachten sie in lockerer Gesellschaft. Karen wirkte sehr viel fröhlicher als in letzter Zeit, und das freute ihn.

Sie brachen nach Silver Stone auf, und sie brachte ihn auf den neuesten Stand über das, was ihm am Vormittag auf dem Hof entgangen war, und gab ihm ein Update, was eine

Entdeckung betraf. „Weißt du noch, diese Teile, die uns gefehlt haben, als die letzte Lieferung ankam? Das Zeug, über das sich die Baumannschaft beschwert hat?"

„Sind die aufgetaucht?"

Sie schüttelte den Kopf. „Nicht das fehlende Zeug. Die Ersatzbestellung kam rein. Zach und ich haben uns ein wenig mit dem Fahrer unterhalten. Er hat versucht, rauszufinden, was zum Teufel wir hier machen, dass wir so viele Halterungen und Toiletten-Dichtungen brauchen. Er schwört, er hätte sie alle hier abgeladen. Er sagte, jemand hätte dafür unterschrieben."

Finn nickte. „Das haben wir bereits nachgesehen. Das ist das Problem, wenn so viel gleichzeitig los ist. Jemand hat unterschrieben, aber wir können die Unterschrift nicht lesen. Was zum Teufel hätte man denn überhaupt mit dem ganzen Zeug anfangen sollen?"

Ein leichtes Schulterzucken kam von ihr. „Keine Ahnung. Auf dem Schwarzmarkt verkaufen?"

„Ich hatte ja keinen Peil, dass es einen so großen Bedarf an Toiletten-Dichtungen gibt", sagte Finn trocken. „Ich schätze, es ist schon möglich, dass wir einen Langfinger haben, weil wir so schnell Leute eingestellt haben. Wir werden mit Cody darüber reden, alles genauer im Auge zu behalten."

Sie bog auf die Zufahrt zu Silver Stone ab, parkte meisterhaft in einer Lücke gleich vor der Scheune. „In der Zwischenzeit schätzt Zach, dass wir bald zu einem Drittel fertig sind. Die meisten Außengebäude werden noch versperrt sein, was bedeutet, der ganze Laden sieht aus wie ein schlimmer Western-B-Film, nur ohne die falschen Fassaden und einfachen Brettergebäude."

„Jemand anders darf entscheiden, wie man die hübsch macht", rief er ihr in Erinnerung, während er die Tür aufschob und vorsichtig auf den Boden stieg.

„Zach sagte, er hätte ein paar Ideen bekommen, als er vor einer Weile mit Julia geredet hat." Sie bedeutete ihm, zum Reitplatz zu gehen. „Ich werde mal Ashton holen und ihm sagen, dass wir bereit sind. Oh, und ich suche Dandelion."

Sie ging wippenden Schrittes los.

Er versuchte, sich nicht mit der Tatsache aufzuhalten, dass er mit Schneckengeschwindigkeit nachkam. Inzwischen hätte diese ganze Sache mit den Krücken leichter sein sollen, und das war sie auch, was die Balance anging, und dass seine Muskeln nicht immer wie irre schmerzten.

Dass er sie überhaupt benutzen musste, wurde langsam öde, und er hatte immer noch drei Wochen, bis die Ärztin sagte, dass er vielleicht befreit werden würde.

Finn schaute sich eine Weile im Hof um. In allen Winkeln und Ecken war etwas los, wie bei jedem gut laufenden Betrieb. Stimmen drangen zusammen mit den Tierlauten heran, und über allem lag ein starkes Gefühl des Friedens. Die vertrauten Geräusche beruhigten etwas in ihm.

Er vermisste es, eine laufende Ranch zu haben.

„Du siehst aus, als könntest du einen Drink vertragen." Josiah Ryder trat aus der Scheune, ein kleines weißes Bündel aus Flausch lag in seinen Armen. Er lehnte sich neben Finn an das Geländer, während er ihn betrachtete. „Vielleicht einen doppelten."

„Ich fühle mich sehr viel besser als die ganze letzte Zeit." Finn bedeutete Josiah, dass er das Kätzchen rüberreichen sollte. „Was machst du denn hier?"

Josiah deutete auf die drei Pferde, die aus der Scheune geführt wurden. „Ein paar Aufgaben für Ashton. Dann bleiben Lisa und Zach ich zum Abendessen. Ihr Dad ist heute Abend in der Stadt."

Das war ein Detail, das Finn noch nicht gehört hatte. Er

warf einen Blick zu Karen, die eines der Pferde auf den Reitplatz führte.

Er fragte sich, ob sie es wusste.

Er ignorierte die Frage und genoss stattdessen die Zeit, in der er mit Josiah plaudern konnte. Er und Zach waren erst kürzlich ausgezogen. Obwohl die drei nur ein paar Monate lang zusammen gewohnt hatten, war das für Finn genug gewesen, um zu merken, wie sehr er Josiahs Gesellschaft genoss.

Und da Josiah und Lisa auf jeden Fall zusammen waren und Finn vorhatte, langfristig mit Karen zusammenzukommen, würde die Beziehung zwischen ihm und dem Tierarzt sehr lange bestehen bleiben. Er wollte, dass sie positiv war.

Die Frauen lachten bei der Arbeit, ließen die Pferde mal traben, mal gehen, während er und Josiah, und schließlich auch Ashton, ihnen zusahen.

Der ältere Mann war der Vorarbeiter auf der Silver Stone Ranch, und vermutlich gehörte er genauso zur Einrichtung wie die abgewetzten Bretter an der Seite des Gebäudes.

Er nickte Finn fest zu, bevor er seine ganze Aufmerksamkeit den Tieren zuwandte. „Ich höre, du willst vielleicht ein paar von den alten Herrschaften haben.“

„Wenn Karen das so sagt.“

Das entlockte Josiah ein Grinsen. „Sie hat dich aber schnell trainiert.“

Es war verlockend, das Grinsen zu erwidern, doch Finn wusste, dass nichts offiziell geregelt war, also war noch nichts garantiert. „Sie für gute Grundlagen gesorgt. Jemanden mit guter Grundausbildung bringt man leicht wieder zum Benimm, wenn man es richtig anfängt.“

Ein helles Lachen erklang vom Reitplatz. Lisa grinste fies von Ohr zu Ohr, während sie eine graue Stute zum Geländer führte. „Es ist immer gut, zu hören, dass du weißt, wie die Welt wirklich läuft."

„Du sagst *spring*, und ich *auf dich drauf?*", schlug Josiah hervor.

Der ältere Mann neben ihnen schnaubte, versuchte es in ein Husten zu verwandeln. Ashton richtete sich auf, seine Augen glitzerten, während er den Kopf schüttelte. „Ich glaube, diese Unterhaltung wächst mir ein wenig über den Kopf."

Finn zwinkerte Josiah zu und wandte sich an Ashton, während Lisa außer Hörweite ging. „Ich bin sicher, Karen hat eine Liste mit genau der Art Tier, die wir von euch brauchen. Ich habe mich etwas gefragt – hast du gehört, wie es Sonora mit ihrer Tierrettung geht? Hat sie bereits anständige Erlöse, oder hat sie zu kämpfen?"

„Diese Frau wirkt verdammt noch mal Wunder. Ich schwöre, sie verzaubert jeden, der durch die Tür kommt, denn neunzig Prozent der Leute gehen mit einem Tier wieder raus." Ashton hob eine Hand und begann einen Vortrag. „Sie müsste allerdings nicht so stur sein. Viele Leute hier in der Gegend würden ihr gerne mit den schwierigsten Teilen des Geschäfts helfen, doch sie ist entschlossen, es allein zu machen. Das macht überhaupt keinen verdammten Sinn."

„Sie ist schon ziemlich unabhängig." Josiah grinste inzwischen, die Ellbogen hatte er auf das Geländer gestützt.

„Das ist der beste Typ Frau", stimmte Finn zu. Er und Josiah wechselten noch einen Blick, denn in der jüngsten Vergangenheit war es nur zu eindeutig geworden, dass Ashton ziemlich in die süße Sonora Fallen verschossen war.

Es war genauso klar, dass der Mann quer durch die ganze Scheune geschworen hätte, dass das nicht stimmte.

Ganz gerissen im Scherz anzudeuten, dass der Sechzigjährige zugeben musste, welche schiere Menge Zeit er mit ihr verbrachte – oder mit Gedanken an sie – war zum amüsanten Zeitvertreib geworden.

Ashton brach auf, um Kelli zu helfen. Sie winkte Finn von der gegenüberliegenden Seite des Hofs zu, bevor sie die Tiere wieder zurück in die Scheune führte.

Karen kam, um sich ihm anzuschließen. Ihr Gesicht war zufrieden, als sie dicht herantrat und einen Arm um Finns Taille legte. Mit einem glücklichen Seufzen streichelte sie Dandelions Kopf und drückte ihm einen Kuss auf die pelzige kleine Nase.

„Zuneigungsbekundungen in der Öffentlichkeit. Das gefällt mir", sagte Finn, der ihren Kopf zurücklegte, um das Ganze auch richtig wahr zu machen.

„Eklig." Das kam von Lisa, in ihrer Stimme war ein Lachen zu hören, während sie über das Geländer stieg und sich mehr oder weniger auf Josiah warf. „Bedecke meine jungfräulichen Augen, sie küssen sich."

Josiah schwang sie in einem Kreis herum, ein Lachen dröhnte über das Gelände. „Ich glaube nicht, dass dieses Wort bedeutet, was du glaubst, dass es bedeutet."

„Hey. Du sollst auf meiner Seite stehen." Lisa schlang die Arme und Beine um ihn und küsste ihn heftig. „Da. Jetzt habe ich auch Jungskrätze."

Karen lachte leise, während sie neben Finn stand, den Arm immer noch um seine Taille, ihr Kopf lehnte an seiner Schulter, und Dandelion war an seine Brust geschmiegt. „Wir sollten los."

„Wir reden morgen. Ich richte Dad Grüße von dir aus", rief Lisa fröhlich, bevor sie sich Josiahs Hand schnappte und ihn zum Haus zog. Josiah winkte über die Schulter.

Was einen sehr verwirrten und doch zufriedenen Finn mit Karen am Geländer zurückließ.

Sie griff nach seinen Krücken, hielt sie ihm hin. „Ich habe

geplant, was mich heute Abend glücklich machen würde, und dazu gehört, dass du mich zum Essen ausführst. Hältst du das für möglich?"

Er folgte ihr zum Truck. „Ich halte das für sehr gut möglich. Hast auf irgendwas Besonderes Hunger?"

Sie antwortete nicht, bis sie auf der Straße Richtung Norden waren. Dandelion lag auf Finns Schoß zusammengerollt, eine kleine warme, fellige Masse. „Steak wäre gut. Wir können nach Calgary fahren, wenn du was gutes Italienisches willst, oder was anderes als indisch." Sie warf ihm einen Blick zu, ein trockenes Lächeln spielte um ihre Lippen. „Ich bin sicher, du hast diese Kleinigkeit mitbekommen. Dass Dad in der Stadt ist."

„Josiah hat es mir erzählt."

Sie starrte eine Weile auf die Straße, und dann stieß sie lange und fest Luft aus. „Ich habe das tatsächlich heute Vormittag geübt, während ich gearbeitet habe, denn ich dachte mir schon, dass es früher oder später passieren wird. Ich dachte daran, was ich spüren würde, wenn sie mich nächstes Mal zum Abendessen einladen. Diese Anspannung in meinem Bauch wurde wieder ganz fest, und anstatt mich glücklich zu fühlen, dass ich Zeit mit meiner Familie verbringen kann, war es eine Befürchtung. Also war vorerst mal meine Antwort Nein. Aber *dann* überlegte ich mir, was ich stattdessen tun möchte."

Sie griff über die Lücke zwischen ihnen und nahm seine Finger in ihre. Sie lächelte scheu. „Ich habe mir vorgestellt, dass ein schönes Abendessen mit dir diese Verspannung lösen würde."

Er drückte ihr die Hand. „Schön für dich."

„Die Vorstellung, dass ich danach mit dir nach Hause komme, hat in meinem Bauch die Glühwürmchen fliegen lassen, also ist das auch noch ein Punkt."

Dieses Bild brachte ihn zum Lachen. „Ist das was Gutes? Glühwürmchen in deinem Bauch?“

Sie summte. „Etwas sehr Gutes. Hast du Interesse?“

Er hob ihre Finger und drückte sie an seine Lippen. „Lass mich dich zum Essen und Weintrinken ausführen, und danach kümmern wir uns darum, dass wir ein paar Glühwürmchen finden.“

Karen starrte die Kleider an, die in ihrem Schrank hingen, und zögerte. Es war nicht, als wäre die Hochzeit eine hochmodische Angelegenheit. Für ihr Eheversprechen mitten im Juli hatten Hanna Lane und Brad Ford beschlossen, sich auf der Ranch seiner Familie vermählen zu lassen, draußen, mit einem Essen, zu dem alle beitrugen. Es waren vermutlich nur knapp fünfzig Leute eingeladen, und sie waren entweder Hannas Freunde oder Leute, mit denen Brad arbeitete, was bedeutete, dass die Gästeliste aus Farmern, Ranchern, Feuerwehrleuten und anderen Arbeitern bestand.

Die Leute würden sich hübsch anziehen, aber es würde nicht schick sein.

Sie sah immer noch nichts in ihrem Schrank, was sie glücklich machte. Auf gar keinen Fall etwas, das den Funken der Freude überspringen ließ, nicht für dieses Ereignis.

Wenn sie brutal ehrlich war, war ein Teil des Grundes, warum sie ein besonderes Outfit wollte, dass sie auch damit ihre Suche nach Dingen, die sie liebte, weiterführen konnte.

Es war nicht einfach gewesen, aber im Lauf der letzten Woche hatte Karen geübt, innezuhalten, bevor sie eine Entscheidung traf, bevor sie auf eine Anmerkung oder Frage antwortete. Manchmal war sie ziemlich sicher, dass es aussah, als wäre sie erstarrt.

Aber es wurde leichter, eine schnelle Entscheidung über Ja oder Nein auf dem Weg zu dem zu treffen, was sie wirklich wollte.

Heute Vormittag hatte sie endlich den Schritt unternommen, sich um die größte Stressquelle der Welt zu kümmern. Ihr wurde immer noch abwechselnd übel, dass sie es getan hatte, und sie war ekstatisch, weil sie mutig genug gewesen war, die Verantwortung auf entschlossene Art zu übernehmen.

Sicher konnte sie nach alldem ein Outfit für heute Abend auftreiben.

„Versteckt sich irgendwas in deinem Schrank?" Finn trat durch den Eingang und kam an ihre Seite.

„Ich suche nach einem Outfit, das ein wenig aufgebrezelt ist, ohne sich aufzubrezeln." Sie tätschelte ihm den Arm. „Selbst jene von uns, die ihr Leben nur zu gerne in Jeans verbringen, haben solche Augenblicke."

„Klingt, als hättest du dasselbe Problem wie ich", erklärte ihr Finn.

„Ein Schrank voller Kleider und nichts anzuziehen?"

Er tippte sich aufs Bein. Seine Lippen wölbten sich. „So ziemlich. Ich glaube nicht, dass ich in Jogginghose auftauchen sollte."

Sie kicherte. „Du könntest einen neuen Modetrend lostreten. Ich bin ziemlich sicher, solange sie aus Flanell sind, kommt das richtig gut an."

Er schaute auf die Uhr. „Was, wenn wir in die Stadt fahren und sehen, was wir finden?"

„*Echt?*"

Sein Nicken war langsam und scherzhaft. „Ich weiß, es ist eine Kleinstadt, aber ein paar Dinge haben sie schon. Schauen wir uns doch diesen neuen Kommissionsladen an."

„Du führst mich auf ein Shopping-Date aus? Cool."

Finn verzog das Gesicht. „Sagen wir einfach, ich führe dich auf ein Date aus, und wir sehen, was passiert."

Und so endeten sie nicht mal eine halbe Stunde später auf der Hauptstraße, spazierten, soweit es Finns Krücken gestatteten, Seite an Seite über den altmodischen Bohlenweg der Stadt. Sie schauten in Schaufenster, besprachen die Vorzüge des Standorts des Angelladens und machten einen kurzen Halt beim Süßwarenladen.

Das bedeutete, dass sie kurz mal anhalten und sich an einen der sehr winzigen Tische an der Wand des Gebäudes setzen mussten.

„Krücken und Eis sind eine gefährliche Mischung." Er leckte an seinem Waffeleis und machte ein Geräusch, das eigentlich verboten gehörte. „Dieser Halt allein war die Reise schon wert."

„Ja. Für mich auch."

War es furchtbar, dass sie seine Zunge nicht aus dem Blick lassen konnte? Vielleicht nicht, wenn man bedachte, dass sie wusste, wie talentiert er wirklich war.

Neidisch auf ein Eis in der Waffel. Toll.

Er hatte sie wohl beim Sabbern erwischt, denn seine Augen wurden feurig, und dieser gefährliche Schlafzimmerblick war wieder da. Völlig abgelenkt lief ihr, bevor sie es sich versah, das Eis an der Waffel herunter und über die Finger.

„Lass mich dir helfen." Finn nahm sich ihr Handgelenk und zog die Hand dicht heran, um mit der Zunge über ihre Haut zu lecken.

Eilmeldung. Frau spontan vor Eisladen in kanadischer Kleinstadt in Flammen aufgegangen. Ja. Das würde die Schlagzeile in den morgigen Nachrichten sein.

Schließlich gelangten sie und Finn in den Kommissionsladen, wo zu Karens absoluter Freude im entfernten Ende des Geschäfts etwas Besonderes wartete.

Sie blieb wie angewurzelt stehen, hob eine Hand und zeigte darauf. „Finn?"

„Ich komme. Schmale Gänge sind die Hölle für – oh, *hallo*. Passen sie?"

Sie holte ein Paar rote Cowboystiefel vom Regal, schaute sich um, bis sie einen Ort zum Hinsetzen fand. Und als ihr Fuß hineinglitt, gab es nicht nur ein fröhliches Funkeln, die um sie herum flogen, sondern eine ganze Bühne mit Scheinwerfern.

Sie stand auf und drehte sich leicht, ihre Füße in reinem Komfort geborgen.

Finn räusperte sich, dann wies er mit dem Kopf hinter ihr zur gegenüberliegenden Wand. „Ist das deine Größe?"

Das Kleid, das an der Wand ausgestellt war, hatte so viele Rüschen, dass es beim Bewegen hin und her schwang, und es passte ihr perfekt.

Der Mann vor ihr war stiller. Doch seine Augen ... Oh, seine Augen sagten eine ganze Menge.

Zwei Tage später, vor dem Haupthaus der Lone Pine Ranch, saß Finn neben ihr, ihre Finger verschränkt, während sie darauf warteten, dass die Hochzeit begann. Er hatte eine schwarze Hose gefunden, die über seinen Gips passte, und ein dunkles Hemd und eine rote Weste.

Wie er eine Weste gefunden hatte, die genau zu ihren Stiefeln passte, und das in so kurzer Zeit, wusste sie nicht.

Aber sie wirkten wie ein Paar, und sie fühlte sich wie ein Paar. Das Gefühl in ihrem Bauch war sehr viel mehr Glühwürmchen als alles andere.

Das übliche Geplauder und die Gespräche trieben um sie herum, während sie darauf warteten, dass das Ereignis begann. Schließlich kam Brad nach vorne in den Bereich, wo die Stühle aufgestellt waren, wie bei einer Kapelle unter freiem Himmel. Er stand unter dem Apfelbaum, mit Malachi Fields an seiner

Seite. Der ältere Mann wirkte über irgendetwas leicht erheitert.

Hannas kleine Crissi kam durch den Mittelgang, ein silberner Eimer in ihren Händen war voll mit allen möglichen Blumen aus den Massen, die rund um das Haus blühten.

„Hanna hat den gleichen guten Geschmack bei Blumen wie du", flüsterte Finn Karen ins Ohr.

Sie drückte seine Finger, als Hanna vorbeimarschierte. Kleine weiße Blumen schmückten den Zopf oben auf ihrem Kopf. Sie trug ein einfaches weißes Kleid und einen Ausdruck völliger Vergötterung auf dem Gesicht, als sie Brad anschaute.

Dann versprachen Hanna und Brad einander, sich in der Zukunft zu lieben. Zu den Ehegelübden gehörten eine ganze Reihe weiterer süßer Worte, aber Karen war zu sehr damit beschäftigt, sich mit dem Bild auseinanderzusetzen, bei dem sie und Finn dasselbe taten, als dass sie sich auf die eigentlichen Details konzentriert hätte.

Irgendetwas in ihr brach wie ein Damm, dessen letzte Staustufe in sich zusammengefallen war.

Verdammt. Finn hatte gesagt, dass er mehr wollte. Wenn sie auf die Jagd nach Glühwürmchen ging, dann sollte sie nach den größten, hellsten, unfassbarsten Glühwürmchen auf der ganzen Welt Ausschau halten.

Was bedeutete, dass sie ihm sagen musste, was sie wirklich wollte, und es dann in die Tat umsetzen.

Die Hochzeit verlegte sich von ordnungsgemäß auf chaotisch. Es gab mehr als genug Leute, die die Menge von einer Feierlichkeit in eine Party überführen wollten. Karen brachte sich mit Freundinnen auf den neuesten Stand, plauderte mit den Mädchen, von denen sie sich so naiv abgesondert hatte, als sie sich zum letzten Mal versammelt hatten.

Es gab aber keinen Groll. Es war klar, dass sie willkommen war, als sie das Gespräch suchte.

Sobald die Mahlzeit vorbei war, gingen sie alle nach draußen, wo die Musik angefangen hatte.

Rose hüpfte vor Aufregung beinahe auf und ab. „Entschuldigt mich. Jetzt muss mein Junggeselle seinen Wert beweisen."

Ihre Schwester Tansy verdrehte die Augen. Karen lachte.

„Weißt du, was sie getan hat?", fragte Tansy.

Karen nickte. „Komm schon. Ich bin mir ziemlich sicher, es gibt Typen, die gerne tanzen wollen, selbst wenn du sie nicht gekauft hast."

Die Menge versammelte sich auf der gegenüberliegenden Seite des Hofs. Karen ging dorthin, wo Finn stand, um mit dem strahlenden Brad zu plaudern. Der frisch Vermählte hatte den Arm fest um Hanna gelegt, als hätte er nicht vor, sie irgendwann in naher Zukunft gehen zu lassen.

„Brad und Hanna." Brads Vater Patrick winkte aus der Entfernung, wo er neben Lautsprechern stand. „Es ist Zeit, dass ihr beiden die neue Tanzfläche einweiht."

Die Frischvermählten traten auf eine niedrige Holzplattform, die draußen errichtet worden war. Brad führte Hanna in die Mitte. Er nahm ihre Finger und küsste sie, bevor er sie in seine Arme zog, während die ersten Töne der Musik durch die Luft trieben.

Finn legte einen Arm um Karen und zog sie dicht heran, während seine Hitze sich an sie presste.

Brad und Hanna tanzten langsam, die Augen aufeinander gerichtet, als gäbe es meilenweit niemand anderen zu sehen. Pure Liebe lag auf ihren Gesichtern.

Die kleine Crissi kam von der Seite genannt. Sie warf sich auf die beiden und klammerte sich fest wie ein Kätzchen.

Mit einem lauten Lachen hob Brad das Kind hoch. Er gab

ihr einen Kuss, bevor er sich neu ausrichtete, um Crissi genauso wie Hanna zu halten.

Sie tanzten zu dritt, fingen offiziell ihr Leben zusammen an.

Die Musik änderte sich, und Finn drehte Karen zu sich, wiegte sich leicht, während weitere Leute sich auf die Tanzfläche begaben, um sich Brad und Hanna anzuschließen.

„Finn.“

„Ich hätte gern diesen Tanz.“ Er hielt sie perfekt, und wie immer wurde diese Verbindung stärker. Weit weg von der Menge, in ihrer eigenen kleinen Welt.

Weshalb um alle Welt sollte sie sich beschweren, wenn das genau das war, was sie brauchte? Die Anspannung in ihrem Bauch war nicht von der Art, bei der sie weglaufen wollte. Es war eine Anspannung, die sich einstellte, wenn man Worte sagen wollte, die groß und wichtig waren. Worte, die bis ins Innerste ihrer Seele wahr waren.

Wie Liebe. Wie Ewigkeit. Sie hielt sie zum Großteil zurück.

„Diesen Tanz und alle anderen, die du willst.“ Es war kein Eingeständnis dessen, was sie fühlte, aber es kam dicht ran.

Sein Griff wurde fester, dann waren seine Lippen auf ihrer Schläfe, küssten sie süß und leicht. „Daran werde ich dich erinnern.“

Sie war bereit, loszulassen und zu vertrauen. Vielleicht würde es letztlich nicht funktionieren, aber wie er gesagt hatte, wenn sie nicht auf das zielten, was sie wollten, würden sie es niemals herausfinden.

18

Finn und Karen verließen die Party kurz nach Mitternacht.

Zach war immer noch mit Rose auf der Tanzfläche, zusammen mit einem halben Dutzend weiterer Unzerstörbarer, die bereit zu sein schienen, die ganze Nacht zu tanzen.

Auf der Fahrt nach Hause war Karen still, was gewissermaßen gut war, den Finns Verstand wirbelte in eine Million unterschiedliche Richtungen.

Sein Bein war so weit geheilt, dass der Umgang mit dem Gips das Schlimmste war. Er nahm keine Schmerzmittel mehr ein, als wären sie Jelly Beans, was bedeutete, dass das, was in seinem Verstand los war, nicht durch Verwirrung oder Drogen wegerklärt werden konnte.

Er hatte den Sommer mit der Absicht begonnen, mit Karen zusammen zu sein, ganz gleich, was dazu nötig war und wo die Reise hinführte. So, wie sie sich diesen Abend an ihn gelehnt hatte, mit allem angedeutet hatte, dass sie bereit war, dabei ganz an Bord zu kommen ...

Er hatte eigentlich nicht erwartet, dass dieses Wunder irgendwann vor dem Herbst geschah. Sie waren beide stur, und sie hatten beide ein Päckchen zu tragen. Ihre Zeit vor ein paar Jahren war süß gewesen, aber schon eher eine solide Basis als echte Wurzeln.

Scheiß drauf, wusste er denn überhaupt, wie man Wurzeln schlug? Er wollte nur mit ihr zusammen sein. Es war an der Zeit, ihr das wieder zu sagen.

Karen bog schon ein gutes Stück vor der Straße in die Richtung ab, in der einmal die Red Boot Ranch stehen würde. Sie warf ihm einen Blick zu. „Ich muss dir etwas zeigen. Wenn du noch nicht dort warst, natürlich.“

Er ging im Geiste durch, wo sie waren, und brachte es ziemlich rasch heraus. „Den Ausblick über den Teich der Heart Falls?“

Sie nickte. „Um diese Jahreszeit ist es dort hübsch. Es ist nur ein kurzer Marsch zur Bank.“

„Kein Problem.“

Sie gingen den gut ausgetretenen Pfad schweigend, das Mondlicht über ihnen wies ihnen deutlich den Weg. Das Geräusch der Wasserfälle wurde lauter, von einem schwachen Plätschern zu einem grollenden Donnern, während das Wasser oben über die Klippe schoss und in den herzförmigen Teich an ihrem Fuß hinabstürzte.

Als sie an der Bank ankamen, schaute Finn ins Tal, überrascht, mehr als nur das Mondlicht auf dem Wasser glitzern zu sehen. „Hat jemand Scheinwerfer aufgestellt?“

Karen setzte sich auf die Bank, und er ließ sich neben ihr nieder, nahm sich ihre Finger und hielt sie fest.

Sie legte den Kopf an seine Schulter und lachte leise, blickte hinaus über die glitzernden Spiegelbilder auf der Oberfläche des Wassers. „Tamara hat gesagt, ihr jüngster Schwager Dustin hätte hier draußen vor einer Weile herumgebastelt. Er sagte, er würde etwas tun, um das natürliche Ambiente zu verstärken. Sie glaubt, er hat da irgendwas zum Nacktbaden ausgeheckt."

Finn lachte. „Das macht man normalerweise im Dunkeln, aber ich verstehe schon, weshalb es unterhaltsam sein könnte, die Sache ein wenig zu beleuchten. Wir müssen mal wiederkommen, wenn ich den Gips los bin, und es versuchen."

„Noch zwei Wochen?"

Er drückte ihr die Finger. „Ich zähle schon die Tage."

„Ich auch." Sie drehte sich leicht, passte auf sein Bein auf, aber richtete sich so aus, dass sie ihm voll in die Augen schauen konnte. „Ich muss dir etwas erzählen."

Ihm stockte der Atem, aber er tat sein Bestes, so gleichgültig wie möglich zu tun. „Leg los."

„Ich habe eine Menge über die Dinge nachgedacht, die ich will, und du hattest recht. Ich habe im Lauf der Jahre viele Ziele festgelegt, und ich war erfolgreich damit, Dinge erledigt zu kriegen, aber sehr oft weiß ich nicht, ob das, was ich erreicht habe, das Richtige war. Ich meine, du hast das auch gesagt. Arbeit macht nicht immer Spaß, aber sie sollte sich lohnen. Dass man etwas macht, das eigentlich die Priorität von anderen ist, kann doch nicht die Art sein, wie man sein Leben führt, oder?"

Er schaute in ihre großen, braunen Augen. „Wessen Ziele hattest du denn im Auge, von denen du glaubst, dass du sie ändern musst?"

„Die von Karen." Sie schnaubte. „Ich weiß, das ergibt keinen Sinn. Aber es ist, als gäbe es einen Teil von mir mit einem Set aus Regeln und Vorstellungen, die so fest verankert sind, dass sie mir alles vorschreiben. Jede Entscheidung, die ich treffe, und jedes Ziel, das ich mir setze."

„Das sind nicht die Entscheidungen, die du fällen willst?"

Sie verzog das Gesicht. „Diese Karen würde Dandelion

nicht im Haus dulden. Die neue Karen glaubt, dass er ein ganz Süßer ist, und ich bin so froh, dass er da ist."

Die ganze Unterhaltung ergab allmählich einen Sinn. Es war nicht die Beichte, auf die er gehofft hatte, aber er war trotzdem erfreut. Das würde in ihrer Welt einen riesigen Unterschied machen.

„Schön für dich." Er rieb mit dem Daumen über ihren Handrücken. „Was für Veränderungen hat die neue Karen denn noch geplant?"

„Dich." Ihre Stimme war rau und leise.

Es schien, als wären diese Glühwürmchen, die sie schon mal erwähnt hatte, eine Epidemie, denn sein verdammter Bauch drehte sich, als wäre er von ihnen angefüllt. „Fahr fort."

Sie holte tief Luft, dann reichte sie ihm ihr Herz.

„Ich will mit dir zusammen sein. Ich will uns eine echte Chance geben, nicht mit der alten Karen hier sitzen. Sie macht sich Sorgen, wie schlimm es wehtun wird, wenn wir uns wieder voneinander trennen müssen. Ich will mit voller Kraft daran arbeiten, dass wir zusammen bleiben."

Teufel. Er legte einen Arm um sie und zog sie in eine feste Umarmung. „Das will ich auch. Und es tut mir so verdammt leid, dass du verletzt wurdest, als ich gegangen bin."

Sie klammerte sich an ihn, doch sie schüttelte sanft den Kopf. „Es war nicht deine Schuld. Es war niemandes Schuld. Nicht wirklich. Es war eine Frage von Zeit und Ort, und es gab nicht sonderlich viel, was wir deswegen unternehmen konnten."

Ein tiefer, zorniger Blitz kam in ihm auf, denn es stimmte, doch es war auch leicht, mit dem Finger auf einen der Gründe zu zeigen, weshalb er nicht zurückgekehrt war, um sie zu holen, nachdem er festgestellt hatte, dass es falsch gewesen war, wegzugehen.

Aber diese Beichte war für einen anderen Zeitpunkt

bestimmt. Hier und jetzt hörte er die Worte, auf die er gehofft hatte, seit er sich nach Heart Falls begeben hatte, und verdammt, wenn er nicht begierig darauf war, jedes kleinste bisschen anzunehmen.

Es war an der Zeit, auch ihre Welt auf den Kopf zu stellen. Er schaute ihr in die Augen, bevor er etwas sagte. „Ich bin da ganz dabei. Alles, was du gesagt hast, dass wir uns bemühen, damit wir funktionieren … aber so was von! Wenn du den Raum brauchst, um rauszufinden, was du wirklich willst, kann ich ihn dir geben, aber ich werde dich nicht verlassen. Ich schwöre, dass ich nicht wieder weggehe."

Ihre Faust stieß gegen seine Brust, mit etwa so viel Wucht wie Dandelion mit seiner kleinen felligen Tatze.

„Ich will heute Nacht *nicht* weinen", beschwerte sich Karen.

Er legte ihr die Finger unters Kinn und hob ihr Gesicht. Küsste sie auf die Augenlider. Schmeckte das Salz in den Tränen, die über ihre Wangen liefen. „Du musst für uns beide weinen."

Sie wischte sich die Wangen ab, zog die Mundwinkel zu einem Lächeln hoch.

Er lehnte sie mit der Stirn aneinander. „Ich liebe dich. Das tue ich schon seit langer Zeit."

Blitzlichter tanzten in ihren Augen. Sie holte bebend Luft. „Ich liebe dich auch."

Die Umarmung war spontan. Karen drehte sich auf der Bank, sodass sie wieder so dicht wie möglich bei ihm war, während sein Bein unbeholfen ausgesteckt blieb, wie so eine Schaufensterpuppe, die sie mitschleifen mussten.

Aber der Gips verblasste zu nichts, denn was sie gerade gesagt hatte, wog schwerer als all der Frust und Zorn.

Sie liebte ihn. Er hätte Berge versetzt, um sicherzustellen, dass das so blieb.

Aber vorerst küsste er sie. Eine Hand hielt sie am Hinterkopf, während er ihre Lippen beanspruchte. Er knabberte, bis sie keuchte, und dann ließ er die Zunge tiefer hineingleiten. Schmeckte sie und schickte seine eigenen Sinne in einen Wirbelsturm.

Ihre Hände waren mit der Vorderseite seines Hemdes beschäftigt, öffneten Knöpfe, bis sich ihre Handflächen auf seine Brust drückten. Fingernägel neckten, sodass seine Haut tanzte.

Er zog ihr Ohrläppchen in seinen Mund. „Ich will dich. Genau jetzt."

Sie lehnte sich leicht zurück, ihre Augen waren groß. Ihr erster Blick ging den Weg dort hinauf, wo der Truck geparkt war, aber er war kurz, und bevor er es sich versah, hatte sie sich aufgerichtet. Sie schob sich die Hände unter den Rock ihres Kleides und wand sich aus ihrer Unterwäsche.

All das geschah mit einer etwas scheuen, unschuldigen Haltung.

Die Wirkung wurde völlig vernichtet, als sie ihre Unterwäsche nahm und damit neckisch vor ihm wedelte, bevor sie sie ihm anbot.

„*Ma chérie,* du bringst mich um." Er scherte sich verdammt noch mal nicht darum, wo sie waren. „Komm her."

Er richtete sich neu aus und machte die Beine breiter. Mehr als genug Platz für Karen, dass sie dazwischen treten konnte, um mit einer eindeutig frechen Miene nach unten zu schauen.

Er strich mit den Händen über ihre Hüften hinauf, ihre Taille, über die Rundung ihrer Brüste. „Erst machen wir dich bereit."

„Ich bin bereit", beharrte Karen.

„Beweis es." Finn knöpfte die Knopfreihe vorne an ihrem Kleid auf. Er schob den Stoff zur Seite, um Haut und einen hübschen BH zu enthüllen, der so durchsichtig war, dass selbst im Mondlicht ihre Nippel zu sehen waren.

Er löste den Verschluss vorne – die verdammt noch mal beste Erfindung aller Zeiten – und hielt ihre Brüste. Begierig beugte er sich vor, saugte und leckte und knabberte von einer Seite zur anderen, während sie die Finger durch seine Haare streichen ließ und stöhnte.

„Ich bin bereit.“

Er war noch nicht mal annähernd fertig. „Schieb deine Finger in deine Muschi und zeig mir, wie feucht du bist.“

Ein Keuchen kam von ihr, aber sie ließ die Hand ihren Oberschenkel hinabgleiten, raffte den Rock, während sie ihn nach oben schob.

„*Finn.*“

Ihre Beschwerde kam, als er abermals den Mund auf sie legte, die üppige Schönheit ihrer Brüste genoss. Sein erheitertes Brummen tanzte über ihre Haut. „Ich habe noch nicht gesagt, dass ich fertig bin. Fasst du dich schon selbst an?“

Das bescherte ihm etwas zwischen einem Knurren und einem Stöhnen. Finn ließ eine Hand ihrer Hüfte hinabgleiten und traf auf bloße Haut.

Das brachte ihn beinahe um den Verstand, denn eine unbekleidete Hüfte bedeutete, dass auch ihr Hintern und ihr Geschlecht unbekleidet waren, und er war nur wenige Zentimeter davon entfernt, sie nach vorne zu ziehen und in ihre feuchte Hitze sinken zu können.

Karen richtete sich auf, eine Vision sinnlicher Verkommenheit. Ihr Haar lag wild um ihre Schultern, die nackten Brüste waren von ihrem offenen Kleid gerahmt. Ihre bloßen Schenkel waren blass, während sie eine Seite ihres Rocks umfasst hielt. Die andere Hand streckte sie vor, ihre Finger schimmerten im Mondlicht.

Er konnte gar nicht mehr steifer werden. „Gutes Mädchen. Lass mich noch mal nachsehen.“

Ihr Kopf fiel nach hinten, während er die Finger zu seinem Mund zog, sie sauber leckte. Dann bewegte er sie wieder nach unten, drückte sie an ihr Geschlecht. Rieb damit fest über ihre sensible Klitoris.

Seine Finger waren inzwischen auch feucht, und zusammen steigerten sie ihre Lust. Nur noch ein wenig mehr war nötig.

„Du machst damit weiter“, befahl er. „Reib deine Klitoris. Ich werde dich mit den Fingern ficken. Und sobald du so richtig heftig kommst, steigst du hoch, und ich werde so tief in dich eindringen, dass es kein Du oder Ich mehr gibt, nur noch uns.“

Ihre Augen wurden groß. Ihre Finger hielten einen Moment inne, dann wurden sie schneller. Er schob die Hand tiefer, passte auf, ihr nicht in die Quere zu kommen, während er an ihrem Eingang spielte. Kleine Kreise, bis sie sich auf der Stelle wand, und erst dann schob er seine Finger tief hinein.

DIE MAGIE des Mondlichts war das Einzige, was sie aufrecht hielt. Auf gar keinen Fall stand sie aus eigener Kraft, nicht, während Finn sie mit diesem Ausdruck in den Augen anschaute.

Sie waren schon jenseits von Schlafzimmerblick. Das war purer Sex.

Seine Hände brachten sie rasch zum Höhepunkt. Sollte sie sich beschweren, dass es so schnell vorbei war, oder gespannt sein, weil das nächste Mal genau bestimmt genauso wunderbar wurde?

Sogar noch vertrauter. Allerdings, seine Hand auf ihr zu

haben – und seine Finger in ihr, und sein Blick, der sich durch sie hindurchbrannte – war so vertraut, wie sie nur sein konnten.

Seine Stimme summte in ihren Ohren. „So ist es recht, *ma chérie*. Drück fest zu. So verdammt gut, aber es wird sogar noch besser, wenn mein Schwanz in dir ist. Dann lasse ich dich die Sterne sehen.“

Sie legt den Kopf zurück zum klaren Nachthimmel und grinste, während Galaxien zu ihnen herabglitzerten. „So gut.“

Es war richtig, hier zu sein. Endlich einen Teil dessen zugegeben zu haben, was sie ihm sagen musste. Den wichtigsten Teil. Der Rest waren kleine Einzelheiten, und die würden sie später klären, aber nun, während seine Hände sie weiter trieben, ging Karen etwas tiefer, erhöhte die Geschwindigkeit ihrer Finger auf ihrer Klitoris, während die Funken flogen.

„Finn.“

Die Hand auf ihrer Hüfte spannte sich an, und ein Finger in ihr verlangsamte sich. Was gut war, denn ihr Körper versuchte, ihn dort festzusetzen, und die leichte Bewegung reichte, um ihren Orgasmus sogar noch stärker werden zu lassen.

Seine Finger glitten heraus. Der nächste Teil wurde ein wenig chaotischer, weil er ein Kondom aus der Tasche zerrte und seine Jeans öffnete, damit er seinen Schwanz herausholen und ihn damit bedecken konnte.

Dann war sie auf der Bank, saß rittlings auf ihm, schaute ihm in seine von Leidenschaft erfüllten Augen.

Er drückte einen Kuss zwischen die Brüste.

Ihr Rock hing über seine Oberschenkel, und wäre nicht dieser Porno-Anblick ihres offenen Kleides gewesen, hätte niemand geahnt, was sie taten. Vielleicht hätte man es erraten können, dass sie sich über seinem langen Schwanz erhob und darauf zurückfiel, die Feuchte ihres Geschlechts auf der steinharten Verführung rieb, die sich zum Himmel aufrichtete.

Finn nahm sie an der Hüfte und hielt sie ruhig, richtet sich neu aus, bis seine Spitze sich zwischen ihre Falten drückte.

Dann küsste er sie, wild und hungrig, das Feuer flammte auf. Sie war sicher, dass er tief hineinstoßen würde, doch er wartete, neckte sie mit nur genug Druck, dass sie wusste, dass er da war. Unmöglich zu ignorieren, der perfekte Anstieg der Vorfreude.

Sie war atemlos, als er schließlich zuließ, dass ihre Lippen sich lösten, und keuchte, während sie seinen Blick traf, und es war zu diesem Zeitpunkt, dass er sie heftig nach unten drückte. Eine langsame, unvermeidliche Verbindung, die mit ihrem leisen zufriedenen Seufzen endete.

Das letzte bisschen der alten Karen verschwand in dieser Taufe der neuen Hoffnung.

Finn strich ihr mit der Hand über die Wange, wischte eine verbliebene Träne weg. „Ich liebe dich", sagte er wieder. „Ich weiß, ich bin noch kaputt, aber ich habe vor, alles zu tun, was ich tun muss, damit du weißt, dass es stimmt. Im Inneren und im Äußeren."

Ihr Herz glitzerte. „Für einen kaputten Typen machst du das ziemlich gut. Will ich ja nur mal gesagt haben."

Dieses seltene Grinsen seinerseits tauchte auf. „Ich werde mal besser deinen Erwartungen gerecht."

Sie wusste nicht, wie er es anstellte, wenn man bedachte, dass er gerade nicht sonderlich beweglich war, aber es dauerte nur ein paar Minuten, bis er ihr sie völlig um den Verstand brachte.

Sein Griff auf ihren Hüften sorgte für die pulsierende Bewegung, die sie wieder zum Klingen brachte.

„Leg deine Finger wieder auf deine Muschi, *ma chérie*. Ich will dich wieder mit mir spüren."

Ihr war es egal, ob sie noch einmal kam oder nicht, aber da er sie anschaute, als hätte sie tatsächlich die Sterne in den Himmel gehängt, war das Wirbeln der Empfindungen in ihrem Inneren unvermeidlich.

Sie hatte über Glühwürmchen geredet, aber es war dieses sinnliche Vergnügen, vermischt mit dem Licht in ihrem Herzen, und das alles zusammen bedeutete, dass sie zum Abgrund unterwegs war, dass Körperliche und das Emotionale fest miteinander vermischt.

Als ihr Körper nachgab, war es nur ein Echo dessen, was in ihrem Herzen war. Lust – Verbindung. Mit diesem Mann.

Finn machte ein Geräusch, als sie sich um seinen Schwanz zusammenzog. Ein glückliches, knurrendes, *lachendes* Geräusch.

Erheiterung stellte sich ein. Sie kicherte zur Antwort, und plötzlich waren sie da, der Orgasmus pulsierte immer noch durch ihren Körper, aber sie waren auch von Gelächter umgeben.

Seine Hände auf ihren Hüften wurden locker, glitten um ihren Rücken, streichelten sie nun. Ihre Lippen trafen sich, während sie sich mit einem Lächeln auf dem Gesicht küssten. Langsam, immer noch körperlich verbunden, und auf jeden Fall auf einer noch vertrauteren Ebene vereint.

Als sie ihre Wange an seine drückte und ihre Arme fest um ihn legte, fühlte es sich richtig an. Die Rückkehr zur Erde, nachdem sie die Sterne besucht hatte.

Das Aufräumen und der Weg zurück zum Truck sorgten für weiteres Gelächter, denn sie brachte ihn dazu, das Kondom mitzunehmen, anstatt es irgendwo in den Büschen zu verstecken.

Sie legte den Gang im Truck ein, fuhr zurück zum Häuschen. „Meine Schwester bringt ihre Nichten hier rauf, und keiner von uns will erklären, warum da ein witziger Ballon in den Bäumen hängt, aus dem die Luft raus ist."

Finn kicherte. „Wenn du glaubst, dass wir diejenigen sind, die diese Bank eingeweiht haben, dann machst du dir was vor."

Sie tippte ihm auf den Arm. „Lass mich doch meine Unschuld bewahren."

„*Ma chérie*, du hast mich gerade auf einer Parkbank verführt. Deine Art Unschuld zieht mir die Socken aus."

Sie hielten sich an den Händen und hörten dem Radio auf der kurzen Fahrt nach Hause zu.

Sie war noch nicht mit den Gesprächen fertig – sie musste immer noch den Rest ihrer Neuigkeiten erzählen. Sie holte ihnen was zu trinken, während Finn nach draußen ging und Feuer in der Grube machte. Anstatt sich diesmal auf den Adirondack-Stühlen Seite an Seite niederzulassen, setzte sie sich auf die Bank ihm gegenüber, damit sie sein Gesicht sehen konnte.

Die Sonne war ganz hinter den Bergen untergegangen, und die Sterne glitzerten über ihnen. Im Norden ließen die Lichter von Black Diamond den Horizont leicht glühen.

In der Scheune und auf dem Reitplatz jenseits des Haupthauses bewegten sich leise das Vieh und Pferde, die sie allmählich ansammelten. Abendgeräusche, die perfekt zu diesem Ort passten.

Karen verliebte sich ein bisschen mehr in Heart Falls.

Oder vielleicht in den Mann ihr gegenüber. Die Flammen vom Feuer zwischen ihnen flackerten, beleuchteten seine friedliche Miene.

„Du wirkst zufrieden", neckte sie.

Er lehnte sich zurück, atmete langsam ein, während seine Augen blitzten. „Eine gute Erinnerung abzuspeichern, ist etwas Tolles."

Sie hob leicht das Glas. „Darauf, dass wir noch viele weitere abspeichern können."

Er prostete ihr ebenfalls zu. „Ich kann diesen Gips gar nicht früh genug loswerden. Ich will nicht verdammt noch mal hier drüben sitzen. Ich will dich in meinen Armen, wo du auch hingehörst."

„Dafür haben wir noch genug Zeit", versicherte sie ihm.

Sorge trat auf sein Gesicht. „Keine so schwere Arbeit mehr", sagte er. „Wir nehmen uns die Zeit, die wir für uns brauchen. Besonders, da du nur bis Ende September da bist. An diesem Punkt wirst du mit der Schule beschäftigt sein und so weiter, aber ich werde mit dir dort sein. Die ersten Wochen werden ein wenig Hin und Her, während ich die Dinge hier abschließe ..."

O mein Gott. Karen hielt eine Hand vor, als würde sie den Verkehr aufhalten. „Moment. *Was?*"

Entschlossenheit blitzte auf. „Ich hab doch gesagt, dass ich niemals mehr gehen werde. Da du zu deiner Ausbildung irgendwohin musst, komme ich mit dir. Ich werde dir Platz lassen, aber ..."

„Finn. Hör *auf.*" Sie schüttelte fest den Kopf. „Das ist genau, was ich dir sagen muss. Ich gehe nicht zur Schule."

Er sagte nichts, sah sie nur schockiert an.

„Das hat diese ganze Sache doch losgetreten. Ich glaube, das Programm ist fantastisch, und ja, anfangs war ich aufgeregt. Es ist ein guter Job, und *vielleicht* ist es etwas, das ich irgendwann noch machen möchte. Aber ich glaube, die alte Karen hat sich daran festgeklammert, zur Schule wegzugehen, weil es etwas war, in dem Leute einen akzeptablen Grund sehen, den Coleman-Clan aufzugeben."

Er war nicht mehr entspannt, sondern lehnte sich vor, lauschte genau.

Und jetzt musste sie einfach spontan weiterreden, aber so

sollte es sein. Es war nicht das letzte Mal, dass sie das würde erklären müssen.

Sie schaute ins Feuer. „Bis zu einem gewissen Punkt hat es mir schon gefallen, für meine Familie zu arbeiten. Aber weil es schwer war, mich mit meinem Dad zu befassen, mussten sogar die Familienmitglieder, die meine Talente zu schätzen wussten, wie auf Eierschalen gehen, um sicherzustellen, dass sie bei ihm keine Grenzen überschritten, oder bei den anderen altmodischen Typen der Gemeinde. Die Whiskey Creek Ranch war mit so vielen schlimmen Erinnerungen befrachtet, dass ich raus wollte. Mich für die Pferdetherapie anzumelden, hat all die richtigen Knöpfe bedient, um jedermanns Zustimmung zu bekommen. Es war mit Pferden, es war ein Pflegeberuf und ein fantastischer Dienst an anderen. Ein Teil von mir fühlt sich schrecklich, weil ich damit nicht weitermache, aber jedes Mal, wenn ich daran denke, dass ich hingehe, wird mir beinahe schlecht. Und nicht nervös schlecht, wie bei etwas, das ich noch nie zuvor gemacht habe, sondern körperlich schlecht, weil ich weiß, dass es nicht das Richtige für mich ist."

„Nicht das Richtige für dich *jetzt*, und vielleicht niemals. Das ist nichts, wofür du dich entschuldigen musst." Finn sagte es leise, aber fest.

Sie schaute ihm in die Augen. „Die neue Karen weiß das. Die alte Karen zittert in ihren Stiefeln und will sich links und rechts entschuldigen." Sie richtete sich auf. „Aber genauer ausgedrückt, ich gehe nicht. Ich bleibe hier. Also musst du nicht alles fallen lassen und deine Arbeit um meinetwillen aufgeben. Denn ich will auch nicht, dass du das tust."

„Oh, *ma chérie*. Du erstaunst mich. Und du machst mich demütig, und ich bin so froh, dass ich nicht ohne dich leben muss." Ein Flüstern, aber so, so süß. Er hielt die Arme auf. „Du weißt doch, wie das läuft."

Sie überquerte rasch den Abstand zwischen ihnen, nahm vorsichtig wieder ihren Platz auf seinem Schoß ein.

Finn legte die Arme um sie, neigte den Kopf, um sie zu küssen. Diesmal sanft. Süß, wie ein Zuckerguss oben auf einem Kuchen. Dann drückte er ihren Kopf an seine Brust und seufzte leise. Hielt sie einfach nur fest.

Ein weiterer Gedanke stellte sich ein. „Übrigens. Ich habe vor, das wilde Fohlen von Sonora so bald wie möglich zurückzuholen."

Ein leises, überraschtes Geräusch kam von ihm. „Hast du vor, es auch im Haus zu halten, wie Dandelion?"

„Vielleicht." Sie legte den Kopf zurück, um ihn anzulächeln. „Nö. Ich habe bereits ein Wesen auf Stelzenbeinen in meinem Haus. Zwei brauche ich nicht."

Ein festes Kneifen war an ihrem Hintern zu spüren.

Sie lachte leise, als sie sich wieder fest an ihn schmiegte.

Vor ihr tanzte das Feuer, Gelb und Gold strebten nach oben zu den glitzernden Sternen über ihnen. Es gab immer noch Entscheidungen zu fällen, und ihre nicht zu geheimen Schulneuigkeiten mit anderen zu teilen, aber gerade jetzt hatte sie es der wichtigsten Person gesagt und klargemacht, wie ihre weiteren Prioritäten aussahen.

Den wichtigsten *Personen* – die alte Karen hatte heute Abend ihre Entlassungspapiere erhalten.

Es war Zeit, den Sprung zu wagen und alle Geheimnisse zur Seite zu schieben.

19

———

Es schien, als wäre ein Doppelbett nicht groß genug für ihn, Karen, seinen Gips und ein Kilo Pelzbündel.

Finn wusste genau, was von den Vieren er nicht mehr haben wollte. Er zählte die Tage, bis er sich im Bett herumrollen und Karen in seine Arme ziehen konnte, wie er es wollte, ohne dass dabei Glasfasergewebe oder sein Ungelenk eine Rolle spielten.

Trotzdem, aufzuwachen und das Glück auf ihrem Gesicht leuchten zu sehen, war toll. Karen kicherte, als sie langsam die Finger unter der Decke bewegte, während Dandelion Fluff dem beweglichen Hügel hinterher pirschte. Sie lachte rundheraus, als das Kätzchen vorsprang.

Es war ein bisschen Vollkommenheit, und Finn saugte es auf.

Ihr Blick wanderte nach oben. Ihr Glück wurde noch strahlender. „Morgen.“

„Morgen, *ma chérie*.“ Er krümmte den Finger. „Ich fürchte, du wirst zum Berg kommen müssen.“

Die böse Frau grinste. Bevor er es sich versah, glitt eine

Hand über seine Hüfte, und Finger lagen verführerisch auf seiner Morgenlatte. „Das ist auf jeden Fall ein Berg."

Eines führte auf die bestmögliche Art zum anderen, und das Kätzchen wurde entschlossen auf dem Boden abgesetzt.

Sie saßen einander am Frühstückstisch eine Stunde später gegenüber, Karens Miene war immer noch süß genug, um ihn vor Glück vibrieren zu lassen.

„Ich habe Zach gebeten, heute Morgen rüberzukommen", erklärte ihr Finn.

Entsetzen ging über ihr Gesicht. „*Okaaaay.*"

Von ihm kam ein Lachen. „Keine Sorge, ich teile doch keine Bettgeheimnisse, aber es gibt ein paar andere Geheimnisse, die ich loswerden möchte."

„Und Zach gehört dazu?" Karen wirkte nachdenklich, als er nickte. „Nur damit du es weißt, er ist wirklich ein guter Freund. Er hat niemals auch nur ein falsches Wort über dich gesagt. Er glaubt, du bist großartig."

„Natürlich tut er das." Finn schenkte sich Kaffee nach und lehnte sich auf seinem Stuhl zurück, ohne noch etwas zu sagen.

Auf der anderen Tischseite kicherte sie. „Ich liebe dich."

Er wusste, dass er grinste, was für ihn nichts Gewöhnliches war, aber die Tatsache, dass sie seinen Sinn für Humor verstand und trotzdem zugab, dass sie ihn liebte, machte es sogar noch perfekter. „Ich weiß."

Diese Bemerkung brachte ihm ein episches Augenrollen ein, während sie aufstand. „Bitte entschuldige, während ich losziehe, um dir ein paar weitere kitschige Sätze zu kaufen."

„Guter alter Kitsch ist doch immer ein Renner."

Sie zog sich das T-Shirt aus, das sie trug, und warf ihm den zusammengeknüllten Stoff ins Gesicht, bevor sie sich zum Schlafzimmer aufmachte.

„Wenn du eine Show hinlegen willst, läufst du in die falsche Richtung ..."

„Zach kommt vorbei", rief sie über die Schulter. „Den begrüße ich doch nicht in meinem Schlafanzug, auch bekannt als dein T-Shirt."

Er beugte sich vor, um zu beobachten, wie ihre Hüften den ganzen Gang entlang wackelten.

Verdammt, was war er nur für ein glücklicher Kerl.

Sie kam voll angezogen zurück, genau als Zach eintraf.

Die Türklingel läutete. Karen öffnete die Tür, ihre Erheiterung deutlich sichtbar. „Was? Fühlst du dich nicht gut?"

Zach blieb auf dem Fußabtreter stehen, zog sich vorsichtig die Stiefel aus. „Ich weiß nicht recht, wovon du da redest."

Sie ging zurück zu dem Stuhl, den Finn an seine Seite gezogen hatte, ließ sich neben ihm nieder wie im Traum, noch während sie seinen Freund neckte. „Das ist das erste Mal, dass ich gehört habe, wie du die Klingel benutzt. Ach, Moment. Du hast mal geklopft, aber dann die Tür geöffnet und bist eingelaufen, bevor jemand gekommen ist."

„Du hast gesagt, ich soll mich ganz wie zu Hause fühlen", rief er ihr in Erinnerung. Er drehte den nächstbesten Stuhl herum und setzte sich rittlings darauf. Er legte die Arme oben auf die Rückenlehne und warf ihnen ein breites Grinsen zu. „Hattet ihr beiden Spaß auf der Hochzeit letzte Nacht?"

„Schnauze", grollte Finn leise. „Was ist denn mit dir, Prinzessin? Wann bist du denn gestern Nacht heimgekommen?"

„Und du hast Rose besser mal gut behandelt", sagte Karen, die mit gefletschten Zähnen grinste. „Ansonsten hat es ihre Mädchenbande auf dich abgesehen."

Zach hob ergeben die Hände. „Ich habe meine Pflicht als ihr gekaufter Begleiter getan und den ganzen Abend dieses Mädchens weggetanzt. Ich habe sie nach Hause gebracht und dort rausgelassen." Er beugte sich vor, als würde er ihnen gleich ein schreckliches Geheimnis erzählen. „In dem Augenblick, in dem ich Delilah abgestellt hatte, hat Rose sich umgedreht und gesagt, dass sie eine wunderbare Zeit hatte und ich ein großartiger Tänzer wäre, und wenn ich sie jemals mein Auto fahren lassen will, wäre sie auf jeden Fall dabei."

Finn neigte den Kopf zu Karen. „Das Mädchen hat einen guten Autogeschmack."

Ein tiefes *Ha!* brach aus Zach hervor. „Und dann sagte sie, dass ich nicht aussteigen müsse, denn ihre Schwester wäre auch gleich da, und das wäre nicht die Art Date, bei der am Ende ein Kuss kommt."

„Ach, wie traurig", sagte Karen.

Zach wirkte verblüfft. „Du *wolltest*, dass ich sie küsse?"

„Na ja, ich sehe nicht, dass du ihr jemals erlauben wirst, Delilah zu fahren, also hätte sie doch an diesem Abend zumindest einen Bonus bekommen sollen." Karen rückte von Finns Fingern weg. „Hör mit dem Kitzeln auf. Ich sag doch nur, was ich sehe."

Wenn man bedachte, wie wichtig Zach in Finns Leben war, war es gut, zu sehen, dass seine Lieblingsmenschen miteinander zurechtkamen.

Jetzt musste man mal testen, wie schnell Zach auf den Beinen war. Finn verschränkte absichtlich die Finger mit denen von Karen.

Der Blick seines Freundes huschte nach unten und dann zurück zu Finns Gesicht. Ein träges Lächeln wölbte Zachs Lippen, aber er sagte nichts. Wartete einfach nur.

„Hier gibt's ein paar Veränderungen, aber diese betrifft dich", sagte Finn. „Karen ist voll dabei mit der Touristenranch. Sie wird dauerhaft hierbleiben, was bedeutet, dass wir die Pläne für die Einstellungen anpassen, sobald sie raus hat, welchen Job genau sie Vollzeit machen möchte."

Das zufriedene Grinsen seines Freundes sagte alles. Er

wusste, dass diese Ankündigung nicht nur damit zu tun hatte, dass Karen auf der Ranch blieb, sondern dass sie in Finns Leben bleiben würde.

Zachs Blick richtete sich auf ihren, und er neigte den Kopf. „Ich war noch niemals in meinem ganzen Leben so glücklich, eine Neuigkeit zu hören. Willkommen an Bord.“

Karen wirkte ein wenig verwirrt. „Danke.“ Sie warf einen Blick auf ihn. „Das war nicht das, was ich erwartet habe.“

„Es war nur der Anfang, denn jetzt kommen wir langsam ans Eingemachte. Weißt du noch, wie ich dir von Bruce Treibers erzählt habe?“

Sie nickte sofort, schaute sie beide an. „Euer Mentor.“

Zachs Gesicht hellte sich auf, als er verstand. „Ist das wegen der Sache, über die wir nie geredet haben?“, fragte er.

Ein Schnauben ertönte. „Das will ich verdammt noch mal hoffen, denn wenn nicht, hättest du das ziemlich dämlich formuliert.“

Karens Finger spannten sich in seinen an. „Geheimnisse?“

Es gab schon noch ein paar zu teilen, und Finn war entschlossen, sie bald zu äußern. „Weißt du noch dieses schicke Auto, das früh im Sommer hier war? Der Anwalt von Bruces Nachlass meldet sich hin und wieder bei uns. Er ist ein guter Typ, Alan, aber diesmal wurde etwas im Testament ausgelöst, und wie es sich erwiesen hat, haben wir eine Deadline, um die Red Boot Ranch in Betrieb zu nehmen.“

Verwirrung stellte sich ein, aber sie hielt immer noch seinen Arm besitzergreifend fest. „Ich dachte, Bruce wäre vor ein paar Jahren gestorben. Wie kann er das denn machen?“

„Anwälte sind ganz genial darin, sich Möglichkeiten einfallen zu lassen, wie sie einen noch länger zur Kasse bitten können“, sagte Zach gedehnt. „Die ganze Deadline ist keine so große Sache. Nicht, wenn wir die Dinge am Rollen halten.“

„Wann müssen wir denn den Betrieb aufnehmen?", fragte Karen.

Das war nett, wie sie so einfach hinnahm, dass sie daran beteiligt war.

„Thanksgiving."

Sie gab einen besonders schlimmen Fluch von sich, und sowohl er als auch Zach blinzelten.

„Ernsthaft, Leute? Ihr habt mich doch schon mal fluchen hören."

Zach beugte sich vor und sprach leise. „Ich habe nur die völlige Überzeugung bewundert, mit der du das gesagt hast."

Sie verschränkte die Arme vor der Brust und funkelte ihn an. „Zurück zur Sache, weshalb um alle Welt solltet ihr einer solchen Deadline zustimmen? Ich meine, es ist nicht unmöglich, aber es scheint mir nicht die Art zu sein, wie ihr Typen euren Kram gerne erledigt, wenn ihr es so hastig macht."

Die kleine Information, dass alles an Brandon gehen könnte, sorgte für einen weiteren Ausbruch gesalzener Worte, die eines Matrosen würdig gewesen wären.

Zachs Grinsen wurde mit jeder Minute größer. „Ich mag dich wirklich", sagte er zu Karen.

„Hör auf, mit meiner Frau zu flirten. Besorg dir selbst eine", grollte Finn, doch er stimmte hundertprozentig zu.

„Auf gar keinen Fall wird Brandon unsere Ranch bekommen", sagte Karen.

„Das habe ich auch gesagt." Finn drückte ihr die Finger. „Also. Kanonen laden und volle Kraft voraus. Niemand sonst weiß von der Deadline, aber an Thanksgiving müssen wir bereit sein, Alan und seiner Familie gehörig die Socken auszuziehen."

„Nichts, womit wir nicht fertig werden." Karens Handy summte, und sie rümpfte die Nase. „Tut mir leid. Das ist mein

Dad. Nachdem ich das Essen gestern Abend ausgelassen habe, sollte ich rangehen.“

Sie stand vom Tisch auf und ging hinaus auf die Veranda, sodass Finn und Zach allein zurückblieben.

Sein bester Freund stieß ein tiefes Seufzen aus. „Es ist immer so emotional, wenn das Küken das Nest verlässt.“

„Hör auf“, murmelte Finn.

Zach beugte sich vor, ehrliche Freude trat auf sein Gesicht. „Ich freue mich für dich. Ich meine, ich freue mich über das, was ich glaube, dass du mir sagst, was hoffentlich die Tatsache ist, dass du endlich gestanden und dieser Frau gesagt hast, dass du ohne sie nicht leben kannst.“

„So was in der Art“, sagte Finn.

Zach stutzte, er wirkte nachdenklich. „Ich dachte, die Red Boot Ranch wäre nur ein weiterer Schritt auf dem Weg. Ein weiteres Projekt, bevor du weiterziehst. Ich meine, ich freue mich, dass es nicht so ist, aber das wirkt wie eine große Veränderung. Es klingt, als hättest vor, das zu deiner Heimat zu machen.“

Na, Teufel auch. Finns Gehirn war so von allem erfüllt gewesen, dass dieses kleine Detail nicht ganz durchgedrungen war. Doch verdammt sollte er sein, wenn Zach nicht recht hatte.

Aber als Finn wirklich darüber nachdachte, war das Gefühl, in diese Gemeinschaft zu gehören, in den letzten paar Monaten bereits gewachsen.

Es ging nicht nur darum, einen Ort für Karen zu finden, sondern auch einen Ort, wo er sich zu Hause fühlte. Einen Ort, wo sie beide zusammen wachsen konnten. Das war irgendwie – unerwartet.

Tatsächlich perfekt.

„Das hat sich schon eine Weile aufgebaut“, gab Finn zu.

„Es war mir schon klar, dass du die Ranch vermisst hast“,

teilte ihm Zach mit. „Es macht Sinn, dass du dir eine neue Heimat suchst. Wo du aufgewachsen bist, ist kein Ort, an den du zurückkannst."

„Es ist nicht der idyllische, sichere Ort, für den ich es gehalten habe", stimmte Finn zu. Er warf einen Blick über das Land, den ganzen Weg dorthin, wo die Rockys sich in den Himmel erhoben. Der Sommertag war voller Schönheit und Glück. „Ich muss ein paar neue Erinnerungen schaffen, und dieser Ort hat das Potenzial dazu."

Das brachte ihm ein Lachen von seinem Freund ein. „Und Bruce hätte dir gesagt, dass Potenzial das wichtigste ist, das man sehen kann." Zach sprach leise, deutete auf Karen, die draußen auf der Veranda stand, eine Hand in den Haaren vergraben. „Das ist eine Erinnerung, aus der mehr werden müssen. Ich bin froh, dass du sie zurückhast."

Finn beobachtete Karen sorgsam, das Gefühl in seinem Herzen war groß genug, um sich an seine Lippen zu drängen. „Sie steht ganz oben auf meiner Liste", sagte er zu Zach. „Alles andere wurde nach unten befördert."

„Dazu gehöre ich", erwiderte Zach fest. „Damit habe ich null Probleme. Genauso sollte es sein."

Verdammt, wenn Finn nicht alles hatte, was er auf der Welt brauchte. Eine schöne Frau, die sagte, dass sie ihn liebte, und einen besten Freund, der ihn bis ins Innerste verstand.

Finn griff wortlos mit der Hand über den Tisch nach Zach.

Zach beachtete sie nicht. Stattdessen kam er um den Tisch, dann zog er Finn hoch und gab ihm eine brüderliche Umarmung, klopfte ihm auf den Rücken. „Ich auch, Kumpel. Ich auch."

~

Was Unterhaltungen anbetraf, lief das Gespräch mit ihrem Dad glatter, als sie erwartet hatte. Er brachte sie bei ein paar Vorgängen auf Whiskey Creek auf den neuesten Stand, darunter eine schockierende Sekunde des Lobs, was ihre vergangene Arbeit mit einem Teil ihrer Herde anging. Dieser Teil war schön, und der Teil, wo sie etwas vom Familienplausch hörte.

Aber dann begann er mit den Bauchschmerzen wegen seines ältesten Bruders, Onkel Mike, der immer mehr Verantwortung und Entscheidungsgewalt der nächsten Generation überließ …

Das war der Punkt, an dem Karen genug hatte.

„Hey, Dad. Es war toll, aber ich habe gerade erst das Mittagessen abgeschlossen, und ich habe in fünfzehn Minuten einen Termin. Lass mich nächstes Mal wissen, wenn du nach Heart Falls kommst. Finn und ich nehmen dich zum Essen mit."

Ihr Dad grollte einen Augenblick, aber dann stürzte er sich auf den Themenwechsel. „Da fällt es mir wieder ein. Ich habe vor ein paar Tagen versucht, mit Richard Marlette in Kontakt zu treten. Die Telefonnummer, die ich von ihm habe, gibt es nicht mehr. Bitte Finn doch um neue Kontaktinformationen, machst du das?"

„Klar. Ich werde sie dir schicken. Ich muss los. Ich liebe dich."

Dieser letzte Teil der Unterhaltung ließ ihr Gehirn einen Augenblick in Stottern kommen. Sie brauchte nur eine Sekunde, um ihr Handy wieder in ihre Tasche zu schieben und in die Küche zurückzukehren, wo sie Dandelion aufhob und als ihren persönlichen Stressstein benutzte. Sie streichelte dem kleinen Wesen das weiche Fell, sodass die Anspannung nachließ, während sie sich an die Tür lehnte, die Augen geschlossen, auf der Suche nach Frieden.

In Wahrheit liebte sie ihren Dad. Sie *mochte* ihn nur nicht sonderlich, nicht gerade jetzt im Augenblick.

Und das war in Ordnung.

Unerwartete Geräusche zogen ihre Aufmerksamkeit auf sich. Das lauteste Geräusch war Dandelion, der an ihrer Brust schnurrte. Karen öffnete die Augen, plötzlich in dem Bewusstsein, dass die Küche leer war. Finn und Zach waren nirgends zu sehen.

Rufe drangen von der Vorderseite des Hauses heran, und sie setzte das Kätzchen sorgsam ab, bevor sie zur Vordertür lief.

Rauch stieg aus dem Dach einer der neu gebauten Hütten auf. Sie fuhr mit den Füßen in die Stiefel und legte im vollen Lauf los.

Die Arbeitsmannschaft strömte in den Hof, von verschiedenen Stellen auf der ganzen Ranch. Karen holte auf Finn auf, während er sich auf den Krücken mit einer besorgniserregenden Geschwindigkeit vorwärts schwang.

„Ich hoffe, du denkst nicht daran, da du reinzugehen“, setzte sie ihn kühl in Kenntnis.

Er warf ihr einen raschen Blick zu, bevor er zum Stehen kam. Eine dümmliche Miene zeigte sich auf seinem Gesicht. „Natürlich nicht.“

Sie schlang einen Arm um seinen Bizeps, um sicherzugehen. „Ruft jemand schon die Feuerwehr?“

„Vielleicht brauchen wir sie nicht.“ Zwei oder drei Männer hatten Schläuche, und sie spritzten sowohl die Ecke des Gebäudes als auch die Hütten darum herum nass. Der Rauch stieg noch dicker auf, ein grauer Schleier bildete sich, als wären es Gewitterwolken.

In der Zwischenzeit kam Zach aus der Hütte. Er hob einen Feuerlöscher in die Luft, während er beruhigend rief: „Es ist in Ordnung. Es ist aus.“

Er kam herüber dorthin, wo Finn und Karen warteten.

Karen hatte Zach niemals so ernst gesehen. Er trat näher und redete leise. „Sind die Sicherheitskameras schon in Betrieb?"

Finn wurde reglos. „Ein paar. Warum?"

Zach warf einen Blick über die Schulter, bevor er in seine Tasche griff und ein teilweise verbranntes Stück Karton herausholte. Es war etwa fünf Zentimeter hoch, und der nicht verbrannte Teil hatte ein vertrautes Bild.

„Das ist eine Kiste mit Kaminanzündern. Wollte jemand schon den Holzofen anschüren?", fragte Karen.

„Zweifelhaft, wenn man bedenkt, dass der Ofen nicht angeschlossen war. Das ist der einzige Grund, weshalb wir das gesehen haben, bevor alles in der Hütte in Flammen aufging – der Rauch ist durch den teilweise offenen Kamin entwichen." Zachs Miene wurde düsterer. „Das Feuer hat unter einem Arbeitstisch angefangen. Ich habe das Stück der Schachtel und Überreste von etwas gefunden, das wie ein viel zu großer Haufen Sägemehl aussieht."

„Du sagst, es ist Brandstiftung." Finn starrte seinen Freund heftig an.

„Es ist möglich, dass es ein Unfall war. Falls jemand mit einem Zigarettenstummel das Sägemehl angezündet hat, hätte es eine Weile nur gekokelt, bevor es richtig in Flammen aufgeht." Zach warf einen Blick zurück zu Karen, dann wieder auf Finn. „Willst du die Polizei dazuholen?"

„Schauen wir uns erst mal die Sicherheitsaufnahmen an", sagte Finn.

Karen bebte innerlich bei dem Gedanken, dass jemand absichtlich ein Feuer in einem brandneuen Gebäude gelegt hatte. „Es wäre toll, jemanden auf frischer Tat auf dem Sicherheitsvideo zu ertappen, aber weshalb sollten wir die Polizei denn nicht gleich rufen?"

Zach rümpfte die Nase. „Wir wollen, dass das hier weiterläuft", rief er ihr in Erinnerung. „Ermittlungen zur

Brandstiftung können eine Weile dauern, was bedeutet, der Bau wird für eine unbekannte Zeitspanne unterbrochen."

Daran hatte sie nicht gedacht. „Glaubst du wirklich, dass jemand das Feuer gelegt hat?"

„Ich weiß es nicht. Ich weiß es ehrlich nicht", sagte Zach.

Neben ihr war Finns nicht zu deutende Miene wieder da. „Schauen wir uns erst die Kameras an und sehen wir, was wir finden. Ich will nicht gleich voreilige Schlüsse ziehen und spekulieren." Er legte seine Finger über die von Karen. „Wir werden dafür sorgen, dass du in Sicherheit bist. Nur für den Fall, dass irgendwas vorgeht."

„Nicht nur ich. Alle, und dazu gehört auch ihr beiden." Eine weitere Sorge, die sie bis zu diesem Augenblick nicht mal in Betracht gezogen hatte. „Wie wäre es, ein paar Wachhunde für das Gelände zu beschaffen?"

„Außerdem Sicherheitspersonal." Finn warf einen Blick auf Zach. „Das ist die erste Priorität. Gleich jetzt."

Sein Freund nickte. „Ich werde Cody davon erzählen, damit er weiß, dass er wachsam sein muss, aber halten wir das doch darüber hinaus unter Verschluss. Ich treffe euch sofort am Haus, um uns das Video anzusehen."

Doch die Kameras waren ein Reinfall.

Finn lehnte sich in einem Sessel zurück, genervt, nachdem er die ganzen gespeicherten Daten aus der Cloud geholt hatte. „Da sind bestimmt ein Dutzend Typen in den Hütten dieser Reihe ein- und ausgegangen, und es gibt keinen klaren Blick auf die Eingangstür dieser konkreten Einheit, und ich bin nicht bereit, mit einer Befragung loszulegen."

„Dann fang mit dem an, was du tun kannst", sagte Karen. „Ich stimme zu. Ich glaube nicht, dass wir alle reinrufen und mit Fragen anfangen sollten. Lass Security kommen, das sollte alles weitere dieser Art abwehren."

„Hoffentlich reicht das." Er schaute ihr in die Augen.

„Wenn du dir irgendwann über irgendwas Sorgen machst, lass es mich wissen.“

„Mache ich.“

Der Ansturm des Adrenalins ließ langsam nach, während Karen und Zach zusammen den restlichen Vormittag mit Aufräumarbeiten beschäftigt waren. Die Aufgabe erwies sich als beruhigend. Nichts in der Hütte wirkte sonderlich verdächtig. Außer der Tatsache, dass es wie in einer Räucherhütte roch, war nicht genug Zeit gewesen, dass ein Schaden am Gebäude entstanden wäre.

Als sie fertig waren, trugen sie ihre Materialien und ein paar Tüten mit Holzschnitzeln und Sägemehl auf die Veranda und stemmten die Tür auf, damit es lüften konnte.

„Scheint für mich alles ziemlich sauber.“ Zach schüttelte den Kopf. „Ich bin nur ein argwöhnischer Bastard. Ich hätte überhaupt nichts sagen sollen.“

Karen zuckte mit den Schultern. „Security dazu zu holen, ist keine schlechte Idee. Wir müssen das vor Thanksgiving sowieso einrichten. Wir glauben immer, wenn man in einer Kleinstadt lebt, passiert niemals was Aufregendes, aber auch hier werden Leute verzweifelt.“

„Und Verzweiflung führt zu Fehlern und schlechten Entscheidungen.“ Zach nickte, ließ ihr ein verschlagenes Lächeln zukommen. „Übrigens, wie hast du es geschafft, Finn davon zu überzeugen, uns die Aufräumarbeiten zu überlassen?“

„Ich, ihn überzeugen? Er hat sich freiwillig gemeldet, das Mittagessen zu kochen, nachdem er den Kontakt mit den üblichen Securityleuten aufgenommen hat.“ Während Zach dramatisch der Mund offenstand, hob sie eine Hand, als würde sie etwas schwören. „Ich weiß. Ich würde jeden Tag die Aufräumaktionen übernehmen, wenn das bedeutet, dass ich zu einer selbst gekochten Mahlzeit nach Hause kommen darf.“

„Solange er nicht seine Makkaroni mit Käse macht", scherzte Zach.

Sie stieß ihn gut gelaunt in den Arm, dann ging sie nach Hause zu ihrem Mann.

Im Haus roch es herrlich. Das kleine bisschen in ihr, das sagte, es wäre etwas Seltsames, kämpfte gegen den Teil, der sagte, dass es perfekt war, und sie jeden Augenblick genießen sollte.

„Hi, Schatz, ich bin zu Hause", rief sie, während sie die Stiefel von sich stieß und zur Küche marschierte.

„Perfekter Zeitpunkt."

Nachdem sie durch die Tür getreten war, blieb Karen stehen, um sich alles gut anzusehen, denn sie wollte es ja in vollen Zügen genießen.

Er hatte den Tisch mit Tischsets gedeckt, und eine richtige Vase mit frischen Blumen aufgestellt. Hohe Gläser warteten auf jedem Platz, aber zum Glück gab es ebenfalls einen ganz soliden Hinweis, dass nichts aufgetischt wurde, was zu weit aus ihrem Wohlfühlbereich entfernt war – eine Flasche Ketchup in Gastrogröße stand auf dem Tisch.

„Du musst für dein Mittagessen schon arbeiten", setzte Finn sie in Kenntnis, während er sich von der Arbeitsfläche abwandte. „Es ist fertig, aber ich wollte mit meinen Krücken keine Schüsseln jonglieren."

„Ich habe null Problem damit, die Kellnerin zu geben." Sie bedeutete ihm, zum Tisch zu gehen, dann beeilte sie sich, das Essen zu holen.

Einen Augenblick später saßen sie beide am Tisch, mit dampfenden Schüsseln mit Tomatensuppe und gegrillten Käsesandwiches mit knusprigen, perfekt gebräunten Flächen vor ihnen.

Allein schon der Geruch ließ ihren Magen vor Vorfreude knurren. „Das sieht toll aus", sagte sie.

„Ist eine Komfortmahlzeit." Finn schnappte sich das Ketchup und gab eine ordentliche Portion auf seinen Teller. „Normalerweise mache ich Suppe nur im Winter, aber ich hatte das Gefühl, es wäre heute ein guter Tag dafür."

Karen legte ihm eine Hand auf den Arm. „Es war ein guter Tag, wenn es man es genau betrachtet. Es gab nicht viel, was wir tun mussten, um den Schaden zu reparieren. Zach glaubt inzwischen, dass es doch ein Unfall war."

„Das ist gut. Ich lasse aber trotzdem noch die Securityfirma antreten. In den nächsten paar Tagen sollten sie hier sein." Er drehte sich, bis er ihr die Finger drücken konnte. „Iss."

Das Essen war lecker, was Karen zu einer Frage brachte. „Wir hatten niemals die Gelegenheit, so was zu tun wie zusammen zu kochen. Ich meine, damals auf Whiskey Creek."

„Ich war zu sehr damit beschäftigt, rauszukriegen, wie ich in dein Schlafzimmerfenster einsteige, ohne mich erwischen zu lassen", erinnerte Finn sie.

Sie lachte. „Wir haben doch an so vielen anderen Orten Unfug angestellt, nicht nur in meinem Schlafzimmer, Finn Marlette."

„Wenn du mit Unfug Knutschen und Sex meinst, hast du recht. Und da gehören nicht mal die ganzen Orte dazu, bei denen ich drüber *nachgedacht* habe, ob ich dich dort nehmen könnte." Er fing ihre Finger ein und brachte sie an seine Lippen. Küsste sie, bevor er verführerisch daran knabberte. „Ich habe eine Liste mit allen Dingen, die wir tun, sobald ich diesen Gips los bin."

„Ich kann es kaum erwarten", erklärte sie ehrlich. „Aber ich meine das mit dem Kochen auch ernst. Es ist schön, dass wir beide gern kochen. Wir werden wohl kaum verhungern."

„Ist das der Teil, bei dem ich was Kitschiges sagen soll, wie etwa ‚wir können von Luft und Liebe leben'?"

„Ich würde ja kichern, aber ich bin zu sehr damit

beschäftigt, mein Käse-Sandwich zu genießen – was hast du denn da drauf getan? Es ist lecker. Irgendeine Art Marmelade?"

Er drückte sich einen Finger an die Lippen. „Ich gebe dir doch nicht mein geheimes Rezept mit gegrilltem Käse."

Karen beugte sich auf den Ellbogen vor. „Was bedeutet, dass du es jedes Mal für mich machen muss, wenn ich mich danach sehne."

Finn streckte eine Hand vor. „Abgemacht."

Mit einem Kichern verschränkte sie die Finger in seinen und drückte ihm fest die Hand. In dem Augenblick, in dem er sie losließ, schnappte sie sich das letzte Sandwich von seinem Teller und rückte vom Tisch weg, damit er sie nicht erreichen konnte.

„Hey, gib das zurück." Erheiterung tanzte in seinen Augen.

„Auf gar keinen Fall." Ein wenig traurig, dass sie kein Ketchup hatte, in das sie es tauchen konnte, verspeiste sie das Teil und stöhnte, während ihre Geschmacksknospen sich entzündeten.

Finn verschränke die Arme vor der Brust und funkelte sie ziemlich gut gespielt an. „Dafür sollte ich dir den Hintern versohlen."

„Leere Versprechungen." Sie schwang sich zurück zu seiner Seite und legte die Arme um ihn. Der nächste Schritt war es, ihm einen geräuschvollen Kuss auf die Wange zu geben. „Das war lecker. Vielen Dank."

Er neigte das Kinn. „Danke für die Arbeit, die du heute Vormittag geleistet hast."

„Kein Problem. Das war nur eine Unterbrechung in meinem ..." Was ihr eine weitere Unterbrechung früher am Tag ins Gedächtnis rief. „Mist. Hey, als mein Dad heute Vormittag angerufen hat, hat er gesagt, er würde gern mal deinen Dad ans Telefon kriegen. Hast du irgendeine Nummer, die ich weitergeben kann? Es scheint, als wäre diejenige, die er hat, nicht mehr ganz aktuell."

Die Erheiterung wich aus Finns Miene, sodass sein Gesicht unter seiner gebräunten Haut grau wurde.

Karen zog sich besorgt zurück. „Finn?"

Er schüttelte den Kopf. „Letzte Nacht hast du was ziemlich Starkes gesagt. Über dich und mich und dass wir zusammenhalten wollen, und ich bin da voll dabei. Was bedeutet, dass es zwischen uns keine Geheimnisse mehr gibt. Keine echten Geheimnisse auf jeden Fall."

Sorge raste durch ihren Bauch. „Was stimmt denn nicht?"

„Es gibt da was, das ich dir sagen muss."

20

---

*K*aren zog ihren Stuhl dichter heran und nahm sich seine Finger. „Du machst mir irgendwie Angst, Finn. Hast du Schwierigkeiten?"

„Was? Nein. Hier geht es eigentlich nicht um mich." Er verzog das Gesicht. „Okay, geht es schon, aber das Problem ist, das Geheimnis ist nicht meines, darum musste ich Erlaubnis einholen, um es dir zu sagen."

Auf gar keinen Fall würde sie das selbst enträtseln können, darum lehnte sie sich nur zurück und wartete. Sie wusste ganz gut, dass schwierige Geschichten manchmal nicht auf geradlinige Art erzählt werden konnten.

Finn wirkte nachdenklich. „In dem Augenblick, in dem ich Whiskey Creek verließ, wusste ich, dass es nicht richtig war. Aber du konntest auch nicht weg, darum musste ich die Dinge zu Hause ausknobeln, bevor ich zurückkehrte."

Diesen Verlauf der Unterhaltung hatte sie vermutet. „Ich mache dir doch wegen damals keine Vorwürfe, Finn. Du hast deinen Eltern ein Versprechen gegeben. Genauso wie ich irgendwie dem Coleman-Clan etwas versprochen habe. Keiner von uns konnte einfach so weg.“

Unbehaglich auf eine Art und Weise, wie sie es fast nie gesehen hatte, holte er tief Luft und schaute ihr direkt in die Augen. „Wir sind nach Hause gegangen. Ich, Levi und Duncan. Levi fand, wie du gehört hast, heraus, dass er bald Daddy sein würde, was in seinem und Chelseas Leben einfach nur ein Segen war. Aber Duncan – je näher wir zurück zur Ranch kamen, desto stiller wurde er, was auch etwas aussagt.“

Karen nickte. Während sie und Finn in diesem Sommer sehr miteinander beschäftigt gewesen waren, und Levi und Lisa herumgetollt waren wie die Fohlen, war Duncan wie ein stiller Geist gewesen, der zufrieden damit zu sein schien, allein zu sein.

Finn löste seinen Blick und starrte auf seinen Gips. „Levi und Chelsea sind zusammengekommen. Es wurde beschlossen, dass sie zu meinen Eltern ins Ranchhaus ziehen sollten, bis das Baby kam. Es gab genug Platz, sodass sie dort wohnen konnten. Dann kam Duncan zu mir und sagte, er könne nicht mehr schweigen.“ Finn machte eine Pause. „Er sagte, Dad hätte ihn sexuell missbraucht. Er vertraute dem Mann nicht, dass man Chelsea mit ihm allein lassen könnte, oder weiter in der Zukunft, dass er im Umfeld von Levis Kindern sein durfte.“

Eine qualvolle Grube öffnete sich in Karen. „O mein Gott. Der arme Duncan.“

Finn schaute ihr wieder in die Augen. „Ich habe heute Vormittag übrigens mit ihm gesprochen. Er hat mir die Erlaubnis gegeben, es dir zu sagen. Er hat mir gesagt, dass du es auch erfahren musst, und das er hofft, du würdest versuchen, es zu verstehen.“

Da kam sie nicht mehr mit. „Ich weiß nicht – was verstehen?“

In Finns Augen spiegelte sich sowohl glühende Wut als

auch eisiger Frust. „Duncan hat sich geweigert, Dad anzuzeigen. Er wollte die Aufmerksamkeit oder den Medienzirkus nicht, der dazugehört hätte, wenn er die Information verbreitet hätte. Er sagte, damit würde er nicht fertig werden, aber da Levi und Chelsea im Spiel waren, wollte er nicht riskieren, nichts zu sagen und zuzulassen, dass es womöglich wieder passierte."

Die ganze Lage war völlig verworren. Hineingeschubst zu werden, wie es Finn passiert sein musste, war bestimmt die Hölle gewesen. Und der mutige Duncan, der bestimmt als Opfer gelitten hatte, und doch versucht hatte, die anderen zu retten.

Karen drückte Finns Finger fest. „Es tut mir so leid, dass Duncan sich damit herumschlagen musste. Das ist einfach nicht richtig."

„Es war ein beschissener Schlamassel", gab Finn zu. „Duncan stand nahe am Abgrund. Wir hätten ihn beinahe verloren. Ich hatte so viel Angst, dass er etwas Drastisches tun würde, dass ich ihn auf gar keinen Fall drängen wollte, weitere Schmerzen auf sich zu nehmen. Levi hatte keine Ahnung, und soweit Duncan wusste, Mama auch nicht."

Karen legte eine Hand an Finns Wange, wollte ihm Kraft geben. „Deine Eltern sind nicht mehr auf der Ranch."

Ein Kopfschütteln kam von ihm, während seine Miene sich verhärtete. „Ich habe nur eine Lösung gesehen, bei der Duncan nicht weiter verletzt werden oder irgendjemand sonst einer Gefahr ausgesetzt würde. Ich habe meinen Vater allein zur Rede gestellt, ihm gesagt, was ich wusste. Er hat sich nicht mal die Mühe gemacht, es zu leugnen. Ich sagte ihm, er hätte eine Wahl. Er müsse gehen und die Ranch sofort verlassen, aber es so aussehen lassen, als wäre es seine Idee. Mir war es egal, was für Lügen er dazu auftischen müsste. Er sollte Mama überzeugen, damit sie weit genug wegzogen, um eine gute Ausrede zu haben, nie zu Besuch zu kommen.“

Die Antwort auf Karens Frage war klar, aber sie stellte sie trotzdem. „Und wenn er nicht zugestimmt hätte?“

Finn zögerte nicht. „Dann wäre er tot, und ich wäre wegen Mord im Gefängnis.“

Diese Beichte hätte sie entsetzen sollen, aber ein unerwarteter Ansturm von Feuer traf sie. „Ich bin froh, dass du nicht im Gefängnis bist, aber es wäre kein Verlust, wenn er tot ist. Klingt vielleicht herzlos, aber ich stelle mir dauernd den süßen Duncan vor. Das hat er nicht verdient. *Niemand* hat das verdient.“

Wieder einmal zog Finn sie auf seinen Schoß, aber diesmal, anstatt ihr Trost zu bieten, waren es ihre Arme, die sich um ihn legten. Es waren ihre gemurmelten, beruhigenden Worte und Küsse, die sie ihm auf sein tränenfeuchtes Gesicht drückte.

Sie saßen ein paar Minuten beisammen, bis er bebend Luft holte und sich etwas zurücklehnte.

Er drückte ihr einen Kuss an die Seite des Mundes, dann neigte er entschlossen den Kopf. „Es war das Richtige, aber es durchzusetzen, war die Hölle, aus all den Gründen, die du dir vorstellen kannst. Obendrauf hatte ich vorgehabt, so schnell wie möglich alle Verbindungen zu kappen, um zu dir zurückzukommen, aber die Lage dort hat es unmöglich gemacht.“

„Ich bin so froh, dass du dort warst“, beharrte Karen. „Ich meine, was, wenn du auf Whiskey Creek geblieben wärst? O mein Gott ...“

„Wir können keine ‚was wäre wenn‘-Spielchen spielen, aber ich musste es dir sagen. Ich wollte schon eine Stunde, nachdem ich aufgebrochen war, wieder zurück an deiner Seite sein.“

Innerlich war sie völlig durch den Wind, und doch wurde

das Pulsieren der Liebe immer stärker. Karen strich mit den Fingern durch seine Haare und schaute ihm ins Gesicht, prägte sich die Falten ein, die vor Jahren noch nicht da gewesen waren. Verstand nun besser, woher sie kamen, dass sie die Male waren, die er sich verdient hatte, als er eine Aufgabe erledigt hatte, für die ihn niemand loben konnte.

„Ich liebe dich. Und wir sind jetzt zusammen. Alles, was du getan hast, macht dich nur noch mehr zu *dir*", beharrte sie.

Er legte ihr eine Hand um den Nacken. „Nur ganz wenige Leute wissen von Duncans Geschichte. Du, ich, Zach. Eine weitere Person – tatsächlich ist das Alan. Bruce wusste es auch, weil ich bei ihm angefangen habe, während ich mich mit den rechtlichen Einzelheiten herumschlug, meinen Vater von der Ranch zu entfernen. Ich habe eine Menge Zeit damit verbracht, meinen Vater in jenen Tagen im Auge zu behalten, bis meine Eltern offiziell umgezogen sind, und Bruce musste wissen, weshalb. Teufel, letztlich half er mir, die Dinge durch Alan wasserdicht zu regeln, was den rechtlichen Standpunkt anging."

Sie war nicht wirklich neugierig, wollte nur sicher wissen, dass Levis Babys in Sicherheit waren. Doch ... Was war mit anderen Kindern? „Wohin sind deine Eltern gezogen?"

„Québec City. Sie leben in einer Wohnung, nur für Erwachsene, wo Mama völlig glücklich ist. Sie genießt das Stadtleben und kann Gesellschaft haben, wann immer sie will. Drei oder viermal im Jahr fliegt sie nach Winnipeg, wo mein Bruder sie abholt, um eine Woche oder so auf der Ranch zu bleiben. Mein Vater ist immer zu beschäftigt, um zu diesen Besuchen mitzukommen. Mama glaubt, es wäre für ihn zu schwierig, zurück auf die Ranch zu gehen, wegen der Erinnerungen. Und mein Vater darf nicht mit Kindern arbeiten oder mit jemandem außer Mama unter vier Augen sein. Ich lasse ihn von jemandem beobachten – das ist ein Teil dessen, was Bruce mir einzurichten half."

Seine Worte verklangen, als wäre ihm die Energie ausgegangen, weiter zu sprechen. Seine Handflächen drückten sich an ihren Rücken, und er zog sie dichter zusammen, nicht weil es ihn körperlich nach ihr verlangte, sondern in einem verzweifelten, dringenden Bedürfnis nach Verbindung.

Karen hielt sich so fest wie möglich, gab ihm etwas mit ihrer Berührung, bot ihm, was sie an Worten bieten konnte.

„Keine Geheimnisse mehr. Nur ein Schritt nach dem anderen auf unsere Zukunft zu." Sie lehnte sich leicht zurück, drückte beide Handflächen auf seine Wangen. „Wir werden hier einen sicheren, glücklichen Ort errichten, zusammen. Die Red Boot Ranch wird unsere Heimat sein. Levi, Chelsea und die Kinder werden zu Besuch kommen. Du sagst Duncan, dass er eingeladen ist, seinen Lastzug auf den Hof zu fahren und jederzeit zu bleiben, solange er will. Wir werden alle die Familie sein, die sie brauchen."

Er neigte fest das Kinn. Er holte immer noch etwas bebend Luft, aber die Liebe in seinen Augen war eindeutig. „*Du* bist alles, was ich brauche. Alles, was ich je gewollt habe."

Erschöpfung machte sich breit, als hätte sie stundenlang an Pflichten gearbeitet, anstatt in der Küche zu sitzen und sich zu unterhalten. Sie gab Finn einen kurzen Kuss, dann neigte sie den Kopf zur Tür. „Komm schon. Ich brauche etwas frische Luft, und ich will dich bei mir haben."

Sie gingen eine Weile schweigend, folgten dem Weg, der zum Fluss unten an der Weide führte. Er war breit und eben, was bedeutete, dass Finns Krücken ganz gut funktionierten.

Er grummelte aber angeekelt. „Ich will dich an der Hand halten, mich nicht mit diesem Unsinn herumschlagen und so dicht bei dir sein, ohne dich zu berühren."

„Ich habe Neuigkeiten, Cowboy. Selbst wenn dein Gips

abgenommen wird, werden wir nicht rund um die Uhr an der Hüfte verbunden sein."

Es tat gut, dieses leise Kichern zu hören, und Karen schaute zur Seite, um festzustellen, dass er sie wieder feurig anschaute. „Ich werde mein Bestes tun. Ach, Moment. Eigentlich denke ich da nicht gerade an die *Hüfte*."

„Schlimmer Junge." Sie hob eine Augenbraue. „Ich dachte, du magst die Cowgirl-Stellung."

„Ich liebe es", stimmte er zu. „Jederzeit, wenn du willst, lass ich dich machen. Aber etwas Abwechslung kann Spaß machen."

Die Unterhaltung wanderte dann weiter, wurde absichtlich leichter, während sie es vermieden, über die ernsten Dinge zu reden, die ihren Tag auf den Kopf gestellt hatten. Es gab genug andere Dinge zu besprechen, etwa die weiteren Pläne für die Ranch, und dass Karen vorsichtig die Möglichkeiten für die Zukunft auslotete.

Über jene Ideen musste man mit mehr Leuten als nur Finn reden, und so brachte sie ein paar Tage später endlich den Mut auf, ihren Schwestern die Neuigkeiten mitzuteilen.

Sie hatten sich im Häuschen versammelt, angeblich, um eine ihrer liebsten Familientraditionen Julia vorzustellen. Karen dachte sich, eine interaktive, selbstgekochte Mahlzeit wäre eine gute Ablenkung, nachdem sie die Bombe platzen ließ.

Das bedeutete auch, dass das Kochen und Aufräumen im Nu gehen würde, und da die Tage, die sie auf der Ranch einlegten, lang gingen, damit die Dinge sich mit beschleunigter Geschwindigkeit entwickelten, ging es bei Karen einfach nur darum, dass alles leicht war.

Julia kam durch die Tür. „Tut mir leid, dass ich zu spät bin. Wo sollen sie denn hin?"

Sie hielt einen Stück Schweizer Käse und einen Karton mit Eiern vor.

Lisa schnappte sie sich und ging zur Küche. „Das ist der letzte, was wir noch brauchen. Ich mische den Omeletteteig. Karen, schneid den Käse auf."

Es war wie in alten Zeiten. Karen wechselte einen Blick mit Tamara. „Ich bin nicht mal mehr meinem eigenen Haus der Boss."

„Gewöhn dich dran. Ich habe es getan." Tamara bewunderte Tyler, der praktischerweise aß, bevor sie mit ihrer Mahlzeit anfingen. „Tante Lisa kommandiert uns ziemlich herum, oder? Ja, sie kommandiert uns herum, und wir lieben sie dafür."

Karen kicherte, während sie sich den anderen Mädchen in der Küche anschloss und gehorsam den Käse nach Lisas Anweisungen aufschnitt. Ollie strich Lisa um die Füße, bettelte süß um Leckerbissen, bis sie auf ein Kissen verwiesen wurde, das Karen in eine Ecke gelegt hatte.

Sobald sich der Hund niedergelassen hatte, kroch Dandy wie ein wilder Tiger unter dem Sofa hervor und hatte es darauf abgesehen, Ollies Schwanz zu jagen.

Bis sie sich um den Tisch versammelt hatten, hatte Tamara das Baby fertig gestillt, es hatte ein Bäuerchen gemacht und war eingeschlafen. Sie rieb sich die Hände. „Ich verhungere. Nachdem ich neun Monate lang nichts gegessen habe, hole ich immer noch auf."

„Ich kann nicht glauben, dass du während der ganzen Schwangerschaft Übelkeit hattest." Julia zögerte. „Okay, praktisch und wissenschaftlich glaube ich es schon. Ich meine nur, dass das vom Schicksal ein ziemlich beschissener Zug war."

„Ich hoffe, das liegt nicht in der Familie", sagte Tamara trocken.

„Ich nominiere Karen, dass sie das nächste Versuchskaninchen wird, um schwanger zu werden", sagte Lisa sofort.

Karen keuchte. „Was? Nein. Ich bin doch gerade erst eine ernste Beziehung eingegangen. Ganz offensichtlich bist du die nächste, die es erwischt."

Tamara tippte sanft mit den Fingern an die Seite des Glases, gerade genug, um ihre Aufmerksamkeit zu erringen, nicht laut genug, um das Baby zu wecken. „Anleitungen für Julia, damit sie weiß, was zu tun ist. Das ist Raclette."

„Rohe Zutaten auf einer heißen Fläche erhitzen, bis es fertig ist." Karen zog eines der kleinen Pfännchen unter dem oberen Grill heraus. „Man kann kleine Omelettes drin machen, oder Käse über dem Lieblingsessen schmelzen. Iss, bis du platzt."

Lisa hob zwei Essstäbchen. „Die einzige andere Familienregel, die du wissen musst, selbst wenn du einen Bissen auf die Fläche legst, ist er vielleicht nicht mehr da, wenn du darauf zurückkommst. Wenn wir mal loslegen, ist es so eine Art Selbstbedienungslokal."

Die Neue beobachtete eine Weile, während die Drei loslegten. Sie reichten Soßen und Dips herum, und eine lockere Unterhaltung trieb dahin, während kleine Häppchen verspeist wurden und Gelächter in der Luft tanzte. Die Tiere stießen hin und wieder vor, bevor sie zurück in ihre Kein-Betteln-Zone verwiesen wurden.

Es war gemütlich, und es war Familie. Karens Sorgen, dass sie ihre Planänderung mitteilen musste, ließen nach, als sie damit konfrontiert wurde, wie süß sich die Verbindung zwischen ihnen anfühlte.

Trotzdem musste man es eben tun.

Sie wartete, bis jeder etwas zu essen hingestellt hatte, dann legte sie ihr Besteck ab und setzte sich etwas aufrechter hin.

„Ich habe ein paar Dinge, die ich euch wissen lassen muss. Es ist alles was Gutes, also hoffe ich, ihr freut euch für mich."

Drei Augenpaare wandten sich ihr voller Neugier zu.

Und Begehrlichkeit. „Bist du mit Finn verlobt?", fragte Lisa.

Karen hielt sich davon ab, die Augen zu verdrehen. „Sind wir nicht ein bisschen voreilig? Das ist viel zu früh. Wir sind ..." Wie zum Teufel sollte sie das nennen? Er war mehr als ihr Freund. Mehr als ein Geliebter.

Er war ... der Ihre.

„Ihr seid zusammen." Julia neigte fest das Kinn. „Ihr beiden passt zusammen. Und ich verstehe, dass es eine Vorgeschichte gibt, aber du scheinst ziemlich solide im Hier und Jetzt zu stehen. Schön für euch."

„Was wird passieren, wenn du im Herbst losziehst?" Tamara wirkte unsicher. „Langfristige Beziehungen gedeihen besser, wenn man dieselbe Postleitzahl hat."

Karen richtete beide Füße aus und sprang.

„Das ist die andere Sache, die ich euch wissen lassen wollte. Seit ich hierhergekommen bin, habe ich meine Optionen durchdacht. Daran gedacht, was mich glücklich machen würde, nicht nur weit in der Zukunft, sondern genau jetzt. Und das klingt ja vielleicht ein wenig rückständig, aber man hat mir gesagt, dass es okay ist, Dinge zu tun, die mich glücklich machen. Und ich habe beschlossen, dass die Schule nicht auf meiner kurzfristigen Liste steht. Stattdessen bleibe ich hier und arbeite mit Finn und Zach auf der Ranch." Sie fragte sich, ob sie eine Menge Fragen würde abwehren müssen, also beeilte sie sich, einen Abschluss zu finden. „Es ist das, was ich will. Ich bin aufgeregt, dass ich in Heart Falls bleibe."

Die ganze Zeit, während Karen geredet hatte, waren die Mienen ihrer Schwestern überraschter geworden, ihre Augen größer.

Lisa drückte sich die Finger auf den Mund. Und dann, verdammt, wenn sie nicht in Tränen ausbrach. Tamara folgte kurz darauf, und plötzlich waren auch Karens Augen von Tränen erfüllt.

Es war viel zu leicht, eine Gruppe Frauen in einen wässrigen Schlamassel zu verwandeln.

Julia war die Einzige, die schließlich ihr Unbehagen aussprach. „Ich weiß nicht mal, warum ich weine. Ich meine, ich freue mich für euch. Klingt, als hättest du darüber eine Menge nachgedacht. Außerdem" – sie wies mit dem Daumen auf Lisa und Tamara – „dass du dich in Heart Falls bei diesen beiden einrichtest, ist ziemlich perfekt."

„Ich weine, weil *sie* weint", beharrte Tamara, während sie auf Lisa zeigte. „Verdammt. Die Schwangerschafts- und Stillhormone sind die Hölle. Ich freue mich echt für dich, Karen. Und nicht nur, weil es so viel einfacher wird, Familientreffen abzuhalten."

Der winzige cremefarbene Terrier Ollie stand auf den Hinterbeinen, kratzte leicht an Lisas Bein, versuchte herauszufinden, was schiefgegangen war, damit sie es hinbiegen konnte.

Lisa drückte sie, streichelte dem Hund langsam über den Kopf. „Schon in Ordnung, Süße. Das ist eines dieser seltsamen Menschendinge, die wir machen, wenn wir glücklich sind." Sie hielt Karen eine Hand hin und drückte ihre Finger ganz fest. „Das ist ein ziemlicher Zielwechsel, aber ich brauche ja gar nichts sagen. Ich bin so froh, dass du hierbleibst."

„Jetzt müssen wir Julia noch einen Vollzeitjob in der Gegend suchen, damit wir die ganzen Whiskey-Creek-Frauen an einem Ort haben", erklärte Tamara.

Julia zuckte mit den Schultern, noch während sie sich die Tränen wegwischte. „Mir würde das nichts ausmachen, aber im Augenblick geht der Job nur bis Ende Oktober. Aber was auch immer passiert, das wird die ganze Sache sehr viel einfacher machen, wenn ich auf Besuch komme. Ich werde euch alle drei an einem Ort finden."

Sie kehrten zu ihrer Mahlzeit zurück, während die Fragen und Scherze über jedes Thema unter der Sonne weitergingen. Gelächter stieg auf, und Liebe und Unterstützung umgaben Karen wie eine warme Decke an einem kalten Tag.

Es mochte eine andere Geschichte sein, wenn sie es der erweiterten Familie erklären musste, aber wirklich, im Grunde, spielte das eine Rolle?

Die Frauen, die jetzt um sie herum waren – *sie* waren diejenigen in ihrem Herzen. Sie waren diejenigen, auf deren Meinung es ankam, und mit ihnen an ihrer Seite konnte sie alles schaffen.

21

---

ie Dinge glätteten sich danach auf eine Art, die den kurzzeitigen Aufruhr wie eine ferne Erinnerung scheinen ließ. Finn war das recht.

Securitypersonal wurde angestellt, und es gab keine weiteren unerwarteten Verluste oder Feuer mehr. Was bedeutete, als es Ende Juli wurde, kamen sie doppelt so schnell voran.

Karen fuhr ihn zu seinem Termin ins Krankenhaus, um den Gips abnehmen zu lassen. Er war nervös. Es war ein paar Tage später, als er sich erhofft hatte, aber er hatte es satt, sich überallhin chauffieren zu lassen.

Auf dem Fahrersitz neben ihm versuchte seine Frau am Steuer nicht einmal, ihre Erheiterung zu verbergen.

„Hör auf, so zu grinsen", grollte Finn. „Gib es zu. Du bist genauso scharf darauf, mich aus dem Gips zu kriegen, wie ich."

„Ach, ich glaube nicht, dass das möglich ist." Sie schenkte ihm ein süßes Lächeln, während sie ihre Aufmerksamkeit wieder dem Highway zuwandte. „Ich bin absolut erstaunt, dass du dich nicht schon gestern mit der Säge darüber her gemacht hast. Du bist ja nicht gerade für deine Zurückhaltung bekannt."

„Die verdammte Ärztin hätte nicht 1. August sagen sollen, wenn sie doch wusste, dass sie erst am dritten aus dem Urlaub zurück sein würde", beschwerte sich Finn. „Und dass sie auf meine Karteikarte geschrieben hat, dass niemand anderes den Gips ohne ihre Zustimmung abnehmen dürfte, war einfach nur gemein."

„Ich weiß. Was für eine schrecklich fiese Ader." Karen tätschelte ihm die Hand mit gespieltem Mitgefühl. „Sollen wir einen Ausritt zur Feier des Tages unternehmen, wenn wir nach Hause kommen?"

Er hielt ihre Finger fest, zog sie an seine Lippen. „Vielleicht als zweites." Wenn überhaupt, wurde ihr Lächeln noch breiter. „Du hast recht. Du solltest vielleicht erst eine volle Besichtigungstour mit allem machen, was in den letzten paar Monaten erreicht wurde, bevor wir irgendwas Spaßiges versuchen."

„Mach nur so weiter. Dann wirst du sehen, wie gut du dabei gefickt wirst."

Sie keuchte. „Pass auf deine Sprache auf."

Er drehte sich, so sehr er es an seinem Platz konnte, wandte sich ihr zu und spielte mit der Haarsträhne, die aus ihrem Pferdeschwanz gefallen war. „Ich kann es nicht erwarten, dich nach Hause zu kriegen und nackt auszuziehen. Nachdem ich meinen Mund und meine Finger eingesetzt habe, bis du ein paar Mal brüllst, werden wir mit etwas total Wildem weitermachen."

„Wirklich? Was wäre das?" Diese Frage stellte sie etwas atemlos.

Er beugte sich vor, um in ihrer Sichtlinie zu sein. „Missionarsstellung."

Wie erhofft bekam er ein lautes Lachen, aber das Funkeln

in ihren Augen sagte, dass sie genauso bereit dafür war, alles ein wenig auf den Kopf zu stellen.

Dass er sie jede Nacht in seinen Armen gehalten hatte, war ein kleines Wunder gewesen. Doch da das Herumrollen seine ganze Konzentration erforderte und einem verdammten Workout gleichkam, war ihr Sexleben etwas limitiert geblieben.

Die Ärztin hatte Mitleid mit ihm, schob die Röntgenergebnisse rasch durch, was ihn extra schnell zurück ins Wartezimmer beförderte. Es wäre richtig amüsant gewesen, sich von dieser kleinwüchsigen Frau mit der Haltung einer Amazone in den Boden starren zu lassen, wenn nicht zu viel drangehangen hätte.

„Sie sind gut genesen", erklärte ihm Dr. Jerimiah. „Ich gratuliere. Sie kriegen einen Abschluss fürs Gehen auf zwei Beinen."

Finn grinste über die Schulter der Ärztin zu Karen hin. „Bist du bereit, mich zum Tanzen auszuführen, *ma chérie?*"

„Gute Idee", erklärte ihm die Ärztin. „In Maßen. Sie müssen Ihre Kraft wieder aufbauen. Ich werde Ihnen eine Reihe Übungen mitgeben, und eine Verschreibung für Physiotherapie, falls Sie sie brauchen. Ich habe so ein Gefühl, Ihr schlimmstes Problem wird es, nicht zu übertreiben." Sie warf einen Blick über die Schulter auf Karen. „Sorgen Sie dafür, dass er nicht auf den Beinen ist, wann immer Sie können."

„Das hat sie bereits versprochen." Finn fing Karens Blick auf, und als er wieder redete, war seine Stimme tiefer geworden. Bedürftig, voller Vorfreude. „Häufig und begeistert."

Das hatte vielleicht ein wenig schmutziger geklungen, als er vorgehabt hatte. Vor der Ärztin und so weiter.

Die junge Frau lachte. „Das habe ich mir so ziemlich gedacht. Wenn Sie irgendwelche Schwierigkeiten haben, kommen Sie zurück zu mir. Ansonsten halten Sie sich von zusammenbrechenden Gebäuden fern, und ich hoffe, der Rest Ihres Sommers verläuft gut."

Er drückte ihr mit echter Dankbarkeit die Hand. „Vielen Dank."

Finn und Karen unternahmen einen langsamen Spaziergang zum Parkplatz, aber als er für sie die Beifahrertür aufhielt, schüttelte sie den Kopf und deutete auf den Sitz. „Ein letztes Mal als Beifahrer. Darauf bestehe ich. Du musst deine Geschenke auspacken."

Es lohnte sich nicht, darüber zu grollen, denn – verdammt. Ohne diesen Gips fühlte er sich fünfundzwanzig Kilo leichter, und doch etwas aus dem Gleichgewicht. „Okay. Aber morgen fahre ich."

Sie hatte nicht gescherzt, als sie Geschenke erwähnt hatte. Auf dem Sitz stand ein ganzer Stapel.

Er wartete, bis sie aus dem Krankenhausparkplatz gefahren war und sie auf dem Highway zurück nach Hause nach Heart Falls unterwegs waren. „Was ist denn das alles?"

„Alle wollten den Moment feiern, in dem du aus dem Gefängnis entlassen wirst." Sie deutete auf einige Päckchen. „Zach, Cody, Josiah. Diese zwei sind von Tamara und Lisa. Tansy hat einen Schwarzwälder Käsekuchen rüber geschickt, und Julia und die Leute auf der Feuerwache haben ein paar Ribeye-Steaks ausgesucht, die wir irgendwann diese Woche genießen können."

In seiner Kehle war eine seltsame Enge. Er starrte auf die Pakete. Alle bunt eingepackt, und er fragte sich, was dieses seltsame Gefühl in seinen Bauch war.

Karen schaute zu ihm. „Finn? Alles in Ordnung?"

Er nahm eines der Päckchen, öffnete den Anhänger, um zu sehen, dass es von seinem Bruder Levi und der Familie kam. „Ich bin nur gerade etwas gerührt, um die Wahrheit zu sagen."

„Weil die Leute sich freuen, dass es dir besser geht?"

Er zuckte mit der Schulter. „Teufel, ich dachte, sie wären glücklich, weil sie wissen, dass ich sie nicht mehr um Gefallen bitte. Ich bin nur einfach nicht daran gewöhnt dass – ich weiß auch nicht."

Sie schob ihre Finger in seine. „Nicht daran gewöhnt, dass deutlich sichtbar wird, dass Leute, die dich schätzen, bei dir auftauchen? Oder in diesem Fall auf einem Truck-Sitz?"

Er nickte. „Ja, so ziemlich."

„Na ja, sie wissen dich zu schätzen. Sie freuen sich für dich, und ich will, dass du jetzt anfängst, diese Geschenke zu öffnen, denn ich sterbe vor Neugier."

Noch während er mit einer Hand am Geschenkpapier nestelte, senkte er die Stimme ein wenig. „Vielen Dank, dass du mir was besorgt hast. Es ist genau, was ich wollte."

Sie kicherte. „Mein Geschenk ist noch nicht mal da."

„Oh. Ich habe von deinem Versprechen geredet, mich mit Sex in den Tod zu treiben."

„Ach. Das. Gern geschehen." Sie tippte ihm betont auf die Schulter. „Du bist schrecklich darin, Geschenke zu öffnen. Mach hin."

Die Schachtel von Levi und Chelsea enthielt Karten von den Kindern – typische Schöpfungen der Kleinen, aus Wachsmalstrichen und Herzen – und ein gerahmtes Bild.

Levi und Chelsea saßen auf der vorderen Veranda des Hauses, in dem Finn aufgewachsen war, umgeben von ihrer Familie. Die Kinder trugen passende Outfits mit Cowboyhüten und Stiefeln. Die drei kleinen Racker wirkten glücklich und geliebt. Sein Bruder hatte einen Arm um Chelseas Schultern gelegt, das Lächeln auf seinem Gesicht war reine Perfektion.

Das Haus selbst war frisch gestrichen worden, und irgendwie wirkte es sehr viel glänzender als beim letzten Mal, als Finn sich erinnerte, dort gewesen zu sein.

Sorgsam legte er den Bilderrahmen zur Seite, nahm es als

neue Erinnerung auf, die half, einen Teil der Bitterkeit der Vergangenheit wegzuspülen.

Dann machte er sich ans nächste Geschenk, und Wärme kam in seiner Brust auf.

„Zach hat mir ein neues Kartenspiel besorgt. Hat vermutlich rausgefunden, dass die, die wir nehmen, markiert waren, wenn man bedenkt, wie furchtbar er in letzter Zeit verloren hat.“

„Du solltest zu deinem besten Freund nicht so gemein sein.“

„Hey, wenn er helfen will, unseren nächsten Urlaub zu finanzieren, habe ich kein Problem, ihm das Geld abzunehmen.“ Er öffnete die Tüte von Josiah und lachte. „Der Typ hat mir ein Glas voller Hautpflegecreme geschenkt.“

„Das sollte gegen die ganzen Reibstellen helfen, die du vorhast, dir zuzuziehen“, neckte sie.

Sie grinsten einander an.

Er nahm das Päckchen von Tamara und schüttelte es. Irgendwas rutschte darin herum. „Willst du warten und das öffnen, wenn wir nach Hause kommen?“

Sie waren immer noch gute fünfundvierzig Minuten von der Ranch entfernt. „Mach weiter. Das ist unterhaltsam“, sagte Karen zu ihm.

In dem Geschenkpapier war eine altmodische Tabakdose. „Sie will, dass ich schlimme alte Gewohnheiten wieder aufnehme“, setzte er Karen in Kenntnis. Er drehte den Deckel ab, und dann lachte er laut. „Streich das wieder. Deine Schwester hat mir einfach ein paar Dutzend Kondome geschenkt.“

„Hör doch auf.“ Sie warf rasch einen Blick hinüber, während er den Behälter zu ihr neigte. „Sie ist furchtbar.“

„Sie ist genial“, entgegnete Finn. „Jetzt bin ich auf die Tage vorbereitet, die vor mir liegen.“

Erst als das Geschenk von Lisa auch das gleiche verdächtige raschelnde Geräusch von sich gab, fing Finn zu lachen an, als er das Papier abnahm. „Oh, schau. Noch eine Dose. Ich frage mich, was da drin ist?"

„Ich werde meine Schwestern umbringen." Aber ihr Lachen gesellte sich zu seinem, und als er den Inhalt auf seine offene Handfläche kippte, die bunten Pakete wie ein Regenbogen, warf sie ihm ein schmutziges Grinsen zu.

Als sie von der Straße abfuhr und einen Kiesweg wohin auch immer einschlug, schickte Finn ein Dankeschön an den Himmel.

„Sag mir, dass du ein heimliches Motiv hast, dass du mich auf einen Ausflug mitnimmst."

Sie ließ den Truck an einem schmalen Pfad zwischen hohen Bäumen halten. „Glaubst du, du schaffst das Missionarszeug hinten im Truck?"

Er traf sie in weniger als drei Sekunden an der Heckklappe.

Sie hoffte, dass das nicht gegen alles ging, wovor die Ärztin Finn gewarnt hatte, aber sie waren beide zu begierig, um zu warten.

Er nahm die Decke, die sie sich aus der hinteren Kabine geholt hatte, und mit einem festen Ausschütteln breitete er sie auf der Ladefläche des Trucks aus. Dann nahm er sie und zog sie zusammen, ihre Lippen trafen sich begierig, ihre Hände bewegten sich nach Belieben, während sie dem Verlangen nachgaben.

Er bekam ihre Jeans zu fassen, schob sie und die Unterhose über die Hüften, nur wenige Sekunden, bevor sie auf die geöffnete Heckklappe legte.

Mit Händen zu beiden Seiten ihrer Beine beugte Finn sich vor. „Halt dich bloß fest. Ich bringe dich zur Kirche."

Was bedeutete, dass es nicht lange dauern würde, bevor sie sich dem Chor beim Singen anschloss. Bei dem Gedanken kicherte sie, das Geräusch wurde zu einem Stöhnen, während Finn ihre Knie öffnete und ihr einen Kuss auf die Innenseite des Oberschenkels gab. Noch einen, höher, seine Hände strichen schon vor seinem Mund über sie, bis sein Daumen ihr Innerstes streiften.

Langsame, weiche Bewegungen, die ihre Sinne entflammen ließen und eine Spirale des Verlangens in ihr aufbauten.

Die Wärme in ihrem Herzen war felsenfest – die Verbindung zu diesem fürsorglichen, freigiebigen Mann war in den letzten paar Monaten stetig gewachsen. Es schien, als wäre es nur ein zartes Flüstern der Zeit, aber es wurde von ihrem früheren Sommer und allen Augenblicken in den letzten fünf Jahren vervollständigt, in denen sie an ihn gedacht hatte. Auf ihn gehofft hatte.

Sich gewünscht hatte, er wäre bei ihr – und nun war er es.

Ein Knabbern an ihrem Oberschenkel brachte sie zum Keuchen. Er beugte sich über sie. „Da hat doch jemand Tagträume." Ihre Finger strichen über den oberen Rand seiner Wangenknochen. „Träume von dir. Immer von dir", beichtete sie.

Er drehte den Kopf, um ihr einen Kuss auf die Finger zu geben. „Ich liebe dich, *ma chérie*."

In ihrem Herz baute sich Freude auf. „Ich weiß."

Der normalerweise stoische und stille Mann, dem ihr Herz gehörte, lachte so laut, dass seine Freude von den Bäumen um sie herum zurückhallte.

Dann verlegte er sein Treiben wieder zwischen ihre Beine. Neckte und berührte sie, während die Spirale in ihr sich anspannte und dann in einem Ansturm locker ließ. Lust flammte von ihrem Innersten nach außen, als er über sie stieg, seine Jeans zur Seite schob, und eine bunte Kondomverpackung daneben fallen ließ.

Er kroch zwischen ihre Oberschenkel, und die breite Spitze seines Schwanzes drängte sich an ihr Geschlecht.

Er hielt inne, stieß gegen sie, mächtige Arme hielten ihren Oberkörper auseinander, während er über ihr wartete. Ihr in die Augen schaute und sie alles in ihm sehen ließ. „Du gehörst mir."

„Immer." *Auf ewig* hallte durch ihren Kopf, während er tiefer hineinglitt. Unfassbar langsam. Die wildesten Gefühle bauten sich zwischen ihnen auf, während er sie perfekt berührte.

Der blaue Himmel spannte sich über ihnen, hohe Bäume wogten leicht im Wind. Der Geruch des Sommers und die üppige Hitze, die vom Asphalt kam, mischten sich in die Symphonie der Geräusche auf dem Land.

Als Finn die Hüfte zurücknahm und sein Schwanz dabei über empfindsame Haut rieb, stieß Karen gehaucht aus: „Zu Hause."

Seine Mundwinkel wölbten sich nach oben, und er machte schneller. Den nächsten Stoß härter, dann packte er ihre Hüfte und änderte den Winkel, um noch tiefer in sie zu dringen.

Jedes Mal hallte das Wort in ihren Gedanken und von ihren Lippen nach. Das war eine Heimkehr.

Er war ihre Heimat.

Ihr Puls wurde schneller, und sie griff nach ihm, ihre Fingernägel bohrten sich in den weichen Stoff seines Flanellhemds. Das raue Kratzen seiner Jeans spielte an der Innenseite ihrer Oberschenkel, und wo sie verbunden waren, war alles Hitze und Feuer und Perfektion.

„*Finn.*" Sie hob die Beine um seine Hüften, bohrte die

Fersen in seinen Hintern, während er ein letztes Mal zustieß und den Kopf zurückwarf, dabei ihren Namen in den Himmel brüllte.

Dann küsste er sie. Streifte mit ihren Lippen über ihren Hals. Drückte süße Zuneigung auf ihren Mund. Senkte seinen Oberkörper über ihren, bis sie das Gefühl hatte, ihn überall zu spüren.

Über ihr und in ihr. Auf ewig ein Teil von ihr.

„Bisher gefällt mir mein Geschenk", erklärte ihr Finn, während er zart an ihrem Ohrläppchen leckte. „Wir müssen allerdings vielleicht ein paar Mal öfter unterwegs anhalten, um ganz sicherzugehen."

Freude breitete sich aus. „Du Witzbold. So kommen wir doch nie nach Hause."

Glück erhellte sein Gesicht. „Nach allem, was du gerade gesagt hast, sind wir das bereits."

Nun, da Finn hundertprozentig beweglich war, wusste Karen niemals, wo er auftauchen würde, begierig auf sie. Begierig darauf, zusammen zu sein. Freude tänzelte jedes Mal, wenn sie sich mit ihm wegstahl – und es war weit jenseits dessen, was sie in diesem ewigen Sommer vor langer Zeit bei ihrer Affäre gespürt hatte.

Das war nichts Vorübergehendes, und die bloße Vorstellung dahinter ließ eine Menge freudige Funken fliegen.

Während die Woche weiterging, kam in der Arbeit eine gute Routine auf. Die Jungs malochten weiter mit dem Bau auf der Ranch, während Karen sich auf die Mitarbeiter konzentrierte.

Sie verbrachten immer noch Zeit mit ihren Freunden und der Familie. Finn beharrte darauf, was Karen zu schätzen wusste, denn es wäre zu leicht gewesen, es damit zu übertreiben, die Deadline erreichen zu wollen.

Sie bemühte sich auch, um sicherzugehen, dass *jeder*, der

in Finns Leben wichtig war, beteiligt war. Wie an dem Tag, als Finns Handy läutete, während er und Karen zum Mittagessen Pause gemacht hatten.

Duncan kam letztlich über Lautsprecher rein.

Sie plauderten während der ganzen Mahlzeit mit ihm. Duncan brachte Karen auf den neuesten Stand, was sie tollsten neuen Innovationen als Kraftfahrer betraf. Erzählte ihnen alles über die Onlinespiele, die er abends mit Freunden auf der ganzen Welt spielte.

„Gerade jetzt mache ich eine Fahrt von Toronto nach Detroit, aber ich habe darum gebeten, eine etwas westliche Route zu bekommen", erklärte er ihnen. „Wenn es dazu kommt, hoffe ich, dass es euch nichts ausmacht, wenn ich öfter vorbeischaue."

Der Ausdruck auf Finns Gesicht machte die Mühe wert, die es gebraucht hatte, um seinen Bruder aufzuspüren.

„Du bist immer willkommen", versicherte Finn Duncan. Die Worte klangen ein wenig belegt.

Nachdem Duncan aufgelegt hatte, kam Finn um den Tisch und nahm Karen in die Arme, drückte sie fest. „Du Unruhestifterin. Du hast irgendwas angestellt, oder?"

Es hatte keinen Sinn, etwas vorzuspielen. „Ich habe mal Levi ans Telefon gekriegt. Ich wollte Chelseas Nummer, um in meinen Geburtstagskalender die Informationen über die Kinder einzutragen. Er war wirklich begeistert, mit mir zu reden, und hat uns sofort eingeladen, Weihnachten rauszukommen. Ich habe ihm gesagt, dass wir noch nicht sicher wissen, wie unsere Pläne dieses Jahr aussehen, aber dass wir auf jeden Fall eine Möglichkeit finden würden, uns irgendwann zu treffen."

Er nickte langsam. „Ich glaube, für mich wäre es okay, sie zu besuchen. Sie machen sich diese Ranch zu eigen und füllen sie mit neuen Erinnerungen. Es ist vielleicht gut, das persönlich zu sehen.“

Sie stimmte zu. „Und ich habe Duncan aufgerufen. Ich habe kein besonderes Thema zur Sprache gebracht, ihn aber wissen lassen, dass wir eine Menge schöner, stiller Orte hier haben und dass wir ihn gern sehen würden. Jederzeit. Das war wohl alles, was er gebraucht hat.“

Da küsste Finn sie, und da eines zum nächsten kam, gingen sie über eine Stunde lang nicht mehr an ihre Arbeit.

Zach hatte ein ständiges Grinsen auf, jedes Mal, wenn er vorbei kam. Was sie, wie Karen sich dachte, vermutlich verdient hatten.

Das einzig Schlimme, das über ihren Köpfen hing, war die Deadline. Der Bau ging in seinem eigenen Tempo weiter. Wenn sie gute Leute anheuern wollten, war es nötig, ihnen die Zeit zu lassen, ihr Leben entsprechend zu sortieren.

Karen murmelte frustriert etwas zu Finn, während sie Seite an Seite in dem kleinen Häuschen in der Küche standen und nach dem Abendessen Geschirr spülten. „Ich weiß genau, wen ich als Haus-Mom einstellen möchte, aber bis wir einen Ort haben, an dem sie übernachten kann, hat es keinen Sinn, sie hier an die Arbeit gehen zu lassen. Sie braucht allerdings nur zwei Wochen Vorlauf, und sie ist bereit, sich uns anzuschließen.“

„Das ist der schwierige Teil, der bei Bruces Herausforderungen immer zum Tragen kommt“, erklärte ihr Finn. „Wenn es nur um uns ginge, könnten wir sofort loslegen. Wenn man andere Leute in den Topf wirft, wird es schwieriger. Wir kriegen das schon hin“, versprach er. „Heute Abend mach dir keine Sorgen darum. Genieß du mal deinen Abend mit den Mädchen, hörst du?“

Wärme füllte erneut ihren Bauch.

Was für ein Unterschied doch ein Monat gemacht hatte.

Vor knapp dreißig Tagen hatte sie ihren Freundinnen abgesagt und im Haus Trübsal geblasen, verwirrt wegen ihrer Zukunft und der Frage, wo sie Glück finden würde.

Impulsiv nahm sie Finn fest in die Arme, die nassen Hände vom Spülwasser waren an seinen Rücken gedrückt. „Weißt du noch diesen Tag, an dem ich dir gesagt habe, dass ich mich im Inneren ganz düster fühle und nicht für wusste, weshalb?"

Er hielt sie fest. „Diese Nacht ist in meine Erinnerung eingebrannt."

Sie stieß mit der Nase an seine. „So fühle ich mich nicht mehr", versicherte sie ihm. „Danke, dass du so gut zuhörst und dass du mir einen verdammt guten Rat gegeben hast."

„Gern geschehen. Jetzt mach mal hin. Deine Schwestern werden uns in die Scheune prügeln, wenn wir nicht langsam in die Gänge kommen."

Er hatte teilweise recht. Kelli war bereits da, wies sorgfältig Tansy, Rose und Brooke in der großen Kunst an, wie man einem Pferd die Nase tätschelte. Hanna war die Einzige der Freundinnen, die nicht mitmachte. Brad hatte sie für ein Geburtstagswochenende in die Berge entführt.

Kelli sah Karen als erste. „Ich kläre schon mal unsere Greenhorns auf", setzte sie sie in Kenntnis. „Deine Schwestern kommen in ungefähr zehn Minuten."

„Perfekt. Jetzt brauchen wir ein paar Pferde mehr, ein bisschen Mondlicht, und einen Hauch Magie, und wir sind bereit zum Losziehen." Karen drehte sich, um die Pferde vorzubereiten, und sah Finn, der gerade schon Aufgaben mit einem der Mitarbeiter koordinierte. Zach tauchte auch auf, plauderte locker mit ihren Freundinnen, auf seinem gut aussehenden Gesicht strahlte sein übliches Lächeln.

Während Lisa, Julia und Tamara sich ihnen anschlossen, wurde klar, dass das eine, was Karen bereits in ihrem Leben hatte, Magie war.

22

Während Starlight glücklich leise unter ihr wieherte, führte Karen ihre Freundinnen in das verblassende Licht. Die Dämmerung senkte sich herab, während die Tiere sich stetig auf dem breiten Zugangsweg zu ihrem ersten Ziel bewegten.

Ihre Schwestern waren kompetente Reiterinnen, und sie hatte dafür gesorgt, ihren weniger erfahrenen Freundinnen bombensichere Pferde zu geben. Da Kelli hinten den Abschluss bildete, war Karen zuversichtlich, dass sie auf dem Weg keine Probleme haben würden.

Julia trieb ihr Pferd weit genug nach vorn, damit sie locker mit Karen plaudern konnte.

„Das habe ich vermisst", gab Julia zu. „Ich meine, ich bin gern Rettungssanitäterin, aber nachdem ich mit Pferden um mich herum aufgewachsen bin, nervt es irgendwie, nicht rund um die Uhr Zugang zu ihnen zu haben."

Karen wusste genau, worüber sie redete. „Du bist eingeladen, jederzeit vorbeizukommen, wenn du eine Dosis brauchst."

Julia nickte. Sie saß locker im Sattel, schaute auf die Berge, die über ihnen aufragten. „Ich werde auf dieses Angebot zurückkommen, solange ich zumindest manchmal *mit* dir ausreiten darf." Ihr Lächeln war ein wenig neckisch. „Ich will meine Schwestern kennenlernen, nicht nur einen Vorteil aus ihrem tollen Zugang zu Pferden schlagen."

Es war etwas Gutes gewesen, Julia besser kennenzulernen. „Du passt zu uns", versicherte ihr Karen. „Ich hoffe, du hattest Spaß und fühlst dich nicht zu überwältigt."

„Es war schon okay", versicherte ihr Julia. „Bis auf diesen Teil, dass ich gelernt habe, wie man sich um Windeln kümmert. Das hätte ich nicht unbedingt gebraucht. So eklig."

Karen lachte. „Bist du sicher, dass du Rettungssanitäterin bist? Ich dachte, ihr solltet einen Magen aus Eisen haben."

„Blut und Eingeweide? Kein Problem. Giftige Babykacke? Dieses Zeug erfordert doch einen ganzen Ausbildungslevel mit Sicherheitskleidung, an dem ich mich noch nicht versucht habe."

Sie ritten auf dem sanft gekrümmten Pfad etwa fünfundvierzig Minuten lang, bevor sie den Ausblick erreichen, den Karen gefunden hatte. Da die Feuergrube schon bereit war, angezündet zu werden, und mit dem Stapel Vorräte für Marshmallows mit geschmolzener Schokolade und Keksen und der Thermoskanne mit heißer Schokolade in den Satteltaschen, versammelte sich ihre Mädchenbande um sie.

Bald rösteten sie alle fröhlich Marshmallows, während sie auf den Mondaufgang warteten. Die Unterhaltung ging in ein Dutzend verschiedene Richtungen gleichzeitig, das Geplauder legte sich übereinander und schlug Haken auf eine Art, die nur in einer ganz engen Gemeinschaft Sinn ergab.

Karen saß in der Mitte und saugte alles auf.

„Nein, ich gehe auf kein weiteres Date mit ihm", wiederholte Rose als Antwort auf Tansys Neckereien. „Zach war ganz nett, aber ich suche nicht nach einem Freund auf Dauer. Ich habe euch doch gesagt, dass ich tanzen wollte, und das hat er geliefert. Das bedeutet nicht, dass ich mich noch mal mit ihm treffen muss."

„Moment. Genau. Ich hatte dazu eine Frage", meldete Brooke sich zu Wort. Sie griff nach hinten und zog ihren dunklen Pferdeschwanz fester, bevor sie Rose einen fragenden Blick zuwarf. „Ich war total schockiert, als ich dich mit Zach auf Hannas Hochzeit gesehen habe. Ich dachte, du wärst mit Alex zusammen, dem Ranchhelfer auf Silver Stone von der Freiwilligen Feuerwehr. Du weißt schon, einem anderen großen, dunklen, sexy Kerl."

„War ich auch. Eine Zeit lang. Wir hatten Spaß, aber wir sind nur Freunde. Wir wollen nichts Ernstes anfangen."

„Der Himmel bewahre dich davor, dass du ernst wirst", murmelte Tansy.

Rose funkelte ihre Schwester an. „Mach du bloß keine Kommentare über mein Sexleben."

Ein Chor aus kichernden Stimmen kam am ganzen Lagerfeuer auf.

Brooke schob betont einen weiteren Marshmallow auf ihren Stock und grinste, während sie ihn zum Feuer hielt. „Ich habe nicht gehört, dass jemand von Sex gesprochen hat, bis du das erwähnt hast."

„Das ist Tansys Schuld." Rose sprach durch die Zähne.

Brooke neigte langsam das Kinn, zusammen mit einem weiteren gerissenen Lächeln. „Vermutlich. Normalerweise ist es das."

„Hey", protestierte Tansy.

Was eine weitere Runde von Gelächter aus der ganzen Gruppe aufsteigen ließ. Bande wurden geknüpft, Freundschaften gestärkt.

„Wo wir gerade von sexy reden ..." Tamara lehnte sich zu Brooke. „Wie geht es denn *deinem* Feuerwehrmann derzeit?"

„Alles bestens. Langsam und stetig, aber das ist in Ordnung. Ich dachte mir ..."

Julia schoss hoch, ihre Hand deutete nach Osten. „Tut mir leid, Brooke. Was ist denn das?"

Die Gruppe wurde still, während sie in die Richtung schauten, in die Julias Finger deutete. Der Mond war aufgegangen, der volle Kreis über ihnen schien wie ein Scheinwerfer auf die Wiese zwischen ihnen und der Red Boot Ranch.

Einzeln und in Paaren glitten Wildpferde durch die Bäume auf die Weite des Flusses zu. Silber glitzerte auf der Oberfläche des Wassers, während die Herde, etwa ein halbes Dutzend stark, durch die Wiese schlenderte.

„Da ist der Hengst, ganz links vorne", sagte Karen. „Was für eine Schönheit."

„Er ist *riesig*", sagte Rose. „Ist er gefährlich?"

„Wenn man ihm direkt in den Weg gerät, wohl schon. Ansonsten würde ich mich lieber ihm stellen als einem Puma", sagte Kelli leise.

Die Herde wollte nirgends sonderlich schnell hin, darum stand die Gruppe Frauen schweigend da und bewunderte die Tiere, die auf der ganzen Wiese bis zum Rand des Wassers grasten.

Da sah Karen sie. Die Stute mit dem schiefen Gang. Diejenige, deren Fohlen sie gerettet hatte.

Instinktiv griff sie nach Lisas Fingern und drückte sie, ihre Kehle war vor Gefühlen ganz angespannt.

Lisa schaute ihr in die Augen. „Alles klar?"

Das Nicken gab ihr einen Augenblick, um sich zusammenzureißen. „Ich habe nur gerade Moonbeams Mutter gesehen."

Lisa legte einen Arm um sie, ihre Berührung war tröstlich. „Sie hat es geschafft. Das freut mich."

Eine Leichtigkeit strömte doch Karens Körper, spülte das letzte bisschen Traurigkeit weg, das sich in ihrem Innersten verfestigt hatte, trotz all der guten Dinge, die passiert waren. Sie lehnte den Kopf an die Schulter ihrer Schwester. „Ich war so durch den Wind, weil ich sie dort lassen musste."

Der Arm um ihre Taille spannte sich an. „Ach, Süße, ich verstehe das. Nur weil du wusstest, dass du das Richtige getan hast, wurde es deswegen nicht leichter."

Die Magie, an die Karen vorhin gedacht hatte – sie war jetzt in voller Wucht im Gange. Die Wildpferdeherde in ihrem Element zu sehen, erfüllte ihre Seele mit einem Frieden und einer Schönheit, die man nicht klar benennen konnte.

Der Hengst schoss alarmiert hoch, scharrte mit dem Huf auf dem Boden und schüttelte die Mähne, bevor er einen schrillen Ruf von sich gab.

„Was ist los?", fragte Rose. „Er klingt aufgeschreckt."

„Ich würde sagen, er lockt ein paar neue Damen an, aber das sollte nicht möglich sein." Karen bewegte sich zur Seite, um sich die ganze Gegend besser ansehen zu können.

Julia fluchte leise, deutete in eine andere Richtung. „Außer jemand hat die Scheunentür offengelassen, nachdem wir gegangen sind."

Karen wühlte in ihren Satteltaschen und schnappte sich ein Fernglas. Da nur das Mondlicht herabschien, war es schwierig, einzelne Tiere auszumachen, die das Feld zum Fluss überquerten, aber einige von ihnen waren vertraute Pferde, die sie von Whiskey Creek hergeholt hatte. Sie hätte ihre Bewegungen überall wiedererkannt.

Und dann ...

„Hurensohn."

Buchstäblich. Jemand war dort unten, stand neben dem Tor, das nicht hätte offen sein sollen.

Sie drückte das Fernglas Lisa an die Brust, dann wühlte sie in ihrer Tasche nach ihrem Handy. „Gebt mir mal kurz."

„Diese Pferde sollen dort nicht sein, oder?" Tansy richtete sich auf. „Was sollen wir tun?"

Karen hob einen Finger. „Finn? Wir haben Schwierigkeiten. Jemand hat gerade ein Paar von unseren Stuten rausgelassen. Sie laufen direkt auf den wilden Hengst zu."

Es war ein perfekt entspannter Abend gewesen. Finn und die Jungs hatten einen Kartentisch und ein Kartenspiel nach draußen gebracht, mit dem Plan, zu plaudern, nachdem sie sich gemütlich unterhalten hatten. Sie hatten Cody als ihren vierten Mann dazu geholt, und er erwies sich als tolle Ergänzung. Locker, unterhaltsam.

Eine halbe Stunde, nachdem die Mädchen losgezogen waren, hatten sie immer noch nicht zum ersten Mal Karten gegeben.

Es fühlte sich aber gut an, auf den neuesten Stand zu kommen. Nicht nur eine *Was zum Teufel wollen wir als nächstes erledigen?*-Unterhaltung, sondern entspannt. Kein Plan. Kerle, die die Gesellschaft der anderen wirklich genossen.

Das Einzige, was fehlte, war ein gutes Glas Whiskey, und das hatte Finn vor, zu genießen, sobald Karen zurück war.

„Jedes Mal, wenn sich die Mädels treffen, sollten wir auch zusammenkommen." Josiah lehnte sich weit genug in seinem Sessel zurück, bis er beinahe lag, die Stiefel auf einen Heuballen gestützt.

Cody hob sein Bier, um zuzustimmen. „Meine Stimme habt ihr."

„Die Jungs allein zu Haus", schlug Zach vor.

„Was ist denn mit dir, dass du diesen unstillbaren Drang hast, Dingen Namen geben zu müssen?", fragte Finn seinen Freund. „Kannst du keinen Sinn finden, wenn du kein Etikett draufklebst? Irgendwann wirst du mal ein Haus haben, dass Green Gables heißt, und ich werde jedes Mal würgen, wenn ich zu Besuch komme."

„Du bist nur neidisch, weil ..." Zach hielt inne, als Finns Handy klingelte. „Du bist einfach neidisch. Das ist alles."

„Die überragende Kunst, Namen zu vergeben, ist ein sehr gesuchtes Talent", warf Josiah ein.

„Alle mal kurz still", befahl Finn, damit er Karen hören konnte. „Sag das noch mal."

„Jemand hat mindestens acht unserer Pferde draußen auf das Feld weit im Westen geführt. Es ist nicht so, dass sich die Tiere von der Herde gelöst haben und weggewandert sind. Ich sehe auch einen Menschen, der mit den Armen wedelt und ruft, damit die Pferde raus aus der Umzäunung gehen."

„Scheiße."

Drei Augenpaare waren nun auf ihn gerichtet, die ganze Erheiterung war verschwunden, da alle alarmiert waren, vermutlich den Schreck verarbeiteten, dass irgendwas bei den Mädchen schief gegangen war.

Karen fuhr fort: „Da wir richtig Pech haben, ist der wilde Hengst in der Gegend." Noch während Finn fluchte, fuhr sie fort, um ihn zu beruhigen, Zuversicht in ihrem Tonfall. „Ja, das habe ich auch gesagt. Keine Sorge. Wir sind so nah dran, dass ich nach unten gehen und sicherstellen kann, dass er sich unsere Mädels nicht schnappt. Aber du musst dich mit dem Arschloch befassen, das sie überhaupt erst rausgelassen hat. Der Bastard hat so einiges zu erklären."

„Geh kein Risiko ein", befahl er.

„Wir passen auf. Und du sei auch vorsichtig – dieser Typ ist nicht dort, wo er sein sollte. Wer weiß, was er vorhat, oder ob er allein ist."

Diese Frage war ihm nicht mal gekommen.

In dem Augenblick, in dem sie auflegte, ging Finn dorthin, wo er und Zach ihre Pferde unterbrachten. „Jemand ist eingedrungen und stiehlt unsere Pferde. Ist es immer noch Pferdediebstahl, wenn man sie in die Wildnis treibt, anstatt hinten in einen Pferdeanhänger?"

Cody wollte schon sein Pferd extra schnell satteln. „Wenn es einer von unseren Arbeitern ist, ziehe ich dem Bastard Haut ab, das schwöre ich."

„Da musst du dich hinten anstellen. Es klingt, als wäre Karen bereit, das schon mit den Zähnen zu erledigen." Finn erzählte ihnen das wenige, das sie ihm mitgeteilt hatte, bevor er seinen besten Freund ansah. „Wenn ich mich richtig erinnere, gibt es zwei Möglichkeiten, zu diesem Feld zu kommen."

Zach zog den Gurt an seinem Pferd an. „Du willst, dass ich und Cody an der nördlichen Umzäunung reinkommen?"

Er dachte über diese Route nach, noch während er die Zügel über Mywayes Kopf schob. „Josiah geht mit Cody. Du und ich nähern uns aus dem Süden. Falls der Typ aus irgendeinem Grund direkt nach Osten fliehen möchte, lassen wir den Sicherheitsdienst dort warten."

„Ich gebe den Wachleuten Bescheid, während wir reiten", versprach Cody.

„Alles in Ordnung mit den Mädels?", fragte Josiah. Er klang besorgter, als zu erwarten wäre. „Ich meine, das sollte doch ein spaßiger Ausritt im Mondlicht werden, kein Viehtrieb."

Finn dachte über die Liste der Frauen nach, die an diesem

Abend unterwegs waren. „Sie haben drei Neulinge dabei, aber auch fünf enorm fähige Reiterinnen. Sie werden damit fertig."

Es schien ewig zu dauern, aber er wusste, dass sie schneller als üblich aus der Scheune heraus waren. Er führte Zach zum selben Weg, den er und Karen ein paar Tage früher gegangen waren. Sie bewegten sich vorsichtig, aber ein Gefühl der Dringlichkeit war da. Und es war nicht wegen der Pferde, und es war nicht mal deswegen, was immer zur Hölle auf der Ranch los war.

Es ging darum, dafür zu sorgen, dass Karen in Sicherheit war.

Huftritte erklangen laut auf der zusammengebackenen Erde.

In dem Augenblick, in dem Karen das Telefonat mit Finn beendete, teilte sie Befehle aus. „Finn kümmert sich um unseren mysteriösen Mann. Wir müssen dafür sorgen, dass Thor sich nicht mit unseren Stuten davonmacht. Tamara, kannst du hier bei Tansy und Rose bleiben, um sicherzustellen, dass alles klar läuft?"

Tamara nickte. „Wir können auf demselben Weg zur Ranch zurück, auf dem wir hergekommen sind, sobald das Problem gelöst ist. Du hast den Weg gut markiert. Ich komme klar, wenn wir langsam machen."

„Jemand wird so bald wie möglich zu euch kommen, um euch abzuholen", versprach Karen. Sie wandte sich an ihre anderen Schwestern und Kelli. „Wir werden uns um die Herde kümmern."

Drei Köpfe nickten, sie alle bewegten sich zu ihren Pferden, ohne weitere Fragen zu stellen.

„Was mit mir?", fragte Brooke.

Sie war bisher die kompetenteste der drei unerfahrenen Reiterinnen auf dem Ausflug gewesen, und Karen brauchte noch ein Paar Hände. „Ist es dir recht, wenn du mit uns kommst? Du würdest mit mir zum Fuß des Hügels reiten und dann als Verstärkung arbeiten."

„Kein Problem."

Die reibungslose Anmut, mit der alle reagierten, machte Karen stolz.

Starlight war schon oft genug auf dem Weg unterwegs gewesen, dass er sich sogar in der Dunkelheit zuversichtlich bewegte. Dadurch hatte Karen Zeit, mit Brooke über das zu reden, was ihre Aufgabe sein würde.

Sobald sie unten am Hügel ankamen, half Karen Brooke herunter, dann wies sie Lisa und Kelli an, den Weg nach Norden zu nehmen. „Julia und ich werden zehn Minuten lang nach Süden abbiegen und dann zum Fluss gehen. Ich hoffe, da auf der Red Boot Ranch so viel los ist, hat der Hengst vielleicht kein Interesse daran, sich in diese Richtung zu bewegen. Er wird darauf warten, dass die Stuten zu ihm kommen. Wir sollten ihnen den Weg abschneiden können, bevor sie sich seiner Herde anschließen."

Brooke hob ihr Handy. „Und wenn die Wildpferde in diese Richtung kommen, werde ich meinen Alarm losgehen lassen, damit sie nicht den Weg rauf zur Feuergrube nehmen und den Rest unserer Gruppe erschrecken."

„Lös den Alarm aber nur aus, wenn du musst, denn *keines* der Pferde wird dieses Geräusch mögen."

Sie alle fünf begaben sich in unterschiedliche Richtungen. Karen war erstaunt, wie rasch die Gruppe sich vom Lachen und Scherzen zu todernst in einem kompetenten Team gewandelt hatte.

Andererseits wieder hatte sie mit einigen dieser Frauen

schon ihr ganzes Leben lang gearbeitet. Sie wusste, wozu sie fähig waren.

Vielleicht war das Teil dessen, was sie nach Heart Falls gerufen hatte. Sie dazu gerufen hatte, es sich zur Heimat zu machen, denn selbst mitten in einer Situation, in der sie nicht wusste, was zum Teufel los war, schien es, als wäre sie am richtigen Ort und mit den richtigen Leuten zusammen.

Während sie und Julia leise den Weg entlang eilten, nahm sich Karen Zeit, die Riemen zu lockern, die ihr Gewehr befestigt hielten.

Julia fiel es auf. „Hältst du das für nötig?"

„Ich hoffe nicht, aber ich will nicht herumkramen müssen, falls ich es brauche."

„Verstanden."

Sie ritten über einen neuen Abschnitt des Landes, die niedrigen Büsche wurden vom Mondlicht beleuchtet, das den Rand der grünen Blätter in schimmerndes Silber verwandelte, wo sich allmählich der Tau zu sammeln begann. Es war schön und übernatürlich, wenn man bedachte, dass sie sich derzeit an eine Herde Wildpferde anschlichen.

Das Murmeln des Wassers wurde lauter, als sie näherkamen.

„Wie tief ist der Fluss hier?", fragte Julia leise genug, dass es nicht weiter trug als bis zu Karens Ohren.

„Wir können hier durch eine Furt, wenn wir müssen." Karen bemühte sich, Einzelheiten zu erkennen, während der Mond hinter einer Wolke verschwand. Sie hob eine Hand. „Der Hengst."

„Deine Herde." Julia deutete weiter nach Osten. „Das ist gut. Sie haben sich noch nicht sonderlich weit bewegt. Sie sind immer noch recht nahe am Zaun."

„Deine Augen sind besser als meine", sagte Karen, die sich das Fernglas an der Wange legte.

Sie hatte sie gerade erst ins Blickfeld bekommen, als das abrupte Krachen eines Schusses ertönte. Sofort bekamen die Stuten Panik, setzen sich in Bewegung. Sie ließen den Zaun hinter sich und gingen dorthin, wohin Julia und Karen auf der anderen Seite des Wassers standen.

„Da ist wieder dieser Idiot", sagte Karen, noch während sie Starlight antrieb. „Komm schon. Halten wir sie auf, bevor sie am Fluss ankommen."

Wasser spritzte nach oben, als sie und Julia ihre Pferde durch die Flachstelle laufen ließen, dann aufs Land auf der anderen Seite, zu den panischen Stuten hin. Im Osten war am Zaun alles gut zu sehen, bis auf ein paar Bäume, die ihre Sichtlinie blockierten.

Es gab keinerlei Hinweis auf denjenigen, der geschossen hatte. Nachdem sie nachgesehen hatte, um sicherzugehen, dass sie weit genug entfernt waren, um kein Ziel abzugeben, außer jemand würde absichtlich auf sie zukommen, konzentrierte Karen sich auf die Pferde.

Julia drehte nach links ab, Karen nach rechts. Die Stuten bewegten sich instinktiv dichter aneinander, wurden langsamer und kreisten zurück zur Vertrautheit ihrer neuen Heimat.

Noch ein Kreis, und die Pferde wurden noch langsamer, Köpfe und Ohren zuckten, während sie versuchten, herauszubringen, was als nächstes zu tun war.

Auf der anderen Seite des Flusses näherten sich Lisa und Kelli der Wildpferdeherde, um sie zurück auf das öffentliche Land zu treiben, in die Wildnis, in die sie auch gehörten.

FINN UND ZACH ließen ihre Pferde unter dem Dach der Bäume stehen und begaben sich weiter zur Umzäunung, schlichen sich an den Mann an, der einfach nur dastand, hin und wieder einen Schrei ausstieß, wenn die Pferde nicht das taten, was er wollte.

„Packen wir ihn?“, murmelte Zach leise.

„Wir reißen ihn zu Boden.“

Dann zerrte der Bastard eine Waffe heraus und schoss in die Luft, und alles brach in Chaos aus. Zach packte Finn, riss ihn zu Boden und tauchte mit ihm in einen der flachen Senken, die nicht mal zehn Meter von dem Ort entfernt war, an dem der Mann stand.

Beide lagen sie reglos da, erwarteten, jeden Augenblick entdeckt zu werden. Als nichts passierte, hielt Finn vorsichtig den Kopf hoch, um festzustellen, dass der Mann ihnen immer noch den Rücken zugewandt hatte und die Pferde anstarrte.

Zach spähte auch hinaus, und als er sich wieder hinlegte, deutete sein Freund auf die Berge. „Pferde im Westen“, flüsterte er. „Und die Mädchen.“

Eiskalter Schrecken lief Finn durch die Adern. „Wie nah?“

„Vorerst weit genug entfernt.“ Zach neigte den Kopf zu dem Mann hin. „Stürzen wir uns auf ihn?“

Es war eine Qual, hier zu liegen und einen Plan zu machen, anstatt es zu erledigen. „Kann er auf die Mädchen schießen?“

Zach schüttelte den Kopf. „Zu weit. Nicht einmal bei einem Glückstreffer.“

Dann war das die Antwort. „Wir warten. Wenn er sich bewegt, bewegen wir uns. Wenn er schießt, machen wir den nächsten Schritt.“

Sein Freund neigte zustimmend den Kopf.

Sie saßen schweigend da. Eine Minute. Zwei. Die Zeit kroch vorwärts wie langsam schmelzendes Wasser entlang eines Eiszapfens.

~

Ein weiteres Krachen ertönte, nur dass diesmal die Pferde nicht scheuten. Sie bebten nur, als wünschen sie sich wirklich, dass Julia und Karen diese Nacht zu Ende gehen lassen würden.

„Was zum Teufel geht da vor?", fragte Julia. Sie schaute hinüber zum Zaun. Deutete noch einmal. „Da drüben."

Es war nur ein ganz kurzer Moment, in dem sich eine einzelne Gestalt vor dem Mondlicht abzeichnete. Ein zweiter Mann kam aus dem Nichts gelaufen, rang den ersten zu Boden, während ein weiterer Schuss hallte.

Karen warf einen Blick auf die Herde, aber die drängte sich um Julia, als wäre sie der Heilige Gral. „Bleib hier", befahl Karen, bevor sie Starlight drehte und in vollem Lauf auf die Bäume zuhielt, die neben der Umzäunung waren.

„Was zum Teufel?" Julias Stimme erklang in der Ferne.

Vielleicht war es ein dummes Manöver, aber jeder Instinkt sagte Karen, dass sie es tun musste. Sie senkte den Kopf und ritt.

Finn kam auf dem Boden auf, ein Fremder unter ihm, Schmerz schoss durch sein schwaches rechtes Bein. Fäuste hämmerten gegen seine Rippen, als der Mann versuchte, ihn abzuwerfen.

Im Hintergrund fluchte Zach, ein keuchendes Geräusch, und Finn war gerade lange genug abgelenkt, dass der Mann unter ihm ihn abwarf. Der Fremde kroch zu der Waffe, die ihm aus den Händen geschlagen worden war.

Er hob sie auf, richtete sie direkt auf Finns Mitte.

Gottverdammt noch mal.

Finn hob langsam die Hände in die Luft. „Vorsicht."

Weitere Flüche ertönten, und dieses Mal kamen sie von dem Mann vor ihm. Eine vertraute Stimme, völlig unerwartet.

Zorn flammte auf. *„Brandon?"*

Der Sohn seines Mentors schob seine Kapuze zurück und funkelte ihn an. „Was zum Teufel macht ihr denn hier draußen?"

„Wir reden mit einem beschissenen Pferdedieb." Er wandte Brandon den Rücken zu und beeilte sich, um zu sehen, was mit Zach los war. Er kniete sich neben seinen Freund. „Alles in Ordnung?"

Zach war auf dem Boden, hielt sich die Schulter. „Bin in die falsche Richtung abgetaucht", sagte er, seine Stimme war zittrig. „Scheiße."

Finn bewegte Zachs zerrissene Jacke weit genug zu Seite, um wütend zu werden. Der Schuss hatte seinen Freund nicht voll erwischt, aber der Streifschuss war schlimm genug, dass es vermutlich teuflisch wehtat.

Er legte Zachs Hand wieder über die Wunde und drückte sie fest hin. „Üb Druck aus. Wir werden jemanden suchen, der dich gleich wieder hinkriegt."

Er holte sein Handy heraus, um Josiah anzurufen, während Brandon im Hintergrund wahllos Unsinn vor sich hin brabbelte.

Sobald er sich erhob, fuhr er Brandon an: „Halt's Maul, und zwar sofort. Ich weiß nicht, was zum Teufel los ist, aber das kriegen wir raus, nachdem Zach verarztet worden ist. Leg diese verdammte Waffe auf den Boden, und schwing deinen Arsch rüber."

Brandon stand nur da, seine Hand bebte, die Waffe deutete immer noch in Finns Richtung. „Habe ich auf ihn geschossen? Ich wollte nicht auf ihn schießen."

Er war den Tränen nahe, auf keinen Fall zurechnungsfähig. „Du ziehst keine Waffe und richtest sie auf einen Menschen, außer du hast vor, auf ihn zu schießen." Finn brüllte die Worte. „Jetzt senk endlich die verdammte Waffe."

Nichts änderte sich. Wenn überhaupt, bebte die Waffe noch etwas mehr.

„Ich wollte das nicht", rief Brandon wieder. „Es war ein Unfall."

Teufel. Finn hob eine Hand, versuchte, den Mann zu beruhigen, aber es war sinnlos. Brandon wurde noch hysterischer, die Waffe wurde mit null Raffinesse durch die Luft geschwenkt, während er immer wieder Unsinn rief.

„Natürlich war es ein Unfall. Ihm geht's gut", sagte Finn laut, versuchte durch die Panik zu dringen.

„Es ist deine Schuld, weißt du." Brandon hob den Blick zu Finn, und diese verdammte Waffe wurde wieder auf ihn gerichtet.

Obwohl dieser Mann völlig durch den Wind war, war Finn in diesem Augenblick überzeugt, dass er trotzdem erschossen werden würde. Als ein lautes Krachen ertönte, zuckte er sogar zusammen, erwartete, dass der Schmerz durch seinen Körper fetzte.

Stattdessen brüllte Brandon. Er fiel zu Boden und packte seinen Unterschenkel.

Alle Luft entwich aus Finn.

Er warf einen Blick auf Zach.

Sein Freund schüttelte den Kopf, deutete zum Fluss. „Verdammt soll ich sein."

Aus der nahen Baumgruppe trat Karen Coleman behutsam auf sie zu, ein Gewehr in der Hand und ein stählerner Ausdruck in den Augen, während sie nach vorne kam.

Finn ging ihr am Zaun entgegen, blieb unterwegs stehen, um die Schusswaffe aus Brandons Reichweite zu entfernen.

„Guter Schuss", sagte er zu ihr.

Sie hob eine Augenbraue und antwortete ohne eine Spur Ironie. „Er sah aus, als hätte er einen Schuss nötig."

Eine Bemerkung, die Finn aus irgendeinem Grund urkomisch vorkam.

Hinter ihm waren zwei Männer, die medizinische Hilfe brauchten, aber vor ihm war die Frau, die er liebte, die bereit und auch fähig gewesen war, für ihn auf jemanden zu schießen.

Er holte sie über den Zaun in seine Arme.

23

___

Die nächsten Stunden liefen verschwommen, und Finns Hand in ihrer war das Einzige, was Karen im Gleichgewicht hielt.

Es war nicht mal ein Schock, dass sie auf jemanden geschossen hatte. Auf Finn war eine Waffe gerichtet gewesen, und Brandons offensichtlich zunehmender Stress war mehr als nur deutlich gewesen.

Es war etwas anderes. Der unterbrochene Ausritt, die Verfolgung der Wildpferde. Festzustellen, dass man auf Zach geschossen hatte ...

Zum Glück war es nur eine oberflächliche Verletzung. Es hatte nur ein paar Minuten gedauert, dass Julia ihn verarztet hatte. „Du bekommst eine hübsche Narbe, aber deine Bewegungsfreiheit sollte es nicht einschränken."

Sie kümmerte sich auch um Brandons Unterschenkelverletzung, und bei der Behandlung war die Rettungssanitäterin vielleicht nicht ganz so sanft, wie Karen sie bei anderen Patienten gesehen hatte.

Nun saß Brandon auf einem Stuhl in Codys Büro und

wurde von ihrem Vorarbeiter genau beobachtet, während sie auf das Eintreffen eines weiteren Besuchers warteten.

Eines weiteren Besuchers, der nicht die Polizei war, was noch zusätzliche Verwirrung zum ganzen Rest hinzufügte.

„Bist du sicher, dass wir nicht die Polizei rufen müssen?" Nicht, dass Karen gewollt hätte, dass irgendwas davon in die Akten einging, aber es schien das Richtige, wenn man auf jemanden geschossen hatte, die Behörden zu informieren.

Na ja, eigentlich zweifach, da Brandon auch auf Zach geschossen hatte.

„Alan sagte Nein, und wenn man bedenkt, wer wem etwas angetan hat, werden wir vorerst einfach nur warten, bis wir hören, was er zu sagen hat." Finn drückte ihr einen Kuss auf die Schläfe und schenkte ihr mehr Tee in die Tasse. „Entspann dich."

Es war auch nicht so, als hätten es alle gewusst. Im Augenblick wussten Julia, Zach und Finn, dass sie geschossen hatte. Die übrigen nahmen an, dass Brandon sich mit seiner eigenen Waffe während der Rauferei verletzt hatte. Finn hatte sich nicht die Mühe gemacht, diese Annahme zu verbessern.

Karens Freunde und Familie waren nach Hause gefahren, nachdem alle aus der Wildnis zurückgekehrt und die Stuten zurück in die Scheune geführt worden waren.

Jetzt warteten sie, Finn und Zach in ihrem Wohnzimmer darauf, dass der wichtige Anwalt eintraf.

„Du weißt schon, dass das komisch ist, oder?", fragte Karen die beiden betont. „Die meisten Leute haben keine solche Beziehung zu einem Anwalt."

„Du meinst die Art Beziehung, bei der der Typ mitten in der Nacht in ein Privatflugzeug hüpft, um zu kommen und sich mit heiklen Situationen zu befassen?" Zach hob sein Glas, der Verband an seiner Schulter schob sich gegen den Stoff seines T-Shirts. „Willkommen in der Familie."

„Ich sollte das trinken, was ihr da habt, nicht diesen Tee", murmelte Karen.

Finn bot ihr sein Glas an. „Gehört ganz dir, wenn du willst."

„Ich muss meinen Verstand zusammenhalten, falls dieser Anwalt erwartet, dass ich etwas Sinnvolles sage." Sie nippte allerdings, bevor sie das Glas zurückreichte.

Sobald das Brennen des Schnapses nachgelassen hatte, schmiegte sie sich an Finn. Im Raum wurde es etwas verschwommen, als ihr die Augen zufielen. Finn und Zach unterhielten sich leise weiter, während das Feuer im Kamin knisterte.

Sie war wohl eingeschlafen, nach ihrem Adrenalinrausch abgestürzt, denn als nächstes wusste sie, dass am Horizont ein Licht erschien und jemand in der Küche herumwühlte.

Sie war immer noch auf dem Sofa und in Finns Armen, was ihr so ziemlich perfekt vorkam.

Karen schaute auf und stellte fest, dass er sie zufrieden anschaute. „Hey."

Sie stießen mit den Nasen aneinander. „Hey. Willst du dich frisch machen? Alan ist in etwa zwei Minuten da. Er will erst mit Brandon reden, dann werden wir alles regeln, damit wir weitermachen können. Okay?"

Und so endete sie eine halbe Stunde später an ihrem Küchentisch mit einem Fremden in einem Fünftausend-Dollar-Anzug rechts von ihr und dem Mann, auf den sie geschossen hatte, direkt gegenüber von ihm.

Das musste man noch besser ausdrücken können. Denn eigentlich hatte sie nur ein *bisschen* auf ihn geschossen.

Aus Alans Miene brüllte ihr Empörung entgegen, während er Brandon anstarrte, bevor er seine Aufmerksamkeit auf Zach und Finn richtete. „Hier kommt dann mal das Wesentliche. Brandon hat versucht, eure Pläne zu sabotieren, um rechtzeitig zum Schaffen der Herausforderung in Betrieb gehen zu können.“

Zach spielte ein Keuchen vor. „Da bin ich aber geschockt. Brandon? Ein Betrüger, der unter der Gürtellinie vorgeht?“

Der Anwalt fuhr fort. „Beim ersten Mal hat er jemanden dafür bezahlt, und als ihr die Security aufgebaut habt und seine angeheuerten Helfer weggelaufen sind, hat er beschlossen, hier rauszukommen und sich persönlich einzumischen.“

„Du Rattenbastard“, sagte Zach leise, seine Erheiterung war verschwunden. „Du hast jemanden das Feuer anzünden und Materialien entwenden lassen, oder?“

Brandon starrte auf den Boden.

Alan sprach fest. „Er hat auch persönlich das Gebäude sabotiert, das über Finn zusammengestürzt ist.“

Die ganze Situation war unnatürlich, aber dieser Kommentar brach durch ihre Ungläubigkeit hindurch. Karens Handflächen schlugen auf den Tisch. „*Was?* Was haben Sie gerade gesagt?“

„Das hätte doch nur dafür sorgen sollen, dass ihr die Herausforderung nicht schafft, damit ich bekomme, was ich verdiene.“ In Brandons Stimme gab es keinerlei Spur von Reue.

Die Taubheit in ihr flammte zu Wut auf. Karen stellte fest, dass sie auf den Beinen war und den Mann anstarrte, der Finn so viele Schmerzen beschert hatte. „Ich hätte einen halben Meter höher schießen sollen. Du hättest Finn töten können.“

„Es hätte einstürzen sollen, wenn keiner da ist“, beharrte Brandon. „Es war ein Unfall.“

„Genauso wie es ein *Unfall* war, dass du auf Zach geschossen hast?“ Die Wut in ihr war ungesund. „Das werden wir zur Anzeige bringen.“

„Moment, das kannst du nicht tun. Du hast absichtlich auf mich geschossen“, beschwerte sich Brandon, sein Blick huschte im Zimmer umher, als würde er hoffen, dass jemand auf seiner Seite stand. „Man würde dich auch anzeigen."

Sie beugte sich vor, sah in seine angsterfüllten Augen.

Das Arschloch hatte dafür gesorgt, dass Finn verletzt wurde, und obwohl der Mann, den sie liebte, sich erholt hatte, hatte er für nichts gelitten.

Sie war mehr als nur angepisst.

Jedes bisschen Wut und jeder Beschützerinstinkt, der durch sie hindurch brodelte, war zu hören, als sie ihre Antwort hervorstieß. „Nur zu. Keine Geschworenen auf diesem Planeten würden mich verurteilen."

Finn nahm seine Finger in ihre, zog sie auf seinen Schoß. „Hören wir mal, was Alan zu sagen hat."

Sein Griff war weniger ein Aufhalten als ein Beanspruchen. Er legte sich um sie, gestattete aber, dass ihre Stärke noch sichtbar blieb – und sie vibrierte im Augenblick bestimmt. Sie war bereit, über den Tisch zu greifen und Brandon den Kopf mit bloßen Händen von den Schultern zu reißen.

Finns Arme waren auf eine Art und Weise besitzergreifend, die klarmachte, dass er stolz war, sie hier bei sich zu haben.

Dass sie zusammen waren.

Alan richtete sich auf, neigte das Kinn zu ihr und Finn, bevor er seine Aufmerksamkeit wieder dem Bastard zuwandte, der auf der gegenüberliegenden Seite des Tisches saß.

„Offensichtlich wird es Folgen haben. Aber als wir vor ein paar Minuten unter vier Augen gesprochen haben, hat Brandon zugestimmt, dass er keine Anzeige wegen des Vorfalls erstatten wird, der dazu geführt hat, dass er unbeabsichtigt verletzt wurde, wenn ihr nicht die Polizei einschaltet, was seine Handlungen betrifft, darunter Pferdediebstahl und Sabotage."

Finn strich mit der Hand über ihren Oberschenkel,

beruhigte sie. Sie brauchte alles, was sie aufbringen konnte, um Brandon nicht noch weiter anzubrüllen.

Was sie schaffte, war ein einigermaßen vernünftiger Tonfall, während sie eine Frage an den Anwalt richtete. „Und diese Folgen, die Sie erwähnt haben?"

Denn es stand auf ihrer Liste, den Leichnam zu verstecken.

Alan schaute ihr in die Augen. „Brandon wird ein sehr kleines monatliches Stipendium aus dem Vermächtnis seines Vaters erhalten, unter der Bedingung, dass er nie wieder in Kontakt mit euch tritt. Wenn er diese Regel bricht, oder sich auf irgendeine Weise in euer Leben einmischt, wird er sein ganzes zukünftiges Einkommen verlieren und zu diesem Zeitpunkt für jedes Verbrechen angezeigt werden, das wir ihm zulasten legen können, und ich verspreche, das wird zu Zeit hinter Gittern führen."

Zach räusperte sich, seine Miene war nicht so cool und gefasst, wie sie es von dem Mann inzwischen erwartete. Er war genauso angepisst wie sie. „Also bekommt er eine Belohnung dafür, dass er versucht hat, uns zu ruinieren."

„Es gibt Gründe", sagte Alan ausdruckslos.

Bei diesem Kommentar richtete Finn sich leicht auf. Er beugte sich vor, um ihr ins Ohr zu flüstern. „Das bedeutet, wir werden bald die echte Geschichte hören. Hör auf, deine Messer zu wetzen – ich glaube, Alan hat einen Plan, der zu unseren Gunsten ausgeht."

Karen warf einen Blick auf Zach. Der Mann hatte sich in seinem Sessel zurückgelehnt und beäugte nun Brandon, als wäre ein interessanter aufgespießter Käfer. Kein Zorn mehr. Als hätte der starke Präriewind draußen alles weggeblasen.

„Ich brauche Ihre Zustimmung, bevor das Ganze abgemacht ist." Alan schaute ihr direkt in die Augen. „Sind Sie bereit, mir zu vertrauen?"

Ganz eindeutig taten das Finn und Zach, darum nickte sie,

so schwer es auch war, ihren Drang nach weiteren Strafen loszulassen.

„Ich schlage vor, Mr. Travers vermeidet, uns unabsichtlich über den Weg zu laufen. Ich bin sicher, Sie würden für umfassende Gerechtigkeit sorgen." Sie starrte dem Mann in sein kreidebleiches Gesicht und ließ ihren Zorn durchschimmern. „Bei mir ginge es schnell."

„Blutrünstige Frau", flüsterte Finn wieder. Er legte den Arm fester um ihre Taille und lehnte sie zurück, sodass sich die Wärme seines Körpers um sie legte.

„Ich komme wieder." Alan eskortierte den humpelnden Brandon zur Tür. Zach stand auf, um sie zu begleiten.

Sobald sie das Zimmer verlassen hatten, hatte Finn sie umgedreht, die Hand auf ihrem Nacken, während er erheitert in ihre Augen schaute. „Du bist ein ernsthaft verführerischer Satansbraten. Ich bin verlockt, dich hier und jetzt ins Schlafzimmer zu zerren und dich bis zur Besinnungslosigkeit zu ficken."

„Er hat dich *verletzt*", sagte Karen fest. „Er hat es verdient, zu leiden."

„Hmmmm, da ist es ja wieder. Dir steht die Blutrünstigkeit." Finn legte seinen Mund auf ihren, bevor sie lachen konnte, und dann brandete Feuer und Hitze um sie auf.

Schlafzimmer? Hätte sie nicht gewusst, dass sie in ein paar Minuten wieder Gesellschaft haben würden, hätte sie ihn gleich hier in der Küche vernascht.

Der Kuss würde vorerst reichen müssen. Besitzergreifend und aufs äußerste vertraut, strich er mit der Zunge über ihre und brachte ihre Nervenenden zum Prickeln. Sie schob ihm die Finger in die Haare und zog ihre Oberkörper aneinander.

„Himmel, ihr beiden. Macht mal halblang", sagte Zach, der wieder reinkam, in seinem neckenden Tonfall lag Erheiterung. „Ich würde ja sagen, geht auf euer Zimmer, aber Alan schickt gerade das Arschloch des Jahrzehnts weg, und dann kommt er zurück."

Finn löste sich langsam von ihr. „Das beenden wir. Bald."

„Auf jeden Fall", stimmte Karen zu, bevor sie von seinem Schoß glitt und sich wieder auf ihren Stuhl setzte. Ohne rot zu werden, schaute sie in Zachs lachende Augen. Was zwischen ihr und Finn loderte, ließ sich nicht leugnen. „Also. Ist dieses ganze ‚außerhalb des Gesetzes vorgehen' was Alltägliches für euch beide?"

Finn schüttelte den Kopf, noch während er ihren Stuhl näher zog, damit ihre Finger sich leicht ineinander verschränken ließen. Als wollte er ihr etwas Abstand gewähren, aber nicht mehr als das. „Normalerweise sind wir ziemlich gesetzestreu. Alan, du musst so einiges erklären." Er drehte sich zur Tür, als Alan in die Küche zurückkehrte.

Der Anwalt lehnte sich an die Anrichte und verschränkte die Arme vor der Brust, eine überraschend entspannte Pose, wenn man bedachte, was gerade alles passiert war. Er schaute die drei nacheinander an, bevor er entschlossen nickte. „Ich schätze schon. Und dann müssen wir über Sie reden, junge Dame."

Sein Blick richtete sich auf sie.

Ja. Das hatte Karen sich schon gedacht. Irgendwann musste es ja ernst werden.

Nur dass Finn lächelte, und Zachs Augen waren groß geworden. Die Anspannung schien von allen anderen abzufallen, nur um sich zu ihren Füßen zu sammeln.

Sie hob das Kinn und stellte sich auf das Folgende ein.

Es war niemals langweilig gewesen. Die Zeit, die sie mit Bruce verbracht hatten, und die folgenden Jahre voller

Lektionen hatten bedeutet, dass Finn immer wachsam blieb, aber dieser Abend brachte eine bizarre Wendung nach der anderen.

Trotzdem, als er zu Zach schaute, wartete sein bester Freund geduldig, ein breites Lächeln auf dem Gesicht, und völlige Entspannung in seiner Körpersprache. Aus dieser Ecke gab es keine Bedenken.

Natürlich hatte der Mann auch ein teuflisches Pokerface ...

Indem er den Raum übernahm, als wäre es sein Büro, zog Alan ihre Aufmerksamkeit auf sich, dann stürzte er sich in die Tatsachen.

„Ich erlöse euch schnell von eurem Elend und schaffe diese Liste aus dem Weg. Zum einen ist die Herausforderung abgeblasen. Ihr müsst die Ranch nicht mehr bis Thanksgiving in Betrieb nehmen. Allerdings habe ich trotzdem noch vor, meine Familie herzuholen, damit wir eure ersten Gäste sind, wann immer ihr das Gefühl habt, es wäre der richtige Zeitpunkt, um zu öffnen." Alan hob eine Hand, um Zachs Stottern zu unterbinden. „Ob ihr euch ins Zeug legen wollt oder nicht, liegt an euch. An diesem Punkt habt ihr bereits die Bedingungen von Bruces Herausforderung erfüllt. Dürfte ich mal?"

Er holte einen langen Umschlag aus seiner Tasche und reichte ihn Karen. „Würden Sie das bitte lesen?"

Sie wirkte verschüchtert, und das auch zurecht, wenn man Alans vorherigen betonten Kommentar über sie bedachte, aber sie machte weiter. Rasch überflog sie die Worte, bevor sie sie in klarer, starker Stimme vorlas.

„Wieder mal kann ich mir euch beide vorstellen, und der Gedanke daran bringt mich zum Lächeln. Natürlich verflucht ihr mich jetzt im Augenblick gerade ein bisschen, aber ihr seht den Grund gleich.

Dieses Mal habe ich drei Briefe geschrieben, aber ich wette, ihr lest diesen. Der zweite war ein Brief, der euch gratuliert, weil ihr die Herausforderung geschafft habt (ich weiß, dass ihr es tun könntet, wenn ihr müsst). Der dritte war das Bedauern, dass ihr es nicht geschafft habt, und um ehrlich zu sein, für den habe ich mich nicht sonderlich ins Zeug gelegt, denn ich war mir hundertprozentig sicher, dass ihr nicht scheitert.

Wird es leichter, wenn ich sage, dass diese Herausforderung nicht für euch war?

Ich kenne meinen Sohn. Nach all den Chancen, die ich ihm gegeben habe, macht er euch vermutlich das Leben zur Hölle, seit ich gestorben bin, weil er verlangt, „was er verdient hat." Und das ist ein heftiger Tritt in den Arsch, aber an dieser Stelle hat er Entscheidungen getroffen, und es ist schwer, sich zu ändern, wenn man nicht glaubt, dass es nötig ist.

Jetzt, da er einen stetigen Geldstrom bekommt, sollte er euch in Frieden lassen. Falls er das nicht tut, verliert er diesen Teil seines einfachen Lebens. Ich hoffe, diesmal wird er kluge Entscheidungen treffen.

Alan wird euch die restlichen Einzelheiten erzählen, aber seid euch im Klaren, dass ich stolz auf euch bin. Ich setze darauf, dass ihr euer Erbe benutzt, um eure Gemeinschaft aufzubauen, und nicht nur ein einfaches Leben genießt.

Erhebt ein Glas auf mich, Jungs. Ihr seid die Pfeile, die ich auf die Zukunft gerichtet habe. Sorgt dafür, dass es sich lohnt."

KAREN FALTETE das Blatt langsam wieder zusammen. „Die Herausforderung war nicht für Finn und Zach. Sie war für ... *Brandon?*"

Alan nickte, während er den Umschlag zurücknahm. „Deswegen habe ich ihn mitgebracht, als wir angefangen haben. Er wusste genau, was los war, und womit ihr es zu tun habt. Hätte er euch in Frieden gelassen und hättet ihr es geschafft, hätte er auch einen Anteil bekommen, aber doppelt so hoch. Nun, er sollte euch nicht mehr behelligen, und auch ich nicht mehr, hoffentlich für immer." Alan verzog das Gesicht, als er Finn in die Augen schaute. „Das mit dem Unfall tut mir leid, und dieser dumme Vorfall mit der Waffe. Das war absolut nicht typisch für diesen Mann."

„Es *war* ein Unfall", nahm Finn zur Kenntnis, weil er hoffte, damit zu verhindern, dass Karen wieder in ihren Beschützermodus überging. „Ich stimme zu. Brandon war nicht der übliche unverbindliche Knilch. Das hätten Sie auf gar keinen Fall wissen können, und offen gesagt, wenn wir weitermachen, ohne ihn jemals wieder sehen zu müssen, ist mir das Recht."

Zach beugte sich vor. „Um das klarzumachen – die Herausforderung war, um zu sehen, ob Brandon ein Arschloch ist, das sich einmischt. Das war er, und wir haben den Beweis, also ist die Deadline vorbei."

„Richtig."

Zach schüttelte den Kopf. „Krass."

„Das nächste Detail", fuhr Alan fort. „Ihr werdet feststellen, dass eure Besitztümer sich nun verdoppelt haben, da die Nebenkonten in die Firmenkonten übergegangen sind."

Teufel noch mal. Finn und Zach schauten einander mit offenem Mund an. „Dieser Teil war echt?"

Alan nickte. „Jetzt, da wir ziemlich sicher sind, dass

Brandon niemals mehr zum Problem wird, hatte Bruce das Gefühl, dass es angemessen wäre, eure Kontrolle auszuweiten."

Karen wirkte verwirrt, darum erklärte Finn es auf die einfachste mögliche Art. „Die Firma hat ein paar unterschiedliche Zweige. Bruce hat nun einen beigefügt, von dem wir nichts wussten, was den Wert um einiges erhöht."

„Wow. Okay."

„Wir gehen das später genauer durch." Alans Aufmerksamkeit wandte sich zu Karen. „Ich hatte noch nicht das Vergnügen, Ihnen richtig vorgestellt zu werden."

Alans Anmerkungen brachte sie zum Blinzeln. Finn räusperte sich. „Karen, das ist Alan, unser Berührungspunkt mit der Welt der mysteriösen Finanzen und aller Dinge jenseits des Grabes. Alan, das ist Karen Coleman."

Sie streckte die Hand aus.

Alan schüttelte sie rasch, dann neigte er das Kinn. „Also. Sie sind hier, hören sich diese ganze Unterhaltung an, was, wie ich annehme, bedeutet, dass Sie in mehr verwickelt sind, als einfach nur auf Brandon geschossen zu haben. Vielen Dank dafür übrigens. Ich hatte selbst schon davon geträumt, auf diesen Bastard zu schießen."

Karens Lippen zuckten. „Gern geschehen?"

Der Ausdruck in Alans Augen warnte Finn einen Sekundenbruchteil zu spät, um dazwischen zu gehen.

„Karen. Was haben Sie bezüglich Finn vor?"

Ach, echt jetzt.

Sie öffnete und schloss den Mund ein paar Mal, bevor sie die Augen zusammenkniff. „Ich wüsste nicht, was Sie das angeht."

„Tun Sie mir den Gefallen. Würden Sie sagen, dass Sie in einer langfristigen Beziehung mit Mr. Marlette sind?"

Finn rückte auf den Stuhl nach vorne. „Im Interesse daran, dass Sie mein Mädchen nicht verscheuchen, wo wir gerade ein paar Fortschritte gemacht haben, ja, wir sind zusammen. Jetzt machen Sie mal hin."

Alan grinste, während er in seine Tasche griff. „Gut, dass ich vorbereitet war." Er hielt einen weiteren weißen Umschlag Karen hin.

Sie beäugte ihn, als wäre er eine Schlange. „Will ich das überhaupt wissen? Tot oder nicht, euer Mentor scheint sich echt gern in das Leben von Leuten einzumischen."

„Es ist bestimmt in Ordnung. Nimm den Umschlag." Diese Beruhigung kam von Zach. Jegliche Spur seines Grinsens war weg, er bot nur die Sorge und den Trost eines großen Bruders, während er den Kopf zum Brief neigte. „Wenn es was Schreckliches ist, unterstützt dich Finn. Das bedeutet, dass ich dich auch unterstütze. Genauso wie du uns unterstützt hast."

Er war echt der beste Freund, die man als Mann haben konnte.

Finn wartete schweigend, während Karen ihm dem Blick zuwandte. Ihr Mund wölbte sich. „Hier ist es auch nie langweilig, Herzchen."

Ihr Lächeln blieb, bis sie die Nachricht auffaltete, und ein kleines Blatt Papier herausfiel, das zu Boden segelte. Sie fing es aus der Luft und schaute auf die Beschriftung.

Sie erstarrte, Schock zeigte sich auf ihren Zügen.

Sie blinzelte.

Eine Sekunde später schnappte sie sich den Brief und hob ihn hoch, las ihn schnell.

Die drei Männer saßen schweigend da, Finn war nicht sicher, ob das der Anfang von etwas Wunderbarem war, oder ob sie sich ihr Gewehr schnappen und es bei Alan einsetzen würde.

Karen schüttelte den Kopf. „So was passiert Leuten doch nicht."

„Ich versichere Ihnen, Ms. Coleman, es ist echt“, sagte Alan. „Haben Sie irgendwelche Fragen?“

„Geben Sie mir mal kurz.“ Sie stieß das Blatt Finn hin. „Was zum Geier?“

Bruces vertraute Handschrift war auf der Seite, der Anblick traf Finn schwer.

Die Nachricht traf noch schwerer.

Leider ist es mir nicht vergönnt, dich persönlich zu begrüßen. Ich weiß, dass du eine tolle Frau bist, denn Finn würde niemals mit jemandem zusammenkommen, außer es wäre jemand so Kluges, Talentiertes und Getriebenes wie er selbst.

Was nicht immer was Gutes ist. Dieser getriebene Teil. Es heißt, dass die Prioritäten manchmal verschwimmen. Eine gute Partnerin im Leben eines Mannes ermutigt ihn, sich die Zeit zu nehmen, zu schätzen zu wissen, was wichtig ist.

Das heißt nicht, dass du deine Träume ignorieren darfst, während du den sturen Esel überzeugst, mal an den Rosen zu riechen. Also gehört das dir. Keine Regeln, keine Erwartungen. Wenn du morgen abhaust, gehört es immer noch dir. Bombensicher und nicht widerrufbar – dafür wird Alan sorgen.

Aber ich hoffe, du bleibst, und nicht nur wegen Finn, sondern auch deinetwegen. Er ist ein guter Mann. Ich wünsche mir für ihn das Beste, und da er sich dich als Partnerin ausgesucht hat, brauche ich keine weiteren Empfehlungen.

Willkommen in der Familie,
Bruce

Finn war kaum mit dem Lesen fertig, als sie den Scheck über den Brief legte.

Er zählte Nullen, um sicherzustellen, dass er sich nicht irrte. Das war eine verdammt große Anzahl.

Karens Atmung war etwas aus dem Takt. „Was geht da vor?"

Es war unmöglich, einen halben Meter von ihr entfernt zu sitzen, wenn er sie nur in seinen Armen wollte. Finn gab der Versuchung nach und zog sie wieder auf seinen Schoß, ignorierte Zachs leises und Alans lautes Lachen.

Die Tatsache, dass sie sich nicht gegen ihn wehrte, sagte mehr als alles andere darüber, wie aus der Bahn sie von allem geworfen worden war.

Finn strich ihr mit der Hand über den Rücken, streichelte sie und drückte sie, noch während das Glück sein Inneres wärmte. Der Segen seines Mentors war etwas Mächtiges, selbst im Nachhinein noch.

Er beeilte sich, um ihre Fragen zu beantworten. „Was vorgeht, ist, dass du dich anscheinend den Rängen von Bruces auserwählten Schützlingen angeschlossen hast. Das geht mit finanziellem Segen einher. Ich gratuliere."

Sie hob einen bebenden Finger, um auf den Scheck zu zeigen, den Zach gerade untersuchte. „Das ist eine Million Dollar, Finn. Das kann ich nicht annehmen. Das ist ... unmöglich."

„Sagen Sie, Sie wollen es nicht?" Alan beäugte sie streng.

„Ich habe doch nichts getan, um ..." Karen kam kreischend zum Stillstand, während sie sich Finn zuwandte. „Braucht ihr das Geld?"

„Nein", versicherte er ihr. „Zach und ich haben genug."

Entschlossenheit ließ ihr Rückgrat gerade werden, als Karen Alan in die Augen schaute. „Ich will es nicht. Es gehört nicht mir."

„Also wollen Sie, dass ich es Brandon gebe, und ...“

Ein sehr unpassender Fluch ertönte, bevor sie sich eine Hand vor den Mund schlug. Sie funkelte Alan so heftig an, dass ihm die Haare in Flammen hätten aufgehen sollen. „Sie machen lieber mal Witze.“

„Eigentlich tue ich das wirklich.“ Alan duckte sich, um der Kleenex-Schachtel zu entgehen, die Zach ihm auf den Kopf warf. „Ich will nur die Stimmung etwas aufhellen. Ich meine, es ist nur Geld. Spenden Sie es doch, wenn Sie es nicht wollen.“

Ihr Blick kam aus zusammengekniffenen Augen. „Gut. Machen Sie also Ihr Anwaltsding. Wir geben es einigen wohltätigen Vereinigungen.“ Karen rümpfte die Nase und wandte sich an Finn. „Das Tierheim, das Lisa geholfen hat, aufzubauen. Es könnte vermutlich etwas Geld brauchen, oder?“

„Ja.“ Finn nickte.

Sie hielt inne. „Und diese Schule mit Pferdetherapie, auf die ich gehen wollte. Sie bieten auch Stipendien an.“

Sein inneres Glück wuchs. „Da kannst du ein paar auf die Beine stellen. Alan hilft dir. Es gibt Möglichkeiten, sie so anzulegen, dass das Einkommen wieder investiert wird und mehr Geld abwirft.“

Ein langsames Nicken folgte. Karen nahm den Scheck von Zach entgegen und schüttelte gleich den Kopf, während sie ihn wieder ungläubig anstarrte. „Unmöglich.“

„Du sagst da immer dieses Wort, und ich glaube nicht, dass es bedeutet, was ...“ Finn stellte fest, dass ihre Hand auf seinem Mund lag.

„Leise. *Du* bist unmöglich.“ Sie schnaubte laut, als wolle sie eine Kerze ganz am anderen Ende des Raumes ausblasen. Aber als sie den Blick hob, um ihm in die Augen zu schauen, war die ganze Verwirrung verschwunden. „Dankeschön. Ich verstehe nicht, was los ist, aber ich nehme dieses Geld an und folge dem Rat, den Bruce den Jungs gegeben hat. Wir werden es nutzen, um unsere Gemeinschaft besser zu machen, aber bei Gott, ich habe keine Ahnung, wie man das anstellt."

Finn drückte ihr die Lippen auf die Schläfe, hielt sie fest in den Armen, wohin sie gehörte.

Es ging nicht um das Geld, das sie in den Taschen hatten. Es ging darum, Seite an Seite in die Zukunft zu gehen. Eine Zukunft genau hier in Heart Falls zu errichten.

Seine Finger um sie spannten sich an. Verbunden.

Zusammen. *Endlich.*

24

Da die Deadline für die Herausforderung um war, bestanden Finn und Zach beide darauf, dass sie langsamer machen und ihr Leben wieder in ein ruhigeres Fahrwasser bringen mussten.

„Ich muss eine Menge Brauerei-Pub-Bier probieren, bevor ich meinen Laden nächstes Jahr in Betrieb nehme." Zach beäugte den immer noch unvollständigen Inhalt des Ranchhauses, in das sie sich verzogen hatten, nachdem Alan gegangen war. „Ich sollte mir vermutlich eine der Hütten aussuchen und sie fertig bauen, bevor es zu schneien anfängt, damit ich diesen Winter gemütlich verbringen kann."

„Du richtest nicht dieses Haus her?", fragte Karen.

Finn glitt neben sie, eine starke Hand lag auf ihrer Hüfte, während er sie zu den hohen Fenstern drehte, die nach Westen gingen. „Zach hat vorgeschlagen, und ich habe zugestimmt, dass *wir* den Umbau dieses Hauses durchführen. Da wir für immer in Heart Falls bleiben, brauchen wir ein Heim, wo wir eine Familie haben können, ohne übereinander zu stolpern. Was meinst du?"

Ein weiterer Informationsfetzen, der oben in ihr bereits überladenes Gehirn eingefüllt wurde. Finns Griff war fest, doch nicht fordernd, und seine Frage war aufrichtig.

Sie holte tief Luft. Was würde einen Funken der Freude fliegen lassen?

Die Berge draußen wurden in der Morgensonne heller, das spätsommerliche Grün mischte sich in die goldenen Farbtöne der Gräser und des Getreides. Karen stellte sich vor, die ganze Zeit hier zu leben, die Aussicht zu genießen, während die Jahreszeiten weiterzogen, um bunte Herbstfarben zu bringen, bevor sich der Schnee über die ganze Landschaft legte und sie rein weiß werden ließ.

Sie wandte sich zu Finn und beäugte dann Zach, dachte an das Lachen und die Gespräche, die an den Abenden am riesigen Kamin stattfinden würden. Stellte sich die Böden nicht aus Sperrholz vor, sondern aus guter Eiche. Die Wände bemalt vom Sonnenlicht und Bildern von Familie und Freunden.

Zimmer den Gang entlang, mit Platz für Familienbesuche ... und für Kinder, die dort aufwachsen konnten.

Glück breitete sich aus. „Ich habe gerade jetzt so viele Fragen, aber diese kann ich beantworten. Ich wäre begeistert, das zu unserem Zuhause zu machen."

Finn nahm ihre Finger und hob sie an den Mund, küsste sie auf die Knöchel.

„Ich bin bald zurück." Zach marschierte bereits zur Tür, den Hut fest auf dem Kopf. „Ich muss mit Cody reden und ein paar Pläne machen. Wir sehen uns beim Mittagessen."

Er zwinkerte, bevor er fest die Tür schloss.

Vor ihr hielt Finn ihre Hand immer noch in seiner fest. „Ich dachte schon, er geht nie."

Sie lachte leise. „Er ist ein guter Freund. Ich bin froh, dass er nicht schlimmer verletzt worden ist."

„Ich auch. Jetzt hör mal auf mit Zach." Finn strich mit den

Fingern über ihr Kinn, am Ende lag seine Handfläche auf ihrer Wange. „Ich will ein Zuhause mit dir aufbauen, und ich will alles."

Ihre Kehle wurde eng. „Ich auch."

„Wirklich alles. Jeden Morgen, jede Nacht. Streit und Gelächter, Familie und Freunde. Kätzchen im Haus, Fohlen in der Scheune und überall Kinder."

Karen holte tief Luft. „Okay."

Er lachte leise, lehnte sich vor, um mit seinen Lippen ihre zu streifen. „Willst du auch meinen Namen annehmen?"

„Vielleicht." Sie legte ihm die Arme um die Hüfte, schmiegte sich an ihn. „Hast du vor, mich zu fragen? Denn wenn ich frage, müsstest du *meinen* Namen annehmen, und es gibt bereits eine Menge Colemans auf der Welt."

Finn hielt inne. „Warte mal kurz." Er beugte sich nach unten, hob Dandelion Fluff auf. „Keine Ahnung, wie du da rüber gekommen bist, aber gut ..."

Er setzte das Kätzchen zwischen sie.

„Katzen im Haus haben wir bereits geschafft", scherzte Karen, ihr Herz quoll über vor Freude.

„Heirate mich, *ma chérie*. Ich werde alles tun, was mir möglich ist, um dich glücklich zu machen."

Sie hielt sich ganz fest. „Ja, ich werde dich heiraten, und das tust du bereits."

Der Kuss war kurz, denn das pelzige Wesen zwischen ihnen wand sich, wollte seine Freiheit.

Bevor Finn ging, erwischte Karen ihn am Arm. „Ich will aber einen Ehevertrag." Erheiterung blitzte auf seinem Gesicht auf, während sie sich beeilte, es zu erklären. „Nur für den Fall, dass es weiteren Unsinn gibt, den euer Mentor von jenseits des Grabes hinterlassen hat."

Ihr solider, gleichmütiger Mann warf den Kopf in den Nacken und lachte laut genug, dass das Geräusch von den

Wänden ihres zukünftigen Hauses widerhallte. Als er sich wieder unter Kontrolle hatte, küsste er sie sehr zärtlich, ein Grinsen auf den Lippen. „Geniale Frau. *Geniale* Idee."

Karen lächelte an diesem Nachmittag noch über beide Ohren, als sie unterwegs nach Silver Stone war, um sich mit ihren Schwestern auf den neuesten Stand zu bringen und sie die Neuigkeiten wissen zu lassen.

Sie stand auf dem Aufgang vor der Küche und spähte durch das hintere Fenster. Im Inneren des Hauses bewegten sich Leute in einem lockeren Rhythmus, Stimmen waren lachend erhoben. Die Gesichter ihrer Schwestern zeigten Zufriedenheit. Kinderstimmen tanzten zusammen mit dem tiefen Grollen männlicher Gespräche.

Eine Hand legte sich auf ihre Hüfte, als Finn sich dicht an sie drückte. Wartete, bis sie den nächsten Schritt machte. Wartete, geduldig wie immer. „Glücklich?"

Sie holte tief Luft, dann drehte sie sich um.

Auf sein Gesicht schien die Sonne, in seinen Augen strahlte die Liebe. Finn Marlette passte perfekt vor den Hintergrund aus wogenden Hügeln und Ranchgebäuden.

Er passte perfekt in ihre Welt.

Karen drückte ihm eine Hand auf die Wange, Wärme breitete sich auf ihrer Handfläche aus. „Ich habe gefunden, was in meiner Welt Funken der Freude fliegen lässt, und ich bin bereit, dafür zu sorgen, dass das jeder erfährt. Du bist kein Geheimnis, Finn Marlette. In mir ist zu viel Liebe, als dass du jemals wieder geheim sein könntest."

Finn beugte sich dicht an sie. „Verdammt, Frau. Jetzt muss ich dich küssen, damit ich nicht aussehe, als wäre ich nur einen Schritt davon entfernt, mir die törichten Augen aus dem Kopf zu heulen."

Erheiterung machte sich breit. „Tränen sind in Ordnung", rief sie ihm in Erinnerung.

„Küsse sind besser", beharrte er.

Die Art, wie er die Tatsache demonstrierte, ließ sie atemlos und hundertprozentig zustimmend zurück.

Die Geheimnisse waren durch. Jetzt war es an der Zeit für Freude.

EPILOG

Der Pub *Rough Cut* war die perfekte Mischung aus Wasserloch vor Ort und Nachtklub. Da die Musik richtig aufgedreht war, schien die Menge, die den Laden bis an die Deckenbalken füllte, entschlossen, die letzte Nacht im August so richtig zu genießen.

In den letzten fünf Monaten hatte Julia eine Menge Leute in Heart Falls kennengelernt, darunter ihre neu gefundenen Schwestern und einige großartige Freundinnen auf ihren Mädelsabenden. Aber heute Abend ging es nicht um Zeit mit der Familie.

Da sie zwei ganze freie Tage vor sich hatte, war Julia bereit, so richtig loszutanzen und Spaß zu haben, indem sie die ganze Nacht auf der Tanzfläche verbrachte. Keine Verpflichtungen, keine Beziehungen eingehen. Nur ein altmodischer Abend, an dem man tanzte, bis man umfiel.

Sie ließ ihren jüngsten Partner stehen und grinste, während sie Brad und Hanna Ford entdeckte, die an einem hohen Tisch dicht beieinanderstanden.

Sie waren so süß. Es war selten, dass sie ihren Boss und

seine Frau beim Ausgehen sah, da sie mehr oder weniger frisch verheiratet waren und ein zehnjähriges Kind zu betreuen hatten.

Julia schwang sich am Tisch vorbei und legte Brad eine Hand auf die Schulter. „Hi, Boss. Hanna. Ihr geht aus, ohne das Kind?"

Hanna lächelte sie an. „Sie ist bei einer Freundin. Wir sind gekommen, um ein wenig zu tanzen."

Julia deutete auf die Tanzfläche. „Da draußen geht es gerade ziemlich ab."

An dem Abend war so viel los, dass sie eine große Bandbreite an Partnern hatte, mit denen sie Two-Step tanzen konnte, aber hin und wieder musste sie doch mal Luft holen.

Karen und Finn sausten vorbei. Er hatte sie dicht an sich gepresst und wirbelte sie rasch herum. Ihr Kopf fiel nach hinten, und Gelächter erklang über die rhythmische Musik hinweg.

„Wir warten auf ein etwas langsameres Lied, bevor wir uns anschließen", gab Brad zu, sein freundliches Lächeln nahm sie mit. „Du hast dich ja schon ganz schön verausgabt."

„Es ist ein leichteres Training, als Schläuche die Treppen des Verderbens hinauf zu schleppen", erklärte ihm Julia. „Aber ja, ich muss mal Luft holen. Wir sehen uns später."

In einer Ecke des Raumes unterhielten sich Lisa und Josiah leise, während er sie anschaute, als wäre sie die einzige Frau auf der Welt.

Julias Schwestern hatten gute, solide Kerle in ihrem Leben, und sie freute sich für sie. Sie hatte allerdings null Verlangen, es ihnen nachzutun. Nicht im Augenblick, das war sicher.

Sie ging zu den Toiletten, machte Halt, um sich erst Gesicht und Hände zu waschen. Ihre Wangen waren gerötet, und Schweißperlen klebten an ihrem Nacken, aber bisher war der Abend eine Wucht gewesen.

Erst ein kurzer Halt auf dem Klo, dann ein kaltes Getränk. Dann würde sie weiter nach Typen suchen, mit denen sie tanzen konnte, bis sie hier den Laden dichtmachten.

Die Tür zu ihrer Toilettenkabine hatte sich kaum geschlossen, als ein Ansturm von Stimmen die Frauentoilette erfüllte. Julia ignorierte das Geplauder und machte, wozu sie gekommen war ...

„Ich schwöre, es ist wahr. Eigentlich ist es ekelhaft. Sie sind noch nicht mal zwei Monate verheiratet.“

Das wurde in einem sehr, sehr viel leiseren Tonfall ausgesprochen. Julia erstarrte.

Eine weitere Frau meldete sich zu Wort, auch kaum mehr als ein Flüstern. „Er hätte es allerdings besser wissen sollen. Er war bisher doch so ein guter Kerl – dass er zurück in die Stadt gekommen ist, um sich um seinen Dad zu kümmern.“

„Kerle denken einfach manchmal nur mit ihrem Schwanz.“

„Stimmt, oder? Ich wette, alle werden es über kurz oder lang merken. Einmal Fremdgehen ist schon schlimm genug. Aber dauerhaft? Das kann nicht mal Brad überleben.“

Zorn flammte auf. Ausgerechnet diese verabscheuenswürdige Vorstellung. Dass jemand annahm, dass Brad Hanna betrog? Empörend.

„Sie tut so nett, aber ich schätze, genauso kommt man eben durch, wenn man einer anderen den Kerl ausspannt.“ Die zweite Frau sprach etwas lauter, als würde sie sich mutiger fühlen.

Es musste ein Missverständnis sein, denn auf gar keinen Fall hätte Brad jemals ...

„Sie ist nur ein paar Monate hier. Das habe ich gehört.“

„Sie wird aber zurückkommen, um ihre Schwestern zu besuchen. Ist doch schrecklich. Das würde ich keiner wünschen, ganz zu schweigen von der süßen Hanna. Die Arme hat schon so viel durchgemacht.“ Lauter. Sie wurde mutiger.

„Ich habe das Gefühl, ich sollte dieser Julia Blushing mal sagen, dass wir so jemanden wie sie hier nicht mögen. Sie muss mal ...“

Das Brodeln des Blutes in Julias Ohren verdrängte den Rest der rechtschaffenen Ankündigung.

Sie? Sie dachten, sie und Brad hätten eine Affäre?

Oh. Mein. Gott.

Sie saß reglos auf dem Toilettensitz, der Raum drehte sich leicht um sie.

Bis sie sich wieder zusammengerissen hatte, war es auf der Toilette still geworden.

Nein. Das passierte ihr doch *nicht.* Dass die Leute glaubten, ihre Freundschaft mit Brad wäre etwas anderes als ...

Na ja, wenn sie absolut ehrlich war, dann war es mehr als eine Freundschaft, was sie betraf, aber kein *romantisches* Interesse. Und auf gar keinen Fall etwas Sexuelles.

Sie musste das hinbiegen, und zwar jetzt.

Irgendwie.

Julia schlich sich aus der Toilette und glitt in die relative Finsternis der Bar. Bewegte sich in den Schatten, bis sie einen Ort fand, an dem sie beobachten konnte, während sie herausbrachte, was zum Teufel sie als nächstes tun sollte.

Wie bewies sie bitte, dass Brad und sie keine Affäre hatten, ohne diese absurde Vorstellung auch nur zu erwähnen? Auf gar keinen Fall wollte sie Hanna wehtun oder Brads Ruf schädigen ...

Karen und Finn wirbelten wieder vorbei, so dicht aneinandergedrängt, dass nicht einmal ein Brecheisen sie voneinander hätte lösen können.

Im nächsten Augenblick waren sie weg, und einen Sekundenbruchteil lang öffnete sich ein freier Weg ganz quer über die Tanzfläche zur gegenüberliegenden Seite des Raums.

Dort lehnte Zach Sorenson an einer Säule, ein Bier in der

Hand, sein Absatz tippte auf dem Boden, während er den Raum musterte, seine Umgebung sorgsam beobachtete.

Zach, der dieses dunkelhaarige, gute Aussehen und ein dreistes Grinsen besaß. Der Mann, der sie auf einer Party früher im Jahr so heftig zum Lachen gebracht hatte, dass sie verführt gewesen war, sich mit ihm einzulassen, selbst wenn sie aus Erfahrung wusste, dass kurzfristige Beziehungen keine gute Idee waren.

Trotzdem ...

Zach – der auf jeden Fall Single war und darum eine mögliche Lösung für ihr derzeitiges Dilemma bot.

Falls sie bereits mit jemandem zusammen war, würde das doch die Wahrscheinlichkeit senken, dass sie mit jemand anderem herummachte. Oder?

Julia dachte nicht genau darüber nach. Eigentlich dachte sie überhaupt nicht nach. Sie ließ nur zu, dass ihre Füße sich in Bewegung setzten, sobald der Gedanke sich in ihrem Verstand halbwegs geformt hatte. Wenn sie zu tief in die Details einstieg, würde sie irgendwo einen Fehler finden, und das war ein Augenblick für Taten, nicht für Zweifel.

Zwanzig Sekunden später näherte sie sich dem Mann. Beäugte ihn in der Hoffnung, einen Hinweis darauf zu erspähen, wie er ihre Forderung aufnehmen würde.

Oder doch lieber *Vorschlag*?

Nein, sie würde *fordern*. Es musste um Hannas Willen getan werden, und um Brads Willen, und zwar jetzt, bevor die Gerüchteküche überhandnahm und die Dinge nicht mehr zu reparieren waren.

Sie trat vor den hochgewachsenen, dunkelhaarigen, sexy Mann.

Sein schräges Lächeln strahlte sie an. „Hey, Jules."

„Hey." Julia holte tief Luft.

Eine dunkle Augenbraue wurde nach oben gezogen. „Gibt es ein Problem?“

Sie schüttelte den Kopf. „Nein.“

Mit einer Hand auf seinem Arm beugte Julia sich vor, während sie sich auf die Zehenspitzen stellte, und schob sich mit dem Oberkörper an ihn, damit es aussah, als würde sie sich einen Kuss stehlen wollen.

Seine Augen wurden groß.

„Tu mir sofort einen Gefallen. Küss mich“, flüsterte sie, bevor er das Ganze ruinierte, indem er sie wegschob.

Zach hatte inzwischen die Hände auf ihre Hüften gelegt. Seine Augen waren zusammengekniffen. „Spielst du schon wieder Spielchen, Blushing?“

Sie lachte leise, erzwang ein Lächeln, denn zu viele Leute sahen zu. Sie streifte mit ihrer Wange seine, dann sprach sie so leise wie möglich. „Ich schwöre, ich erkläre es, aber du musst mich jetzt küssen. Als wäre ich deine Freundin. *Bitte.*“

Vielleicht war es die Verzweiflung in ihrem Tonfall, oder vielleicht wollte er einfach nur in ihrem Verstand für eine Kernschmelze sorgen.

Denn bevor sie es sich versah, hatte Zach ihr eine große Hand um den Nacken gelegt. Er ließ die andere Hand an ihren unteren Rücken gleiten. Ein leichter Druck schob sie zu ihm, angenehmen fest, und dann senkte er den Kopf ganz dicht zu ihr.

„Keine Ahnung, was du vorhast, aber ich bin dabei.“

Seine Lippen trafen auf ihre, und die langsame, neckende Berührung, die sie erwartet hatte, explodierte zu einer weiß glühenden Hitzewelle, als er die Kontrolle übernahm.

New York Times-Bestseller-Autorin Vivian Arend präsentiert *Die Colemans aus Heart Falls*. In dieser Reihe dreht sich alles darum, wie man Familie, Freunde und Liebe findet – und sich nicht mit weniger zufriedengibt.

Die Colemans aus Heart Falls
Die ewige Liebe des Cowgirls
Die geheime Liebe des Cowgirls
Die verwegene Liebe des Cowgirls

Vivian lässt derzeit ihre vielen Serien übersetzen. Bitte besuchen Sie deren Website für alle aktuellen Informationen.
www.vivianarend.com/de

ÜBER DIE AUTORIN

Mit über 3 Millionen verkauften Büchern ist Vivian Arend eine *New York Times-* und *USA Today*-Bestsellerautorin von mehr als 70 zeitgenössischen und paranormalen Liebesromanen.

Ihre Bücher lassen sich alle einzeln lesen und haben keine Cliffhanger. Sie sind witzig, aber auch emotional, es gibt heiße Szenen und glückliche Enden. Für Vivian ist das der beste Job der Welt. Sie lebt in British Columbia, Kanada, zusammen mit ihrem langjährigen Mann – der Inspiration für alle Helden ist und ein bereitwilliger Gefährte auf Abenteuern aller Art.

www.vivianarend.com